polar
VERLAG

Estelle Surbranche

Nimm mich mit ins Paradies

Aus dem Französischen
von Cornelia Wend

Herausgegeben von Wolfgang Franßen

Polar Verlag

Originaltitel: Emmène-moi au paradis

Deutsche Erstausgabe, 1. Auflage 2019
Aus dem Englischen von Cornelia Wend

www.polar-verlag.de

Redaktion: Christine Laudahn, Claudia Denker
Umschlaggestaltung: Robert Neth, Britta Kuhlmann
Coverfoto © Eugen/fotolia
Autorenfoto: © privat
Satz/Layout: Martina Stolzmann
Gesetzt aus Adobe Garamond PostScript, InDesign
Druck und Bindung: CPI books GmbH, Leck, Deutschland

ISBN: 978-3-945133-75-0

»Ein Mann ohne Feinde hat keinen Wert.«
Serbisches Sprichwort

»Die Frau ist zur Unmoral gezwungen, weil die Moral für sie darin besteht, ein übermenschliches Wesen zu sein: Eine starke Frau, eine bewundernswürdige Mutter, eine ehrliche Frau etc.«
Simone de Beauvoir, Das zweite Geschlecht (1949)

Acht Stockwerke. Fünfundzwanzig furchteinflößende Meter trennten sie vom Boden. Viviane klammerte sich an die Brüstung ihres Balkons, sie wusste, dass sie dabei war, eine Riesendummheit zu begehen. Der Wind fuhr ihr durch die Haare, blies ihr ins Gesicht, zerrte an ihrem Körper, flüsterte ihr ins Ohr: Gib auf, lass dich fallen. Ihre dünnen, malträtierten Arme zitterten, ihre Finger wollten sich lösen, aber ihr Inneres bäumte sich dagegen auf. Eine innere Stimme befahl ihr: Kämpf ums Überleben! Erneut warf sie einen Blick auf die dünne Betonbrüstung, die sie von Madame Josephs Balkon trennte. Ein Bild erschien vor ihrem geistigen Auge: Ihre eigene Leiche, die zerschellt auf dem Asphalt lag, blutüberströmt. Wie lange dauerte es wohl, bis eine vierzig Kilogramm schwere Person nach einem Sturz aus dem achten Stock unten aufkam?

Sie verscheuchte diesen Gedanken und konzentrierte sich auf das Einzige, das jetzt zählte: Statt an Selbstmord zu denken, sich Zentimeter für Zentimeter vorzuarbeiten, bis sie es geschafft hätte. Sie atmete tief ein, spannte die Muskeln an, ließ den linken Fuß nach links unten gleiten, zog den rechten Fuß nach, dann die linke Hand, bis sie an der Hauswand klebte. Ihr Kopf drehte sich. Die Luft war durch den warmen Autan-Wind elektrisch aufgeladen. Dieses Pfeifen machte sie irre. Zum x-ten Mal dachte sie daran, wie ihr Leben hätte aussehen können, wenn alles anders gekommen wäre, dachte an ihre Hoffnungen, die sie in dieser Nacht endgültig hatte begraben müssen. Aber sie war überzeugt davon, dass das Leiden heute ein Ende haben würde. Wenn es ihr nur gelänge, auf die andere Seite der Brüstung zu kommen, dann könnte ihr Leben weitergehen, und sie hätte die Chance, noch einmal so etwas wie Glück zu erfahren. Ein unfassbares Glück. Noch viel besser als im Paradies.

Viviane hielt den Atem an und warf sich mit ihrem ganzen Gewicht ins Nichts.

1

Der Schrei ließ Nathalie zusammenfahren. Die Idiotin konnte so viel brüllen, wie sie wollte, es würde sie eh niemand hören. Dieses dreckige Loch befand sich in der hinterletzten Ecke Rumäniens. Ein neuer Schrei, bestialisch. Sie sah, wie Khasboulat angewidert das Gesicht verzog. Der riesige Tschetschene wich ihr nicht mehr von der Seite, seitdem er sie in Paris gerettet hatte. Sie unterdrückte ein Lächeln. Dieser hartgesottene Typ hatte offenbar seine Probleme mit dem Schauspiel der Geburt und der damit einhergehenden Absonderung von Körperflüssigkeiten. Nun warteten sie bereits drei geschlagene Stunden darauf, dass die kostbare Ware zum Vorschein kam. Der Arzt, den sie dabeihatten, sprach der schwitzenden und um Luft ringenden Frau Mut zu. »Noch ein bisschen, Madame äh … nun ja … pressen Sie!« Erneut musste Nathalie lächeln trotz des Gestanks, der im Zimmer herrschte, einer Mischung aus Blut, Exkrementen und Desinfektionsmittel. Der Quacksalber hatte sich noch nicht mal den Namen seiner Patientin gemerkt. Umso besser. Eines der schmutzigen Kinder der Frau tauchte im Schlafzimmer auf und jammerte: »Maman …«

Es wimmelte in dieser elenden Baracke nur so von Gören, sie waren wie Kakerlaken. Jedes Mal, wenn Nathalie einen angeschlagenen Gegenstand aufhob oder ein Möbelstück beiseite rückte, kam ein neues Blag zum Vorschein und krakeelte herum, ein Gesicht schien dreckiger zu sein als das andere. Dieses Land, in dem Armut und Dreck regierten, deprimierte sie. Sie stand auf und vertrat sich die Beine.

»Doktor, ich gebe Ihnen noch eine Stunde, um es rauszuholen. Pumpen Sie sie mit Medikamenten voll, wenn nötig. Uns interessiert nur das Baby. Ansonsten schneide ich ihr eigenhändig den Bauch auf und hole mir, was uns zusteht. Kapiert?«

Sie wandte sich an ihren Begleiter.

»Ich hole mir Wasser aus dem Auto. Brauchst du irgendwas?«

Khasboulat blickte sie erstaunt an. So einen freundlichen Tonfall war er von Nathalie nicht gewohnt. Die Serbin ließ erst gar keine Verlegenheit aufkommen und ging auf die Tür zu. Seit ihrer Verletzung hinkte sie etwas, aber sie wurde von Tag zu Tag schneller. Eines der Kinder versuchte, im Vorbeigehen nach ihrer Hand zu greifen und bettelte sie in einer fremden Sprache an. Sie stieß es mit einer ruppigen Bewegung zurück und trat nach draußen. Das gleißende Sonnenlicht bildete einen deutlichen Kontrast zu der schmuddeligen Dunkelheit im Inneren. Sie atmete einmal tief ein, das half ihr, ihre Bitterkeit hinunterzuschlucken. Seit bald sechs Monaten musste sie nun solche trostlosen Aufträge ausführen, an gottverlassenen Orten wie diesem, Nestern, um die man sich im restlichen aufgeklärten Europa nicht scherte. Sechs Monate, in denen sie Zeuge übelster Ausbeutung geworden war. Der Mann beutete die Frau aus, die Frau das Kind, der Stärkere den Schwächeren. In diesen Rattenlöchern war es schon ein echtes Kunststück, sich nicht die Venen aufzuschneiden.

Das Auto gab einen Piepton von sich, als es aufsprang. Nathalie öffnete die Tür zur Rückbank und nahm sich eine Mineralwasserflasche aus ihrem großen Vorrat. Von dem Leitungswasser hier durfte man keinesfalls auch nur einen Tropfen trinken, es war komplett mit Bakterien verseucht. Während sie einige Schlucke nahm, blickte sie sich um: Ein paar dürre Bäume ohne Blätter, ein Weg, der mit Müll und Alteisen übersät war. Hinter dem Haus, das abgelegen außerhalb des Ortes lag, bellten Hunde. Der widerliche Staub schien sich noch in den letzten Winkel zu legen. Sie fühlte sich schmutzig. Das Elend dieser Leute, die sich mit ihrer extremen Armut abgefunden hatten, setzte sich in ihrer Kleidung, auf ihrer Netzhaut fest. Sie schüttete etwas Wasser auf ihre Handflächen, um sie zu reinigen.

Radzik hatte ihr befohlen, von der Bildfläche zu verschwinden, abzuwarten, bis ihre Wunden verheilt wären. Sie, einst der ganze Stolz ihres Chefs, seine Favoritin, war also neuerdings auf lumpige Gestalten abonniert, nach denen kein Hahn krähte. Vielleicht sollte sie einmal kräftig mit der Faust gegen das Auto schlagen und so ihren Frust ablassen? Dabei hatte sie in Frankreich noch so einiges zu erledigen. Als Erstes musste sie ihr Medaillon zurückholen und bei der Gelegenheit der Polizistin die Kehle durchschneiden, die es an sich genommen hatte, und die ihrerseits überall nach ihr suchte. Und dann wollte sie das Drogennetzwerk wiederaufbauen, das durch Jelenkos Verrat zusammengebrochen war. Stattdessen verschimmelte sie jedoch in Rumänien, in der Region Alba, und wartete darauf, dass eine Roma sich bequemte, ihr Gör abzuliefern. Sie trat gegen ein verrostetes Fahrrad und ging zurück in die Bruchbude mit der niedrigen Decke. Die beiden Fenster des winzigen Raumes, der als Schlafzimmer, Wohnzimmer und Abort in einem diente, waren mit Zeitungspapier und Pappe verstärkt. Ideal, um die Butze in Brand zu setzen. Sie sah sich schon ein Feuerzeug daranhalten. Was wäre das für ein schöner Anblick, wenn dieser ganze Dreck hier einer ultimativen

Reinigung unterzogen würde. Schreie rissen sie aus ihren Gedanken. Sie waren doppelt so laut wie vorher. Das grelle Licht der an der Decke angebrachten Lampe erleuchtete eine wenig appetitliche Szene: Da lag eine nackte Frau mit gespreizten Beinen auf einem Laken voller Blut und Kot.

»Miria!«, rief der Arzt und versuchte, die Schreie zu übertönen. »Ich brauche Sie! Helfen Sie mir, sie festzuhalten und dabei auf ihren Bauch zu drücken.«

Nathalie sah ihn verständnislos an. »Miria«, brummte Khasboulat. Ach ja, Miria, ihre neue Identität. Früher hatte ihr Name Angst und Schrecken verbreitet. Heute existierte er nicht einmal mehr. Die spektakulären Aktionen, die von allen gefürchtete Kriminelle … das war einmal. Jetzt taugte sie nur noch als Hebamme, war nichts weiter als eine beschissene Hebamme.

Dieser Abstieg machte sie krank. Nathalie spuckte aus. Sie überwand ihren Ekel und beugte sich über das blasse, schweißnasse Gesicht der jungen Frau. Die Roma hatte tiefe Falten und die gegerbte Haut einer Fünfzigjährigen, dabei war sie gerade mal fünfundzwanzig. Nathalie beherrschte kein einziges Wort in ihrer Sprache. Wie sollte sie die Frau also zum Schweigen bringen? Indem sie ihr Angst machte. Die Serbin blickte der Gebärenden tief in die Augen, legte so viel Härte in ihren Blick, wie sie nur konnte, und drohte der Roma mit einer Geste, ihr die Kehle durchzuschneiden. Daraufhin liefen der Frau Tränen über die Wangen, sie gab ein paar erstickte Schluchzer von sich, aber es kehrte fast so etwas wie Ruhe ein. Nathalie beglückwünschte sich. Bisher hatte sie jedes Problem lösen können, indem sie Angst säte.

»Sie hat starke Schmerzen. Das ist kein Wunder. Ich habe ihr keine wehenfördernden Mittel gegeben. Ihre Gebärmutter ist vollkommen ausgeleiert. Aber mit etwas Unterstützung sind wir in dreißig Minuten fertig, versprochen.«

Nachdem der Arzt einen Schluck Wasser getrunken hatte, zeigte er Nathalie, wo sie ihre Hände hinlegen sollte. Sie legte die Hände flach auf den Bauch der werdenden Mutter und spürte, wie deren Körper sich unter den Schmerzen wand, wie ihr Herz raste, ihr Atem stockte, das Baby sich in alle Richtungen drehte und wendete.

Von den siebzehn Entbindungen, die sie seit ihrem »Wiedereinstieg« erlebt hatte, war diese die blutigste.

»*Avansa*«, na los, rief der Arzt auf Rumänisch.

Endlich ein Schrei. Nathalie spürte, wie an ihrem Rücken der Schweiß perlte. Sie spannte ihren Nacken an, und auf einmal kamen aus ihrem Mund lauter aufmunternde Worte. Die Szene widerte sie zugleich an und faszinierte sie. Einem Kind auf die Welt zu verhelfen, war ein hartes Stück Arbeit, unendlich viel komplizierter, als jemanden ins Jenseits zu befördern, darin hatte sie Erfahrung. Mit letzter Anstrengung presste die Frau zusammen mit einem Schwall von Blut und Fruchtwasser das Kind aus sich heraus. Es war ein Mädchen. Wie erwartet. Es schien kerngesund zu sein. Das Baby schrie, rot vor Wut, dass man es in diese Hölle auf Erden befördert hatte. Wie recht es damit doch hatte, dachte Nathalie. Der Arzt trennte mit routinierter Geste die Nabelschnur durch. Dann wusch er das Neugeborene mit einer extra Lotion ab. Die Mutter sah ihm vom Bett aus dabei zu. Ihre verschwitzten Haare klebten ihr am Kopf, sie war vollkommen erschöpft und sagte kein einziges Wort. Sie beklagte sich nicht, dass sie nicht genäht wurde, sich niemand um sie kümmerte. Der Arzt legte das gesäuberte und fest in eine Decke gewickelte Baby vorsichtig in die eigens mitgebrachte nagelneue Babyschale. Er stand auf und drückte sie dem Nächstbesten in die Hände, das war Nathalie. Dann beugte er sich erneut über die Scham der Mutter, um die Wunde zu desinfizieren und zu nähen.

»Es hätte nicht viel gefehlt, und sie wäre verblutet«, erklärte er.

Die Roma hatte nur Augen für das Kind.

»*Her name is ...*«, sagte sie und stützte sich dabei auf einen Ellbogen, um ihren Oberkörper anzuheben.

Nathalie wich, überrascht von diesem plötzlichen Gefühlsausbruch, zurück. Die Frau setzte erneut an, dieses Mal lauter, und breitete dabei die Arme aus:

»*Her name is ... I want my daughter.*«

Wie in Cavnic. Mal wieder eine, die es sich anders überlegt hatte. Der plötzliche Meinungsumschwung der Mutter ließ Nathalie jedoch kalt. Statt etwas zu erwidern, machte sie auf dem Absatz kehrt und verließ das Zimmer, das kostbare Bündel in der Babyschale. Seine neuen Eltern würden sich einen Namen überlegen. Die Schluchzer der Roma wurden immer lauter, es brach der Frau das Herz, aber am Ende würde auch diese Wunde vernarben.

Als sie am Auto angekommen war, befestigte Nathalie die Babyschale mit dem Neugeborenen darin auf der Rückbank. Sie bemühte sich, es ihm so bequem wie möglich zu machen. Da hörte sie Hundegebell hinter sich und wandte sich um. Vor ihr stand Petru, der Mann der Leihmutter mit seinem großen haarigen Freund, einer Pitbull-Mischung, dem der Geifer aus dem Maul lief. Beide starrten sie an. Der Kerl war betrunken, er wankte. Seine große, rote Pranke umschloss eine braune Hundeleine. Seine weißen Haare waren fettig und zerzaust, sein Hemd und seine Hose starrten vor Dreck, an den Füßen trug er uralte Gummistiefel.

»*I want my money!*«

»*Khasboulat will give you your money in one minute*«, erwiderte Nathalie.

»*No! Money! You! Now!*« stieß der Mann mühsam hervor.

Damit hatte er fast seinen gesamten englischen Wortschatz in einem Satz untergebracht. Das Tier kläffte wie verrückt und fletschte die Zähne. Es hatte die Ohren aufgestellt und zog mit aller Kraft an der Leine. Die drohend dargebotenen Reißzähne und das aggressive Bellen machten unmissverständlich klar, was es wollte: Serbenfleisch, und zwar sofort! Nathalie kochte vor Wut. Sie fragte sich, wieso dieser Idiot von Mann ausgerechnet jetzt Stress machen musste. Wie üblich waren die Modalitäten vorher ausgehandelt worden, und wie üblich hatte man großzügig Schmiergelder verteilt, damit die Sache glatt über die Bühne gehen konnte. Und jetzt pflanzte dieses besoffene Schwein sich vor ihr auf und ging ihr auf die Nerven. Das konnte sie nicht auf sich sitzen lassen. Sie griff sich hinten unter den Pulli und zog ihre Tokarev. Ihre Augen wanderten von einem der beiden Bastarde zum anderen. Wen von den beiden sollte sie sich zuerst vornehmen? Die Killerin stellte sich in einer möglichst dominanten Pose vor dem Tier auf und sagte dabei zu seinem Herrchen:

»*Khasboulat will give you your money in one minute.*«

Er verzog das Gesicht zu einer Grimasse, dabei kamen einige Goldzähne zum Vorschein. Der Mann wiederholte stumpf immer wieder »*Money! Now!*« Dabei wurde er von Mal zu Mal lauter. Dann riss der Hund sich los, oder aber sein Herrchen hatte die Leine absichtlich losgelassen. Das Tier stürzte sich mit wildem Knurren auf Nathalie und brach kurz darauf mit lautem Gejaule vor ihren Füßen zusammen, zwischen seinen Augen klaffte ein Loch. An seinen Flanken waren zahlreiche Verletzungsspuren zu sehen, Überbleibsel von Hundekämpfen, die man in dieser Region gerne als Freitagabendbelustigung abhielt.

»*My dog!*«, brüllte der Mann.

Wütend torkelte er auf Nathalie zu. Sie ließ ihn erst gar nicht an sich herankommen, gab ihm einen heftigen Tritt in die Eier, sodass er sich zusammenkrümmte. Mit weit geöffnetem Mund rang der Saufbold nach Luft. Da verpasste sie ihm mit dem Unterarm einen Schlag in den Nacken, und er brach zusammen. Nun trat sie auf sein Gesicht, bis man das Splittern von Knochen hörte. In dem Moment kam Khasboulat mit dem Arzt aus dem Haus. Er stellte keine Fragen, vergewisserte sich nur, dass Nathalie unverletzt war. Ja, das war sie, mehr noch, sie war sogar ziemlich guter Dinge. Dank dieses kleinen Zwischenfalls wusste sie, dass sie noch genauso gut austeilen konnte wie früher. Was kümmerten sie ihre Verletzungen! Hauptsache, der Skorpion war am Leben und so gefährlich wie eh und je.

»Gib der Frau das Geld, ihr Mann ist nicht mehr in der Lage, es in Empfang zu nehmen.«

Der Tschetschene war überrascht.

»Ja, auch wenn diese verlauste Kreatur nicht unsere Kontaktperson ist«, befahl sie ihm. »Schließlich hat sie sich für die Kohle den Arsch aufgerissen! Und irgendetwas sagt mir, dass sie das Geld sinnvoller einsetzen wird als er.«

Sie nahm die 1.500 Euro aus ihrer Gürteltasche und reichte sie ihm. Er ließ die Scheine in seiner riesigen Hand verschwinden und ging zum Haus zurück. Einen Befehl von Nathalie stellte man nicht infrage. Der Arzt hatte diese Regel noch nicht verstanden.

»Das ist gegen die Abmachung. Ich muss mich schon wundern, Miria, ich …«, wagte er zu protestieren.

Mit drohendem Blick schnitt die Chefin ihm das Wort ab. Er zog den Kopf ein und setzte sich ins Auto neben die Schale, in der das kostbare Baby lag. Ein schwedisches Paar würde es für 50.000 Euro erwerben. Radzik verstand sein Geschäft, Menschenhandel brachte dreimal so viel ein wie Überfälle, und das Risiko war vergleichsweise gering.

Nathalie gab dem Trinker einen letzten Fußtritt in den Bauch, *just for fun*. Sie mussten los, den zweiten Teil ihres Auftrags erledigen, der sehr viel gefährlicher war, als diese kleine Landpartie.

2

Im Kommissariat war Ruhe ein Fremdwort. Selbst um drei Uhr morgens ging es noch unerträglich laut zu. Obdachlose, die sich ihren Verstand weggesoffen hatten und aufeinander eindroschen; Nachtschwärmer, die man wegen Alkohols am Steuer oder Verstoßes gegen das Betäubungsmittelgesetz eingebuchtet hatte; Typen, die ihre Frauen fast zu Tode geprügelt hatten, bloß weil sie von ihnen genervt waren. Gabrielle gähnte. Diese alltäglichen Fälle gingen ihr nicht wirklich nahe. Abgesehen von einigen Szenen aus ihrem eigenen Leben, die sie immer und immer wieder vor sich sah, interessierte sie eigentlich nicht viel. Sie hoffte, durch ihr langweiliges Leben könne sie ihre Emotionen im Zaum halten. Ein genauerer Beobachter hätte schnell deutliche Anzeichen für eine Depression bei ihr ausmachen können. Aber in der Regel macht sich niemand die Mühe, einen anderen allzu genau zu betrachten, sei es aus Angst, sich aufzudrängen, oder aber – das ist in den allermeisten Fällen der Grund – weil einem die anderen schlicht egal sind.

Um sich noch intensiver mit ihren persönlichen Dämonen beschäftigen zu können, meldete Gabrielle sich oft freiwillig zur Nachtschicht. Die anderen Bullen hatten Familien, und die waren nicht gerade begeistert, wenn sie nachts weg waren und am Tag schliefen. Capitaine Levasseur lebte inmitten ihrer Gespenster still vor sich hin. Im bläulichen Licht des Computerbildschirms traten ihre tiefen Augenringe noch deutlicher hervor. Wie lange starrte sie nun schon auf diesen Bildschirm? Sicher mehrere Minuten, wie versteinert. In letzter Zeit war sie häufig geistesabwesend, so beschäftigt war sie mit ihrer Vergangenheit und der Reue über das Geschehene. Und was folgte daraus, wenn sie ehrlich war? Die Erkenntnis, dass sie nie wieder ihren Kopf für irgendjemanden riskieren wollte.

Vorerst hielt man die Hand über sie. Ihr konnte nichts passieren, trotz des Wirbels, den ihr Auftauchen hier ausgelöst hatte. Als sie noch glaubte … Wie lange willst du das alles noch hin- und herwenden, mahnte eine innere Stimme sie. Ihre Vorgesetzten hatten ihr hoch angerechnet, dass sie im Alleingang, oder zumindest fast, den Mörder von Nicole Seguin gefasst hatte, Tochter eines steinreichen Industriellen. Ihre Vorgesetzten hatten ihr dann auch diesen Posten in Toulouse verschafft. Wenn sie an ihren letzten Fall zurückdachte, fing sie augenblicklich an zu zittern: Bilder stiegen in ihr auf. Wie Romain Le Roux sich mit dieser Scheißmotorsäge auf sie gestürzt hatte, und wie sein Schädel förmlich explodiert war, als sie aus Reflex einen Schuss abgegeben hatte. Der Fall hatte im ganzen Land für Aufsehen gesorgt und eine Debatte über den Drogenkonsum junger Erwachsener ausgelöst. Ein echtes Armageddon, und sie war, ob sie wollte oder nicht, eine der Hauptprotagonistinnen gewesen. Nach dieser Episode war es ihr gutes Recht, etwas in den Hintergrund zu treten. Und wo konnte man besser vom Radar verschwinden als in einer großen Stadt wie Toulouse?

Hinter ihrer Entscheidung, Biarritz zu verlassen, verbarg sich auch der Wunsch, sich von Alejo zu entfernen, ihrem einstigen Geliebten, der ein etwas zu enges Verhältnis zur ETA pflegte. Sie konnte und wollte sich nicht ausmalen, was passieren würde, wenn sie sich eines Tages bei einer Razzia gegenüberständen. Indem sie die Stadt verließ, wollte sie verhindern, dass ein solches Szenario jemals Wirklichkeit werden könnte.

So saß sie in ihrem Büro und wartete auf das Morgengrauen. Zugleich fürchtete sie diesen Moment, denn für sie bedeutete er, nach Hause zu kommen und erneut mit der Schlaflosigkeit konfrontiert zu sein. Vor dem Fall Seguin hatte sie kaum mit Schlafproblemen zu kämpfen gehabt, auch wenn sie manchmal vom immer gleichen Albtraum geweckt wurde: Man sperrte sie in einen Holzsarg, und sie versuchte verzweifelt herauszukommen, indem sie mit den Fäusten von innen gegen den Deckel trommelte. Heute begleitete sie die Angst, eingesperrt zu sein, tagtäglich. Sie hatte das Gefühl, sich in einer Glocke durch das reale Leben zu bewegen und dabei permanent nach Luft zu ringen. Eine dreckige Scheibe trennte sie vom Rest der Welt. Ihr war klar, dass sie mehr und mehr in eine Depression abglitt, sich sozusagen ihr eigenes Grab schaufelte. Sie wusste es, sank aber trotzdem immer tiefer hinein. Kurz vor fünf Uhr klingelte das Telefon. Gabrielle streckte schwerfällig den Arm aus, wie ein kaputter Automat.

»Capitaine Levasseur, ich höre?«

»Hallo, Capitaine, ich störe Sie nur ungern, aber wir sind hier mit einem seltsamen Fall konfrontiert, zu dem ich gerne Ihre Meinung hören würde. Alle anderen sind mit dem Überfall auf den Juwelier beschäftigt«, leierte Benoît Bonanza herunter, ein junger Lieutenant, der ihr zugeteilt war.

»Schießen Sie los«, sagte sie müde. »Mit den Ermittlungen zum Überfall habe ich nichts zu tun, ich bin ja genau deshalb hier, um mich um den Rest zu kümmern.«

»Gut, okay. Also, wir haben eine junge Frau eingesammelt, die mit Drogen vollgepumpt war. Die Nachbarin hat uns angerufen. Die Frau ist über ihren eigenen Balkon geklettert und dann auf den der Nachbarin. Sie fantasiert vor sich hin. Das ist kein Wunder, denn nach ersten Analysen im Krankenhaus hat sie so viel Benzos im Blut, dass selbst ein Elefant an ihrer Stelle Halluzinationen hätte. Die Nachbarin hat uns eine komische Geschichte von einem Typen erzählt. Das erinnert mich an diese Tote, die wir in Tournefeuille gefunden haben. Ich wüsste gerne, was Sie davon halten.«

Gabrielle warf sich in ihrem Stuhl zurück. Sie konnte sich nicht an eine »komische Geschichte« erinnern, in der eine tote junge Frau eine Rolle spielte, und verspürte auch wenig Lust, einen Junkie zu befragen. Diese Drogenszene widerte sie einfach nur noch an, seit … Erneut sah sie Nicole Seguins zierlichen Körper vor sich mit den hervortretenden Augen. Sie fühlte sich schlagartig in eine Art Horrorkabinett zurückversetzt. Ein kalter Schauer lief ihr über den Rücken.

»Warum befragen Sie sie denn nicht selber?«, fragte sie murrend.

»Ich habe bereits mit ihr gesprochen, aber ich glaube, sie hat eine sehr spezielle Erfahrung gemacht, Capitaine. Es wäre sicher einfacher für sie, mit einer Frau darüber zu reden und … jemand, der sich mit psychischer Manipulation auskennt, könnte sie sicher besser verstehen.«

Gabrielle fuhr zusammen. Sie hatte nicht übel Lust ihren Untergebenen anzuherrschen. Sie fragte sich, ob die alte Geschichte mit diesem Arschloch von Dominique – dem Mann, der sie benutzt hatte, um herauszufinden wo sich seine Familie versteckte – sie etwa ein Leben lang verfolgen sollte. Nach dem Tod von Le Roux stand sie eine ganze Weile im Scheinwerferlicht der Öffentlichkeit, und die Presse machte sämtliche Details ihrer Beziehung publik. Dominique nutzte die Gunst der Stunde, um seine Biographie herauszubringen. Die Tatsache, dass ein Verleger sich dazu herabließ, ihm eine Bühne zu bieten, machte sie sprachlos, und dass er damit auch noch einen Bestseller landete, war unerträglich. Sie konnte nicht verstehen, warum so jemand eine solche Faszination auf so viele Menschen ausübte. Es hieß, er bekäme im Gefängnis zahlreiche Liebesbriefe von irgendwelchen Verrückten, die sich nach großer Leidenschaft sehnten. Selbst wenn er ihren Namen in *Memoiren eines Mannes, der zu sehr liebte*, nicht explizit nannte, »meine kleine Polizistin« war eindeutig genug. Er verstieg sich zu der Behauptung, nie eine andere Frau so geliebt zu haben wie sie. Gabrielle konnte nach wie vor nicht fassen, dass er so etwas von sich gab, und dass dieser Hurensohn seine Lügen immer noch weitertrieb. Sollte sie ihn jemals in die Finger bekommen, würde sie ihm für sein Machwerk auf jeden Fall die Fresse polieren. Das war das Mindeste.

»Also, Capitaine, was soll ich Ihnen sagen?«, setzte Bonanza erneut an.

Sie hatte die Wahl, entweder sie würde weiterhin jedem an die Gurgel springen, der sie mit ihrer eigenen Geschichte konfrontierte, oder sie würde diese als Trumpf begreifen und als eine Lebenserfahrung wie jede andere auch. Ihr kam ein altes Krav Maga-Prinzip in den Sinn, demzufolge man die Stärke seines Gegners nutzen sollte, um ihn leichter auszuschalten. Es war schließlich nicht ihre Art zu flüchten oder mit gesenktem Kopf herumzulaufen. Sie war bereit, die Konfrontation anzunehmen.

»Gib mir die Zimmernummer«, murmelte sie. »Ich fahre auf dem Nachhauseweg da vorbei. Ich bin in zwanzig Minuten da.«

Wie im Armenhaus. Linoleum auf dem Boden, damit man den Dreck mit dem Scheuertuch wegwischen konnte, ohne dass er Spuren hinterließ. So sah eine Notaufnahme im Krankenhaus also um diese Tageszeit aus. Gabrielle ignorierte die Beleidigungen, die ein Besoffener mit blutverschmierter Visage in ihre Richtung grölte, und ging auf den Raum zu, den Bonanza ihr genannt hatte. Vor der Tür war niemand zu sehen. Ihr junger Kollege war vermutlich nach unten gegangen, einen Kaffee trinken. Gabrielle betrat das Zimmer. Es lag im Halbdunkel und abgesehen vom Piepen des Monitors herrschte Stille. Das kam ihr gelegen.

Die zusammengekauerte Gestalt auf dem Bett wirkte weder jung noch weiblich. Sie war extrem abgemagert, wog vielleicht um die vierzig Kilo. Sie versank in dem Papierkittel, den man ihr übergezogen hatte. Ihre hervorspringenden Knochen standen in einem eigenartigen Winkel ab und erinnerten an zerbrochene, dünne Zweige. Ihre Haut war trotz des langen Sommers nicht sonnengebräunt, sondern an manchen Stellen gelb, an anderen violett oder blau. Ihre Fingernägel waren bis aufs Fleisch abgekaut. Ihre Hände und Arme waren voller Ritzspuren. Der Arzt hatte ihr wohl ein starkes Schlafmittel verabreicht, denn sie schlief tief und fest, ohne auch nur einmal zu zucken, so als hätte es sie auf der Stelle umgehauen. Ihr Mund stand offen, im Mundwinkel hatte sich Speichel gesammelt. War das der richtige Moment, um sie zu befragen? Gabrielle kam zu dem Schluss, dass diese Kleine vor allem eines brauchte: Schlaf.

Sie setzte ihre Musterung fort. Die schwarzen Haare der Schlafenden waren fettig, sehr kurz geschnitten, und an der Kopfhaut waren überall kahle Stellen zu sehen. Es sah aus, als hätte ein Frisör im LSD-Rausch zum Rasierer gegriffen. Sie hörte die Tür. Der beruhigende Duft von Kaffee zog durch den Raum. Bonanza schlich sich mit zwei dampfenden Plastikbechern auf leisen Sohlen ins Zimmer. Er stellte sich direkt hinter seine Vorgesetzte und murmelte: »Hallo, Capitaine, sehen Sie, ich habe auch an Sie gedacht.« Gaby zuckte zurück und warf ihm einen vernichtenden Blick zu, der zu sagen schien: Welches Arschloch wagt es, mich so von hinterrücks anzuquatschen? Im selben Moment verstand er seinen Fehler. Die Kaffeebecher in den Händen, trat er den Rückzug an. Sie folgte ihm auf den Flur.

»Okay, was haben Sie für mich, abgesehen davon, dass Sie mir irgendwelchen Blödsinn ins Ohr säuseln? Diese junge Frau wurde übel zugerichtet, soweit man das sehen kann. Sie hätten also schon mal mit Vorermittlungen beginnen können, wegen der diversen Verletzungen, die sie hat. Im Übrigen schläft sie gerade tief und fest. Also kann ich hier nicht besonders viel ausrichten.«

»Ich kann Ihnen ja schon mal sagen, was ich weiß, Capitaine«, stammelte er und hielt ihr den Becher mit dem Kaffee hin.

Er hatte seine Lektion gelernt. Man durfte Gabrielle Levasseur nicht zu nahekommen.

»Schießen Sie los, Bonanza.«

»Die Ärzte wollten mit dem Beruhigungsmittel nicht mehr warten, tut mir leid, Capitaine.«

»Macht nichts. Geben Sie mir eine kurze Zusammenfassung«, beharrte Levasseur, nachdem sie einen Schluck Kaffee genommen hatte.

Ihr Magen krampfte sich zusammen. Instantkaffee. Ekelhaft. Bonanza holte ein Notizbuch aus der Tasche und begann vorzutragen, was er notiert hatte.

»Sie sagte mir, ihr Name sei Viviane. Sie haben ihren Zustand ja gesehen. Sie ist unterernährt. Ihre Haut ist an vielen Stellen aufgeritzt. Bei einer ersten Untersuchung hat man festgestellt, dass sie Hämatome in der Schamgegend hat und sowohl vaginal als auch anal penetriert worden ist. Dementsprechend geht man von einem Fall sexueller Gewalt aus ... Sie erzählte irgendwas von einem furchterregenden Wesen, das sie angeblich gezwungen hat, sich zu ritzen, damit sie ihren Körper verlassen kann. Ein gewisser Adam soll ihr geholfen haben. Als die Kollegen bei der Nachbarin eintrafen, ging sie auf einen von ihnen los. Er hatte keine Ahnung, warum. Aber ich habe da so eine Idee ... die Ärzte haben ihr Blut untersucht und das Ergebnis ... darum habe ich Sie vorhin ja auch angerufen. Sie war vollgestopft mit Benzos. Eigentlich setzt man das zur Beruhigung ein ...«

Gabrielle kannte Benzodiazepine nur zu gut. Sie nahm selber welche gegen die Angstzustände, unter denen sie seit dem Tod von Romain Le Roux litt. Sie unterbrach ihn.

»Die Hälfte der Franzosen nimmt Benzos gegen Depressionen, Bonanza. Das allein kann das Mädchen unmöglich in diesen Zustand versetzt haben.«

»Das stimmt, Capitaine. Sie meinen Benzos aus der Familie der Anxiolytika. Bei diesem Mädchen haben wir es aber mit hypnotisierenden Benzos zu tun. In kleiner Dosierung wirken sie einschläfernd, aber dieses Mädchen war durch das Rohypnol total high. Hoch dosiert löst es Unruhezustände aus, Albträume, Halluzinationen und psychotische Reaktionen. Das geht bis hin zu Persönlichkeitsveränderungen und

Gewaltexzessen. Unbehandelt führt es zu suizidalen Gedanken.«

»Verstehe. Das Mädchen hat sich mit Medikamenten zugedröhnt, und ihre Typen haben sie vermutlich ein bisschen vermöbelt. Inwiefern ist das ein Fall für die Kripo?«

»Es ist insofern ein Fall für die Kripo, als sie nicht die Erste ist …«

»Die sich Drogen reinzieht, sicher nicht«, sagte Gaby spöttisch.

Der junge Polizist war verlegen, er fuhr sich mit der Hand durch die Haare, um seine Unsicherheit zu überspielen. Sein Zopf löste sich, und seine blonden Haare verteilten sich rund um seinen Kopf zu einer Art Bob. Ein Frauen-Haarschnitt, stellte Gaby fest. Es war das erste Mal, seit sie zusammenarbeiteten, dass sie ihn sich genauer ansah.

»Ja, eine ganze Menge Leute berauschen sich mit Benzos, Capitaine. Aber das ist nicht das erste Opfer in diesem Zustand. Darum habe ich Sie angerufen. Vor einem Jahr wurde eine junge Frau aufgefunden, die sich das Leben genommen hatte. Genau wie diese junge Frau hier, war sie unterernährt, hatte überall Hautritzungen, und man fand Spuren von sexueller Gewalt und Zigarettenabdrücke an ihrem Körper. Auch sie war vollgepumpt mit Benzos. Ihr Konto war leergeräumt, ihre Wohnung war ein einziges Chaos. Bei dem Mädchen aus Tournefeuille, von dem ich Ihnen am Telefon erzählte, war es genauso. Und ihre Nachbarn haben mir damals die gleiche Geschichte erzählt, wie die Nachbarin dieses Mädchens.«

Endlich hatte er Gabrielles Aufmerksamkeit erregt.

»Was für eine Geschichte?«, fragte sie.

»Untadelige junge Frauen, nette Nachbarinnen, ein bisschen

zurückgezogen vielleicht. Ich glaube, die aus Tournefeuille arbeitete in einer Arztpraxis. Dann lernten alle drei einen jungen Mann kennen, einen gutaussehenden Typen mit Stil, der sehr sympathisch wirkte, maghrebinischer Herkunft. Innerhalb von vier, fünf Monaten brachen sie den Kontakt zu ihren Eltern ab, verwahrlosten äußerlich immer mehr. Sie wurden ihren Nachbarn gegenüber aggressiv und bekamen oft Besuch von Männern. Bis zu dem Tag, an dem man sie tot auffand. Eine lag im Badezimmer mit aufgeschnittenen Venen. Die andere war aus dem Fenster gesprungen und befand sich in einem ähnlichen körperlichen Zustand wie diese hier. Bei den Ermittlungen stellte sich heraus, dass die Frauen finanziell ruiniert waren. Leergeräumtes Konto. Kein einziger Wertgegenstand in der Wohnung. Kein Handy. Der Typ war spurlos verschwunden, tauchte nie wieder auf.«

Er machte eine Pause.

»Laut Aussage der Nachbarin liegt der Fall unserer Patientin genauso. Angehörige sind nicht bekannt. Ein nettes Mädchen, sehr zurückhaltend, keine, die in irgendeiner Form auffällt, Single, zumindest bis vor neun Monaten, bis sie diesem Typen begegnete. Wie bei den anderen beiden ein Nordafrikaner. Sehr gutaussehend, sehr elegant, sehr sympathisch und offenbar sehr reich, wenn man der Nachbarin glaubt. Ich weiß, dass das allein noch kein Beweis ist. Aber diese Übereinstimmung ist zumindest beunruhigend. Zumal sich das Mädchen, nachdem sie mit dem Typen zusammenkam, sehr schnell veränderte. Sie begann die Nachbarn zu beschimpfen, verließ die Wohnung nicht mehr und bekam andauernd Besuch von irgendwelchen Typen. Wir brauchen noch eine richterliche Erlaubnis, um ihr Konto zu überprüfen, aber ich wette, es wurde geplündert. Und besagter Freund hat sich bisher auch nicht gezeigt.«

Nun verstand Gabrielle, warum Bonanza gerade sie angerufen hatte und keinen anderen Kollegen. Er vermutete, dass es sich um einen Betrüger handelte, der die jungen Frauen um den Finger wickelte und süchtig nach Benzos machte, um leichter an ihr Geld zu kommen. Ein Manipulator. Welcher andere Bulle hätte schon Lust, sich mit einem solch abgeschmackten Fall zu befassen und heimlich still und leise – hinter dem Rücken des Staatsanwalts und an der Hierarchie vorbei – eine Akte zu erstellen? Selbst wenn der Verdacht des Lieutenants stimmen sollte, war es kompliziert, eine Vergiftung nachzuweisen. Noch schwieriger wäre es, den Beweis zu erbringen, dass diese mit Benzos abgefüllten Mädchen unter dem Einfluss eines Mannes zu regelrechten Zombies wurden. Man konnte es drehen und wenden wie man wollte, oberflächlich betrachtet handelte es sich um Betrug, nicht um Mord. Es wäre sogar ein Leichtes, infrage zu stellen, ob es sich um einen Fall von sexueller Gewalt handelte. Es gab keine Beweise dafür, dass das Mädchen sich nicht gerne schlagen ließ. Darauf würden die Anwälte der Gegenseite sicher pochen. Gabrielle sah die Szene im Gericht schon vor sich.

Bonanza war schlau. Er wusste, dass sie schmerzhafte Erfahrung mit Mythomanen und anderen krankhaften Narzissten gemacht und noch eine Rechnung mit ihnen offen hatte. Zum ersten Mal seit dem Begräbnis von Romain Le Roux spürte sie, wie der Nebelschleier aufriss, der sie von der Welt trennte. Auch wenn sie momentan weder die verschwundene serbische Killerin festnageln noch Dominique die Visage polieren konnte, hatte sie zumindest die Möglichkeit, einen anderen Verbrecher daran zu hindern, seine Perversionen weiter auszuleben. Das war ein Anfang, und sie beschloss, sich an diesen Anfang zu klammern, wie an das Ende eines Seils und nicht locker zu lassen.

3

Als er das Auto parkte, brach ihm der kalte Schweiß aus. Ein brandneuer Mercedes blieb in diesem ärmlichen Viertel nicht unbemerkt, hier standen in der Regel nur Schrottkarren herum, keine Luxuslimousinen. Amir blickte sich besorgt um. Aber es war weit und breit niemand zu sehen, der ihm sein Auto zerkratzen könnte. Fürs Erste beruhigt ging er los. Er lief zügig, da er es hinter sich bringen wollte. In fünf Minuten würde er seine letzten Sachen geholt haben. Danach würde er diese Wohnung und die Schlampe, die darin wohnte, für immer aus seinem Gedächtnis streichen.

Eine Flut derber Schimpfwörter ging ihm durch den Kopf, er war dagegen machtlos. Diese Nutte verstand es, ihn so auf die Palme zu bringen, dass er vulgär wurde. Er ertrug diese Frau nicht mehr. Allein beim Gedanken an sie wurde ihm speiübel. Als er durch die Rue de l'Université kam, konnte er der Versuchung nicht widerstehen, sein Spiegelbild in einem Schaufenster zu bewundern. Er sah wirklich äußerst elegant aus in seinem Hugo-Boss-Kaschmiranzug, ein Spontankauf, den er gestern getätigt hatte. Der bewundernde Blick der Verkäuferin sprach für sich, er war darin einfach unwiderstehlich. Mit der Hand fuhr er sich durch seine schönen, dicken Haare. Kein Zweifel, er hatte Format. Diese Gewissheit machte es ihm leichter, das bescheidene Mietshaus zu betreten.

Der Fahrstuhl war mal wieder außer Betrieb. »Scheißloch!«, fluchte er, als er das Schild sah. Es machte ihn rasend, wenn irgendetwas nicht funktionierte oder kaputt war, er hasste

Nachlässigkeit. Um möglichst zügig in den achten Stock zu kommen, nahm er mehrere Stufen auf einmal. Im Treppenhaus begegnete er niemandem. Als er vor der Wohnungstür stand, war er noch nicht mal außer Atem, durchtrainiert, wie er war. Er wühlte in seiner Tasche und zog einen riesigen Schlüsselbund hervor. Welche Schlüssel gehörten noch mal zu dieser Tür? Er wusste es nicht mehr so genau. Dann aber erinnerte er sich, dass es der V-förmige sein musste, der zu dem großen Schloss passte, das er vor zwei Monaten hatte anbringen lassen. Und der kleine runde gehörte zu dem anderen. Als er die Tür öffnete, schlug ihm ein bestialischer Gestank entgegen. Er wich einen Schritt zurück, verzog angewidert das Gesicht. Und die hatte er mal gevögelt, dieses dreckige Luder! Er nahm seine ganze Willenskraft zusammen, als ginge es nicht darum, eine Wohnung zu betreten, sondern darum, in ein Bad mit Exkrementen einzutauchen, dabei hielt er sich die Nase zu. Er musste ihr nur schnell ihren kleinen Cocktail verabreichen und seine letzten Sachen mitnehmen. Das beschränkte sich auf einen Anzug, eine Zahnbürste und ein T-Shirt, das sie unbedingt zum Schlafen hatte tragen wollen. Er wusste jetzt schon, dass sie ihm gleich wieder vorjammern würde, wie sehr sie sich dafür schämte, zur Nutte geworden zu sein. Wenn sie anfing, ihm etwas vorzuheulen, verlor er immer schnell die Fassung. Was konnte er denn dafür, dass es so weit mit ihr gekommen war?

Wo versteckte sich die dumme Kuh denn nur? Diese Frage stellte er sich immer wieder, während er mit wachsender Anspannung die Zimmer durchsuchte. Keine Spur von ihr. Die Tür war immer doppelt abgeschlossen, und sie hatte keinen Schlüssel. Sie konnte die Wohnung also unmöglich verlassen haben. Hier gab es noch nicht mal ein Mauseloch. Ungläubig wanderte sein Blick über die Unordnung. Als er sah, dass die Balkontür offen stand, versetzte es ihm einen Stoß. Sie hatte sich doch nicht etwa umgebracht? Er schüttelte den Kopf und verwarf diese These augenblicklich wieder. Schließlich war es allein an ihm, ihren Todeszeitpunkt zu bestimmen. Ohne seine ausdrückliche Erlaubnis durfte sie gar nichts. Außerdem wäre dann die Tür versiegelt gewesen.

»Diese Frauen sind doch alle gleich, man kann ihnen einfach nicht trauen«, schimpfte er laut.

Vor Wut schlug er mit der Faust gegen die Scheibe, die unter lautem Getöse in tausend Teile zersplitterte. Seine Hand, in der Glasscherben steckten, und sein neuer Anzug waren blutbesprenkelt. Er unterdrückte einen Fluch und ging ins Badezimmer, um das Blut abzuwaschen. Aber so sehr er auch an dem Jackett herumrieb, die roten Flecken wollten nicht verschwinden. Da half nur noch die Reinigung. Erneut stieß er ein paar Flüche aus. Dabei hatte sein Tag doch so gut begonnen. Allein mit einem netten Lächeln und ein paar freundlichen Worten hatte er über tausend Euro verdient. Er atmete mehrmals ein und aus und entspannte sich wieder etwas, dabei richtete er den Blick auf sein Spiegelbild. Er war wie hypnotisiert von seiner Schönheit. Sie berauschte ihn. Diese blöde Kuh hatte alles kaputt gemacht. Was war sie doch für ein Klotz am Bein! Im Grunde war es nicht schlimm, dass sie weg war. Er hätte sowieso nichts mehr aus ihr herausholen können. Er hatte sie ausgepresst wie eine Zitrone, bis auf den letzten Tropfen. Diese Idiotin wusste nichts über ihn. Sie würde schon wiederkommen. Er hatte alles unter Kontrolle. Er war der Meister. Er hielt alle Fäden in der Hand.

Während er das dachte, zog er vorsichtig die Glasscherben aus seinen Fingern. Im Arzneischränkchen gab es nichts zum Desinfizieren, das machte ihn erneut rasend. Er suchte seine Sachen zusammen und warf einen letzten Blick in die Wohnung, auf das *Pretty Woman*-Plakat, das halb abgerissen an der Wand hing. Er lächelte zufrieden beim Gedanken an das Drama, das dieses lächerliche Poster ausgelöst hatte, und wie brillant er das gemanagt hatte. Ohne sich noch einmal umzuwenden, verließ er die Wohnung und warf die Tür hinter sich zu. Dieses Mal sparte er sich das Abschließen. Hier gab es nichts mehr zu holen.

4

»Rechtschaffene Frauen sind demütig ergeben und geben Acht auf das, was verborgen ist, weil Allah darauf Acht gibt.«
Koran: Sure 4, Vers 34

»Samira, ich verstehe deinen Ungehorsam nicht. Warum kommst du nicht einfach wieder nach Hause? Du kannst ja arbeiten. Aber alleine wohnen … warum tust du uns das an, mein Kind?«

»Papa, worauf soll ich denn bitte warten? Dass jemand um meine Hand anhält? Ich bin zwanzig. Es wurde wirklich Zeit, dass ich ausziehe.«

»Was hast du denn gegen das Heiraten? Du warst doch immer ein anständiges, junges Mädchen. Jetzt schämen deine Mutter und ich uns für dich.«

Als sie die Es-Salam-Moschee verließen, herrschte fröhliches Stimmengewirr um sie herum, trotzdem war Samira sich sicher, dass niemandem auch nur ein einziges Wörtchen ihres Streitgesprächs entging. Sie wäre am liebsten im Boden versunken. Seit sie von Zuhause ausgezogen war, hatte ihr Vater sich angewöhnt, sie in der Öffentlichkeit wie den letzten Dreck zu behandeln. Er zog mal wieder eine Riesenshow ab, das konnte er wirklich gut, und warf ihr an den Kopf: »Deine Mutter und ich gehen mit deinen Schwestern jetzt nach Hause. Geh du nur in deine lasterhafte Wohnung zurück, und denk über meine Worte nach. Wenn du das nächste Mal den Fuß über unsere Schwelle setzt, dann nur mitsamt deinen Koffern, um wieder dein altes Zimmer zu beziehen, oder mit einem Ehemann. Natürlich einem Moslem. Aber keinesfalls alleine, mein Mädchen, nicht alleine!«

Samira berührte ihre Mutter am Arm. Die hatte bisher kein einziges Wort gesagt.

»Mama, das kannst du nicht zulassen. Soll das heißen, ich bin zu Hause nicht mehr willkommen? Mama, so sag doch etwas!«

Ihre Mutter antwortete nicht. Sie senkte den Kopf und wich ihrem Blick aus, denn sie schämte sich dafür, ihr geliebtes Mädchen im Stich zu lassen. Trotzdem wandte sie sich ab und folgte wortlos ihrem Mann. Inès und Shirine zögerten kurz, sichtlich verlegen, schlossen sich ihr dann aber an und überließen die große Schwester damit ihrem Schicksal. Die Gläubigen zerstreuten sich im Viertel. Samira wusste nicht, wo sie hingehen sollte. Zurück in die Wohnung? Oder sollte sie Laure anrufen? Sie begann ziellos umherzulaufen, fühlte sich benommen, so als hätte ihr jemand einen ordentlichen Haken verpasst. In einer Nebenstraße fiel ihr ein Mann im Anzug auf, der sich suchend umblickte. Er schien auf jemanden zu warten. Und dieser jemand war ganz offenbar Samira, denn als er sie sah, stürzte er auf sie zu und rempelte dabei einen Passanten an.

»Entschuldigen Sie, Mademoiselle.«

Sie wandte den Kopf. Meinte dieser vornehme Herr wirklich sie? Sie fand ihn einfach nur wunderbar, er war fast zu schön, um wahr zu sein. Ein Prinz, ein echter Märchenprinz. Er schien tatsächlich sie zu meinen. Schließlich stand er nur wenige Zentimeter von ihr entfernt, und sonst war weit und breit niemand zu sehen. Seine Schönheit verunsicherte sie dermaßen, dass sie nur bruchstückhaft mitbekam, was er ihr sagte: »Auto … gestohlen … Handy …« Es war, als versuchte sie, eine Nachricht im Radio zu dechiffrieren, die jemand vom anderen Ende der Welt sandte. Wie naiv bist du eigentlich? Reiß dich zusammen, ermahnte sie sich selber. Der schöne Fremde musterte sie still. Völlig verunsichert wiederholte sie das letzte Wort, das sie verstanden hatte: »Handy?«

Ihre Stimme klang in ihren eigenen Ohren seltsam schrill. Der Prinz lächelte noch eine Spur breiter. Er verschlang sie regelrecht mit den Augen. Ihr Herz begann zu rasen, immer schneller, als wollte es aus ihrem Brustkorb ausbrechen und sich diesem schönen Unbekannten entgegenwerfen. Samira kam sich linkisch vor und wie die letzte Idiotin.

»Ja, mein Handy war im Auto. Wie gesagt, ich hatte es hier geparkt, aber offenbar wurde es gestohlen. Mein Portemonnaie war auch im Wagen. Ich müsste nur mal kurz telefonieren, damit mich jemand abholen kann.«

Da sie nach wie vor stumm blieb, fügte er hinzu: »Ich bräuchte Ihr Handy zum Telefonieren. Ich zahle Ihnen auch jeden Cent zurück, ehrlich.«

Der Prinz wirkte ernsthaft besorgt. Er war vertrauenerweckend, sah nicht aus wie jemand, der es auf ihr Telefon abgesehen hatte. Ohne den Blick von ihm zu wenden, wühlte sie in ihrer Tasche. Ihr Handy war da, wo es immer war. Sie nahm es und hielt es ihm hin.

Er griff nach dem alten Nokia-Modell und begann darauf herumzutippen, dann wandte er sich zum Telefonieren ab. Scheinbar ging gleich jemand dran, sie redeten auf Arabisch miteinander. Die junge Frau hörte seinen marokkanischen Akzent heraus, der im Vergleich zum Tunesischen sehr hart klang. Der Mann bat die Person, ihn sofort abzuholen. Er sprach sehr bestimmt, offenbar war er es gewohnt, Befehle zu erteilen. Mit seinem Gesprächspartner sprach er jedenfalls so, als wäre dieser sein Untergebener, und erteilte ihm noch eine letzte Anweisung. Dann gab er Samira ihr Handy zurück, er ließ es direkt in ihre Tasche fallen.

»Ich weiß nicht, wie ich Ihnen danken soll. Wären Sie nicht da gewesen um mir zu helfen, dann wäre ich wirklich aufgeschmissen gewesen. Ich erstatte Ihnen das Geld für das Gespräch natürlich. Wie ist denn Ihr Name?«

Samira war nicht in der Lage, darauf zu antworten, sie war wie versteinert durch ihre Schüchternheit und sein selbstbewusstes Auftreten. Sie war außerstande, auch nur einen einzigen halbwegs intelligenten Satz von sich zu geben. Da fegte auf einmal ein Windstoß durch die Straße und hob ihren Schleier an. Sie hatte es versäumt, ihn nach diesem furchtbaren Streit mit ihrem Vater abzunehmen. Was bin ich doch für eine Idiotin, dachte sie, aus Ärger über ihre Vergesslichkeit. Während sie ihn zurückzog, räusperte sie sich. Sie hatte ihre Sprache wiedergefunden und erwiderte:

»Ich heiße Samira … Keine Ursache, wann sollte man denn wohl sonst Nächstenliebe zeigen und nach den Prinzipien des Koran handeln, wenn nicht nach dem Besuch der Moschee?«

Bei diesen Worten nickte der Unbekannte. Samira gelang es nach dieser Erklärung, wieder freier zu atmen. Man musste nur die richtigen Worte finden.

»Sie scheinen nicht nur Ihren Glauben zu leben, sondern sind darüber hinaus auch noch eine wunderbare Frau … mit einem Herz aus Gold, Mademoiselle.«

Das Kompliment traf sie unvorbereitet, sie spürte, wie sie bis zu den Ohren rot wurde beim Gedanken an die mahnende

Stimme ihres Vaters, der sie zur Ordnung rief. Der Anstand gebot es, dass ihre Wege sich jetzt trennten. »Ich gehe dann mal weiter«, murmelte sie. Sie drehte sich um und fragte sich, warum ihr am Rücken plötzlich so heiß wurde, ob es an seinem glühenden Blick liegen konnte.

Als sie im Bus saß, auf dem Rückweg zu ihrer kleinen Wohnung, klopfte ihr das Herz immer noch bis zum Hals. Was hätte sie sonst noch zur Unterhaltung beitragen können? Sie wohnte zwar allein, aber sie war eine anständige junge Frau. Es gehörte sich einfach nicht, länger mit fremden Männern zu sprechen.

Das Vibrieren ihres Handys unterbrach ihre Grübelei. Auf dem Display erschien der Name ihrer besten Freundin und Kollegin, Laure. Sie hatten sich bei *Paper Departement* kennengelernt, der Postkarten-Firma, bei der Samira als Sekretärin arbeitete und Laure am Empfang. Sie hätten unterschiedlicher nicht sein können. Ihre Freundin wollte Schauspielerin werden und träumte davon, nach Paris zu gehen. Sie war überzeugt von ihrem schauspielerischen Talent und sagte oft mit leuchtenden Augen: »Eins steht fest, früher oder später werde ich ein Star.« Schon als kleines Mädchen hatte sie davon geträumt, eines Tages über den roten Teppich von Cannes zu laufen. Sie war blond, liebte es, dick aufzutragen. Laure ging grundsätzlich nur in Minirock und hochhackigen Schuhen vor die Tür, selbst bei Regen oder Schnee, trug Lipgloss und billigen Modeschmuck – »der wirkt 100% wie ein echter Diamant«. Als sie sich das erste Mal trafen, blieb Samira vor Staunen fast der Mund offen stehen angesichts ihrer aufreizenden Erscheinung. Sie vermied es tunlichst, Laure anzusprechen. Dieser behängte Christbaum und sie konnten einfach nichts gemeinsam haben. Sollte ihr Vater ihr jemals begegnen, würde er sie vermutlich ohne zu zögern als Nutte titulieren. Aber Laure war die einzige andere Frau in der Firma, und Samiras Büro lag direkt neben dem Empfang. Es war nur eine Frage der Zeit, bis sie sich anfreundeten.

Eines Tages grapschte ein Lagerarbeiter Laure an den Hintern. Sie verpasste dem Übeltäter postwendend eine Ohrfeige, daraufhin beschimpfte er sie. Samira, die diese Szene mitbekam, schaltete sich ein und drohte dem Arbeiter, sein Verhalten dem Chef zu melden. Daraufhin verschwand er kleinlaut in seinem Glaskasten und ward nicht mehr gesehen. Diese Auseinandersetzung schweißte die beiden Frauen zusammen, zumal Laure ein weiches Herz hatte.

»Und, hast du schön gebetet?«, säuselte ihre Freundin.

Der Möchtegern-Star war im Gegensatz zu ihr nicht gläubig und machte sich einen Spaß daraus, sie wegen ihrer Religion zu necken.

»Ja, es war sehr gut, du solltest mal mitkommen, du wärst sicher begeistert!«, gab Samira zurück.

Obwohl sie sich so gut verstanden, wollte sie Laure auf keinen Fall anvertrauen, dass ihr Vater sie quasi verstoßen hatte, nachdem sie beschlossen hatte auszuziehen, und auch nicht, wie sehr ihr ihre Familie fehlte. Aus Scham aber auch aus Angst, sie könnte andere damit belästigen, teilte sie ihre Sorgen mit niemandem, noch nicht einmal mit ihrer besten Freundin. Zwar riefen ihre Mutter und ihre Schwestern sie regelmäßig heimlich an, um zu hören, wie es ihr ging, aber sie durften sie nur in der Moschee treffen. Ihr Vater wollte sie bestrafen, indem er den Kontakt zur Familie unterband. Für ihn war das eine ganz normale Sanktion. Damit wollte er sie dazu bewegen, wieder auf den rechten Weg zu finden und in die elterliche Wohnung zurückzukehren. Sie fühlte sich innerlich zerrissen. Einerseits war sie gläubig, andererseits lehnte sie die Tradition, die ihre Eltern verkörperten, ab. Sie wollte weder wie eine Europäerin leben noch wie ihre Cousinen im hinterletzten Kaff. Sie wollte nur ein bisschen Freiheit. Ein bisschen, nicht zu viel.

»Ich bezweifele, dass das was für mich wäre. Und Inhaber von Casting-Agenturen treiben sich auch eher selten in Moscheen rum«, erklärte ihre Freundin.

»In dem Punkt muss ich dir recht geben, so jemand ist da bisher noch nicht aufgetaucht.«

Samira war eigentlich nicht zum Scherzen zumute, aber um auf andere Gedanken zu kommen, begann sie nun ihrerseits, Laure ein bisschen zu necken.

»Dafür ein Schauspieler!«

»*Bouduuu!* Wer denn?«

Samira musste lachen über diesen Ausruf und die leicht hysterische Tonlage ihrer Freundin. Laure entfuhr öfter mal ein Toulouser Argot-Ausdruck, der sehr lautmalerisch war, aber für Außenstehende vollkommen unverständlich. Diese sprachlichen Ausrutscher, verstärkt durch ihren typisch südlichen Singsang, machten jeden Versuch, vornehm zu wirken, augenblicklich zunichte.

»Da du nicht gläubig bist, verdienst du nicht, dass ich dir irgendwelche Geheimnisse offenbare«, setzte Samira den Spaß fort.

»Na komm schon, spuck es aus! Bestimmt hast du Roschdy Zem getroffen, richtig? Falls ja, dann hasse ich dich, denn in den bin ich echt verknallt. Oh lala! Sag nicht, dass er es war! Für den würde ich sogar konvertieren, wenn nötig!«

Samira prustete los und ließ ihre Freundin noch ein wenig zappeln.

»Nein, er war es nicht, auch wenn da durchaus eine gewisse Ähnlichkeit besteht. Die Größe passt jedenfalls. Allerdings sieht er noch besser aus. Um ehrlich zu sein … Er ist gar kein Schauspieler. Aber er sieht so gut aus, dass man ihn für einen Schauspieler halten könnte«, gab sie schließlich von sich.

»So, so, du bist also verknallt! Das ist ja suuuper!«, erwiderte Laure, völlig aus dem Häuschen. »Jetzt erzähl doch mal, Süße! Wer ist er? Wo habt ihr euch kennengelernt? Wie heißt er?«

»Das ist der Haken an der Sache, ich kenne seinen Namen nicht.«

»Tja dann …«

»Er hat ihn mir vermutlich genannt, weil er mein Handy geliehen hat, aber ich war so gebannt von ihm, dass ich nicht mehr weiß, was er eigentlich gesagt hat.«

»Was ist denn mit dir los? Hat er dich verhext, oder was? Dann lass lieber die Finger davon. Komm, lass uns zu *Mac Do* gehen, und dann erzählst du mir alles haarklein. Einverstanden?«

Als sie an ihrem üblichen Treffpunkt eintraf, bestellte Samira erst einmal eine Portion Pommes und nahm gleich noch einen *Filet-o-Fish* dazu. Sie hatte seit dem Morgen nichts mehr gegessen und einen Bärenhunger. Ihr Vater hatte ihr zwar ganz schön zugesetzt, aber es war ihm nicht gelungen, ihr den Appetit zu verderben. Sie saß im hinteren Teil des Lokals und sah, wie Laure sich hoch erhobenen Hauptes einen Weg durch die Menge bahnte. Die junge Frau sah mal wieder aus wie ein

Papagei. Sie trug einen rosafarbenen Minirock, dazu eine unmögliche grüne Jacke mit Stickereien, die entfernt an einen Tiroler Janker erinnerte, und Schuhe mit Holzplateau-Sohlen. Ihre blonde Mähne fiel ihr bis über den Rücken, und selbst aus größerer Entfernung konnte Samira erkennen, dass ihre Wimpern mit Mascara zugekleistert waren. Auch an Make-up hatte sie nicht gespart. Aber selbst wenn Samira angesichts dieser Aufmachung zurückzuckte, so zog Laure doch viele Blicke auf sich. Von Frauen, die neidisch waren, oder ihren Augen nicht recht trauten, und von Männern, die überrascht waren oder sie sexy fanden. Im Gegensatz zu Samira ließ Laure jedenfalls niemanden kalt.

»Mann, das ist vielleicht mal voll hier, der absolute Wahnsinn«, sagte ihre Freundin und ließ sich auf einen Stuhl fallen. »Aber wir sind ja auch bescheuert, uns hier am Freitag zu verabreden.«

Nachdem sie einen abfälligen Blick auf Samiras Fisch-Burger und die Portion Pommes geworfen hatte, sagte sie:

»Bist du irre, was isst du denn da für ein Zeug? Möchtest du eine Tonne werden?! Allein beim Zusehen habe ich das Gefühl, mich augenblicklich in einen Heißluftballon zu verwandeln! Meine Liebe, wenn du dich so aufs Essen stürzt, bekommst du nur einen fetten Arsch, und damit wirst du deinen Märchenprinzen sicher nicht verführen.«

Während sie das sagte, stibitzte sie sich eine Pommes von Samira, tunkte sie in Mayonnaise und ließ sie genüsslich in ihrem Mund verschwinden.

»Nein, mein Schatz, du musst dich schon ein wenig ins Zeug legen. Aber du kannst ganz beruhigt sein, ich habe noch mal über deine Geschichte nachgedacht und schon eine erste

Idee. Die Nummer, die er angerufen hat, ist ja in deinem Handy gespeichert. Du kannst also diese Nummer anrufen und unter einem Vorwand nach ihm fragen.«

Allein bei der Vorstellung, etwas so Gewagtes zu tun, überkam Samira die nackte Panik. Diese Idee lag ihr so fern, sie hatte nicht auch nur eine Sekunde mit dem Gedanken gespielt, ihren Prinzen anzurufen.

»Nein, kommt nicht infrage, das tue ich ganz sicher nicht!«

»Ich habe mir schon gedacht, dass du irgend so einen Quatsch antworten würdest. Soll ich ihn für dich anrufen?«

»Nein!«, rief Samira entsetzt aus. »Das ist der falsche Weg. Ich lasse das Schicksal entscheiden.«

»Ach was, ab und zu muss man dem Schicksal ein bisschen nachhelfen, denn das kann ganz schön launisch sein! Okay, jetzt erzähl mir mal genau, wie ihr euch begegnet seid.«

Samira kam der Aufforderung nach, auch wenn es ihr ziemlich grotesk vorkam, sich eine Stunde über eine Begegnung auszulassen, die fünf Minuten gedauert hatte. Aber es half ihr, ihren Vater und den Bruch mit ihrer Familie zu vergessen, tatsächlich tat es ihr richtig gut.

Ihre Freundin ließ sie während ihrer Erzählung nicht aus den Augen. Am Ende setzte sie ein spitzbübisches Gesicht auf.

»Okay, zum Glück hast du ja deine Freundin Laure, die weiß, welche Strategien bei Männern funktionieren. Mein Plan ist ganz einfach und wird dir gefallen, weil du im Grunde nicht viel ändern musst. Du gehst einfach nur regelmäßig in die Moschee. Da bist du ihm einmal begegnet, da wirst du ihm sicher ein zweites Mal begegnen.«

»Ich besuche diese Moschee seit Monaten, er ist mir dort noch nie aufgefallen«, gab Samira zurück.

»Ach ja, Mist, das habe ich nicht bedacht«, sagte Laure nachdenklich und kaute auf ihrer Lippe herum. »Nichtsdestotrotz« erklärte sie, und griff sich nebenbei eine weitere Pommes – ihre ausgehungerte Freundin hatte sich inzwischen eine zweite Tüte geholt – »glaube ich, dass du ihn dort wiedersehen wirst. Er geht da sicher häufiger hin. Du hast ihn nur deshalb noch nicht gesehen, weil du nie länger durch das Viertel gelaufen bist und nach irgendwelchen Typen Ausschau gehalten hast. Sonst bist du immer schön brav nach Hause geeilt nach der … äh … Messe.«

Samira nickte nur. Zugegeben, damit hatte Laure recht. Sie starrte normalerweise keine Männer an und war immer bemüht, nicht aufzufallen. Ihr Vater und ihre Mutter hatten sie gelehrt, sich im Hintergrund zu halten. In ihren Augen hatte sich ein anständiges Mädchen möglichst unauffällig zu benehmen. Laure war in gewisser Weise genau das Gegenteil von einem anständigen Mädchen. Und dennoch war dieser Paradiesvogel in Samiras Augen durchaus vertrauenswürdig und völlig in Ordnung. Das war ein weiterer Beleg dafür, dass man sich nicht auf den ersten Eindruck verlassen durfte und nicht vorschnell ein Urteil über jemand fällen sollte. Laure fuhr unbeirrt fort:

»Ich möchte, dass du da noch mal hingehst, dieses Mal vor dem Gottesdienst, damit du das Terrain sondieren kannst. Wenn du möchtest, begleite ich dich. Aber so schnell geben wir nicht auf! Dieser Typ gehört dir. Und dann die Geschichte mit seinem Auto … Ihr seid füreinander bestimmt, das steht mal fest!«

»Ach echt, füreinander bestimmt?«, spottete Samira.

Trotz ihres aufreizenden Äußeren war Laure eine hoffnungslose Romantikerin. Wegen ihrer Schwäche für Seifenopern hatte sie schon wiederholt den Falschen erwischt. Je dicker jemand auftrug, desto leichter fiel sie darauf herein. Sie war in dieser Hinsicht wie ein kleines Mädchen, aber angesichts ihrer perfekten Rundungen nahm ihr niemand diese Unschuld ab.

»Mach dich nur lustig, schließlich tue ich das alles für dich!«

»Ich weiß, entschuldige. Aber es bringt nun mal nichts, sich in irgendetwas hineinzusteigern. Der ist eine Nummer zu groß für mich. Im Übrigen ist er mir nicht hinterhergelaufen und …«

In dem Moment vibrierte ihr Handy. Sie dachte, es könnte ihr Vater sein, der sich anders besonnen hatte. Aber auf dem Display stand »Unbekannt«. Sie schnappte sich eine Pommes und antwortete mit fettverschmiertem Mund:

»Hallo?«

»Samira, hier ist Mehdi.«

»Wer?«

»Mehdi. Wir haben uns vorhin vor der Moschee getroffen. Sie haben mir Ihr Handy geliehen. Wissen Sie nicht mehr?«

Samira wäre fast an ihrer Fritte erstickt.

»Hallo, Samira, sind Sie noch dran?«

»Ja … ja.«

»Störe ich gerade? Soll ich später noch mal anrufen?«

»Nein, nein, ich war … also ich war …«

»Also störe ich wohl doch, gut, schade. Schönen Abend noch, Samira.«

Dann legte er auf.

»Das war er«, stieß Samira mit zitternder Stimme hervor.

Laure brach in schallendes Gelächter aus.

»Das muss man dir lassen, du weißt, wie man mit Männern redet«, sagte sie, während sie sich die letzten Pommes aus der Tüte angelte.

Samira seufzte. Wieder mal hatte sie es vergeigt, so würde sie nie ihre große Liebe finden, den Mann, mit dem sie sich wieder bei ihrer Familie zeigen könnte, die Hochzeitsurkunde in der Tasche.

5

»Capitaine, ich schwöre Ihnen, als wir die junge Frau auffanden, war die Wohnungstür doppelt abgeschlossen. Sie hatte keinen Schlüssel bei sich. Wäre auch schlecht gegangen, schließlich empfing sie uns quasi nackt. Sie war nur mit einem T-Shirt bekleidet, das ihr im Übrigen auch noch viel zu groß war.«

»Ich möchte Ihnen gerne glauben, Bonanza, aber wie Sie gesehen haben, ließ sich die Tür ganz leicht öffnen. Haben Sie denn gestern überhaupt versucht, sie aufzumachen?«

»Capitaine, ich bin doch nicht blöd, natürlich, Ehrenwort. Die junge Frau ist über den Balkon ihrer Nachbarin geklettert, weil sie eingeschlossen war, dabei bleibe ich.«

Gabrielle überlegte kurz und klopfte sich dabei mit den Fingern gegen die Lippe, ein alter Tick von ihr. Entweder ihr Kollege log sie an, um seinen Schnitzer zu kaschieren, oder jemand war vor ihnen in der Wohnung gewesen. Sie wandte sich zu dem Schlosser um, den sie mitgebracht hatten.

»Monsieur, es sieht ganz so aus, als würden wir Ihre Dienste nicht mehr benötigen. Aber man weiß ja nie. Bleiben Sie bitte in der Nähe, damit Sie später wieder alles verschließen können. So, Bonanza, nach Ihnen!«

Der Lieutenant betrat die Wohnung, seine Chefin folgte ihm. Aufgrund der offenstehenden Balkontür mit der zerbrochenen Scheibe war es ungemütlich kalt. Vor der Schiebetür war getrocknetes Blut zu sehen. Gabrielle genügte ein Blick, um den Raum und seine Atmosphäre in sich aufzunehmen, ihre Sinne waren hellwach. Es wirkte auf sie eher wie ein behelfsmäßiges Lager als wie eine Wohnung, in der jemand wohnte. In einer Ecke des Wohnzimmers stapelte sich dreckiges Geschirr, jegliche Wertgegenstände, wie Fernseher, Telefon und Stereoanlage, waren verschwunden. Entweder war ein Einbrecher hier gewesen, oder die junge Frau war zur Pennerin heruntergekommen und hatte ihr Hab und Gut verkauft, um zu etwas Geld zu kommen.

Gabrielle und Bonanza durchsuchten jeder einen Teil der Wohnung. Sie inspizierten jede Ecke. Nach einer Stunde, in der sie quasi jedes Staubkorn umgedreht hatten, kapitulierten sie. Es waren keinerlei Papiere vorhanden – kein Ausweis, keine Rechnung –, mit deren Hilfe sie die junge Frau hätten identifizieren können, und die Wohnungsschlüssel waren unauffindbar. Gabrielle betrachtete die Schlösser noch einmal aus der Nähe.

»Seltsam, das zweite Schloss ist ganz neu, das wurde erst kürzlich angebracht. Wenn sie wach wird, müssen wir sie fragen, warum sie dieses zusätzliche Schloss angebracht hat. Vielleicht fühlte sie sich bedroht?«

Sie ging zur Schiebetür herüber und begutachtete die zerbrochene Scheibe und das daran klebende Blut aus der Nähe.

»Vermutlich ist das ihr Blut, aber wir sollten es trotzdem untersuchen lassen. Ruf den Erkennungsdienst an, die sollen sich das hier mal ansehen.«

Gabrielle gähnte und sah auf die Uhr. Es war zwölf.

»Ich fahre nach Hause und haue mich aufs Ohr. Wir treffen uns heute Abend im Krankenhaus wieder, sagen wir um einundzwanzig Uhr? Du hast ihnen hoffentlich gesagt, dass sie die junge Frau auf keinen Fall gehen lassen dürfen, wenn sie wieder zu sich gekommen ist?«

»Ja, ja, Capitaine, keine Sorge, bei dem, was die ihr zur Beruhigung verabreicht haben, schläft die locker bis einundzwanzig Uhr.«

Gut möglich. So wurde eine chemische Zwangsjacke durch die andere ersetzt. Willkommen in der modernen Welt, dachte Gabrielle.

Für Leute, die ohne eigenen Hausstand in eine Stadt kamen, waren möblierte Wohnungen von enormem Vorteil, da man darin das Nötigste vorfand. Vor ihrem Aufbruch aus Biarritz hatte Levasseur all ihre Sachen verkauft, mit Ausnahme ihrer Schallplattensammlung. Bei ihrer Ankunft in der *Ville Rose* hatte sie auf gar keinen Fall die nach Umzügen fast schon obligatorische Fahrt zu Ikea oder irgendwelchen anderen Einrichtungshäusern machen wollen, in denen man zugeschüttet wurde mit »unverzichtbaren« Objekten, die einem das Leben verschönern sollten. Gabrielle pflegte ehrlich zu sich selbst zu sein, egal in welcher Hinsicht. Sie akzeptierte sich so wie sie war, mit all den Narben, die ihr das Leben beigebracht hatte. Nach ihrem letzten Fall hatte sie beschlossen, eine möglichst eintönige, schnörkellose Existenz zu führen. Andere hätten dieses Leben vielleicht als »todlangweilig« bezeichnet. Sie hatte seit Monaten keinen Sex mehr gehabt, aber tatsächlich fehlte er ihr nicht.

Der Nachteil einer solch möblierten Wohnung bestand darin, dass die Möbel oft abgenutzt waren. Alles war etwas wackelig und das durchgelegene Bett, auf das sie sich fallen ließ, hatte sicher schon so einiges mitgemacht. Sie wollte es sich lieber nicht genauer ausmalen. Nun lebte sie schon seit über einem Jahr in Toulouse und hatte sich immer noch nicht um eine »richtige« Wohnung bemüht. Wenn man lediglich eine stinknormale Dienstwohnung brauchte, war die Sache einfach. Dafür genügte es, ein paar Formulare in mehrfacher Ausführung auszufüllen. Sie wollte momentan einfach kein Zuhause haben.

Sie machte eine seltsame Phase durch, eine Übergangszeit, hing irgendwo dazwischen. Noch hatte sie nicht sämtliche Verbindungen zu ihrer Vergangenheit gekappt, aber auch nicht darüber entschieden, wie es mit ihrem Leben weitergehen sollte. Sollte sie wieder ins Zivilleben zurückkehren oder Bulle bleiben? Sollte sie in Toulouse bleiben oder die Stadt wieder verlassen? Sollte sie ihre Jagd auf die Killerin fortsetzen oder sie aufgeben? Fragen über Fragen, und momentan hatte sie auf keine einzige eine Antwort. Sie hatte das Gefühl, auf Standby geschaltet zu sein, als wäre sie bei einem Zwischenstopp an irgendeinem Flughafen gestrandet und hätte keine Ahnung, wohin sie als Nächstes fliegen sollte.

Sie schüttelte hilflos den Kopf, zog die Schublade ihres Nachtschränkchens auf und holte ein silbernes Medaillon hervor, das fest in ein Stück abgegriffene Plastikfolie gewickelt war. Kein Wunder, jeden Tag aufs Neue nahm Gaby das kleine Päckchen in die Hand. Manchmal holte sie das Medaillon heraus und starrte eine halbe Ewigkeit auf die winzigen Fotos darin. Ihre Intuition – oder war es einfach nur ein Tick von ihr, sich gerne schöne Geschichten auszudenken? – sagte ihr immer und immer wieder, dass dies der Schlüssel war, um die Killerin mit dem starren Blick zu finden, dieses altertümliche, herzförmige Schmuckstück.

Sie konnte der Versuchung nicht widerstehen, es auszupacken und erneut zu öffnen. Zwei verblichene Fotografien in den typischen Farben der 70er Jahre zierten die Innenseiten des Medaillons. Auf dem einen war eine junge Frau mit langen blonden Haaren zu sehen, die breit lächelnd in die Kamera sah, auf dem anderen ein Mann mit niedriger Stirn und mürrischem Blick. Zwar hatte man das Medaillon im Haus der Manjeois gefunden, aber Gabrielle war noch immer fest davon überzeugt, dass es der Killerin gehörte und sie es während ihrer Mordtaten dort verloren hatte. Nachdem Gabrielle es eine ganze Weile lang gemustert hatte, wickelte sie es wieder in die Plastikfolie und legte es zurück in die Schublade. Sie streckte sich auf dem Bett aus, schüttelte ihre Schuhe ab und stellte den Fernseher an, ging auf einen Nachrichtenkanal ohne Ton. Sie war erschöpft und hoffte, schnell einzuschlafen, möglichst den Nachmittag durch. Die Geister von Romain Le Roux und der Tochter von Dominique hatten die schlechte Angewohnheit, sie immer wieder aufzuwecken. Sie spürte ihren kalten und fauligen Atem im Nacken, sah ihre durch die Schüsse halb vom Rumpf abgetrennten Köpfe vor sich.

Trotz der geschlossenen Fensterläden gelang es einigen Sonnenstrahlen, sich in die Wohnung zu stehlen. Die Fernsehbilder zogen an Gabrielle vorbei, menschliche Wesen, die durch irgendeinen seltsamen Effekt zu Fischen in einem Aquarium wurden. Bloß nicht nachdenken. Einfach dem Sog der Bilder folgen. Die Augen schließen. Sie war kurz davor einzuschlafen, da schreckte sie durch eine Szene im Fernsehen schlagartig hoch. Sie tastete nach der Fernbedienung unter ihrem Kopfkissen.

»Wie stellt man hier auf laut, verdammt!«, schrie sie.

Sie traute ihren Augen nicht.

6

»Wenn eine Frau täglich ihre fünf Gebete spricht, ihre Keuschheit behält und ihrem Mann gehorcht, dann kommt sie ins Paradies, dann stehen ihr alle Türen offen und ihre Wünsche werden erfüllt.«
Allahs Botschaft in der Überlieferung von Ibn Hibban

»Du siehst großartig aus!«, rief Laure.

»Ich finde es ein bisschen kurz«, sagte Samira zögernd.

»Das soll wohl ein Witz sein! Das Kleid geht bis über die Knie. Jetzt übertreib mal nicht.«

Na ja, für dich mag es vielleicht normal sein, ultrakurze Röcke zu tragen, dachte Samira, aber dann besann sie sich: Nein, hör auf damit, Laure ist deine Freundin, sie will dir helfen. Samira war nervös, deshalb hatte sie so gemeine Gedanken. Und das alles nur wegen dieses Dates. Drei Tage nach seinem ersten Anruf hatte Mehdi sie erneut angerufen und vorgeschlagen, gemeinsam »einen Kaffee zu trinken«. Sie hatte, ohne zu zögern, ja gesagt. Kaum aufgelegt, haderte sie mit der Entscheidung und malte sich aus, welche sarkastischen Bemerkungen ihr Vater ihr an den Kopf werfen würde, wenn er von der Verabredung wüsste. Aber ihr Herzklopfen übertönte alles. Beim Gedanken an Mehdi hatte sie Schmetterlinge im Bauch. Das konnte nur Liebe sein. Sie spürte instinktiv, dass er der Richtige war, der Märchenprinz, auf den sie so lange gewartet hatte. Und damit nicht genug, durch eine Heirat würde sie sich mit ihren Eltern aussöhnen können. Dieses Rendezvous kam gerade zum richtigen Zeitpunkt. Es ging nur alles so schnell. Sie fragte sich, ob sie ihn nicht noch hätte hinhalten sollen, ob eine anständige Frau das nicht so gemacht hätte. Sie konnte nicht anders, sie empfand Schuldgefühle, weil sie diese Verabredung mit einem Unbekannten eingegangen war. Aber daran durfte es nicht scheitern. Dieser Mann war die Chance ihres Lebens. Dafür hätte sie ihre Hand ins Feuer gelegt. Die durfte sie sich nicht entgehen lassen!

Schließlich entschloss sie sich, ermutigt von Laure, das Kleid anzubehalten, und das andere, das deutlich biederer wirkte, zurück in den Schrank zu hängen. Sie betrachtete sich noch ein letztes Mal im Spiegel und lächelte. Sie fand sich hübsch. Mehr als das, attraktiv. Am Tag zuvor hatte Laure sie dazu überredet, bei Monoprix dieses blaue Kleid anzuprobieren, weil »es nichts Besseres gibt als ein neues Kleid, um sich schön zu fühlen«. Als sie es dann angezogen hatte, rief Laure: »Du siehst echt super aus! Ich würde sogar sagen unwiderstehlich, sensationell! Der wird hintenüberfallen!«

Samira hatte sich von ihren Komplimenten schließlich überzeugen lassen und das Kleid gekauft, das sie nicht wirklich brauchte. Aus bloßer Koketterie. Dabei hatte sie sich geschworen zu sparen, sich jeden Monat etwas zurückzulegen, damit sie sich eines Tages eine eigene Wohnung kaufen könnte, in der Nähe ihrer Eltern. Sie fehlten ihr so sehr! Und sie vermisste die großen Tischrunden mit der Familie am Wochenende.

Nun waren sie im Badezimmer und Laure versuchte, sie zu überreden, sich zu schminken.

»Nein, kommt nicht infrage. Vergiss es.«

»Okay, ich bin ja schon still. Wenn du dort mit Augenringen und Pickeln erscheinen willst …«, klagte die Blondine. »Wenigstens ein bisschen Mascara?«

»Wie schon gesagt, nein!«, schleuderte Samira ihr entschlossen entgegen.

Schlimm genug, dass sie sich mit einem fremden Mann traf. Sie würde sich jetzt nicht auch noch anmalen wie so eine ... Sie war überrascht über ihre heftige Reaktion, so kannte sie sich gar nicht. Das war nun schon das zweite Mal. Dabei unterstellte sie in der Regel niemandem etwas Schlechtes. Schimpfwörter waren eigentlich nicht Teil ihres Wortschatzes. Aber sie war so aufgeregt, dass ihre übliche Gelassenheit dahin war.

»Wenn du glaubst, Natürlichkeit ist das Nonplusultra, okay!«, gab Laure sich geschlagen und lächelte. »Kommen wir zu dem Wichtigsten! Wo trefft ihr euch?«

Das fragte sie nun bereits zum dritten Mal. Trotzdem reagierte Samira kein bisschen genervt darauf. Im Gegenteil. Ausnahmsweise war sie mal die Königin des Abends, alle Aufmerksamkeit konzentrierte sich auf sie, das machte sie glücklich.

»Vor dem Theater.«

»In der Ecke gibt es Cafés ohne Ende. Ich frage mich, wo er wohl mit dir hingehen will.«

Es war Samiras erste Verabredung mit einem Mann und dann auch noch ohne Einwilligung ihrer Eltern. Laure sah, dass diese Situation ihrer Freundin Angst machte. Darum war sie auch kein bisschen überrascht über die Bitte, die nun folgte.

»Laure, ich habe Angst ... ich ... kannst du mich nicht begleiten und meine Anstandsdame spielen?«

»Deine was?! Dich begleiten? Aber wovor hast du denn eigentlich Angst, Samira? Er wird dich schon nicht auffressen! Nein, ich komme auf gar keinen Fall mit. Was würde er denn dann denken? Wir leben schließlich nicht im Mittelalter.«

»Er würde denken, dass …«

Samira zuckte mit den Schultern.

»Keine Ahnung, du könntest mich vielleicht hinbringen und uns aus der Ferne beobachten … und mir anschließend sagen, was du von ihm hältst. Du wirst besser erkennen als ich, ob er es ehrlich mit mir meint.«

»Samira, hör auf! Ich bin keine Hellseherin! Woher soll ich denn wissen, ob der Typ in Ordnung ist oder nicht? Zumal aus der Ferne. Außerdem wirfst du mir ständig vor, dass ich auf die falschen Typen reinfalle. Ich glaube kaum, dass ich dir eine große Hilfe wäre. Es gibt keinen Trick, mit dem man die wahren Absichten einer Person herausfinden könnte. Das kannst nur du allein, indem du mit ihm sprichst.«

Samira war kreidebleich geworden, sie begann an ihren eh schon ziemlich abgekauten Fingernägeln zu kauen.

»Nein, ehrlich, meine Süße, da musst du alleine hingehen!«

Von dort, wo sie saß, war Samira nur ein kleiner himmelblauer Fleck in der Mitte der Place du Capitole. Laure hatte ihre anfänglichen Vorbehalte aufgegeben. Aus Sorge um ihre Freundin und auch aus Neugier hatte sie sich dann doch bereit erklärt, Samiras Rendezvous heimlich zu beobachten und ihr hinterher zu sagen, was sie von ihrem »Prinzen« hielt. Da Samira regelmäßig verstummte, wenn die Sprache auf ihre Familie kam, hatte Laure daraus geschlossen, dass sie Probleme mit ihren Eltern hatte. Aber welcher Art? Wie sollte sie das nur herausfinden? Laure hatte keine Ahnung von tunesischen Sitten und Gebräuchen, und Samira beklagte sich nie offen. Sie kritisierte generell niemanden, aber schon gar nicht ihre Familie. Dieser kleine Schatz war ein Ausbund an Tugend. Sie war sich ihrer inneren und äußeren Schönheit und ihrer Großherzigkeit überhaupt nicht bewusst. Kein Wunder, dass dieser Typ sich auf Anhieb in sie verguckt hatte. Samira war wie ein ungeschliffener Diamant. Aber Laure wusste auch, wie naiv die junge Frau war, insbesondere in Bezug auf Männer. Sie glaubte an die absolute Liebe, darunter machte sie es nicht. Ihre Eltern hatten ihr irgendeinen Mumpitz eingebläut, ihr eine vollkommen rückschrittliche Auffassung davon vermittelt, wie sich eine »anständige« Frau zu verhalten hätte. Demzufolge konnte sich eine Frau nur an der Seite eines Mannes außerhalb ihrer Familie entfalten, und allein eine Hochzeit ermöglichte es ihr, all das zu bekommen, was sie sich wünschte. Mehdi schien der ideale Kandidat zu sein: Er war Moslem, schön, reich und schien ihr gegenüber aufrichtige Gefühle zu hegen. So hatte Samira ihren Prinzen in kurzen Worten beschrieben.

Laure war sehr gespannt darauf, ihn zu sehen. Sie saß auf einer Bank und summte eine Filmmelodie vor sich hin, um sich die Zeit zu vertreiben. Plötzlich erregte ein brandneuer BMW ihre Aufmerksamkeit, der in zweiter Reihe parkte. Sie sah, wie dem Wagen ein junger Mann entstieg. War das Mehdi? Eins stand fest, der Typ sah verdammt gut aus und wirkte super elegant in seinem dreiteiligen Anzug, und seine forsche Art, sich zu bewegen, sprach für sich: Der ließ sich von niemandem auf die Füße treten, der setzte sich überall durch. Ein echter Märchenprinz, ja. Laures erster Eindruck gab Samira recht.

Die Freundin ging auf ihren Traummann zu. Es folgte ein längeres Gespräch zwischen den beiden, dann stiegen sie ins Auto, und er fuhr mit quietschenden Reifen davon. Laure schimpfte, als sie den BMW davonfahren sah. Damit hatte sich die geplante Beschattung erledigt, heute würde sie jedenfalls nicht weiter Detektiv spielen können. Sie, die kesse Blondine, träumte davon, eines Tages in einem Film eine Polizistin zu verkörpern, die sexy und draufgängerisch war. Was die gescheiterte Überwachung anging, beruhigte sie sich damit, dass sie vermutlich eh keine gute Ratgeberin gewesen wäre. Samira sah in einem Mann das klassische Familienoberhaupt. Und Laure wünschte sich jemanden, der sie auf ein Podest stellte. Sie musste sich eingestehen, dass sie bereits jetzt Starallüren besaß, denn sie liebte es, Komplimente zu bekommen, hörte zu gerne, dass sie die Hübscheste von allen war. Ihre und Samiras Idealvorstellungen von Männern wichen also stark voneinander ab. Ob Mehdi die hohen Erwartungen ihrer Freundin würde erfüllen können? Laure klopfte gegen einen Baum am Wegesrand und betete, dass dem so war. Sie hoffte von ganzem Herzen, dass Samira ein Glückslos gezogen hatte.

Samira hatte zunächst gezögert. Sollte sie wirklich zu ihm ins Auto steigen, zu einem Fremden? Bisher wusste sie gar nichts von ihm – oder fast gar nichts. Als Mehdi ihre Verlegenheit bemerkte, schlug er vor, das Auto stehen zu lassen und zu Fuß zu gehen. »Allerdings wären Sie dann erst recht spät wieder zu Hause«, fügte er hinzu, »denn zu Fuß ist es ein ganz schön weiter Weg. Aber mir ist alles recht, Sie entscheiden.«

Was riskierte sie denn schon? Er würde sie wohl kaum entführen und anschließend Lösegeld fordern, oder? Bei dieser albernen Vorstellung lächelte sie unwillkürlich. Ihre Familie war nicht vermögend, und der Prinz hatte sicher genügend Frauen, die ihm zu Füßen lagen. Und zwar Kurtisanen, die deutlich begüterter waren als sie! Warum sollte er sie also kidnappen? Die Tatsache, dass sie sonst erst sehr spät zu Hause wäre, gab schließlich den Ausschlag. Kaum war sie eingestiegen, düste er mit quietschenden Reifen davon.

Offenbar hatte Mehdi seine Pläne dann doch noch geändert, denn die Fahrt war letztendlich sehr kurz. Auf dem Weg überschüttete er sie mit Komplimenten über ihre Frisur, ihr Lächeln und ihr Kleid. Samiras Wangen färbten sich dunkelrot, aus Verlegenheit, aber auch aus Freude, sie sagte keinen einzigen Ton. Schweigend konnte sie die Komplimente am besten auskosten und in ihr Herz brennen.

Mehdi brachte seinen BMW vor dem Grand Hôtel de l'Opéra zum Stehen. Er war Stammgast hier und begrüßte den Portier, der ihnen die Tür aufhielt. Samira war stumm vor Bewunderung angesichts der prächtigen Eingangshalle, des dicken Teppichs und der uniformierten Hotelangestellen, die geschäftig hin- und hereilten. Wie linkisch und unbehaglich fühlte sie sich auf einmal in ihrem blauen Kleid! Sie schämte sich dafür, wie einfach und billig es war. Und ein verzweifelter Blick auf ihre abgenutzten Schuhspitzen bestärkte sie in dem furchtbaren Gefühl, in diesem prachtvollen Rahmen wie ein Schandfleck zu wirken.

Mehdi schob sie hinein. Luxus hat einen ganz besonderen Duft, der Duft von teurem Parfüm stieg ihr sogleich in die Nase. Überall Gold, der rote Teppich … die Bilder überschlugen sich, ihr Kopf begann sich zu drehen. Hätte ihr edler Begleiter sie nicht am Arm hineingeführt, dann wäre sie vermutlich wie ein Häufchen Elend vor dem Portal in sich zusammengesackt.

Sie setzten sich, und ihr Prinz bestellte zwei Kaffee. Sie hätte lieber einen Minzsirup getrunken, aber sie wagte nicht, ihm zu widersprechen. Er redete über seine Geschäfte, über seine schwerreiche Familie in Marokko, über ihr hübsches Lächeln, bei dem er sofort dahingeschmolzen war, über ihre Großzügigkeit, die er schon bei ihrer ersten Begegnung in ihren Augen hatte sehen können, ein untrügliches Zeichen dafür, dass sie eine Frau mit einem großen Herz war. Er war es leid, die reichen Erbinnen zu treffen, die seine Eltern für ihn aussuchten. An Liebe auf den ersten Blick hatte er bisher nicht geglaubt, aber mit ihr war alles anders. Irgendetwas verband sie miteinander. Etwas Göttliches. Das spürte er. Oder erhoffte er sich zu viel? Schwieg sie etwa, weil sie Zweifel an seinen ehrlichen Absichten hatte? Das verstand er. Sie war eine anständige Frau, sie wollte Beweise, Worte allein genügten ihr nicht. Sie hatte recht. Schließlich sah er sie erst das zweite Mal, aber in seinem Herzen wuchs eine Gewissheit heran: Sie war es, auf die er gewartet hatte. Seine zukünftige Frau, die Mutter seiner Kinder, sie würde die Kinder zu ehrbaren Menschen erziehen.

Samira hing an seinen Lippen. Sie war im siebten Himmel, unfähig auch nur ein Wort zu sagen. Seine dunklen Augen zogen sie in ihren Bann. Sie fragte sich, wie es möglich war, dass sich ein solcher Mann für sie interessierte? Er drückte sich so gewählt aus, sprach voller Überzeugung. Sicher, das alles war verrückt. Na und? Es gab so etwas wie Liebe auf den ersten Blick. Zumindest wollte sie das glauben. Mehdi gefiel ihr. Er würde die Liebe ihres Lebens sein. Ihr Mann. Der Vater ihrer Kinder.

»Äh … was?«, fragte sie schließlich, verwirrt, wie sie war.

»Ich mache eine echte Prinzessin aus dir, mein Liebling. Du wirst nie wieder arbeiten müssen. Deine einzige Aufgabe wird sein, mich zu lieben, wenn du dazu bereit bist.«

Die junge Frau errötete.

»Das geht jetzt aber doch etwas zu schnell, Mehdi, wir kennen uns ja schließlich kaum.«

Seine Miene verfinsterte sich. Ihre Antwort hatte ihn sichtlich kalt erwischt. Sie bereute ihre Worte augenblicklich. Du Idiotin, musste das sein, schimpfte sie mit sich selber und ohrfeigte sich in Gedanken. Einmal passierte etwas Gutes in ihrem Leben und sofort verdarb sie alles. Mehdi winkte den Kellner heran, um die Rechnung zu verlangen. Dann wandte er sich wieder Samira zu. Sein glatt rasierter Kiefer war angespannt.

»Da Sie meine Gefühle offenbar nicht erwidern, sollten wir hier nicht länger unsere Zeit vergeuden. Es tut mir leid, wenn ich Sie brüskiert habe. Sie glauben mir nicht, richtig? Sie denken ›was für ein Schwätzer!‹. Sie werden noch lernen, Samira, dass Liebe manchmal brutal sein kann. Ich liebe Sie, seit ich Sie das erste Mal gesehen habe, und durch das Zusammensein mit Ihnen sind meine Gefühle für Sie nur noch stärker geworden. Ich stehe zu meinen Gefühlen und kann nichts anderes sagen, als dass Sie die Liebe meines Lebens sind. Alles andere wäre nur dummes Geschwätz. Ich bin vollkommen aufrichtig. Ich bin kein Schauspieler, ich spiele kein Spiel. Im Gegensatz zu Ihnen, wie es mir scheint.«

Ihr Zaudern hatte offenbar zu einem furchtbaren Missverständnis geführt.

»Nein, nein, Mehdi … Vergessen Sie, was ich gesagt habe! Ich bin einfach nur so aufgewühlt durch unsere Begegnung«, stammelte Samira.

Dieses Eingeständnis war in Samiras Augen etwa genauso schlimm, als hätte sie mitten im Café ihren nackten Hintern gezeigt. Aber die Liebe zwang einen eben manchmal dazu, sich zu entblößen, sich dem anderen auszuliefern. Der Prinz strahlte übers ganze Gesicht.

»Samira, meine süße Samira! Ihre wunderbaren Worte beruhigen mich. Sie erwidern meine Gefühle also zumindest ein wenig. Ich bin überwältigt!«

Er beugte sich zu ihr herüber und küsste sie. Sie warf sich augenblicklich vor, nicht den Kopf gesenkt zu haben, um dem Kuss auszuweichen, aber es ging alles so schnell. Die ganze Situation kam ihr völlig surreal vor. Sein Mund fühlte sich so verführerisch weich an. Und außerdem hatte sie Angst, ihn erneut zu verärgern. Sie ließ es also geschehen, verwirrt. Es war einfach wunderbar. Er zog sich wieder zurück. Die gewaltige Anziehungskraft dieses Mannes und die in ihn gesetzten großen Hoffnungen nahmen von ihr Besitz. Es raubte ihr den Atem, ihr schwindelte. Sie zwinkerte, als könnte sie es immer noch nicht glauben. Er kam zu ihr herüber und schloss sie in die Arme.

»Mein Schatz, wir werden im Paradies leben«, flüsterte er ihr ins Ohr.

7

Die Fahrt von dem Kaff in Rumänien bis in den Vorort von Malmö, der früheren schwedischen Arbeitermetropole, nahm kein Ende und war furchtbar anstrengend. Mit einem plärrenden Säugling auf dem Rücksitz wäre sie einfach unerträglich gewesen. Seit der Abfahrt brüllte die Kleine unablässig und brachte ihre Wut darüber zum Ausdruck, dass man sie ihrer Mutter entrissen hatte. Das schrille Geschrei zerrte an den Nerven. Der Doktor verabreichte ihr großzügige Dosen Hustensaft, der dafür sorgte, dass sie immer wieder einschlief.

Für Kriminelle war es ein echter Glücksfall, dass Europa seine Grenzen geöffnet hatte, und dennoch kam man nicht immer ungehindert an sein Ziel. An den Autobahnen gab es oft Kontrollen. Da die Besatzung ihres Wagens sicher einige Aufmerksamkeit erregen würde, ein riesiger Tschetschene mit Verbrechervisage mit einem Baby auf dem Rücksitz, hatte Khasboulat sie dazu verdonnert, auf Nebenstraßen auszuweichen. Wie kein anderer verstand er es, sie ohne Kontrollen ans Ziel zu navigieren. Über viele Jahre hinweg hatte er die russische Armee ausgetrickst und seine Waffenbrüder erfolgreich bis in die feindlichen Linien hineingeführt, um dort wahlweise einen Armeestützpunkt oder eine Ölpipeline in die Luft zu sprengen. Bis zu dem Tag, an dem eine Bombe an einem Ort explodierte, an dem sie seiner Meinung nach nie hätte explodieren dürfen. Also hatte er seine Dienste anderweitig angeboten und bei Radzik eine neue Familie gefunden. Zwar wäre es ihm nicht schwergefallen, zwei oder drei überneugierige deutsche Zöllner um die Ecke zu bringen, aber er hasste es, unnötigen Wirbel zu verursachen. Und mit so einer Tat konnte man einen verdammten Tsunami auslösen, eine wahre Hetzjagd quer durch Europa.

Nathalie hätte es mit Rücksicht auf die Gesundheit des Babys und im Hinblick auf ihren eigenen Komfort dennoch vorgezogen, über die deutsche Autobahn zu rasen, auf der es kein Tempolimit gab. Aber sie fügte sich in ihr Schicksal, protestierte noch nicht einmal. Khasboulat war unangefochtener Experte für möglichst unauffälliges Verhalten.

Sie waren inzwischen fast sechsunddreißig Stunden unterwegs, ein perfekt eingespieltes kriminelles Trio: Der Arzt kümmerte sich um das Gör, Nathalie und Khasboulat fuhren und schliefen abwechselnd. Hin und wieder hielten sie an einem Rastplatz an, um schnell etwas zu essen, ihre Blase zu erleichtern und dem Baby eine neue Windel zu verpassen. Bei einem dieser Stopps in einem Gewerbegebiet irgendwo zwischen Potsdam und Berlin erwachte Nathalie mit schmerzverzerrtem Gesicht. Seit ihrer schweren Verletzung in einem Pariser Vorort plagte ihre Schulter sie jeden Morgen. Sie bekämpfte den stechenden Schmerz mit ein paar energetischen Übungen, die man ihr in der Privatklinik gezeigt hatte, und einer ganzen Batterie von Schmerzmitteln.

Die Übergabe des Babys war für den übernächsten Tag geplant. Aber vorher hatten sie noch ein enormes Hindernis zu überwinden, sie mussten mit der Fähre über die Ostsee, und da wimmelte es nur so von Bullen und neugierigen Urlaubern. Wie schon bei ihren vorherigen Lieferungen nach Italien, Serbien und Ungarn sollte Nathalie sich als die Mutter der Kleinen ausgeben. Ausgerechnet sie, der jegliche Zärtlichkeit abging!

»Es wird wirklich Zeit, dass wir ankommen«, sagte der

Arzt, während er sich aus dem Auto schälte. »Das Baby dehydriert langsam, und es mit Hustensaft abzufüllen, macht die Sache nicht gerade besser.«

»Sorgen Sie dafür, dass das Baby bis Malmö durchhält, mehr verlangen wir nicht, Gratchev«, sagte Nathalie, die ebenfalls ausgestiegen war.

»Die Leier kenne ich, Miria«, antwortete der Vierzigjährige in verächtlichem Ton und pustete sich eine Strähne seiner dicken, braunen Haare aus der Stirn. »Aber man kann unter solchen Bedingungen nun einmal kein Neugeborenes transportieren. Wir hätten nicht Landstraße fahren sollen, dadurch sind wir unendlich lange unterwegs, sondern die Autobahn nehmen und zwischendurch im Hotel übernachten. Eure Sicherheits-Obsession hat schon krankhafte Züge ... Ihr seid echte Paranoiker, ihr beiden! Die hygienischen Zustände sind für ein Baby eine Katastrophe. Außerdem kann ich ihm nicht weiter Hustensirup in diesen Mengen geben, sonst trägt es am Ende bleibende Hirnschäden davon. Ich denke, dass ...«

Er kam nicht dazu, den Satz zu beenden. Nathalie hatte ihn an der Gurgel gepackt. Er rang nach Luft.

»Mir scheint, du hast mich nicht richtig verstanden, *svinjetina,* du Schwein. Denkst du, du wärst hier beim Roten Kreuz, oder was? Du solltest das Denken lieber anderen überlassen. Ich entscheide, was gut für dich ist und was nicht. Ich entscheide, ob dein Leben auf diesem verfickten Parkplatz zu Ende geht, oder ob du den Weg mit uns fortsetzt. Ich bringe dich jetzt nur deshalb nicht auf der Stelle um, weil ich Khasboulat nicht zumuten möchte, eine Grube für dich auszuheben.«

Sie löste ihre Finger von seinem Hals, der Arzt fiel auf die

Knie und rang nach Luft. Im selben Moment kam der hünenhafte Tschetschene von der Toilette zurück. Er hob den sportlichen 70-Kilo-Mann hoch, als wäre er ein Sack Kartoffeln.

»Was soll ich mit ihm machen, Nath… Miria?«, fragte er mit seiner seltsamen Fistelstimme, die so gar nicht zu seinem Äußeren passen wollte.

»Nichts, er hält von nun an die Klappe, verfrachte ihn ins Auto, er soll sich um das Kind kümmern.«

Khasboulat beförderte ihn unsanft hinten in die Limousine und setzte sich auf den Beifahrersitz. Nathalie setzte sich ans Steuer ohne Gratchev auch nur eines Blickes zu würdigen. Ihr Komplize studierte die Karte, sie erwartete seine Anweisungen. Bald würden sie ihr Ziel erreicht haben. Der Tschetschene kannte die Gegend gut, er war die Strecke schon öfter gefahren.

»Wir haben noch etwa hundert Kilometer vor uns. Fahr Richtung Rostock/Überseehafen, Rostock/Krummendorf, Baltic Sea Ferries/Fähren. Rostock ist der größte Ostsee-Hafen. Da nehmen wir das Schiff nach Malmö. Es wird sicher ziemlich voll werden. Da können wir gut in der Menge untertauchen.«

Sie trat aufs Gaspedal. Dank der Schmerzmittel tat ihr die Schulter nicht mehr so weh. In Ihrem Körper machte sich fast ein Gefühl von Entspannung breit. Ausgerechnet in dem Moment begann die Kleine loszukrakeelen. Nathalie sah im Rückspiegel, wie der Arzt ihr einen Löffel Hustensirup einflößte.

Auf der Fahrt nach Rostock ersetzte das leise laufende Radio jegliche Unterhaltung. Sie waren über etliche kleine Landstraßen gefahren und hatten keinen einzigen Polizisten gesichtet.

Nathalie nutzte die Ruhe, um mit den Gedanken abzuschweifen, nach Frankreich. Radzik konnte anordnen, was er wollte, sie war fest entschlossen, Rache zu nehmen, nachdem sie das hier hinter sich gebracht hatte. Sie würde sicher nicht irgendeinen beknackten Urlaub machen, das überließ sie den anderen. Stattdessen würde sie sich zurückholen, was ihr gehörte: das Medaillon mit den Fotos ihrer Eltern.

Der riesige Hafen im Osten Rostocks mit seinen mehrspurigen Straßen, auf denen um diese Zeit Hochbetrieb herrschte, wirkte wie eine Stadt in der Stadt. Während des kalten Krieges war er für die Ex-DDR das Tor zur Welt gewesen, inzwischen hatte er Konkurrenz durch Lübeck bekommen, aber immer noch nutzten ihn täglich Tausende Lastwagen und Autos. Es gab jeden Tag zwanzig Verbindungen nach Schweden oder Dänemark, um die Massen an Waren und Touristen zu transportieren. Der internationale Fährverkehr wurde ganz am Ende der Kais abgewickelt. Khasboulat zufolge überwachten Zollbeamten ihn Tag und Nacht flächendeckend, aber die interessierten sich in der Regel nicht für einfache Touristen. Sie kontrollierten vor allem Lastwagen auf der Suche nach Schmuggelware, wie türkische Zigaretten oder russischem Wodka. Der Hafen war ein beliebter Umschlagplatz für Schmuggelgeschäfte jeder Art, regelmäßig stellte man geschmuggelte Ware sicher. Ab und an wurden groß angelegte Razzien durchgeführt. Das hieß, alle Reisenden innerhalb des Hafenbereichs wurden einer Ausweiskontrolle unterzogen.

Khasboulat parkte den Wagen außerhalb des Hafengeländes und forderte Nathalie auf, das Terrain erst einmal zu Fuß zu sondieren und dabei die Tickets für die Überfahrt zu besorgen. Vorsicht ging über alles, das war sein ehernes Prinzip, daran hielt er fest. So war es dem Tschetschenen in den zwanzig Jahren seiner kriminellen und terroristischen Tätigkeit gelungen, kein einziges Mal verhaftet zu werden. Er war der Überzeugung, dass man nur dann in eine Razzia geriet, wenn man nachlässig war. Das passierte nur Idioten, die nicht nachdachten. Khasboulat wog jedes Mal das Für und Wider ab, bevor er in Aktion trat. Er nahm immer eine genaue Risikoabschätzung vor und richtete sich mindestens drei Hintertüren ein.

Auf den weitläufigen Parkplätzen mischte sich der Geruch nach Seeluft mit dem Gestank von Schiffsdiesel, den die abfahrbereiten Fähren verursachten. Das erinnerte Nathalie an ihren Aufenthalt in Biarritz. Scheinbar gab es nichts, das sie nicht an Frankreich erinnerte. Sie musste daran denken, wie sie dort am Strand entlanggelaufen war, während ihr die Gischt ins Gesicht spritzte. Sie schüttelte den Kopf, um diese Gedanken zu verscheuchen, und ging mit festem Schritt auf den Anleger zu. Die Wolken türmten sich hoch auf, die Überfahrt drohte unruhig zu werden.

Breite, betonierte Wege liefen am Hafen entlang, große gelbe Schilder zeigten an, wohin die Fähren fuhren. Sie folgte dem Hinweisschild »Ferries Malmö/Sweden« und erreichte einen gigantischen Parkplatz am Ende einer Reede. Eine Sorgenfalte erschien auf ihrer Stirn. Etwa fünfzig Autos warteten darauf, auf die Fähre zu fahren, aber kein einziger Lastwagen. Die Zöllner hatten also keinerlei Ware zu überprüfen. Das bedeutete, sie würden träge durch die spärlichen Reihen der wartenden Autos spazieren und ihre Langeweile womöglich mit der Kontrolle der Papiere sämtlicher Reisender bekämpfen.

Ihre gefälschten Papiere waren so gut gemacht, dass sie eigentlich problemlos durchkommen müssten. Aber Vorsicht war besser als Nachsicht. Nathalie hatte wenig Lust, das Schicksal herauszufordern und durch ihre Begleiter unnötige Aufmerksamkeit zu erregen, noch dazu mit einer Limousine, die ein gestohlenes Baby an Bord hatte und 100.000 Blotter mit LSD aus serbischer Produktion für ihre schwedischen Partner. Da kam ihr eine Idee.

8

»Kannst du mir den Namen einer Person nennen, die nichts hatte, und die die große Liebe gefunden hat?«
»Einen Namen, sie will einen Namen, keine Ahnung … Vielleicht diese Schlampe von Aschenputtel?«
Garry Marshall, Pretty Woman

»Überraschung!«

Adam tauchte am frühen Morgen bei ihr auf mit einem riesigen Strauß roter Rosen in der Hand. Er forderte sie auf sich »hübsch zu machen«, also das kurze, schwarze Seidenkleid anzuziehen, das er ihr ebenfalls mitgebracht hatte. »Das ist wie für dich gemacht«, schmeichelte er ihr. Danach entführte er sie in ein Café zum Frühstücken. Er bestellte für sie beide eine heiße Schokolade, hausgemacht, so hieß es auf der Karte – die geschmolzene Schokolade wurde in einem extra Krug serviert. Dazu gab es knuspriges, frisches Baguette mit Butter. Während sie es sich gut gehen ließen, redete Adam ohne Unterlass. Er sagte, sie sei zauberhaft. Ein Leben lang habe er auf ein Mädchen wie sie gewartet, er könne sein Glück gar nicht fassen. Ihre Begegnung sei für ihn ein Geschenk des Himmels …

Anne-Sophie war selig. Selten hatte sie so viel Aufmerksamkeit bekommen, die Gelegenheiten ließen sich an einer Hand abzählen. Das Wort »verhätscheln« kam im Vokabular ihrer Familie nicht vor. Als viertes Kind hatte sie nie im Zentrum der Aufmerksamkeit gestanden. Sie war eben weder die Älteste noch das Nesthäkchen, sie war weder durch Probleme aufgefallen (das hatte ihr älterer Bruder übernommen, der wegen Autodiebstahls im Gefängnis saß und permanent Anlass zur Sorge gab) noch war sie der ganze Stolz ihrer Eltern, wie ihre Schwester Lucile, die Ärztin war. Die Gleichgültigkeit, die man Anne-Sophie gegenüber an den Tag legte, ließ sie zu der Überzeugung kommen, dass sie bloßer Durchschnitt war und keine besonderen Vorzüge besaß.

Dank Adam hatte sich das nun geändert. Jetzt drehte sich alles um sie. Die Liebe dieses Mannes gab ihr Halt, stärkte ihr Selbstvertrauen. Er gab ihr Kraft und hatte alle Parasiten, die sie nur aussaugten, aus ihrem Leben verbannt. Er überhäufte sie mit Geschenken, mit Komplimenten. So einfach war das. In den drei Monaten seit ihrem ersten Chat in einem Dating Portal hatte sich ihr Leben in das reinste Paradies verwandelt.

Nach dem Frühstück schlug Adam vor, einen Spaziergang zu machen. Es war noch recht früh, zehn Uhr dreißig, aber in den Straßen tummelten sich bereits viele Leute. Er nahm ihre Hand und erzählte ihr von seinem gestrigen Tag: wie sehr er zwischen zwei Terminen an sie gedacht hatte, und wie er diese oder jene Person mit seinen revolutionären Ideen in Sachen Management beeindruckt hatte. Der Mann ihres Lebens hatte eine klare Vorstellung davon, wie man Angestellte behandeln sollte. Adam war der Meinung, je besser die Arbeitsbedingungen seien, desto dankbarer die Angestellten und umso größer ihr Einsatz. Er wollte auch seine eigene Familie, eine der reichsten Familien Marseilles, die mehrere Hotels auf der ganzen Welt besaß, davon überzeugen, ihre Mitarbeiter besser zu behandeln. Da er der einzige Erbe war, würde ihm immer mehr Verantwortung zukommen. Und er hatte sich geschworen, einen anderen Führungsstil einzuführen, wenn er das Sagen hätte. Adam redete sich in Rage, gestikulierte. Anne-Sophie hing an seinen Lippen. Sie fand ihn so brillant und so liebenswürdig, so menschlich.

Sie legte ihren Kopf an seine Schulter. Adam zog vorsichtig ihr Kinn zu sich heran, dann küsste er sie. Dieser Kuss war so sanft, dass ihr Herz dabei vor Glück hüpfte.

»Wollen wir ein bisschen mit dem Auto herumfahren?«

»Ja.«

Sie wäre ihm überallhin gefolgt, sogar in die Hölle. Hauptsache, sie konnte mit Adam zusammen sein. Sie sah die Welt nur noch mit seinen Augen. Ihre Arbeit, ihre Familie und ihre Freunde hatten keine Bedeutung mehr für sie. Auf seinen Rat hin hatte sie mit allen aus ihrem näheren Umkreis gebrochen. Er hatte sie davon überzeugt, dass nur er allein es gut mit ihr meinte. Dafür war sie ihm nach wie vor dankbar. Indem sie sich von dem negativen Einfluss der anderen befreit hatte, war eine Last von ihr abgefallen. Sie hatte sich noch nie so leicht gefühlt, so gut, so ausgeglichen wie heute.

Der neue Porsche, den Adam gewohnt selbstsicher steuerte, roch nach Leder. In den Geruch mischte sich der weniger dominante Duft seines Eau de Toilette. Für Anne-Sophie war dies der Duft von Glück schlechthin.

»Es riecht hier so gut. Mit dir fühle ich mich wie im siebten Himmel«, murmelte sie.

»Ja, das geht vielen so, wenn sie in einem neuen Porsche mit Lederausstattung sitzen«, antwortete er schroff.

Die junge Frau wollte das Missverständnis ausräumen. Sie liebte ihn nicht wegen seiner Luxusautos und seiner Geschenke, sondern um seiner selbst willen, wegen seiner freundlichen, aufmerksamen Art, seiner Großzügigkeit, seiner Intelligenz. Er ließ ihr keine Zeit, ihre Aussage richtigzustellen. Stattdessen beschleunigte er den Wagen so plötzlich, dass es ihr die Sprache verschlug und sie in den Sitz zurückgeschleudert wurde. Dabei drehte er die CD – amerikanischer Rap, von dem sie kein Wort verstand – auf volle Lautstärke.

Mit versteinertem Gesicht bahnte Adam sich einen Weg durch den Verkehr, ging dabei unnötige Risiken ein, brüllte jedem Wagen hinterher, der ihn zwang, langsamer zu fahren. Schließlich raste er auf die Stadtautobahn von Toulouse, die gerne als Rennstrecke missbraucht wurde. Er schäumte regelrecht vor Wut. Anne-Sophie hatte ihn noch nie so erlebt. Sie klammerte sich an ihren Sitz und schloss die Augen, als sie um Haaresbreite einem Crash entgingen. Dennoch traute sie sich nicht, ihn zu bitten, langsamer zu fahren, aus Angst vor seiner Reaktion. Sie spürte, dass er jeden Moment explodieren konnte. Anne-Sophie war starr vor Schreck, ganz im Gegensatz zu Adam. Ihr Geliebter triumphierte. Die Geschwindigkeit putschte ihn auf. So sehr, dass er noch nicht einmal mitbekam, wie sie aufschrie, als er beim Überholen mit dem Außenspiegel einen anderen Wagen rammte.

»Adam«, murmelte Anne-Sophie.

Er hörte sie nicht.

»Adam«, sagte sie lauter.

Er hielt die Augen weiter starr geradeaus gerichtet, legte eine Hand auf ihren Schenkel, als wollte er sie streicheln, aber stattdessen kniff er sie so stark, dass ihre Strumpfhose zerriss. Sie schrie auf, zugleich aus Schock und vor Schmerz, konnte weder etwas sagen noch sich bewegen. Große, salzige Tränen kullerten ihre Wangen herab, der Rotz lief ihr aus der Nase, sie wollte sich über die Nase wischen, aber ihre Glieder waren wie eingefroren. Als hätte man sie mit einem Kübel Eiswasser übergossen. Draußen raste die Landschaft vorbei, die Bilder fügten sich zu einer Art abstraktem Gemälde in Grautönen zusammen. Große schwarze Wolken ballten sich am Himmel zusammen wie ein riesiger Schmutzfleck. Es konnte jeden Moment ein Gewitter losbrechen. Der sonnige Morgen schien mit einem Mal sehr fern, war längst vergessen.

»Anne-Sophie, alles in Ordnung? Geht's dir nicht gut?«, fragte Adam und streichelte ihren Hals.

Er hatte das Tempo gedrosselt, Anne-Sophie hatte es nicht einmal gemerkt. Sie waren wieder zurück in der Stadt, in der Avenue Saint-Cyprien, in der ein Hupkonzert zu hören war, weil der Verkehr stockte. Auf dem Bürgersteig alberten ein paar Kinder herum, ein Junge ließ sein Skateboard in die Luft schnellen, eine Frau herrschte ihren Mann an, ein Clochard hielt die Hand auf, ein anderer setzte die Flasche an den Mund, Familien kamen vom Einkaufen. Ein normaler Samstagnachmittag in Toulouse.

»Liebling, was ist los?«, fragte Adam erneut und strich ihr flüchtig über die Haare. »Ich bin zu schnell gefahren, richtig? Entschuldige, ich war wohl in einem Geschwindigkeitsrausch. Das war das erste und das letzte Mal, dass ich dir Angst eingejagt habe. Es tut mir wirklich sehr leid.«

Diese Worte rissen sie aus ihrer Erstarrung heraus. Sie senkte den Kopf, sah ihre zerrissene Strumpfhose und auf ihrem Schenkel eine rote, dick geschwollene Stelle. Es war also keine Einbildung gewesen. Er hatte sie wirklich gekniffen. Aus Angst, seinem Blick zu begegnen, senkte sie die Augen. Sie wollte nur noch eins, so schnell wie möglich aus diesem Auto raus und Adam weit hinter sich lassen. Aber sie war wie gelähmt, und die Tränen schnürten ihr die Kehle zu. Sie rang nach Luft. Die Stadt vor ihr lag in dichtem Nebel.

Sie war wie gefangen in einem kalten Dunst, schreckte hoch, hörte neben sich einen Streit. Noch war er weit weg, aber er kam immer näher und wurde geradezu ohrenbetäubend laut. Sie versuchte den Kopf zu heben, aber er lag wie unter einer Bleidecke. Sie wollte nach Adams Hand greifen, dann nach seinem Arm, seinem Oberkörper. Aber so sehr sie sich auch abmühte, das Einzige, was sie zu fassen bekam, waren Laken, Laken aus Baumwolle, die sich unangenehm rau anfühlten. Entsetzt fragte sie sich, was passiert war, wo sie war, und warum ihr Verlobter auf einmal verschwunden war.

Es kostete sie eine Riesenanstrengung, ihre Augen zu öffnen. Der Nebel war verschwunden, aber dennoch wirkte alles leicht verschwommen. Sie erkannte schemenhaft weiße Wände, eine Infusion an ihrem Arm. Ihr ganzer Körper tat ihr weh. Direkt neben ihr stritten sich zwei Personen.

»Wie ich Ihnen bereits erklärt habe, muss ich dringend mit ihr sprechen!«

»Und ich erkläre Ihnen noch einmal, dass sie sich ausruhen muss!«

»Ausruhen kann sie sich später, Doktor. Wir stehen uns hier seit zwei Tagen die Beine in den Bauch. Viviane! Viviane, hören Sie mich?«

»Entschuldigung, aber was glauben Sie eigentlich, wer Sie sind? Ich werde dieses skandalöse Verhalten Ihren Vorgesetzten melden. Sie tun so, als wären Sie hier zu Hause. Das hier ist ein Krankenhaus. Diese Frau ist krank und sie …«

»Genau, tun Sie das, Doktor, rufen Sie ruhig an! Ich buchstabiere Ihnen meinen Namen: Levasseur, L.E.V.A.S.S.E.U.R.«

Dieser medizinische Geschmack im Mund, diese latente Übelkeit, die sie daran hinderte, sich zu bewegen, und jetzt auch noch dieser unerträgliche Krach. Sie versuchte zu schreien, um sie zum Schweigen zu bringen, aber aus ihrem Mund kam nur ein schwaches Krächzen. Sie wandte den Kopf und sah eine kleine Frau mit Hakennase und einen Typ im weißen Kittel, die sich einander gegenüberstanden. Daneben ein junger Mann mit seltsamem Haarschnitt, der sie anstarrte. Was war denn eigentlich passiert? Um das zu beantworten, musste sie in ihrem Gedächtnis kramen. Sie versuchte sich zu erinnern. Da war der Balkon. Der Wind. Sie auf dem Balkon ihrer Nachbarin ... Und danach setzte ihre Erinnerung aus. Die junge Frau spürte, wie ihre Panik immer größer wurde. Die Tatsache, dass sie sich an nichts erinnerte, konnte nur eins bedeuten: Sie war erneut durchgetickt.

9

Ausgerechnet jetzt musste das Blag aufwachen. In Nathalie meldete sich eine Stimme zu Wort, die sie aufforderte, ihm den Mund zu stopfen, einfach kräftig zuzudrücken, bis es erstickte, und es damit ein für alle Mal zum Schweigen zu bringen. Sie entschied sich aber dann doch dafür, die liebende Mutter zu spielen und presste den Säugling noch etwas fester an sich. Die Killerin wiegte das Baby in ihren Armen und versuchte, sich an ein Kinderlied zu erinnern, das sie ihm hätte vorsingen können, vergeblich. Es wollte ihr einfach keins einfallen.

»Meine Frau hat immer davon geträumt, mal Schweden zu sehen«, stammelte der Arzt in holprigem Englisch.

»Und Sie wollen von Malmö aus noch nach Stockholm? Ist das nicht ein bisschen zu weit, für einen Säugling?«, erkundigte sich der Beamte misstrauisch.

Der Arzt schwieg. Nathalie senkte den Kopf und bemühte sich weiter darum, das schreiende Kind zu beruhigen. Innerlich tobte sie vor Wut. Am Ende würde dieser Idiot sie mit seinem Schweigen noch alle reinreiten. Er war sogar zu dämlich, sich etwas aus den Fingern zu saugen. Was konnte dieser Versager eigentlich außer rumzujammern, permanent vom Shoppen zu quatschen und Stielaugen zu machen, wenn er Designer-Klamotten in einem Schaufenster sah?

Der Arzt schien ihre Gedanken lesen zu können und machte endlich den Mund auf.

»Nein, wir Kroaten haben die Philosophie, das Reisen bildet und man nicht früh genug damit anfangen kann«, gab er mit gezwungenem Lächeln von sich. »Wir haben extra einen größeren Wagen gemietet und unseren stehen lassen, damit unsere kleine Familie es bequem hat … meine Frau hat gerne viel Platz um sich herum.«

Zur Bekräftigung tätschelte er Nathalies Schenkel. Sie hätte ihm am liebsten den Arm umgedreht. Innerlich betete sie, der Zöllner möge sie einfach nur durchlassen. Sie warf einen Blick in den Rückspiegel. Khasboulat wartete geduldig drei Wagen hinter ihnen. Sollte es Ärger geben, konnte er jederzeit eingreifen. Es war ihre Idee gewesen, sich aufzuteilen. Der Tschetschene fiel durch sein Äußeres einfach zu sehr auf. Deshalb erschien es ihr ratsam, sich für den Rest des Weges zu trennen. Der Arzt, sie und das Baby wechselten in einen am Hafen gemieteten Leihwagen und Khasboulat behielt die Limousine. Sollten sie geschnappt werden, dann wären sie zumindest jeweils nur wegen einer Sache dran, das Paar wegen Menschenhandels und der Tschetschene wegen Drogenhandels. Zu ihrem Glück hatte sich in der Zwischenzeit eine Schlange von fünfzig Lastwagen gebildet, die darauf warteten, auf die Fähre fahren zu können. Sie sahen alle gleich aus, gehörten offenbar zu einer Spedition. Den Zöllnern blieb also nichts anderes übrig, als sich in Bewegung zu setzen und die Personenwagen schnell zu kontrollieren, um die Abfahrt der Fähre nicht zu verzögern.

Das Geschrei verstummte. Nathalie warf einen verstohlenen Blick auf das Kind und schrak zusammen, als sie sah, dass seine Bäckchen tiefrot anliefen. Sie dachte, es wäre kurz davor zu ersticken, den plötzlichen Kindstod zu sterben. Davon war neulich im Fernsehen die Rede gewesen. Sie wusste, dass er völlig überraschend auftrat und die Kinder innerhalb weniger Minuten verstarben.

Als sich im Auto ein strenger Gestank breitmachte, atmete sie vor Erleichterung hörbar aus. Nein, das Kind war nicht kurz davor zu ersticken, sondern hatte gerade in seine Windel gemacht. Man konnte meinen, es wollte seinen falschen Eltern das Leben noch bis zur letzten Minute zur Hölle machen. Nathalie kniff es in die Schulter, um ihm eine Lektion zu erteilen. Daraufhin fing es prompt wieder an zu heulen.

Währenddessen war der Zollbeamte einmal ums Auto gegangen, um es sich von außen anzusehen. Es war neu und in tadellosem Zustand. Als er auf Nathalies Höhe kam, forderte er sie auf, das Fenster zu öffnen. Er beugte sich zu ihr herunter, sein Gesicht war nur wenige Zentimeter von ihrem entfernt. Sie verkniff sich eine Grimasse, sein Atem stank nach Tabak. Ihre Knarre war in ihrer Jacke und die lag auf der Rückbank. Sollte das hier schiefgehen, war sie entschlossen, ihm das Baby entgegenzuwerfen, sich ihre Waffe zu schnappen und ihn mit einem gezielten Kopfschuss zu erledigen. Das darauf folgende Chaos würde sie zur Flucht nutzen.

»Na, das ist wohl eine weite Fahrt und die junge Dame hat die Nase voll, was?«, fragte er auf Englisch.

»Yes«, antwortete Nathalie und griff zugleich mit ihrem linken Arm nach hinten.

Ihre Finger berührten ihre Lederjacke. Sie setzten ihre kleine Unterhaltung in der Sprache Shakespeares fort.

»Wann ist sie noch mal geboren?«

Diese Frage hatte der Beamte zuvor bereits »ihrem Mann« gestellt.

»Vor zwei Monaten.«

»Sie machen einen ziemlich müden Eindruck. Wegen der langen Reise?«, fragte er neugierig.

»Ja, wir sind auch etwas angespannt, wegen des Babys …«

Sie holte ihren Arm wieder nach vorne und rieb sich die Augen, um zu zeigen, wie müde sie war. Dann streckte sie ihre Hand erneut in Richtung Jacke aus. Es gelang ihr, ihre Finger in die Tasche gleiten zu lassen und ihre Waffe zu umschließen.

»Oh lala, das ist ja ein ganz schöner Gestank da drin«, beklagte sich der Zollbeamte und richtete sich mit einem Mal wieder auf.

Seine Augenbrauen zogen sich zusammen. Der Gestank der vollen Windel war nun auch bis in seine Nase gedrungen. Er lachte.

»Als meiner in dem Alter war, hat er noch lauter geschrien, wenn er die Windel voll hatte. Also wechseln Sie mal schnell seine Windel und gute Weiterfahrt!«

Daraufhin entfernte er sich, ging zu seinen Kollegen herüber und erteilte ihnen damit stillschweigend die Erlaubnis zur Weiterfahrt. Nathalie ließ die Schultern sinken. Sie hatte sich unnötig verrückt gemacht. Sie seufzte auf vor Erleichterung und befahl dem Arzt, auf die Fähre zu fahren, das Kind zu wickeln und ihm sein Fläschchen zu geben. Die lange Überfahrt stand ihr bevor.

Erneut musste sie sich übergeben, der heftige und übelriechende Strahl wurde von den Wellen verschluckt. Ihr Herz pochte, ihr war speiübel. Nathalie hasste Wasser oder genauer gesagt Schiffsfahrten. Sie hatte sich selbst Mut zugesprochen, um die neun Stunden Überfahrt nach Malmö zu überstehen. Aber kaum hatten sie den Hafen hinter sich gelassen, plagte sie die Übelkeit. Dabei hatte Gratchev ihr versichert, seine Tabletten würden gegen Seekrankheit wirken. Er war eben ein

Lügner, ein dreckiger Lügner, dachte sie, bevor sie noch etwas Galle ins Meer spuckte und ihren Lieblingsfluch vor sich hin murmelte: *Svinjetina!* Schwein!

Ein unheilvolles Knirschen kündigte ein erneutes Schlingern der Fähre an. Nathalie klammerte sich an der Reling fest und hielt ihr Gesicht in den Regen. Der leicht metallische Geschmack des Wassers erinnerte sie an die Regenschauer am Ufer des Dobrodol-Sees, wo sie als Kind oft die Ferien bei Radzik verbrachte. Mit dem Unterschied, dass die bergige Region von Fruška Gora eine liebliche und abwechslungsreiche Landschaft war und kein aufgewühltes Meer. Sie seufzte beim Gedanken an den smaragdgrünen Wald, die tiefblauen Seen und den Wasserfall, der bei Dumbovački potok fünf Meter in die Tiefe stürzte, eine willkommene Erfrischung während der sommerlichen Hitze.

Auf das Baden folgten ausgedehnte Treibjagden. Und abends dann, wenn die Jäger sich ihrer Trophäen entledigt hatten und ihre Frauen sich in dem großen Holzhaus versammelt hatten, liebte Radzik es, seine immer gleichen Geschichten abzuspulen, traurige und wundersame Geschichten über die slawische Seele und die bevorstehende Rückkehr Großserbiens. Seine Lieblingsgeschichte war die von Michail Tschernjajew, dem russischen General, der 1876 entgegen dem Rat der politischen Feiglinge in Moskau die Serben auf der Balkanhalbinsel verteidigen wollte.

»Wir warten nicht auf eine Erlaubnis, um uns gegen die Ausländer zur Wehr zu setzen«, gab Radzik zum x-ten Mal zum Besten. »Ein Serbe greift zur Waffe und opfert sein Leben, wenn nötig.«

Oft lud er seine nationalistischen Freunde aus Belgrad und

der Region Kninska Krajina zu ihren abendlichen Zusammenkünften ein. Er hörte, wie sie sich über das Zusammenleben mit den Kroaten beschwerten, das immer schwieriger wurde: »Die sind alle geistesgestört. Die scheißen auf die orthodoxe Kirche! Manche haben sogar die rot-weiße Fahne der kroatischen Faschisten aus dem Zweiten Weltkrieg auf ihr Dach gepflanzt, nur um uns zu provozieren! Sie bewohnen Land, das ihnen nicht gehört. Das ist unser Land!«

Die serbischen Nationalisten waren davon überzeugt, dass diese »Geistesgestörten« oder »Verräter«, wie sie auch gerne sagten, ein Komplott schmiedeten, um Kroatiens Unabhängigkeit zu erklären und ihr Gebiet zu annektieren. »Bald haben wir unser gesamtes Territorium zurück«, hatte Radzik ihnen eines Tages versprochen. »Viele werden sich uns anschließen. Davon bin ich überzeugt. Einige Kroaten sind eigentlich Serben und wissen es nur nicht. Sie sind irrtümlich zum Katholizismus übergetreten. Bei den Bosniern ist es genauso. Es kann keine moslemischen Slawen geben! Aber sie werden schon noch aufwachen, oder wir nehmen sie uns vor!«

Mit zunehmendem Alkoholkonsum ereiferte man sich immer mehr, und nicht selten versammelten die Männer sich anschließend in der Garage, um Radziks Waffen auszuprobieren. Sie beneideten ihn alle um sein Waffenarsenal. Er hatte zu Zeiten der von Tito angeordneten Landesverteidigung damit begonnen, es anzulegen. Nathalie wusste, dass dieses Waffenlager nur die Spitze des Eisbergs war. Unter dem Haus gab es ein riesiges Untergeschoss, in dem der Kriegsherr schwerere Waffen untergebracht hatte und sein Ein und Alles, seine »Sammlung«. Sie hatte bisher nicht die Erlaubnis erhalten, sie zu sehen, geschweige denn zu berühren. Auch ihrer Mutter,

Radziks Schwester, war der Zutritt zu diesen Räumen nicht gestattet. In den Genuss dieses seltenen Privilegs kamen nur ein paar ausgesuchte Freunde aus Belgrad, weil ihre Abstammung und ihr Kampfgeist über jeden Zweifel erhaben waren. Er verzieh seiner Schwester die widernatürliche Heirat mit einem Kroaten nicht. Und dann auch noch ein »kommunistischer Kollaborateur«! Er hasste ihn. Dennoch gab es eine Zeit, in der er ihn zu sich einlud. Er duldete ihn sogar bei den Saufgelagen unter Jägern. Als sie bei ihren Zusammenkünften dann aber auch noch begannen, patriotische Gesänge aus längst vergangenen Zeiten anzustimmen, im Chor, mit Tränen in den Augen und der Hand auf dem Herzen, war Nathalies Vater nicht mehr willkommen. Einerseits weil er Kroate war, und andererseits weil er den wiederauflebenden Nationalismus verabscheute. »Tito hat uns an allererster Stelle zu Jugoslawen gemacht«, schärfte er seiner Tochter ein. »Es ist lächerlich, wenn Radzik sich zum Sprecher der orthodoxen Religion aufschwingt! Zu Zeiten des Staatspräsidenten konnte er die Betbrüder gar nicht schnell genug loswerden!«

Oft kam es zwischen ihren Eltern deshalb zu Streit. Ihr Vater warf ihrer Mutter vor, sie lasse es zu, dass Radzik Nathalie einer Gehirnwäsche unterzog, sie instrumentalisierte, wenn sie bei ihm die Ferien verbrachte. Ihre Mutter entgegnete darauf, Nathalie würde gerne im See baden, die Bewegung an der frischen Luft täte ihr gut und außerdem sei es in diesen unsicheren Zeiten besser, man hätte Radzik und seine politischen Freunde als Trumpf in der Hinterhand. Die Fakten hatten ihrer Mutter recht gegeben, dachte Nathalie. Es war in der Tat besser, über Waffen zu verfügen und Politiker auf seiner Seite zu haben, in Kriegs- aber auch in Friedenszeiten. Ihre

Unterstützung war die beste Lebensversicherung, die man haben konnte.

Erneut wurde ihr übel.

»Nathalie, wenn du nicht aufpasst, wirst du noch von einer Welle erfasst und gehst über Bord«, brüllte jemand hinter ihr.

»Und wenn ich auf dieser stinkenden Fähre unter Deck bleibe, gehe ich noch dabei drauf«, erwiderte sie, ohne sich umzudrehen.

Diese Stimme kannte sie …

»Der gute serbische Boden fehlt mir auch.«

Nathalie wandte sich um. Nein, sie hatte nicht geträumt, es war wirklich Radzik, der da zu ihr sprach. Der alte Warlord stand vor ihr, den Regenmantel bis zum Kinn zugeknöpft. Der Regen lief über sein zerfurchtes Gesicht, bahnte sich seinen Weg, wie durch die Spalten eines Felsens.

Er verzog keine Miene.

»Ich … was tun Sie denn hier, Colonel?«

Nathalie fragte sich noch nicht mal, wie er sie gefunden hatte. Vielleicht durch den Chip, den man ihr eingepflanzt hatte. Es spielte auch keine Rolle. Radzik hatte die Gabe, da aufzutauchen, wo man ihn am wenigsten erwartete. Er wusste, dass diese Fähigkeit mit dazu beitrug, dass man ihn allgemein fürchtete.

»Ich schnappe ein wenig frische Luft, genau wie du.«

Das Boot schwankte quietschend hin und her, aber, so erstaunlich das war, Nathalie war nicht mehr übel. Sie musste sich nicht mehr mit ihrem Körper und ihrer Seekrankheit beschäftigen, sondern konnte sich voll und ganz auf ihren Onkel konzentrieren.

»Es gibt ein paar Dinge, die kann ich nur dich fragen,

Nathalie«, fuhr er mit seiner tiefen Stimme fort. »Du bist die Einzige, der ich wirklich vertraue. Das weißt du, nicht wahr? (Er erwartete keine Antwort, sie kannten sie beide.) Ich werde langsam alt und ihr glaubt alle, ich wäre dadurch geschwächt, hätte diesen Platz nicht mehr verdient. Dabei habe ich dieses Imperium mit meinen eigenen Händen aufgebaut!«, wurde er auf einmal laut.

Nathalie fuhr zusammen. Radzik erhob normalerweise nie die Stimme. Wenn er sich so erregte, musste die Person, die ihn aus der Fassung gebracht hatte, in der Regel damit rechnen, in absehbarer Zeit liquidiert zu werden. Sie überlegte fieberhaft, was sie falsch gemacht haben könnte. Aber ihre Angst war so groß, dass sie nicht mehr klar denken konnte. Er war der Einzige, der diese Macht über sie hatte, die Macht, sie ängstlich und wehrlos zu machen.

»Wie kann es sein, dass du, mein eigen Fleisch und Blut, es wagst, dich mir zu widersetzen?!«

Nathalie war wie versteinert, unfähig zu reagieren. Der Colonel schwieg. Man hörte nur noch das Schiff, das Meer, die Regentropfen, die auf die Brücke trafen, und den Wind. Sein beharrliches Schweigen sollte sie dazu bringen, zu gestehen, was sie ihm verschwiegen hatte. Er erwartete ihr Geständnis, um sie bestrafen zu können. Sie kannte diese Vorgehensweise nur zu gut, er hatte sie ihr selbst beigebracht.

Er seufzte.

»Nathalie, ich hatte dir befohlen, diese dumme Geschichte mit dem Medaillon zu vergessen. Deine Mutter, meine geliebte Schwester, ruhe in Frieden! Aber du hast nicht auf mich gehört. Schlimmer noch, du hast einen unserer wertvollsten Kontaktleute in Frankreich darum gebeten, dir Informationen über diese Kommissarin zu liefern, die es an sich genommen hat. Was hast du dir bloß dabei gedacht? Dachtest du wirklich, ich würde das nicht erfahren? Ich weiß, dass du geplant hattest, auf dem Rückweg von deiner Mission in Frankreich haltzumachen, um dir das billige Ding zurückzuholen, mit dem ganzen Geld im Gepäck! Hast du den Verstand verloren? Das ist ein doppelter Vertrauensbruch. Erst missachtest du meine Anordnung, und dann verheimlichst du mir auch noch etwas und bringst damit ein Informanten-Netzwerk in Gefahr, das ich in jahrelanger Kleinarbeit aufgebaut habe. Und all das wegen eines verdammten Medaillons, das vollkommen wertlos ist«, empörte er sich erneut und übertönte damit den Lärm des Schiffes. »Hast du das jetzt kapiert, Nathalie? Diese Geschichte ist beendet, begraben! Ich möchte nichts mehr davon hören, und du wirst nie mehr nach Frankreich zurückkehren. Nie! Die haben deine Fingerabdrücke. Du gehörst zu den meistgesuchten Personen des Landes und deine Gesichtsoperation ändert daran auch nicht viel. Glaubst du vielleicht, es war einfach, unsere Regierung darum zu bitten, dich von der Fahndungsliste zu streichen? Das hat mich ein Vermögen gekostet! Und das allein hätte nicht genügt! Zum Glück sind mir ein paar Leute, die an den entscheidenden Stellen sitzen, noch etwas schuldig gewesen. Sonst hätten sie dich nämlich längst an Frankreich ausgeliefert, Nathalie! Sehr bedeutende Persönlichkeiten, es sind sogar Minister darunter. Sie alle wurden unter Druck gesetzt. Man wollte wissen, wer du bist, für wen du arbeitest, und vor allem sollten sie dich nach Frankreich ausliefern, damit du dort vor Gericht gestellt werden kannst! Dir ist offenbar nicht klar, was ich alles für dich getan habe, du undankbares Luder! Als ob das alles nicht reicht, nimmst du auch noch Kontakt zu einem Bullen dort auf. Du bist nicht nur undankbar, du bist auch noch dumm!«

Sein Gesicht war vor Wut rot angelaufen, an seinem Hals traten mehrere Adern hervor. Das Schlingern wurde stärker, die Fähre wurde wie eine Nussschale auf dem Wasser hin- und her geworfen. Aber Radzik bewegte sich keinen Zentimeter von der Stelle, als wäre er auf der Brücke festgeschraubt. Er musste über übernatürliche Kräfte verfügen. Nathalie klammerte sich mit der rechten Hand an die Reling, um nicht von den Wellen mitgerissen zu werden. Sie konnte darauf nichts entgegnen, das wusste sie. Nur ihre Strafe abwarten.

»Du weißt doch noch, wofür das Geld aus dem Verkauf gedacht war?«, fuhr Radzik fort.

Sie nickte.

»Aber entgegen der eigentlichen Planung wirst du nicht diejenige sein, die es mir überbringt. Diese Ehre wird einem anderen zuteilwerden. Ich wüsste nicht, wieso ich dir das Vergnügen bereiten sollte, das schönste Stück der Sammlung zu sehen, nachdem du dich mir widersetzt und mich in Gefahr gebracht hast. Nachdem du die Sache in Schweden abgeschlossen hast, fährst du nach Albanien und triffst dort unseren neuen Partner. Und zwar alleine. Ohne Umweg über Frankreich, verstanden?! Du festigst den Kontakt zu ihm und lässt dir von ihm zeigen, wie die Dressur funktioniert. Belgien möchte Nachschub an neuen Mädchen. Wir müssen die Lieferzeit verkürzen, und du wirst mir berichten, wie die neue Leitung arbeitet.«

Die Dressur-Anstalt. Das war die Höchststrafe. Nathalie war schon einmal dort gewesen. Sie hasste diesen Ort, an dem man den Willen der zukünftigen Prostituierten brach, indem man sie zwang, ihren Beruf mittels wiederholter Vergewaltigungen und Nahrungsentzug »zu erlernen«. Dieses Haus hatte sie an eine dunkle Periode ihres Lebens erinnert, an den Missbrauch durch mehrere Soldaten. Sie hatte das Gefühl gehabt, vor dem Tor zur Hölle zu stehen. Denn es war nichts anderes als finsterste Sklaverei, was Radzik dort trieb. Er ließ einige der jungen Frauen sogar mit seinem Emblem tätowieren, dem Skorpion. Ihre einzige Möglichkeit, dem Ganzen zu entfliehen, war, sich Heroin zu spritzen, das gratis verteilt wurde, zumindest am Anfang. Für Nathalie war es einer der schlimmsten Orte auf Erden, und sie hatte schon eine ganze Menge schlimmer Orte gesehen.

»Hast du mich verstanden? Du fährst dahin und bleibst solange dort, bis ich dir sage, dass du zurückkommen kannst.«

Nathalie nickte. Was blieb ihr anderes übrig? Wenn Radzik seine ganze Bosheit ausspielte, konnte selbst der Teufel sich noch einiges von ihm abgucken.

10

»Capitaine, sie braucht wirklich Ruhe. Die junge Frau leidet unter Blutarmut. Sie ist misshandelt worden. Der Arzt musste so entscheiden.«

»Was reden Sie denn da, Bonanza? Haben Sie jetzt die Seite gewechselt, oder was? Dieser Arzt ist ein Idiot. Da draußen läuft ein Geisteskranker rum. Haben Sie nicht selber gesagt, dass es um einen Verrückten geht, der Spaß daran hat, junge Frauen in Zombies zu verwandeln? Wenn man Viviane helfen will, sollte man ihn schleunigst verhaften, statt sie weitere vierundzwanzig Stunden schlafen zu lassen! Ohne ihre Aussage sind uns die Hände gebunden. Er hätte uns wenigstens die Zeit geben können, ihre Anzeige aufzunehmen, oder? Inzwischen ermitteln wir in drei Fällen von jungen Frauen, die in den Selbstmord getrieben worden sein sollen, ohne vorher die Genehmigung unserer Vorgesetzten eingeholt zu haben, geschweige denn die des Staatsanwaltes, nur weil Sie eine Eingebung hatten! Das ist ein Unding!«

Gabrielle atmete lautstark aus, um sich zu beruhigen.

»Gut, versuchen wir, ein Stück weiterzukommen. Haben Sie mir die Akten zu den beiden Fällen mitgebracht, von denen Sie mir erzählt haben, die Fälle, die Ihr Misstrauen erregt haben?«

Bonanza senkte schuldbewusst den Kopf.

»Pah! Strengen Sie Ihre kleinen grauen Zellen an und bringen Sie mir diese Akten! Ich möchte überprüfen, ob es zwischen den Fällen einen Zusammenhang gibt, ob uns etwas ins Auge springt, das uns zu dem Täter führen könnte. Vielleicht kennen die jungen Frauen sich.«

»Nein, ich glaube nicht, Capitaine.«

»Und wie können Sie sich da so sicher sein, Bonanza?«

»Ich ... Sie haben recht. Ich habe keine Ahnung.«

»Das ist Ermittler-Regel Nummer Eins, Bonanza, folgen Sie Ihrem Instinkt, aber vertrauen Sie zu allererst auf die Fakten! Konnten Sie denn die Eltern erreichen?«

»Das ist schwierig. Wie Sie wissen, haben wir in der Wohnung keine Dokumente gefunden. Ich habe nur den Vornamen, den sie mir genannt hat, Viviane, und den Familiennamen, der am Briefkasten steht. Ich habe alle Personen dieses Namens in Toulouse abtelefoniert. Niemand kennt sie. Entweder hat sie keine Angehörigen oder sie leben woanders. Ich habe vor, meine Nachforschungen auf die gesamte Region auszuweiten. Das ist nur leider ziemlich zeitaufwendig. Es ist wirklich schwierig, jemanden eindeutig zu identifizieren, wenn man keine Ausweispapiere hat.«

»Haben Sie denn schon beim Vermieter angerufen? Man schließt einen Mietvertrag doch für gewöhnlich auf seinen Namen ab, oder etwa nicht? Vielleicht hat ja auch jemand für sie gebürgt. Dann wüssten wir zumindest endlich, mit wem wir es zu tun haben, und mit etwas Glück kann der Vermieter uns sogar ihre Sozialversicherungsnummer geben. Man muss doch heutzutage haufenweise Auskünfte erteilen, wenn man eine Wohnung mieten will.«

Bonanza schlug sich gegen die Stirn.

»Na klar, ich bin ja auch blöd, daran habe ich überhaupt nicht gedacht! Tut mir leid, Capitaine.«

»Na, Bonanza, es heißt ja immer, aus Schaden wird man klug!«, seufzte Gabrielle und strich sich über die Stirn.

Seit dem Vortag waren die Temperaturen plötzlich in die Höhe geschossen, und das mitten im Herbst. Die Hitze machte ihr zu schaffen, Gabrielle war schweißgebadet. Ihre weiße Bluse klebte ihr am Rücken, und ihre Jeans fühlte sich eher wie eine hauteng sitzende Strumpfhose als wie eine Hose an.

»Auf jeden Fall wird es vierundzwanzig Stunden dauern, bis sie wieder ansprechbar ist, nach dem, was der Arzt ihr da verabreicht hat. Genug Zeit, um die Staatsanwaltschaft zu informieren ... Fahren Sie zurück ins Kommissariat und kümmern Sie sich darum. Was ist eigentlich mit der Nachbarin? Konnte sie nicht etwas zur Identität der Frau sagen?«

Er schüttelte den Kopf.

»Okay, also treiben Sie den Vermieter auf. Durch ihn finden wir vielleicht heraus, wo sie gearbeitet hat und können ihre Kollegen befragen.«

Sie warf dem Lieutenant die Autoschlüssel für den Dienstwagen zu.

»Vorher setzen Sie mich zu Hause ab. Ich muss mal duschen und mich umziehen. Diese Stadt ist der reinste Backofen! Ich weiß nicht, ob ich mich je daran gewöhnen werde.«

»Das werden Sie«, sagte Bonanza, ohne eine Miene zu verziehen.

Ihm konnte die Hitze offenbar nichts anhaben, weder auf seiner Kleidung noch auf seinem Gesicht waren irgendwelche Schweißspuren auszumachen. Vermutlich ist er in Wirklichkeit ein Vogel, die schwitzen nicht, dachte Gabrielle amüsiert. Und tatsächlich hatte er durch seine schlaksige Figur und seine lange Nase etwas Storchenhaftes.

Es war eine Wohltat, ins Halbdunkel der Eingangshalle zu treten. Endlich musste sie nicht mehr permanent die Augen zusammenkneifen und gegen das Sonnenlicht anblinzeln. An manchen grellen Sommertagen wurden die Fassaden der Häuser hier zu blendenden rosa- oder ockerfarbenen Blöcken mit verschwimmenden Konturen. Diese unglaubliche Helligkeit und die brütende Hitze bildeten einen deutlichen Kontrast zu Biarritz, wo Grau und Blau die tonangebenden Farben waren und vom Atlantik immer eine frische Brise herüber wehte.

Mit schweren Schritten stieg Gabrielle die Treppe hoch. Ihre Einzimmerwohnung lag im obersten Stockwerk, einen Aufzug gab es nicht. Ja, sie hatte wirklich die Gabe, sich das Leben extra schwer zu machen! Das wurde ihr immer wieder von allen Seiten gesagt, angefangen bei ihren Eltern. Als sie den vierten Stock erreichte, sah sie ihn. Oder war es eine optische Täuschung? Nein, ganz offenbar nicht. Was hatte er dort verloren? Sie wusste es nicht. Am liebsten wäre sie geflüchtet, auf der Stelle umgedreht. Ihre Knie wurden weich. Sie fühlte sich wie ein Tier, das vor der Schlachtbank steht und begreift, dass es kein Zurück mehr gibt. Aber lieber wollte sie krepieren, als sich eine Blöße zu geben. Sie beschloss, sich ihm zu stellen und seinem Blick nicht auszuweichen.

»Hast du nichts Besseres zu tun, als mich zu stalken, Alejo?«, rief sie ihm zu.

»Ich stalke dich nicht«, sagte er. »Ich war zufällig in Toulouse, und da dachte ich mir, ich statte dir einen Besuch ab. Es war übrigens nicht besonders schwierig, dich zu finden.«

Sie sparte sich einen Kommentar, stieg die letzten Stufen hoch und blickte auf, um ihn zu betrachten. Da saß er, auf der obersten Stufe. Er war in der Zwischenzeit etwas gealtert, hatte ein paar Krähenfüße hinzubekommen, Falten im Mundwinkel und blaue Schatten unter seinen Samtaugen. Sie waren in echt noch schöner als in ihrer Erinnerung. Er trug die gleichen Sachen wie bei ihrer ersten Begegnung. Als er aufstand, überragte er sie deutlich. Sie reckte ihr Kinn und konnte nun seine langen Beine und seine Bauchmuskeln bewundern, die durch sein enges Hemd besonders gut zur Geltung kamen.

»Darf ich reinkommen? Ich warte schon eine ganze Weile.«

Gaby wusste genau, was passieren würde, wenn er erst mal in der Wohnung wäre, zumindest was die nächsten drei Stunden betraf. Aber egal, dann spielte sie eben das Schaf, das sich zur Schlachtbank führen lässt. Sie gab jeden Widerstand auf, ging an ihm vorbei und schloss die Tür auf.

»Bitte, fühl dich wie zu Hause.«

Ihr ehemaliger Liebhaber musterte die spartanische Möblierung und die Staubschicht auf den Möbeln, sein Blick blieb am ungemachten Bett in der Mitte des Zimmers hängen. Gabrielle, der das Chaos etwas unangenehm war, lief um ihren Gast herum und sog im Vorbeigehen sein nach Sandelholz duftendes Eau de Toilette ein. Es war das Gleiche wie damals. Sie stürzte zur Kochnische, wo sich das dreckige Geschirr stapelte, und riss den Kühlschrank auf. Er war so gut wie leer.

»Ich habe Wasser oder Bier anzubieten.«

»Ein Bier ist wunderbar, Gabrielle«, säuselte es hinter ihr.

Sie öffnete die Flaschen und drehte sich zu ihm um. Er inspizierte ihre Platten. Als wäre es das Normalste von der Welt, wählte er eine Platte aus und betätigte den Plattenspieler. Die sinnliche Stimme von Al Green erklang, »*Loving you forever is what I need*«. Er benahm sich so, als wäre er bei sich zu Hause, auf vertrautem Terrain. Gabrielle ärgerte sich über dieses Auftreten, aber der Songtext brachte sie ebenso aus der Fassung wie Alejos lüsterner Blick. Er starrte ganz ungeniert auf ihre Brüste, in deren Mitte sich ein Schweißfilm gebildet hatte. Sie spürte, wie eine Woge von Lust ihren Körper durchlief. Dieser Typ hatte wirklich die Gabe, sie verrückt zu machen. Sie gab ihm ein Bier, stützte sich mit den Ellbogen auf dem Bartresen auf und reckte absichtlich ihre Brüste vor. Sie konnte auch provozieren, so war's nicht.

»Also, was verschlägt dich hierher, Alejo? Ich dachte, deine neue Tätigkeit nimmt dich voll in Beschlag.«

Er lächelte.

»Verstehe, du hast mich im Fernsehen gesehen.«

»Ja, ich wäre fast aus dem Bett gefallen! Das ist nicht sehr hoch, wirst du sagen.«

Kaum hatte sie das gesagt, ärgerte sie sich über diesen blöden Witz.

»Jeder braucht mal eine Veränderung, mein Schatz.«

»Ja, aber deshalb muss man nicht gleich Politiker werden!«

»Du willst dich ja wohl nicht ernsthaft darüber beschweren, dass ich auf die richtige Seite gewechselt bin, oder? Unsere Bewegung braucht auch rechtmäßige Vertreter in der Politik, und man war der Meinung, dass ich die dafür erforderlichen Qualitäten mitbrächte.«

Ja, die Fähigkeit, sich zu verstellen, und die Kunst der Verführung, dachte Gabrielle ironisch. Aber das behielt sie für sich. Alejo hatte ihr schließlich nie etwas vorgemacht. Insofern waren ihre Vorwürfe albern. Er hatte sie »mein Schatz« genannt, das hallte nach, betörte und verstörte sie zugleich. Der Separatist versuchte es also auf die sanfte Tour, dabei trank er seelenruhig sein Bier. Unter seinem glühenden Blick wurde Gabrielle heiß und ihre Vorbehalte schmolzen dahin. Wortlos ging sie zu ihm herüber, legte eine Hand an seine Wange und zog sein Gesicht zu sich herüber, bis ihre Lippen sich berührten. Seine Lippen waren warm und weich, genau so, wie sie sie in Erinnerung hatte.

Sie presste sich an ihn, griff nach seinem Gürtel und zog daran. Ihr Begehren war so stark, sie konnte nur noch an diesen Körper denken, den sie so geliebt hatte. Alejo packte ihre Hand, die gerade seine Hose aufknöpfen wollte, und stieß sie so heftig zurück, dass sie gegen den ein Meter entfernten Tresen prallte. Gaby war fassungslos, sie schnappte nach Luft, als wäre sie kurz vor dem Ertrinken. Warum war er dann gekommen, wenn er sie jetzt fortstieß? Sie verstand die Welt nicht mehr, ihr kamen die Tränen. Er stellte sein Bier ab, stürzte auf sie zu, packte sie an den Haaren, riss ihren Kopf zurück und zwang sie, ihm in die Augen zu sehen.

»Von jetzt an entscheidest du nicht mehr alles allein, Gabrielle. Ich will nicht, dass es wieder so wird, wie es war. Ich bin nicht dein Spielzeug, und du sollst auch nicht meins sein. Einverstanden?«, fragte er in einem Ton, der keinen Widerspruch duldete.

Er wartete ihre Antwort nicht ab und küsste sie ungestüm, dabei hob er sie hoch. Sie umschlang seinen Oberkörper mit den Beinen und spürte, wie seine Hände ihren Po umfassten. Ihr Herz schlug wie wild. Er trug sie zum Bett, eng umschlungen ließen sie sich darauf fallen und zogen sich dabei aus. Sie hätte ihm gerne die Kleider vom Leib gerissen, wollte jeden Zentimeter seiner Haut in sich einsaugen. Ihr Körper und ihre Seele hungerten danach, von ihm umarmt und gestreichelt zu werden. Jetzt erst wurde ihr bewusst, wie wahnsinnig er ihr gefehlt hatte.

Gabrielle schreckte hoch, ihr Atem ging stoßweise, sie hatte Angst, sich plötzlich allein in ihrem Bett wiederzufinden. Aber nein, Alejo war da und betrachtete das Medaillon der mysteriösen Nathalie. Er hatte sich also nicht heimlich davongestohlen, nachdem er den Beweis bekommen hatte, dass sie ihm nicht widerstehen konnte. Erleichtert richtete Gaby sich auf und versuchte, ihm den Anhänger zu entreißen.

»Gib das her!«

»He, ganz ruhig! Bist du immer so unausstehlich, wenn du aufwachst? Wenn das so ist, ziehe ich mich lieber schnell an und fahre zurück nach Spanien!«

Sie konnte ihren Schock wohl nur schwer verhehlen, jedenfalls fing er an zu lachen und küsste sie dann leidenschaftlich.

»Oh Gaby, du überrascht mich immer wieder! Du bist die einzige Frau, deren Reaktion ich nicht vorhersagen kann. Warum sagst du mir nicht, wer auf den Fotos zu sehen ist? Sind das deine Eltern?«

»Nein, das ist ein Beweisstück. Leg es bitte zurück.«

»Ein Beweisstück? Und das hast du neben deinem Bett liegen?«, fragte ihr Liebhaber amüsiert. »Ich dachte eigentlich, die französische Polizei verfügte über so etwas wie Asservatenkammern, und kein Bulle dürfte Beweisstücke bei sich zu Hause aufbewahren.«

»Das ist ein besonderer Fall«, erwiderte Gabrielle.

»Besonders … für dich? Und warum?«

»Ich habe dieses Medaillon an einem Tatort gefunden und

bin überzeugt, dass es der Mörderin gehört, einer jungen Frau, die ich in Biarritz gejagt habe, und die verschwunden ist. Sie heißt Nathalie.«

Gabrielle wusste nicht, wieso sie Alejo das alles anvertraute. Ein Politaktivist, der möglicherweise in Anschläge und diverse dubiose Geschäfte verwickelt war, stellte nicht gerade den idealen Beichtvater für eine Polizistin dar. Er verdiente ganz bestimmt nicht ihr Vertrauen. Aber nach so vielen Monaten der Einsamkeit und der Demütigungen in ihrem Job sehnte sie sich danach, ein wenig von dem ganzen Scheiß loszuwerden, den sie in sich hineingefressen hatte und der sie zu ersticken drohte. Und sie wusste nicht, wem außer Alejo sie sich hätte anvertrauen können. Sie hatte sonst niemanden.

»Hängt das mit dem Typen zusammen, den du in Biarritz erschossen hast? Dieser zugekokste Kerl, der dich in Stücke schneiden wollte?«

Natürlich wusste er Bescheid. Gabrielle wunderte sich nicht weiter darüber. Ihr Foto war damals in allen Zeitungen gewesen, der Fall hatte überall als Aufmacher gedient, regional wie überregional. Sie sparte sich die Frage, warum er sie nicht angerufen und sich nach ihrem Befinden erkundigt hatte. Schließlich hatte sie einen echten Albtraum durchgemacht! Sie kannte seine Antwort eh schon. Diese Geschichte war kurz nach ihrer Trennung passiert. Damals fühlten sie sich beide im Recht und waren zu stolz gewesen, um nachzugeben. Ein Anruf wäre einer Niederlage gleichgekommen und war daher undenkbar gewesen, selbst in einer solchen Ausnahmesituation.

»Ja und nein. Ich glaube, die Besitzerin dieses Medaillons war hinter Romain Le Roux her. So hieß der Junge, auf den ich geschossen habe. Sie hatte den Auftrag, das Koks zurückzuholen, das er gemeinsam mit seinem Freund gefunden und nicht zurückgegeben hatte. Er war ihr aus irgendwelchen Gründen entkommen. Aber in Biarritz und Paris mussten deshalb so einige Leute dran glauben.«

Gabrielle war überzeugt davon, dass Nathalie darauf angesetzt war, die verlorenen Drogen zurückzuholen. Jeder, der das Pech hatte, ihr dabei in die Quere zu kommen, wurde umgebracht. Sie spulte die Namen aller Mordopfer herunter, die sie ihr zuschrieb. Alejo hörte ihr schweigend zu und streichelte ihre Hüften. Gabrielle kam bei ihrer makabren Schilderung nicht auch nur eine Sekunde in den Sinn, dass dies vielleicht nicht das optimale Gesprächsthema nach dem Sex war. Sie redete ohne Punkt und Komma und war durch nichts zu bremsen.

»Diese Nathalie ist für den Mord an der Familie Manjeois verantwortlich, nicht Romain Le Roux«, fuhr sie fort. »Nur passt es allen wunderbar in den Kram, Le Roux dafür verantwortlich zu machen. Er ist tot, also lädt man ihm einfach alle Morde auf, die nicht aufgeklärt werden konnten! Ein Toter kann sich nicht wehren. Warum hätte er die Familie seines Freundes töten sollen? Das macht überhaupt keinen Sinn. Aber die Bullen geben sich mit dieser Version zufrieden. Der Fall ist gelöst, alles bestens, denn dann kann man ja wieder in Ruhe seinen Aperitif genießen. Und in der Statistik macht es sich auch gut! Was soll man sich da noch verrückt machen? Zumal die vermeintliche Killerin spurlos verschwunden ist. Wie vom Erdboden verschluckt.«

Da Gabrielle ihre Kollegen gerne als Taugenichtse oder Alkoholiker bezeichnete, hatte sie sich in der Polizei innerhalb kürzester Zeit viele Feinde gemacht. Als Maßregelung für ihre

Lästereien hatte man ihr die Anzahl der Mitarbeiter gekürzt. Sie war die einzige Capitaine, die nur einen Inspektor unter sich hatte. Bonanza war nicht gerade eine große Leuchte, aber zumindest erschien er zur Arbeit und war nicht permanent krankgeschrieben wie die anderen Mitarbeiter ihres Teams. Wenn man einmal ehrlich war, arbeitete er deutlich mehr als sie. Gabrielle erzählte Alejo wohlweislich nichts davon, dass sie selbst nur dann die Ermittlungen in einem Fall übernahm, wenn ihr Chef es ausdrücklich anordnete, jedoch nie auf eigene Initiative. Die Fälle interessierten sie einfach nicht, sie trat sie nur zu gerne an ihre Untergebenen ab und beschränkte sich darauf, deren Arbeit ab und an zu kontrollieren. Dennoch war sie weder besonders wohlwollend noch besonders freundlich ihren Mitarbeitern gegenüber. Dehnten sie ihre Mittagspause zu lange aus, wurden sie mit einem bissigen Spruch empfangen, standen sie scherzend am Kaffeeautomaten, beendete sie diesen netten kleinen Plausch mit einer schneidenden Bemerkung. Die Kollegen hatten ihr den Spitznamen »die Sklaventreiberin« gegeben.

»Aber Gaby, das verstehe ich nicht. Tritt da nicht Interpol auf den Plan? Habt ihr den Steckbrief dieser Frau denn nicht weitergegeben? Ich kann aus eigener Erfahrung sagen, dass sie jeden finden können, wenn sie wollen.«

»Ich habe keinen Draht zu Interpol, Alejo. Ich bin nur eine arme Provinz-Beamtin. Und dann auch noch eine Frau, und diesen Fall traut man offenbar nur einem Mann zu. Jedenfalls wurde er so einem Superbullen in Paris übertragen, Lazures, ein richtiges Arschloch, dem es sehr viel wichtiger ist, seine Kontakte zur Politik zu pflegen als mir einen Gefallen zu tun.«

Hilfe für den Glaubensweg

Das heutige Bibelwort enthält drei kurze Appelle, die sich an jeden gläubigen Christen richten:

1) **Umgürtet die Lenden eurer Gesinnung!** Diese bildliche Aussage legt uns ans Herz, unsere Gedanken nicht ziellos umherwandern zu lassen, sondern zu zügeln und auf Jesus Christus auszurichten. Wie leicht wird unsere Gedankenwelt von dem in Anspruch genommen, was in der Welt läuft. Das hilft uns im Glaubensleben nicht weiter. Viel besser ist es, immer wieder mit unserem Erlöser und Herrn beschäftigt zu sein. Dadurch bekommen wir Freude und Mut, Ihm als Jünger nachzufolgen.

2) **Seid nüchtern!** Als Nächstes fordert uns der Apostel zu einem normalen, besonnenen Christenleben auf. Wir halten unser himmlisches Ziel glaubensvoll im Auge und freuen uns, bald beim Herrn Jesus zu sein. Dennoch heben wir nicht ab, sondern kommen unseren irdischen Pflichten bereitwillig nach. Wir möchten unsere Verantwortung in der Familie wahrnehmen und unsere Arbeit gut verrichten.

3) **Hofft völlig auf die Gnade!** Damit weist uns Petrus auf das grosse Hilfsmittel hin. Die Gnade Gottes, die uns errettet hat, steht uns Gläubigen reichlich zur Verfügung. Rechnen wir jeden Tag mit der Gnade! Sie genügt für jede Situation und erschöpft sich nie. Wenn Jesus Christus herrlich vor der Welt erscheint, wird sichtbar werden, wie viel die Gnade Gottes in unserem Leben bewirkt hat.

Freitag

24

Januar

Markus 8,22-38

2025

www.beroea.ch

Umgürtet die Lenden eurer Gesinnung, seid nüchtern und hofft völlig auf die Gnade, die euch gebracht wird bei der Offenbarung Jesu Christi.

1. Petrus 1,13

»Aber was hat das denn mit Politik zu tun?«, wunderte sich Alejo.

»Die Frau ist keine Französin, also ist es logischerweise eine politische Angelegenheit. Der Fall wurde von irgendwelchen Diplomaten-Zirkeln blockiert. Als ich die Nase voll davon hatte, habe ich persönlich dafür gesorgt, dass ihre DNA, die man am Tatort sichergestellt hatte, und ihr Phantombild an sämtliche Dienststellen in Ex-Jugoslawien ging, nicht nur an die unteren Chargen, sondern auch an die zuständigen Ministerien. Die Wirkung war dort gleich Null, anders hingegen beim Quai d'Orsay und meinen Vorgesetzten ... normalerweise darf ein Polizist nicht einfach auf eigene Faust an ausländische Behörden schreiben. Er muss zuallererst die Genehmigung eines Richters und die seines Vorgesetzten einholen und die Sendung offiziell registrieren lassen. Ich habe das ignoriert und damit klar gegen die Vorschriften verstoßen. Das war meiner Karriere natürlich nicht gerade förderlich. Es kommt daher eher selten vor, dass sich ein Beamter eigenmächtig an ausländische Ministerien wendet und sich dort nach einer Killerin erkundigt, die ganze Familien auslöscht. Ein einziger Bulle war zumindest so nett, mich zurückzurufen. Er gab mir den guten Rat, den Fall auf sich beruhen zu lassen, und meinte, sie hätten 2003 nach dem Attentat an Đinđić im Rahmen der *Operacija Sablja* gründlich bei sich aufgeräumt. Reines Geschwätz! Alle wissen doch, dass die serbische Mafia weiterhin gut im Geschäft ist. Als Lazures von meinem Vorgehen Wind bekam, distanzierte er sich sofort davon. Schlimmer noch, er entschuldigte sich sogar im Namen der Behörden und der französischen Polizei. Er versprach, man würde mich sofort von dem Fall abziehen, ich sei durchgedreht, würde wegen meiner Kompetenzüberschreitung sicher gefeuert werden, und versicherte, sich nun selbst des Falls anzunehmen. Das sah dann so aus, dass er ihn möglichst tief in der Versenkung verschwinden ließ.«

Alejo schloss sie in seine Arme.

»Ach, meine kleine Querulantin! Ich hätte zu gerne die Visagen der serbischen Kollegen gesehen, als deine Amtshilfeersuchen in den Ministerien eintrafen! Du bist echt verrückt!«, sagte er lachend.

Er setzte eine Reihe kleiner Küsse auf ihre Brust und schmiegte sich an ihre Schulter.

»Na, das dürfte dir Dickschädel ja ganz schön quergegangen sein«, neckte er sie. »Was hast du dann gemacht? Bist du mit dreißig Paar Handschellen in Belgrad aufgetaucht?«

Gaby, die das gar nicht witzig fand, fuhr in ernstem Ton fort:

»Ich hatte mit dem Gedanken gespielt. Aber wie du dir denken kannst, ist das unmöglich. Das gibt es noch nicht mal in amerikanischen Filmen. Also habe ich getan, was ich tun konnte. Ich habe meinen Vorgesetzten die Zahl der Todesopfer in Erinnerung gerufen. Keine Reaktion. Daraufhin haben sie mich erst recht mit Missachtung gestraft. Der Einzige, der mir Unterstützung angeboten hat, war mein alter Chef. Er hat Kontakte zur UNO und heimlich ein paar Erkundigungen eingeholt. Seinen Informanten zufolge könnte meine Geister-Killerin einem sehr mächtigen, paramilitärischen Clan angehören, der seine Basis in Ex-Jugoslawien hat. Es fiel sogar der Name des Clan-Chefs, Radzik, ein ehemaliger Warlord. Offiziell ist er im Krieg ums Leben gekommen. Und da endet die Spur. Als wenn es so jemanden wie unsere Killerin an jeder Ecke Belgrads gäbe«, regte sie sich auf.

Wie sehr sie sich auch bemühte, die Killerin zu finden, niemand wollte ihr Auskunft geben. Ständig stieß Gabrielle gegen unsichtbare Mauern, es war zum Verrücktwerden. Dann erwischte sie die Depression und machte jede Initiative zunichte, bis zu Bonanzas Anruf vor einer Woche. Der Fall dieser Frauen ließ sie nicht mehr los, durch ihn war ihr alter Jagdinstinkt wieder erwacht.

»Bei diesem Konflikt sind eine Menge Leute zu Mördern geworden«, redete Alejo besänftigend auf sie ein. »Was damals passiert ist, ist schlimm. Aber glaub mir, ich habe da Erfahrung, man ist bereit, sehr weit zu gehen und die furchtbarsten Dinge zu tun, wenn es ums eigene Überleben geht.«

Er schwieg eine ganze Weile, dann fügte er hinzu:

»In solchen Situationen lernst du Seiten von dir selber kennen ... Begabungen, von denen du vielleicht lieber nie erfahren hättest.«

Er hatte seine Arme von ihr gelöst, sich auf die Bettkante gesetzt, den Blick ins Leere gerichtet. Es war das erste Mal, dass Alejo ihr von seinem Leben in der Illegalität erzählte. Gabrielle sagte nichts und wartete darauf, dass er weitersprach. Aber der Separatist schwieg, er war in seine Gedanken vertieft. Sie legte einen Arm um seine Taille. Er war noch nicht bereit, ihr mehr über die Hintergründe seiner Aktivität zu erzählen. Die Stille wurde lastend. Sie zog ihren Arm zurück. Dann sagte sie nachdenklich:

»Ich werde den Eindruck einfach nicht los, dass diese Frau von den Behörden geschützt wird. Eine Psychopathin! Sie hat diesen Jungen in Biarritz regelrecht zerlegt, einen armen Kerl von 25 Jahren, der mit ein bisschen Dope gedealt hat. Ich glaube kaum, dass er das verdient hatte. Die Tatsache, dass jemand den Krieg erlebt hat, ist keine Rechtfertigung dafür, anderen die Augen auszustechen oder ihnen die Geschlechtsteile abzuschneiden.«

Ihre letzten Worte rissen Alejo aus seinen Gedanken.

»Sie sticht ihnen die Augen aus?«, rief er aus.

»Hör mal, ich möchte nicht weiter mit dir über diesen Fall sprechen, du weißt, dass ich das nicht darf. Ich habe schon viel zu viel gesagt.«

»Ja«, antwortete er verständnisvoll und umschlang sie erneut. »Du musst mir nicht mehr erzählen, als du möchtest. Ich merke ja nur, dass dieses Medaillon eine große Bedeutung für dich hat, sonst würdest du es nicht in deinem Nachttisch aufbewahren. Nur deshalb habe ich nachgefragt. Ich weiß, uns trennt vieles. Aber ich bin zurückgekommen und habe nicht die Absicht, erneut spurlos zu verschwinden, Gaby. Mein Leben ist jetzt ... nicht mehr ganz so kompliziert. Darum wollte ich unbedingt, dass wir uns wiedersehen. Nur deshalb bin ich heute hier. Du hast mir gefehlt. Frag mich nicht warum. Das weiß ich selber nicht. Ich hänge an dir, verdammt! Dabei bist du noch nicht mal Baskin und dann auch noch eine Polizistin!«, rief er aus und drückte sie noch fester an sich. »Ich weiß nur eins, ich muss unentwegt an dich denken. Da es nicht meine Art ist, auf der Stelle zu treten und mich in Selbstmitleid zu ergehen, bin ich heute hier. Ich werde versuchen ... ich meine, ich werde mich dafür ins Zeug legen, dass es mit uns klappt.«

Die letzten Worte hatte Alejo ruhig und voller Überzeugung gesprochen. Gabrielle sah ihm forschend in die Augen, um herauszufinden, ob er es ehrlich meinte. Sie wollte ihm zu gerne glauben, wollte nicht mehr reden, nicht mehr denken, sich nur noch an ihn schmiegen und sich von seinen Worten berauschen lassen, ihm erneut ihr Vertrauen schenken. Zwei Jahre nach ihrer eiskalten Trennung. Fünfzehn Jahre nachdem sie an ihrer blinden Liebe zu Dominique beinahe draufgegangen wäre.

11

»Und wie die Frauen Pflichten haben, so haben sie auch Rechte, nach dem Brauch; doch haben die Männer einen gewissen Vorrang vor ihnen; und Allah ist allmächtig, allweise.«
Koran: Al-Baqara (Die Kuh), Sure 2, Vers 228

Nach einigen unnatürlich heißen Tagen gewann der Herbst schließlich wieder die Oberhand. Auf der Place du Capitole wehte ein kühler Wind. Er drang noch bis in den letzten Winkel vor und vertrieb die Passanten. Alle hatten es eilig, nach Hause zu kommen, alle, bis auf eine. Samira stand mitten auf dem Platz, schutzlos dem Wind ausgesetzt, obwohl es rundherum viele Cafés gab. Sie wartete, weithin sichtbar. Ihr Märchenprinz sollte sie auf Anhieb sehen und nicht seine Zeit damit verschwenden müssen, sie zu suchen. Sie schaute auf ihr Handy, neunzehn Uhr siebzehn. Seltsam, er hatte sie am Telefon doch unmissverständlich gebeten, um Punkt neunzehn Uhr da zu sein. Mehdi hasste es, wenn jemand zu spät kam, das hatte er ihr gegenüber mehrmals betont. Für ihn war Pünktlichkeit die Höflichkeit der Könige, und da sie seine Königin war, erwartete sie es auch von sich selbst, pünktlich zu sein. Schließlich entschloss sie sich, ihm eine SMS zu schicken.

»Ich bin da, wo bist du?«

Nach dem Tippen dieser kurzen Nachricht waren ihre Finger bereits eiskalt. Sie steckte das Handy schnell in die Manteltasche zurück, umschloss es mit den Fingern und wartete auf ein Vibrieren. Bei jedem Atemzug kam eine Nebelschwade aus ihrem Mund. Da sah sie einen großen, dunkelhaarigen Mann auf sich zukommen. Er trug einen weißen Pulli, darüber eine Lederjacke mit Schulterpolstern. Sie fand, dass er sonderbar aussah, seine fleischigen Lippen und sein angeberisches Auftreten wirkten auf sie vulgär.

»Na, warten Sie auf mich, Mademoiselle?«, fragte er lächelnd.

Sie musterte ihn abschätzig, für wen hielt er sich, dass er sie einfach so ansprach? Sie war vergeben, und zwar mit Haut und Haaren an Mehdi. Sie beide waren füreinander bestimmt, ihre Liebe war gottgewollt. Niemand konnte sie auseinanderbringen. Sie drehte ostentativ den Kopf weg.

»Nein, ich warte auf meinen Mann, danke.«

»Ach, ich bin überhaupt nicht eifersüchtig. Wollen Sie nicht doch lieber mit mir einen Kaffee trinken, statt …«

Sie unterbrach ihn.

»Nein! Ich möchte keinen Kaffee mit Ihnen trinken, lassen Sie mich in Ruhe und belästigen Sie mich nicht weiter!«

Wenn Mehdi sah, wie sie mit einem anderen Mann sprach, würde er am Ende noch auf falsche Ideen kommen. Er könnte sie für ein Flittchen halten, denken, sie würde seine Gefühle nicht aufrichtig erwidern, sondern sich anderweitig umschauen. Dabei war ihr Verhalten immer tadellos, so, wie Mehdi es von ihr erwartete. Er konnte es nicht ausstehen, wenn Frauen sich zu aufreizend anzogen, verabscheute unzüchtige Frauen, nannte sie *kouffars*, Ungläubige. Die Religion legte er noch strenger aus als ihre Eltern. Samira fand das übertrieben dogmatisch, aber sie akzeptierte es. Sie war überzeugt, wenn sie gemeinsam den Koran lesen würden, würde er seine Meinung ändern. Aber bis dahin trug sie, um ihm einen Gefallen zu tun, lange Röcke und unförmige Pullover in gedeckten Farben und darüber einen weiten, schwarzen Regenmantel.

Wieso blieb dieser Unbekannte wie angewurzelt vor ihr stehen? Sie wurde langsam nervös und fauchte ihn an:

»Verschwinden Sie jetzt endlich! Wie schon gesagt, ich warte auf meinen Mann.«

Dabei entging ihr nicht, wie der aufdringliche Kerl sie unverhohlen von Kopf bis Fuß musterte.

»Wie Sie wollen, aber an seiner Stelle hätte ich Sie schon längst abgeholt«, sagte er und zuckte mit den Schultern.

Sie trat ein paar Schritte zur Seite, um ihm zu verstehen zu geben, dass das Gespräch für sie damit beendet war. Der Mann trat den Rückzug an. Sie schaute erneut auf ihr Handy, neunzehn Uhr fünfunddreißig, immer noch keine Nachricht. Da sie es leid war, weiter nach ihm Ausschau zu halten, beschloss sie, Mehdi anzurufen. Nach dem Piepton erklang seine warme, geliebte Stimme. Sie hinterließ keine Nachricht. Vermutlich steckte er im Stau und würde jeden Moment kommen. Aber seine Verspätung beunruhigte sie. Seit ihrem ersten Treffen hatte er sie täglich mit SMS bombardiert – mindestens zwanzig am Tag – und mit Anrufen, in denen er ihr immer wieder versicherte, dass er sie liebte, ständig an sie dachte und nur glücklich war, wenn er ihre Stimme hörte. Gestern dann rief er nur ein einziges Mal an, war ziemlich kurz angebunden und bestätigte bloß die Verabredung von heute. Heute hatte er dann gar nichts mehr von sich hören lassen. Und nun litt sie unter regelrechten Entzugserscheinungen, fast schon wie ein Junkie.

Sie hatte Pech, der Wind frischte auf, war nun doppelt so stark wie zuvor, und dann fing es auch noch kräftig zu regnen an. Sie wurde durchgewalkt wie Wäsche in der Waschmaschine und versuchte dennoch weiter, den Elementen zu trotzen. Er würde jede Minute kommen, da war sie sich sicher. Wenn ihm etwas dazwischengekommen wäre, hätte er Bescheid gesagt. Vor Kälte zitternd holte sie das Handy aus ihrer Tasche, zwanzig Uhr siebzehn, sie versuchte es erneut und landete wieder nur auf der Mailbox. Warum ging er nicht dran? Was war, wenn er in einen Unfall verwickelt worden war? Sie wusste nicht, wie sie sein plötzliches Verschwinden sonst erklären sollte. Schweren Herzens beschloss sie, aufzugeben und mit dem Bus nach Hause zu fahren. Wie in einer Endlosschleife gingen ihr die immer gleichen Fragen durch den Kopf. Und was war, wenn er nun keinen Unfall gehabt hatte, sondern ihrer überdrüssig war? Wenn er sich eine andere Frau gesucht hatte? Wenn er sie nun auch noch im Stich ließ, sich von ihr lossagte? Wie gerne hätte sie jemandem ihr Herz ausgeschüttet, aber sie wusste nicht, wem. Ihre Eltern ahnten bisher nichts von Mehdis Existenz und wären schockiert über ihr Liebesabenteuer. Ihr Vater würde es sich nicht nehmen lassen, ihr zu erklären, wie töricht es von ihr war, eine außereheliche Beziehung einzugehen. Das würde sie nur noch mehr deprimieren. Und wie hätte Samira ihrer Freundin Laure davon erzählen können, dass Mehdi sie versetzt hatte? Sie war zu stolz, der Freundin zu gestehen, dass Mehdi sich nicht immer wie der perfekte Mann benahm, für den Laure ihn halten wollte. Er konnte sogar manchmal ziemlich schroff sein. Dann warf er ihr vor, zu besitzergreifend zu sein, zu anhänglich. Mehdi war sehr eingespannt durch seinen Beruf. Das musste sie respektieren, und sie musste akzeptieren, dass er nicht ausschließlich für sie da sein konnte. Sonst würde er sich am Ende noch von ihr erdrückt fühlen. Sie überlegte, ob sie im Krankenhaus anrufen sollte. Vielleicht lag der Arme gerade im Sterben?! Da konnte sie ihn doch nicht sich selbst überlassen! Aber sie waren durch ein unsichtbares Band fest miteinander verbunden, wie er immer sagte. Hätte er wirklich einen Unfall gehabt, hätte sie sicherlich einen inneren Riss verspürt. Womöglich war er also doch mit einer anderen Frau zusammen in einem dieser Luxushotels, die er so liebte, und schlief gerade mit ihr. Oder er saß in einer Besprechung mit einem Kunden und setzte gerade seine Unterschrift unter einen Großauftrag ... Oder er war schlicht krank, ans Bett gefesselt.

Sie wusste nicht mehr, wo ihr der Kopf stand. Nervös nahm sie ihr Handy zur Hand und rief im Krankenhaus an.

12

Der Arzt pfiff bewundernd durch die Zähne.

»Schicke Bude … Im klassisch skandinavischen Stil. Ein bisschen viel Holz für meinen Geschmack, aber das hier hat durchaus seinen Charme, das muss man sagen. Ich mag ja …«

Was für ein Schwätzer, dieser Gratchev, dachte Nathalie. Sie konnte sein dummes Gerede nicht mehr ertragen und schaltete auf Durchzug.

Sie war zum ersten Mal in Malmö, und so sehr sie sich auch bemühte, die positiven Seiten zu sehen, es deprimierte sie extrem. Der tiefhängende, graue Himmel lag wie eine Glocke über der Stadt, bildete ein Gewölbe, in dem die geballte Verzweiflung reflektiert und verstärkt wurde und gleich einem Echo ins Bewusstsein der Menschen zurückkehrte. Als wenn das nicht genug wäre, wehte ununterbrochen ein eisiger Wind vom Meer herüber. Das Haus ihrer Kunden stand in einem tristen Vorort am Ende einer Schotterstraße, über der ein Schwarm Krähen kreiste. Es lag einsam, ohne direkte Nachbarn, und war von stolz aufragenden Tannen umgeben, die dicht aneinandergedrängt standen und einen undurchdringlichen Vorhang bildeten. Da dringt kein Schrei hindurch, dachte Nathalie.

»Du bleibst im Auto mit der Kleinen, Doc.«

»Kann ich aussteigen und mir mal kurz die Beine vertreten, Miria? Ich sitze jetzt seit Stunden eingeklemmt hier hinten drin und muss mir das Gebrüll dieses Görs anhören! Und stell dir vor, auch für meine Ohren ist das keine Musik.«

Gratchev hatte vor fünf Stunden damit aufgehört, dem

Baby den beruhigenden Hustensaft einzuflößen, so wie Miria alias Nathalie es ihm gesagt hatte. Sie wollte den zukünftigen Eltern ein möglichst aufgeweckt wirkendes Kind übergeben. Tatsächlich fehlte es ihm nicht an Energie. Sein Geschrei war schlimmer als eine Auto-Alarmanlage, seit über einer Stunde raubte es ihnen den letzten Nerv. Sie wollten es nur noch schnellstmöglich loswerden.

»Kommt nicht infrage. Du bleibst mit ihr im Auto und verriegelst die Türen«, befahl Nathalie. »Man weiß nie, mit wem man es zu tun hat.«

»Miria, ich …«

»Fang nicht wieder an, mit mir zu diskutieren. Du rührst dich nicht von der Stelle, bis ich mit dem Geld zurückkomme.«

Gratchev gab jeden Widerstand auf und ließ sich nach hinten in den Sitz fallen. Seitdem sie ihn auf dem Parkplatz fast erwürgt hätte, war ihm klar, dass Widerspruch zwecklos war und obendrein lebensgefährlich. Vom Rücksitz aus beobachtete er, wie seine Komplizin den Kiesweg hochlief und dann die Stufen vor dem Eingang nahm. Nathalie wollte gerade klingeln, da wurde die Tür aufgerissen. Ein zwei Meter großer Hüne, dessen Oberkörper so robust wirkte, wie der Stamm einer dieser Tannen im Garten, baute sich vor ihr auf. Undurchdringlicher Gesichtsausdruck. Ausdrucksloser Blick. Eine der ersten Lektionen, die Radzik ihr mit auf den Weg gegeben hatte, war, dass man sich vor stillen Wassern in Acht nehmen musste oder auch, wie in diesem Fall, vor einem ruhenden Eisberg. In ihrem Gehirn leuchtete in roten Lettern »Achtung Gefahr« auf.

»Your're Miria?«, fragte er.

»Yes.«

Er trat beiseite, um sie vorbeizulassen. Unter seinem Gewicht knarzte der Boden. Nathalie fiel auf, wie langsam und schwerfällig er sich bewegte, typisch für einen Mann dieser Größe. Sie sagte sich, wenn es brenzlig werden sollte, hätte sie da einen möglichen Angriffspunkt. Nachdem er die Tür geschlossen hatte, folgte sie ihm in den Flur und durch mehrere, im Dunkeln liegende Zimmer. Sie prägte sich die Räumlichkeiten genau ein, war immer auf der Hut. Sollte es Ärger geben, kannte sie den Weg nach draußen.

Als sie eine geräumige Küche im hinteren Teil des Hauses erreicht hatten, wurde es wieder hell. Durch ein großes Fenster blickte man auf einen akkurat geschnittenen Rasen. Der Raum wirkte ultra-clean, viel Edelstahl, sehr modern, blitzsauber.

»Where's the baby?«, erkundigte sich der Riese.

»In the car. We want to see the money before to show you the baby«, forderte Nathalie.

Der Mann ging zum Kühlschrank und öffnete ihn. Er war vollkommen leer, bis auf eine schwarze, zu einem Rechteck gefaltete Plastiktüte. Er nahm sie und warf sie auf den Tisch. Während sie ihn im Auge behielt, riss Nathalie die Tüte auf. Lauter zerknitterte Euroscheine kamen zum Vorschein.

»I have to count this«, erklärte sie.

Mit einem Schulterzucken bedeutete der Wikinger, dass ihm das scheißegal war. Er zog sich einen Stuhl vors Fenster, wandte ihr den Rücken zu und schien sich nicht weiter um sie und ihre Zählerei zu scheren. Stattdessen versenkte er sich in die Betrachtung seines schönen Rasens. Dieses eigenartige Verhalten bestärkte sie in ihrem Wunsch, die Übergabe möglichst schnell hinter sich zu bringen. Nathalie breitete sorgfältig alle Scheine auf dem Tisch aus und bildete Stapel von Hundert-, Zweihundert- und Fünfhunderteuroscheinen.

»Everything is okay. I go outside to get the baby«, erklärte Nathalie, während sie die Beute zurück in die Plastiktüte steckte.

»I come with you.«

Er wollte wissen, wo sein Geld blieb, das war nur normal. Nathalie wunderte sich nicht darüber, dass er sie an die Tür begleiten wollte. Sie heftete sich an seine Fersen und sie gingen den gleichen Weg zurück, den sie gekommen waren. Vom Treppenabsatz aus gab Nathalie dem Doc ein Zeichen, dass er aussteigen sollte. Als die Autotür aufsprang, drang das bis dahin nur gedämpft zu hörende nervtötende Gebrüll des Babys wieder an ihre Ohren.

Gratchev beugte sich herunter und nahm das kostbare Bündel vorsichtig in seine Arme.

»Den Autobabysitz können Sie behalten« erklärte Nathalie. »Der ist ein Geschenk des Hauses.«

Sie musterte den Schweden von der Seite. Er zeigte keine Reaktion, keine Regung, noch nicht einmal ein Lächeln. Er benahm sich vollkommen konträr zu dem Elternpaar, dem sie neulich ein Baby übergeben hatten. Der Schrank war und blieb eiskalt. Da ließ ein spitzer Aufschrei die Serbin zusammenfahren. Er kam aus dem Inneren des Hauses. Vermutlich aus dem Untergeschoss. Man hörte eine Tür schlagen. Wenige Sekunden später erschien das ausgemergelte Gesicht einer Frau im Türrahmen. Ihre Augen glänzten, sie war offensichtlich zugedröhnt, hatte lange blonde Haare und rief etwas, das Nathalie nicht verstand. Aber man musste ihre Sprache nicht beherrschen, um zu verstehen, dass sie in Panik war und fliehen wollte.

Sie war schon auf der Schwelle, als hinter ihr wie aus dem Nichts eine große, haarige Hand auftauchte, sie an der Schulter packte und grob zurück ins Haus zerrte. Dann schloss sich die Tür wieder. Es folgten gellende Schreie, erneut hörte man eine Tür schlagen, und dann herrschte wieder Totenstille. Die Gefangene war offenbar zurück in ihrer Zelle. Nathalie ließ ihre Tokarev wieder sinken. Bei dem Schrei der jungen Frau hatte sie aus Reflex sofort nach ihrer Waffe gegriffen, die sie hinten unter ihrem Pullover versteckt hatte.

Am Hals des Kolosses traten blaue Venen hervor, aber er zuckte weiterhin nicht mit der Wimper und tat so, als wäre nichts gewesen. Starr vor Entsetzen presste Gratchev das weinende Baby an sich. Nathalie ging langsam rückwärts Richtung Auto und ließ den Hünen dabei nicht aus den Augen. Sie pflegte keine überflüssigen Fragen zu stellen. Man bekam eh nie die Antwort, die man haben wollte. Fragen brachten nur Ärger. Dennoch hörte sie sich sagen:

»What happens here?«

»It's my wife … sometimes she's weird.«

Deine Frau, na klar, verarschen kann ich mich alleine, dachte Nathalie wütend. Ohne den Hünen ganz aus den Augen zu lassen, drehte sie sich halb zu Gratchev um und sah den Arzt mit dem Baby näher kommen. Der Arzt musterte den Muskelprotz gänzlich ungeniert. Dieser Idiot! Die Serbin ging auf ihn zu und schob ihn samt der Ware zurück zum Auto, weg von ihrem Kunden. Sie warf den Plastikbeutel mit dem Geld in den Kofferraum. Dann entriss sie Gratchev, immer noch mit der Knarre in der Hand, den Säugling und übergab ihn dem blonden Hünen, der auf sie zugekommen war. In seinen riesigen Armen wirkte das Baby noch winziger und verletzlicher.

»The deal is okay. We go now.«

Sie hatte es eilig, diesen Ort des Grauens zu verlassen. Gratchev ebenso. Er saß bereits auf dem Beifahrersitz.

»Wait … What ist her name?«, schrie der frischgebackene Vater.

Nathalie hatte schon einen Fuß im Wagen. Sie hob den Kopf.

»She has no name. It's your baby. You decide.«

Daraufhin setzte sie sich ans Steuer und sie rasten davon. Der Doc war ein einziges Nervenbündel, er wandte sich Nathalie zu.

»Miria, haben Sie ihn auch erkannt?«

»Hä, was? Wen erkannt?«

»Na, den Kunden. Haben Sie ihn etwa nicht wiedererkannt?!«

13

»Kann ich ein bisschen hierbleiben?«
»Du kannst für immer hierbleiben.«
Roger Mitchell, Notting Hill

Die deutsche Limousine wurde ihrem guten Ruf gerecht, sie beschleunigte ganz sanft, fast geräuschlos. Anne-Sophie ließ ihren Kopf gegen die gut gepolsterte Kopfstütze sinken und kostete diesen Augenblick aus: Das katzenhafte Schnurren des Motors, das sanfte Nachmittagslicht und neben sich den Mann ihres Lebens, Adam. Sie fuhren auf der A13 der Normandie entgegen, die Sonne schien, am Autofenster zog in satten Farben die Landschaft vorbei. Anne-Sophie wünschte sich, es wäre schon morgen. Morgen würde für sie ein neues Leben beginnen. Wie lange hatte sie diesen Moment herbeigesehnt? Seit sie alt genug war, für Geschichten von Prinzessinnen und Edelmännern zu schwärmen.

Fast hätte sie Adam seinen Ausraster im Porsche nicht verziehen. Dieser Vorfall lag nun drei Monate zurück. Nachdem er sie damals zu Hause abgesetzt hatte, war Anne-Sophie in Tränen ausgebrochen, sie konnte gar nicht mehr aufhören zu weinen. Keine Frage, er hatte sich ihr gegenüber sehr grob verhalten, und dieser Kniff in den Oberschenkel war ein tätlicher Angriff, das ließ sich nicht beschönigen. So behandelte man keine Prinzessin. Hastig schickte sie Adam eine SMS. Sie schrieb, es sei aus zwischen ihnen, sie wolle ihn niemals wiedersehen, sie sei nicht sein Punchingball. Doch er wollte das nicht akzeptieren. Sofort rief er an und rechtfertigte sich auf dem Anrufbeantworter. Sie ging nicht dran. Er erklärte, er gerate leicht in einen Geschwindigkeitsrausch, kenne beim Autofahren einfach keine Angst und habe gedacht, sie übertreibe mal wieder, wie üblich. Manchmal sei sie wirklich sehr melodramatisch. Er sei vollkommen aufs Fahren konzentriert gewesen, habe sie nur ein wenig necken wollen, als er ihr leicht in den Schenkel kniff. Zumindest habe er gedacht, es sei nur leicht gewesen. Er habe ihr nicht wehtun wollen. Er entschuldige sich dafür. Es sei unverzeihlich, aber er liebe sie über alles. Ohne sie sei sein Leben schal. Er würde alles dafür geben, sie zurückzugewinnen. Er schloss mit der flehentlichen Bitte, ihm eine zweite Chance zu geben.

Vierundzwanzig Stunden später erging er sich auf ihrem Anrufbeantworter erneut in Entschuldigungen. Er habe seine Kraft schlicht unterschätzt und komme sich vor wie der letzte Idiot. Er fühle sich schäbig. Es erfülle ihn mit Selbstekel, eine Frau verletzt zu haben und dann auch noch seine Frau. Seine Worte berührten sie, aber sie gab nicht nach, rief ihn nicht zurück. Sie wusste, wenn ein Mann einen Hang zu Gewalt hatte, war es nur eine Frage der Zeit, bis er wieder gewalttätig würde.

Trotz ihres beharrlichen Schweigens rief er sie immer wieder an, mehrmals am Tag und entschuldigte sich erneut bei ihr. Nach zehn Tagen zeigte sein Starrsinn schließlich Wirkung, und Anne-Sophies Entschluss geriet ins Wanken. Sie bekam erste Zweifel. Und was, wenn er es ehrlich meinte? Vielleicht war es wirklich keine Absicht gewesen, und er wollte mir gar nicht wehtun, so, wie er behauptet? Jeder hat eine zweite Chance verdient, oder etwa nicht? Denn tatsächlich fehlte Adam ihr ganz furchtbar. Seit er nicht mehr da war, klaffte eine Riesenlücke in ihrem Leben. Sie konnte sich für nichts mehr begeistern, hatte an nichts mehr Freude. Selbst die romantischen Komödien, die sie doch so liebte, ließen sie kalt. Das Einzige, was ihr noch Vergnügen bereitete, war, alte Fotos aus ihrer glücklichen Zeit zu betrachten. Wenn sie daran zurückdachte, vergoss sie jedes Mal bittere Tränen. Und eines Abends klopfte Adam dann an ihre Tür. Sie öffnete, und vor ihr stand ein Mann, der am Boden zerstört war, das war ihm deutlich anzusehen.

»Ich bin eine Gefahr für die Allgemeinheit, ich werde mich jetzt selbst anzeigen wegen des Schadens, den ich durch meine Raserei an dem anderen Wagen verursacht habe. Aber bevor ich womöglich ins Gefängnis gehe, wollte ich dich ein letztes Mal sehen! Wenn sie mich wirklich einbuchten, dann bringe ich mich um«, jammerte er.

Gerührt schloss sie ihn in ihre Arme. Sie konnte unmöglich zulassen, dass der Mann ihres Herzens in die Fänge der Justiz geriet, und noch weniger, dass er sich das Leben nahm. Sie redete beruhigend auf ihn ein, sagte ihm, dass er wegen dieser Sache mit dem Rückspiegel sicher nicht ins Gefängnis käme. Er hatte Tränen in den Augen, und sie fand ihn auf einmal so sensibel, so verletzlich. Da schmolz sie dahin und ließ ihn schließlich in ihre Wohnung. Sie hatte die Tür noch nicht geschlossen, da saß er schon auf der Couch. Voll neu aufkeimender Hoffnung ging sie zu ihm, schon wieder halb versöhnt. Er musste nur noch die Hand ausstrecken und sie in seine Arme ziehen. Daraufhin küssten sie sich und schworen sich, für immer und ewig zusammenzubleiben.

Nachdem sie nun wieder versöhnt waren, vertraute sie sich ihm so rückhaltlos an, wie nie zuvor. Es sollte keine Geheimnisse zwischen ihnen geben, nichts sollte ihr Glück trüben. Um die zwischenzeitliche Missstimmung zu vertreiben, die sie auseinandergebracht hatte, gestand sie gerne ein, dass das Kneifen nicht ganz so schlimm gewesen war. Sie hatte es wirklich etwas ausgewalzt, ein bisschen übertrieben. Sie entschuldigte sich dafür und erklärte: »Mein Liebling, ich muss dir etwas gestehen, ich habe dich angelogen. Ich bin nicht nur wegen des Jobs hierhergezogen, sondern auch, weil meine Familie … ich möchte sie nie wiedersehen. Ich weiß nicht, ob du das verstehen kannst. Deine Eltern waren immer liebevoll zu dir, haben dich immer gut behandelt, aber bei mir … bei mir ist es nicht so gut gelaufen. Und das lag nicht nur daran, dass wir wenig Geld hatten, sondern auch daran, dass mein Vater … selbst meine Mutter sagt, er sei nicht dafür gemacht, Vater zu sein. Trotzdem haben sie fünf Kinder bekommen. Er hat uns nie ertragen, selbst als wir noch klein waren. Er machte uns für seine Probleme verantwortlich. Ohne uns, so seine feste Überzeugung, wäre er besser dran gewesen, hätte keine Geldsorgen gehabt und ein besseres Leben führen können. Er schlug uns. Lucile, meine große Schwester, hat mir erzählt, dass er mich einmal so geschüttelt hat, dass sie dachte, ich wäre tot.«

Anne-Sophie musste schlucken und verstummte. Adam hatte ihr währenddessen über die Haare gestrichen. Die Rollen hatten sich umgekehrt. Nun war sie zutiefst aufgewühlt, und er tröstete sie.

»Rede dir alles von der Seele, du kannst mir vertrauen, mein Schatz.«

Sie setzte ihren Bericht fort und erzählte Adam, wie sich ihr Magen jedes Mal vor Angst zusammenkrampfte, wenn ihr

Vater von der Arbeit nach Hause kam, wie er auf alle einschlug, die in seine Nähe kamen, wie sie immer öfter eine Tracht Prügel erhielt, wie sie die Zähne zusammenbiss und kurz davor war, es den Nachbarn zu erzählen oder ihren Schulfreunden, wie sie Zuflucht in romantischen Komödien fand. Sie halfen ihr, von einer besseren Zukunft zu träumen. Mit achtzehn schließlich ließ sie den gewalttätigen Vater hinter sich, haute einfach ab, ohne eine Adresse zu hinterlassen. Im Grunde, so stellte Anne-Sophie fest, war das Kneifen im Auto, verglichen mit den Schlägen ihres Vaters, harmlos gewesen. Das Problem war nur, dass es sie daran erinnert und in eine dunkle Zeit zurückversetzt hatte, die sie gerne für immer vergessen hätte. Sie war schlicht in Panik geraten, dafür wollte sie sich bei ihm entschuldigen.

Adam verzieh ihr, dass sie so grausam zu ihm gewesen war und wegen einer solchen Lappalie ihre Liebe aufs Spiel gesetzt hatte. Denn, da waren sie sich einig, dieser kleine blaue Fleck war durch eine Ungeschicklichkeit entstanden, er hatte ihr nicht wirklich wehtun wollen. Bevor er sich verabschiedete, beugte er sich ganz nah an ihr Ohr, als wollte er sichergehen, dass ihr kein Wort von dem, was er sagte, entginge. Er schwor ihr, nie wieder die Hand gegen sie zu erheben und in Zukunft immer so sanftmütig zu sein, wie sie ihn kannte. Und tatsächlich, wie zu Beginn ihrer Romanze, las er ihr in den folgenden Tagen jeden Wunsch von den Augen ab, schickte ihr Dutzende verliebte SMS, überhäufte sie mit Geschenken. Als zusätzlichen Liebesbeweis trennte er sich von seinem Porsche und kaufte dafür einen Mercedes.

»Dieses Auto war schuld daran, dass ich durchgedreht bin, und für dich war es mit schlechten Erinnerungen verbunden, darum wollte ich es nicht mehr haben. Ich habe beim Verkauf einen Verlust von dreißigtausend Euro gemacht, aber das ist mir egal. Ich habe es für dich getan. Weil ich dich über alles liebe«, sagte er ihr, als er ihr sein neues Auto zeigte.

Zehn Tage lang war Anne-Sophie selig, sie dankte dem Himmel, fühlte sich wie die glücklichste Frau auf Erden. Doch dann entwickelte Adam neue Manien und erneut zogen über ihrer Beziehung dunkle Wolken auf. Er zwickte sie, um sie »in die Realität zurückzuholen.« Er verschwand tagelang, ohne ihr Bescheid zu sagen, und wenn er zurückkam, durfte sie nicht fragen, wo er gewesen war. »Ich bin nicht dein Schoßhund. Wenn du jemanden brauchst, der dir überallhin folgt, dann kauf dir einen Hund«, blaffte er sie eines Abends an. Als sie daraufhin in Tränen ausbrach, zuckte er nur mit den Schultern und schlug die Tür hinter sich zu. Am nächsten Morgen kam er dann mit einem Geschenk, um sich bei ihr zu entschuldigen. Anne-Sophies Verstand registrierte jede neue Wolke und sah, dass sich da etwas zusammenbraute. Ihr Verstand stellte auch fest, dass Adam sie anlog, sie mit einer anderen Frau betrog, trotz seines Versprechens weiterhin gewalttätig war, und kam zu dem Schluss, dass sie ihn verlassen sollte, solange es noch ging. Aber sie hörte nicht auf das, was ihr Verstand ihr einzuschärfen versuchte. Sie hörte auf ihr Herz, und das schlug immer noch für Adam. Sie liebte es, daran zurückzudenken, wie sie sich kennengelernt hatten, ein Anfang wie aus einem ihrer liebsten Liebesfilme. Ihr Film hätte den Titel *Aschenbrödel 2.0.* tragen können. Von seinen glühenden Nachrichten auf dem Dating Portal über ihr erstes Date bis zur unglückseligen Episode im Auto hatte Anne-Sophie mit Adam viele idyllische Monate erlebt. Nur die

Kraft der Liebe vermochte es, die soziale Barriere zwischen einem Mädchen aus der Banlieue und einem steinreichen Erben einzureißen. Sollte dieses Märchen nur wegen ein paar kleiner Schönheitsfehler ein Ende finden? Nein, beschloss Anne-Sophie. Jeder Mensch hatte Schwächen. Sie akzeptierte Adams Schwächen. So oder so konnte sie sich ein Leben ohne ihn nicht mehr vorstellen. Sie existierte doch nur, um ihm zu gefallen. Die bloße Vorstellung, sie könnte ihn verlieren, rief Selbstmordgedanken in ihr hervor.

An einem Sonntag dann schlug er ihr vor, am kommenden Wochenende seine reichen Eltern in Deauville zu treffen. Er hatte das Gefühl, sie sei jetzt bereit für diese Begegnung, schließlich würden sie schon bald heiraten, das hatte er ihr versprochen. Er sagte, er würde alles tun, um sie glücklich zu machen, und sie würden viele Kinder haben. Wie in einem dieser Märchen, wie in einem ihrer Lieblingsfilme.

Nun, eine Woche später, als sie im Mercedes saßen und in Richtung Deauville brausten, war sie froh, auf ihr Herz gehört zu haben. Sicher, sie hätten noch den einen oder anderen Härtetest zu bestehen, auch würde sie manchmal die Zähne zusammenbeißen müssen, aber ihre gemeinsame Zukunft versprach wunderbar zu werden. Davon war sie überzeugt. Jeder hatte ein Recht auf ein wenig Glück, sogar sie, vor allem sie.

»Alles in Ordnung, Schatz, fahre ich auch nicht zu schnell?«, unterbrach Adam ihre Gedanken und berührte mit seiner freien Hand flüchtig ihren Schenkel.

Sie drehte sich zu ihm und lächelte.

»Nein, du fährst sehr gut. Und du hattest recht, diese Wagen sind ideal für längere Strecken. Man spürt keinerlei

Erschütterung, es ist, als würde man auf einer Wolke dahingleiten. Und außerdem fühle ich mich sicher bei dir.«

Sie hatte ihn im Laufe der Fahrt mit Schmeicheleien überhäuft und strahlte nun, als sie seinen stolzen Gesichtsausdruck im Rückspiegel sah.

»Mein Schatz, ich bin so froh, dass du dich bei mir sicher fühlst, du könntest mir kein schöneres Kompliment machen. Schließlich bist du für mich die wichtigste Person auf Erden, ich möchte, dass du das weißt«, schnurrte er mit seiner rauen Stimme.

Sie war überglücklich, als sie das hörte, ihr Herz jubilierte. Aber das Glück währte nicht lange. Nur eine Kurve später hatte es sich bereits in Luft aufgelöst und sie war zutiefst verunsichert. Adam hatte angemerkt, seine Eltern seien schockiert gewesen, dass er keine reiche Erbin heiraten wollte. Nach einer hitzigen Diskussion hätten sie ihrem Sohn gar mit Enterbung gedroht, damit diese »Erbschleicherin, die es nur auf unser Geld abgesehen hat« keinen Cent bekäme. Er hätte lange auf sie einreden müssen, um sie von ihren guten Absichten zu überzeugen. Das Treffen in dem Badeort sei die einzige Chance für sie, einen guten Eindruck auf seine Eltern zu machen. Davon hinge sehr viel ab. Anne-Sophie begann, nervös auf ihrem Sitz hin und her zu rutschen. Als Adam es bemerkte, fragte er sie:

»Schatz, sollen wir kurz anhalten? Wir können bei der nächsten Ausfahrt rausfahren und etwas trinken. Wir haben es ja nicht eilig.«

»Nein danke, ich möchte so schnell wie möglich ankommen, Schatz, ich kann es gar nicht erwarten, deine Eltern kennenzulernen. Außerdem bin ich das erste Mal in Deauville, ich möchte jede freie Sekunde nutzen, um mit dir am Strand spazieren zu gehen!«

»Na, wenn das so ist«, sagte Adam lächelnd.

Er beschleunigte und ließ dabei den Motor aufheulen.

Als die Sonne unterging, fiel Anne-Sophie ein Schild auf, das die Ausfahrt nach Deauville anzeigte. Adam schien es nicht bemerkt zu haben, denn er raste einfach daran vorbei.

»Schatz, da rechts ging es nach Deauville … Auf dem Schild stand …«

»Ich muss leider einen kleinen Umweg machen, da ich noch einen Termin mit Geschäftsfreunden habe. Keine Sorge, es wird nicht lange dauern«, versicherte er ihr und strich ihr über die Haare.

Sie wollte protestieren, überlegte es sich dann aber anders. Wenn sie ihm vorwerfen würde, dass er ihr nichts davon gesagt hatte, würde das nur neue Spannungen heraufbeschwören. Außerdem war sie gespannt darauf, seine Geschäftspartner kennenzulernen, die waren sicher ebenso interessant wie er. Er hatte sie noch nie zu einer geschäftlichen Besprechung mitgenommen. Sie sah darin eine Generalprobe für das wichtige Zusammentreffen mit seinen Eltern am folgenden Tag.

An der nächsten Ausfahrt verließen sie die Autobahn und gelangten auf eine schmale Landstraße. Adam kannte die Strecke offenbar gut, denn er fuhr immer noch genauso schnell, obwohl die Straße sehr kurvig war und die Dunkelheit hereinbrach.

Nach wenigen Kilometern riss er auf einmal das Steuer herum und bog nach rechts auf eine Schotterstraße ab. Er ging so scharf in die Kurve, dass Anne-Sophie gegen die Scheibe gedrückt wurde. Sie wollte sich gerade bei ihm beklagen und ihn bitten, langsamer zu fahren, da verlangsamte er von selbst das Tempo. Ihre Bitte hatte sich damit erledigt.

Der Weg wurde immer schmaler und war voller Schlaglöcher, sodass der Mercedes wild hin und her schaukelte. Anne-Sophie hatte das Gefühl, am Ende der Welt gelandet zu sein. Umso überraschter war sie, als nach einer weiteren Kurve ein prächtiges Fachwerkhaus mit Reetdach im Licht der Scheinwerfer auftauchte, wie es typisch war für die Region. Davor parkten fünf Luxuslimousinen, sie stellten ihr Auto daneben ab. Anne-Sophie war begeistert vom Flair des Anwesens und rief aus:

»Oh, wie wunderbar.«

»Ja, es ist nicht schlecht«, bestätigte Adam etwas blasiert. »Aber an der Côte d'Azur habe ich schon schönere Häuser gesehen.«

»Mag sein, du bist ja auch viel herumgekommen, ich aber nicht. Ich habe noch nie ein so hübsches Haus gesehen. Gehört es einem deiner Freunde?«

»Ja, … ich glaube schon. Es ist seit Generationen in Familienbesitz.« Er wandte sich zu ihr um, dabei knarzte sein Ledersitz. »Lass dich vor allem nicht verunsichern. Das sind harte Verhandlungspartner, aber wenn wir uns einig werden, verdreifacht sich der Umsatz der Hotels meiner Familie. Dann dürfte es meinen Eltern schwerfallen, noch etwas gegen unsere Heirat einzuwenden! Sollte ich allerdings scheitern, verlieren sie womöglich eine Menge Geld. Es werden sicher harte Verhandlungen. Die Männer in diesem Haus greifen auch gerne mal zu unlauteren Methoden. Du bleibst einfach, wo du bist. Egal, was passiert, in Ordnung?«

Anne-Sophie nickte ernst. Als zukünftige Frau eines Geschäftsmanns musste sie lernen, sich ihrem Rang entsprechend zu verhalten, und nicht mehr das kleine, ungebildete Mädchen aus der Banlieue zu spielen.

Adam stieg aus und lief schnell um den Mercedes herum, um ihr die Tür zu öffnen. Sie war gerührt, dankte ihm für sein galantes Verhalten. Er nahm ihre Hand und sie gingen zusammen auf das Haus zu. Er betätigte den Türklopfer. Nach wenigen Sekunden sprang die Tür auf. Anne-Sophie konnte nur schemenhaft einen Mann im Türrahmen erkennen. Im nächsten Moment war er schon wieder im Inneren verschwunden, ohne sie zu begrüßen. Anne-Sophie verkniff sich die Frage, ob das in diesen Kreisen etwa normal sei. Aber so waren wohl die Gepflogenheiten unter Reichen, dachte sie. Vermutlich war sie einfach zu unbedeutend, deshalb hatte der Fremde es nicht für nötig befunden, sich ihr vorzustellen.

Adam trat zur Seite, um ihr den Vortritt zu lassen. Nachdem sie die Eingangshalle und einen etwas klammen Flur durchquert hatten, betraten sie einen Salon, in dem diverse großblumige Sofas und einige Antiquitäten standen. Ein Fernseher und ein Tischchen mit einer Kristallkaraffe und ein paar Gläsern daneben vervollständigten das altmodische Ambiente. Anne-Sophie fühlte sich wie bei einer Bilderbuchoma zu Gast, so einer Oma, wie sie sich immer eine gewünscht hatte.

»Schatz, wartest du hier auf mich? Ich muss mit meinen Geschäftsfreunden reden.«

»Natürlich. Denkst du, ich kann vielleicht den Fernseher anmachen?«, fragte sie vorsichtig.

»Das weiß ich nicht, ich kann fragen. Hier, trink doch erst

einmal ein Glas, um dich aufzuwärmen«, sagte Adam und griff nach der Karaffe, in der sich eine bernsteinfarbene Flüssigkeit befand.

»Schatz, du weißt doch, dass ich keinen Alkohol trinke«, sagte Anne-Sophie, verzog das Gesicht und machte eine abwehrende Handbewegung.

Noch im selben Moment bereute sie ihre Reaktion und fragte sich, was bloß manchmal in sie fuhr, dass sie seine Vorschläge immerzu ablehnte.

»Anne-Sophie, bitte, lass das Theater! Das wird dir guttun. Ich sehe doch, wie durchgefroren du bist, du hast ja ganz blaue Lippen. Du brauchst eine kleine Stärkung. Nun sei nicht so verklemmt.«

»Ich ... gut, wenn du meinst, einverstanden, dann trinke ich einen kleinen Schluck. Es ist wirklich kalt in diesem Haus.«

Ihr Vater war unter dem Einfluss von Alkohol immer gewalttätig geworden, regelrecht durchgedreht. Deshalb waren alkoholhaltige Getränke in ihren Augen reines Gift und hauptverantwortlich dafür, dass sie regelmäßig unter seinen Schlägen hatte leiden müssen. Darum verzichtete sie aus Prinzip darauf, Alkohol zu trinken. Dennoch überlief sie ein kleiner Schauer bei der Vorstellung, an diesem Abend in Gegenwart ihres Geliebten mit diesem Tabu zu brechen. Adam drängte sie oft, ihre Ängste zu überwinden. Das rechnete sie ihm hoch an. Er füllte ein Glas und reichte es ihr lächelnd. Sie nahm einen Schluck. Der Alkohol brannte in ihrer Speiseröhre, hinterließ aber ein angenehm warmes Gefühl in ihrem Körper. Ja, das schmeckte wirklich gut, zugegeben.

»Ich muss jetzt nach oben ins Büro. In Ordnung? Kann ich

dich hier allein lassen? Du trinkst in aller Ruhe deinen Whisky, und ich hole dich danach wieder hier ab.«

»Ist in Ordnung, Schatz. Lass mich nicht allzu lang allein, ja?«

Er beugte sich zu ihr herunter und gab ihr einen Kuss. Seine Augen hatten einen unnatürlichen Glanz.

»Nein, ich beeile mich, ehrlich«, versprach er. »Du weißt doch, dass ich nicht lange ohne dich sein kann. Dafür liebe ich dich einfach zu sehr, mein Schatz. Ich frage wegen des Fernsehers und sage dir dann Bescheid.«

Damit ging er nach oben. Anne-Sophie setzte sich auf eines der bequemen Sofas. Das kurzzeitige Feuer, das der Alkohol in ihr entfacht hatte, war bereits wieder erloschen, und sie zitterte vor Kälte. Offenbar funktionierte die Heizung in diesem Haus nicht. Sie trank einen zweiten Schluck Whisky, um sich aufzuwärmen, und sah sich um. Die antiquierte Einrichtung des Salons hatte etwas Beruhigendes, und auch wenn sie allein mit Adam an einem ihr unbekannten Ort war, irgendwo in der Normandie, und niemanden hier kannte, fühlte sie sich in Sicherheit. Der Whisky tat ein Übriges, um eventuelle Bedenken zu zerstreuen. Sie beschloss, das Haus wunderbar zu finden, das Einzige, was sie vermisste, waren ein paar Familienporträts an der Wand.

Sie hörte das offene Lachen ihres Mannes und wie im ersten Stock eine Tür schlug. Die Unterredung mit seinen Geschäftspartnern schien gut zu verlaufen. Sie freute sich darüber und war sicher, er würde noch heute Abend einen Großauftrag unterzeichnen. Die Zustimmung seiner Eltern zu ihrer Heirat wäre dann nur noch eine reine Formsache. Adam rief von oben von der Treppe herunter, sie könne gerne den Fernseher anmachen.

Vor ihr lagen diverse Fernbedienungen. Sie nahm die nächstliegende und drückte auf den Knopf. Der Bildschirm blieb schwarz. Also nahm sie eine andere Fernbedienung und probierte es erneut, vergeblich. Dann nahm sie eine dritte und drückte auf Verdacht alle möglichen Tasten. Endlich ging der Fernseher an. Auf dem Bildschirm erschien in Großaufnahme ein erigiertes Glied. Sie wand sich vor Verlegenheit, drückte hektisch auf sämtliche Knöpfe, aber konnte weder den Sender wechseln noch den Fernseher wieder ausschalten. Nun waren fünf Männer mit Ledermasken in einer umgebauten Garage zu sehen. Von hinten näherte sich eine Gestalt. Die Kamera war nun auf sie gerichtet: eine nackte, taumelnde Frau. Anne-Sophie verfolgte mit hochrotem Gesicht, wie sich die schwankende Frau an einem großen Holztisch festhielt, auf dem lauter Werkzeuge lagen. Nichts deutete daraufhin, dass sie in Panik war, weder weinte sie noch schrie sie. Sie wirkte wie weggetreten. Die Kamera ging näher an sie heran. Sie lächelte und streckte einen Arm aus. Ihre Haut war milchkaffeebraun und voller Striemen, ihre Augen leer. Als Anne-Sophie ihr übel zugerichtetes Gesicht sah, bekam sie Schluckauf, nicht nur weil diese Szene sie so anekelte. Sie fühlte sich auf einmal nicht gut. Ihr Mund war wie ausgetrocknet, sie hatte das unangenehme Gefühl, ihre Zunge wäre riesig. Ihr Glas fiel zu Boden und zerschellte, die Flüssigkeit verteilte sich auf dem Parkett. Sie warf sich vor, zu viel Whisky getrunken zu haben, ihr war übel. Die ganze Lächerlichkeit dieser Szene steigerte ihr Unbehagen zusätzlich. Was sollten Adam und seine Geschäftsfreunde sagen, wenn sie sie in diesem Zustand sähen? Allein bei dem Gedanken stieg ihr erneut die Schamesröte ins Gesicht.

Sie schloss für einen Moment die Augen. Als sie sie wieder

öffnete, standen fünf maskierte, nackte Männer vor ihr, einer streckte den Arm in ihre Richtung aus, in seiner Hand blitzte das schwarze, glänzende Auge einer Kamera auf. Sie schrie und wollte davonlaufen, kratzte und versuchte sich von einer anderen Hand zu befreien, die auf ihrem Busen lag. Ihr letzter Gedanke, bevor sie ohnmächtig wurde, war, dass sie offenbar sturzbetrunken war und halluzinierte, dass sie aggressiv wurde, so wie ihr Vater. Das würde dem Mann ihres Lebens gar nicht gefallen. *Hachouma*, was für eine Schande, vor seinen Geschäftsfreunden. Das würde sie sich niemals verzeihen.

14

Sie riss einen Nietnagel nach dem anderen ab, sie biss sie nicht ab, sondern rupfte sie mithilfe der Nägel ab, mit einem kurzen, energischen Ruck. Diese Tätigkeit verlangte ihre ganze Aufmerksamkeit, dabei konnte sie alles um sich herum vergessen.

»Und Sie, Capitaine Levasseur, was denken Sie?«

Es war nicht die Frage, die Gaby aufhorchen ließ, sondern die darauffolgende unnatürliche Stille am Konferenztisch. Sie hörte auf, sich mit ihren Händen zu beschäftigen und versuchte herauszufinden, was sich um sie herum gerade abspielte. Zehn Augenpaare waren vorwurfsvoll auf sie gerichtet. Das elfte gehörte dem Exekutionskommando oder anders ausgedrückt Oberkommissar Montfort, ihrem Chef. Er war um die fünfzig, hatte seine wenigen Haare akkurat über seinen fleckigen Schädel gekämmt und war in etwa so tolerant wie ein Fan von Minor Threat.

»Tut mir leid, wenn ich Sie bei Ihrer Tätigkeit unterbreche, Capitaine Levasseur«, fuhr er in sarkastischem Ton fort. »Was kommt als Nächstes? Wollen Sie vielleicht noch Ihre Nägel abkauen wie meine Tochter? Mit dem kleinen Unterschied, dass sie keine dreizehn mehr sind, wir abgesehen davon gerade über Fragen von Leben und Tod reden und Sie ganz zufällig Capitaine sind. Sie spielen jetzt seit bald einem Jahr hier das Gespenst, ihr Team kann nichts vorweisen. Inzwischen nennt man sie allgemein ja auch ›die Unfähigen‹. Ihre Erfolgsquote ist unterirdisch. Bisher haben alle Sie gedeckt wegen Ihrer in der Vergangenheit erworbenen Verdienste und weil sie – das können wir in dieser Runde ja ganz offen aussprechen – Protektion von ganz oben genießen. Aber jetzt reicht es mir! Ich habe die Nase voll. Sie nehmen jemandem den Platz weg, der echte Polizeiarbeit leisten könnte und sich beispielsweise durch das Lösen von Fällen seinen Lohn redlich verdienen würde. Wenn Ihre Aufklärungsquote sich bis Ende des Monats nicht verbessert hat, bitte ich um Ihre Versetzung, ganz einfach. Ich kann Ihre Visage nicht mehr sehen. Ich muss wohl auf irgendeiner schwarzen Liste des Ministeriums stehen, ansonsten wüsste ich nicht, womit ich einen solchen Klotz am Bein verdient hätte. Ab sofort ist Schluss mit der Sonderbehandlung und einem Dienstplan à la carte! Ich habe lange genug ein Auge zugedrückt«, donnerte er. »Von nun an haben Sie mich am Hals, und das werden Sie spüren, das kann ich Ihnen versprechen. Ich möchte jede Woche einen detaillierten Bericht über das, was Sie und Ihr Team geleistet haben. Sie wollen Capitaine in einer Großstadt sein? Okay, Sklaventreiberin, dann übernehmen Sie gefälligst Verantwortung.«

Er warf ihr eine Mappe rüber.

»Bitte, Starermittlerin, hier geht es um einen Clochard, der im Matabiau-Viertel erstochen aufgefunden wurde. Finden Sie heraus, wie das passiert ist. Sie könnten beispielsweise damit beginnen, im Obdachlosenmilieu zu ermitteln. Ich hoffe, wenn Sie sich mal wieder richtig die Hände schmutzig gemacht haben, kommen Sie wieder zur Vernunft. Und jetzt verlassen Sie augenblicklich diesen Konferenzraum, Levasseur!«

Eine Erwiderung war zwecklos. Der Oberkommissar war vor Erregung karmesinrot angelaufen. Der normalerweise höfliche Mann hatte seinen Vorrat an Verunglimpfungen für dieses Jahr aufgebraucht. Dazu kam, dass Levasseur einem seiner Schützlinge den Platz weggenommen hatte, Philippe Kernouac. Ein guter Bulle, aber auch ein Arschkriecher. Er war jederzeit bereit, für seinen Chef und dessen Frau den Chauffeur zu spielen. Als Speichellecker hatte man normalerweise gute Beförderungschancen. Und dann hatte man Montfort plötzlich Levasseur aufs Auge gedrückt. Er hatte tatsächlich allen Grund, wütend zu sein. Kernouac hätte mit Sicherheit bessere Arbeit abgeliefert. Das war kein Kunststück, da sie nichts oder so gut wie nichts tat.

Als sie den Raum verließ, herrschte Totenstille. Sie wusste, dass sie versagt hatte, aber die Aussicht, sich mit nach Urin stinkenden Clochards beschäftigen zu müssen, motivierte sie auch nicht gerade. Es war schon spät, und sie hatte noch eine lange Nacht vor sich, da sie sich wieder freiwillig für den nächtlichen Bereitschaftsdienst gemeldet hatte. Den meisten kam es durchaus gelegen, dass sie gerne nachts arbeitete, aber statt das zu würdigen, warf Montfort ihr vor, sie picke sich die Zeiten raus, die ihr am besten passten. Gabrielle seufzte, der Undank des Oberkommissars ärgerte sie. Sie beschloss, sich einen Kaffee zu genehmigen, damit sie die Nacht durchhielt, es war bereits ihr achter.

Sie ging zum Getränkeautomaten. Bonanza war ihr zuvorgekommen. Er stand gebückt vor der Maschine und schimpfte leise vor sich hin, weil es ihm zu lange dauerte. Gabrielle fiel auf, dass er wie ein Clochard aussah: Dreitagebart, schmuddelige Jeans, Oversized-Sweatshirt und fettige Haare, die er zu einem winzigen Pferdeschwanz zusammengebunden hatte. »Da ist ja wieder die Sklaventreiberin mit ihrer Wanderratte«, hatte sie eines Tages jemanden im Kommissariat sagen hören.

»Sie sahen auch schon mal frischer aus, Bonanza«, begrüßte sie ihn.

Im selben Moment bedauerte sie diese überflüssige Bemerkung, kam nach kurzer Überlegung dann aber doch zu dem Schluss, dass es ihr gutes Recht war, auch mal eine Gemeinheit fallen zu lassen.

»Danke, Capitaine, wie nett von Ihnen. Ja, ich muss gestehen, zwischen der Recherche zu der Identität der jungen Frau aus dem Krankenhaus und der Arbeit an den Fällen, die möglicherweise Parallelen dazu aufweisen, ist der Schlaf etwas zu kurz gekommen«, antwortete er und richtete sich auf, eine Dose Cola in der Hand. Beim Öffnen lief ihm die zuckrige Flüssigkeit über die Hand. »So eine Scheiße!«, fluchte er.

Da keine Serviette griffbereit war, wischte er die Hand an seiner Jeans ab.

»Ich habe auf Ihre Anregung hin den Vermieter ausfindig gemacht und ihm eine Nachricht hinterlassen. Er hat ewig gebraucht, um mich zurückzurufen. Zu seiner Entschuldigung sagte er mir, er hätte sich erst den Mietvertrag besorgen müssen. Jedenfalls heißt sie nicht Viviane, wie sie uns erzählt hat. Ihr echter Name lautet Anne-Sophie Brèche. Sie wohnt seit einem guten Jahr dort, hat bis vor drei Monaten immer regelmäßig ihre Miete bezahlt. Da der Vermieter bei Einzug eine Kaution in Höhe von sechs Monatsmieten verlangt hat, hat ihn das Ausbleiben der Zahlungen bisher nicht sonderlich beunruhigt. Er kennt weder ihre Sozialversicherungsnummer noch weiß er, wo sie arbeitet. Die Kaution hat ihm offenbar als Absicherung genügt. Nebenbei bemerkt … es ist eigentlich gar nicht erlaubt, eine Kaution in dieser Höhe zu verlangen. Manche Vermieter sind einfach dreist! Kurzum, ich habe ihren

Namen mal ins System eingespeist, das Ergebnis war leider gleich null. Und dann hat das Krankenhaus auch noch angerufen, um uns mitzuteilen, dass unsere Patientin deliriert. Der Arzt sagte, sie hätte schlimme Albträume gehabt und die ganze Nacht geschrien. Dabei ging es um irgendwelche maskierten Männer, gegen die sie zu kämpfen schien. Als sie dann aufwachte, hatte sie einen Nervenzusammenbruch. Der Arzt meint, eine solch heftige Psychose spräche für ein sehr schweres Trauma. Das Ende vom Lied ist, dass er ihr erneut ein Beruhigungsmittel verabreicht hat, eine Hammerdosis, und sie sofort wieder eingeschlafen ist. Der gibt ihr eine Spritze nach der anderen! Ich glaube, wir haben es mit *Doktor Bibber* zu tun! Wir können sie also immer noch nicht befragen … kurzum, wir verlieren noch mehr Zeit. Wenigstens konnte ich die Nachbarin für morgen früh einbestellen, um sie noch einmal zu diesen Männern zu befragen, die angeblich bei unserer Patientin ein- und ausgegangen sind. Mehr fällt mir jetzt auch nicht ein.«

»Haben Sie eine Anfrage bei der FICOBA gemacht, um herauszufinden, woher sie ihr Einkommen bezog?«

»Ja, natürlich. Ich musste eine solche Anfrage im Zusammenhang mit einem anderen Fall eh stellen. Aber leider habe ich noch keine Antwort erhalten, dabei geht das normalerweise ziemlich schnell.«

»Gute Arbeit, Bonanza. Aber ich frage mich …«

»Was, Capitaine Levasseur?«

»Nein, vergessen Sie es, das ist eine schlechte Idee.«

Der junge Beamte, der sichtlich überrascht war über das Lob seiner Chefin, nahm einen großen Schluck von seiner Cola. Es kam nicht gerade häufig vor, dass seine Vorgesetzte mit seiner Arbeit zufrieden war und dies auch noch anerkennend zum Ausdruck brachte.

»Ich habe mich nur gefragt, ob Sie sich ganz auf die Geschichte mit dem Mädchen konzentrieren sollten, aber wenn ich es recht bedenke, bringt das nichts, solange wir keine Anzeige vorliegen haben oder eine Straftat nachweisen können. Das ließe sich nur schwer rechtfertigen … also, während wir auf die Antwort von der FICOBA warten, sehen wir beide uns mal bei den Clochards um.«

Er starrte sie verblüfft an.

»Nein, kein Scherz«, sagte Gaby schmunzelnd. »Der Oberkommissar hat mir den Fall von dem toten Clochard in Matabiau aufgedrückt. Haben Sie davon schon gehört?«

»Nein, noch überhaupt nichts.«

»Gut, dann schauen wir beide uns da jetzt mal um. Sie haben, soweit ich weiß, die Autoschlüssel? Ich folge Ihnen also, einverstanden?«

Er warf die leere Dose in den Müll.

»Hier sterben haufenweise junge Frauen, und wir müssen uns mit einem toten Clochard beschäftigen, echt super«, murmelte er so laut, dass man es hören konnte.

»So ist es, Bonanza. Vor dem Gesetz sind alle gleich, wussten Sie das nicht? Alle beiseitetreten, hier kommen die glorreichen Vertreter von Recht und Ordnung«, witzelte sie, während sie den Lieutenant Richtung Ausgang schob.

15

Sie wusste nicht, was mehr zum Himmel stank, die Mischung aus verschüttetem Alkohol und getrockneter Kotze, die in den Sitzbänken dieser schäbigen Disco am Rande von Stockholm hing, der Schweißgeruch von Gustav, dem kleinen, redseligen, rothaarigen Club-Inhaber oder seine bescheuerte Geschichte.

»Ich schwöre, wir finden ihn … trinken Sie doch was, geht aufs Haus! Das haben wir mit Dragan auch immer so gehalten.«

Es interessierte sie einen Scheißdreck, ob dieser Typ mit Dragan an diesem abgefuckten Ort gerne einen hob. Radzik hatte nun einmal nicht Dragan, ihren üblichen Verhandlungspartner, mit der Transaktion beauftragt. Sie fragte sich, warum sie bloß darauf bestanden hatte, dieses Geschäft selber abzuwickeln, statt schön im warmen Auto sitzen zu bleiben. Seit drei geschlagenen Stunden saß sie nun lammfromm in diesem Scheiß-Club herum, der ungefähr so erlesen war wie ein Nutten-Apartment in Rotterdam. Die Dancefloor-Musik zerriss ihr das Trommelfell und die Scheibe des Aquariums, das hinter der Sitzbank in die Wand eingelassen war, vibrierte bei jedem Bass-Schlag. Die verängstigten Fische schwammen hektisch hin und her und zermarterten sich ihre Mini-Gehirne, wie sie bloß diesem Lärm entfliehen und ruhigere Gefilde erreichen könnten.

Gustav wiegte den Kopf im Takt der Musik. Auf seiner Haut lag ein glänzender Schweißfilm, wodurch seine Sommersprossen noch deutlicher hervortraten. Er schloss immer wieder kurz die Augen, das LSD begann langsam zu wirken.

Er wollte es unbedingt probieren, und Nathalie erfüllte ihm diesen Wunsch nur zu gerne. Schließlich konnte man einen Geschäftspartner, der nicht mehr alles unter Kontrolle hatte, viel leichter steuern. Die beiden jungen Frauen im Minikleid, die zu Beginn des Abends nicht von seiner Seite gewichen waren, tanzten jetzt vor ihnen auf der Tanzfläche und waren ebenfalls total high. Das LSD schlug bei ihnen ein wie eine Bombe. Sie warfen die Köpfe in den Nacken und vollführten seltsame Bewegungen mit den Armen, wie Fluglotsen, die man im Zeitraffer gefilmt hatte.

Gustav hatte Nathalie erzählt, der Typ, der ihr das Geld übergeben sollte, sei irgendwo in der Menge verschwunden, seine Leute würden ihn gerade suchen. Das klang zwar ziemlich unglaubwürdig, aber die Serbin hielt es auch nicht für vollkommen ausgeschlossen. Sie wusste, wie unprofessionell die hier waren. Da sie die Drogen der *Jugoslaviska Maffian* in großen Mengen in Umlauf brachten, übte sie sich in Geduld. Bei einem guten Kunden konnte sie, wenn nötig, auch auf Zeit spielen.

Bum … bum … bum … Der eintönige Rhythmus quälte weiter ihr Trommelfell, machte weiter die Fische verrückt, und der Rothaarige nickte weiter im Takt dazu. Er hatte eine ziemliche Fahne und redete ununterbrochen auf Nathalie ein. Sie zeigte ihm ein gefrorenes Lächeln, dabei hätte sie ihn am liebsten am Schopf gepackt und mit den Zähnen voran gegen die Tischkante geknallt. Khasboulat wunderte sich vermutlich, wo sie abblieb. Normalerweise wäre das Geschäft in fünfzehn Minuten erledigt gewesen. Vermutlich wurde er langsam unruhig und tauchte jeden Moment hier auf. Sie beschloss, dass sie genug gewartet hatte und stand auf.

»Finde deinen Typen, ich bin in zwei Stunden wieder da.«

Die Hand des Rothaarigen schloss sich wie eine Zange um ihr Handgelenk.

»Bleib, trink ein Glas mit uns, er kommt sicher gleich«, hielt er sie zurück in einem Ton, der keinen Widerspruch duldete.

Das hätte er besser nicht getan. Trotz der Schmerzmittel, die eine dämpfende Wirkung hatten, packte Nathalie die Wut. Mit ihrer freien Hand umklammerte sie die Schulter des Rothaarigen, dann beugte sie sich zu ihm vor. Er stank so nach Schweiß, dass sie die Nase rümpfte.

»Hör mir gut zu, Gustav. Du lässt mich jetzt sofort los und sorgst dafür, dass ich meine Kohle bekomme, oder ich verschwinde jetzt direkt aus diesem Drecksladen und das nächste Mal sehen wir uns bei dir zu Hause. Und glaub mir, das wird kein angenehmes Wiedersehen.«

Er lachte spöttisch. Offenbar brauchte er noch eine weitere Lektion. Sie schmiegte sich an ihn, als wollte sie ihn küssen, und verstärkte zugleich ihren Schultergriff so sehr, dass ihr die Fingerknöchel schmerzten. Der Typ schrie vor Schmerzen auf und ließ ihr Handgelenk los.

»Genau, ich denke auch, wir regeln das sofort. Du stehst jetzt auf, gehst in dein Büro und gibst mir das Bargeld aus deinem Tresor«, befahl sie ihm. »Ansonsten breche ich dir die Schulter. Kapiert?«

Der Rotschopf glotzte sie an, in seinen Augen sah man einen kurzen Blitz der Erkenntnis. Er stotterte gehorsam ein »Ja«. Nathalies Worte waren also bis in sein getrübtes Gehirn vorgedrungen. Er richtete sich auf, schob die beiden Tussis unsanft beiseite, die gerade kurz davor waren abzuheben, beseelt, wie sie waren, und bahnte sich mithilfe seiner Ellbogen einen Weg durch die Menge auf der Tanzfläche. Nathalie folgte dicht hinter ihm und behielt ihn weiter fest im Griff. Ihre Finger krallten sich in seine Schulter, sie gab das Tempo vor, indem sie von oben auf sein Schlüsselbein drückte, wenn er zu schnell ging. Niemand interessierte sich auch nur im Geringsten für sie. Die Tanzenden waren ganz im Bann der Musik und die meisten waren so oder so zu stoned, um noch irgendetwas mitzubekommen.

Als sie das Ende der Tanzfläche erreicht hatten, stiegen sie eine Eisentreppe hoch. Sie führte in den ersten Stock. Dort zogen Striptease-Tänzerinnen für Privatkunden eine Show ab. Als sie etwa auf halber Höhe waren, drehte der Rothaarige, sicherlich aufgeputscht durch das LSD, sich plötzlich um. Nathalie, davon kalt erwischt, konnte sich gerade noch am Geländer festhalten und einen Sturz vermeiden. Gustav nutzte diesen kurzen Moment, in dem sie aus dem Gleichgewicht geraten war, um sie an den Haaren zu packen und nach vorne zu ziehen. Ein heftiger Schmerz durchfuhr Nathalies Schädel. Er hatte ihr ein ganzes Büschel schwarzer Haare ausgerissen. Verblüfft über seine Kraft betrachtete er seine Trophäe, da stürzte sie sich schon auf ihn und bohrte ihm ihre Fingerspitzen ins rechte Auge. Ein vertrautes Gefühl der Euphorie erfüllte ihr Gehirn, als sie die Linse spürte. Der Rotschopf brüllte. Sein Schrei berauschte Nathalie. Sie fühlte sich dadurch so lebendig, so mächtig. Auf einem Podium oberhalb von ihnen wanden sich zwei Tänzerinnen um eine Stange, die Augen ins Leere gerichtet. Sie träumten sich weit weg von hier, weg von diesem schäbigen Club. Vielleicht waren sie in Gedanken bei dem Landhaus, das sie sich eines Tages von dem hier verdienten Geld kaufen wollten. Ein Kunde, der sich auf einer der Sitzbänke lümmelte, verschlang sie mit den Augen. Weder er noch die Tänzerinnen hatten von der Handgreiflichkeit etwas mitbekommen. Nathalie konnte ihre Arbeit also unbesorgt fortsetzen.

Gustav krümmte sich vor Schmerzen und hielt sich schützend die Hände vor die Augen. Sie half ihm, sich aufzurichten und die restlichen Stufen hochzusteigen, dabei stützte sie ihn wie einen betrunkenen Freund. Mit Mühe erreichten sie den oberen Treppenabsatz. Das Trio links von ihnen schenkte ihnen weiter keine Beachtung, rechts hinten war eine Schwingtür zu erkennen, flankiert von einem Schild: »Privat.« Sie zog Gustav dorthin und stieß die Tür mit dem Fuß auf. So gelangten sie in einen Gang mit zwei Türen. An der ersten hingen Fotos von Stripperinnen, an der zweiten nichts. Nathalie öffnete die zweite Tür. Dort sah man im kalten Neonlicht lauter Papierstapel liegen, die Wände waren tapeziert mit Fotos von nackten Frauen in obszönen Posen.

»Du bist ein verdammtes Arschloch, Gustav! Ich bin auf deine zugedröhnte Visage und deine beknackte Geschichte von dem Typen, der verschwunden ist, echt reingefallen! Aber heute Abend erteile ich dir eine Lektion, die du so schnell nicht vergisst. Du wirst es sicher kein zweites Mal versuchen, uns um unser Geld zu bringen«, trumpfte sie auf, während sie ihn auf eine durchgesessene Couch stieß. »Ich habe keine Ahnung, was du mit Dragan für Geschäfte abgezogen hast. Ich dachte eigentlich, bei euren Deals wäre es nur um Zigaretten gegangen. Aber offensichtlich brauchtet ihr ja auch Dope.«

Der Schwede gab einen heiseren Klagelaut von sich. Er hielt sich immer noch die Pranken vor sein ramponiertes Auge.

»Hör auf mit deinem Gewimmer, *svinjetina*. Ein Krankenwagen ist schnell bestellt. Aber vorher gibst du mir meine Kohle. Wo ist das Geld? An einem kaputten Auge stirbt man nicht, aber an einem präzise gesetzten Schnitt kann man verbluten, zum Beispiel hier«, sagte sie, indem sie auf die Halsschlagader des Rothaarigen drückte. »Also, zum letzten Mal, wo ist das Geld?«

»Keine Ahnung.«

Nathalie trat ihm mit aller Kraft gegen sein rechtes Knie und zog ihr Jagdmesser aus ihrem Rucksack.

»Du gibst mir jetzt die Kohle. Das ist übrigens ein langsamer und quälender Tod, sehr quälend, aber das muss ja nicht sein, du hast die Wahl.«

Die superscharfe achteinhalb-Zentimeter-Klinge ihres AK 74 Automatik blitzte im weißen Neonlicht auf. Sie drückte es Gustav an den Hals. Als er das kalte Metall auf der Haut spürte, begann er zu zittern. In seinem Inneren spielte sich ein Kampf ab, sein Überlebenswille und seine Habgier rangen miteinander. Der Kampf war schnell entschieden. Nach wenigen Sekunden deutete der Rotschopf mit dem Kinn auf den Schreibtisch.

»Im Schreibtisch«, flüsterte er.

Nathalie stürzte auf das Möbel zu und legte, um die Hände frei zu haben, ihr Messer auf dem Schreibtisch ab. Sie schob die Papierstapel beiseite, kippte die Schubladen aus, in der dritten stieß sie auf ein dickes Rezeptbuch, *Die 100 besten Rezepte der schwedischen Küche*, kaum vorstellbar, dass das Ohrfeigengesicht sich dafür ernsthaft interessierte. Sie wollte es aufklappen, vergeblich, der Buchdeckel ließ sich nicht öffnen, es war nur eine Attrappe.

»Bescheuert«, murmelte sie.

Ihr fiel ein, dass ihre Mutter auch so ein Ding besessen hatte, für ihren Schmuck. Drückte man auf eine bestimmte Stelle, sprang der Deckel auf.

Sie versuchte es auf der linken Seite. Der Deckel sprang auf, und ein Haufen Scheine kam zum Vorschein. Sie kippte das Geld auf den Schreibtisch aus und überschlug schnell den Wert der Beute. Es war ein Vermögen, das würde in jedem Fall reichen, um die Ware zu bezahlen und ihre Ausgaben zu decken.

»Siehst du Gustav, so werden wir uns doch noch einig! Ich nehme das alles an mich, sollte es zu viel sein, kann Dragan sich an Radzik wenden, dann bekommst du im Gegenzug vielleicht ein bisschen Stoff gratis. Wir wollen keinen Ärger mit euch Schweden, wir haben immer vertrauensvoll zusammengearbeitet.«

Dabei wusste sie genau, dass sie mit an Sicherheit grenzender Wahrscheinlichkeit keine Geschäfte mehr mit Gustav machen würden. Den Verlust seines Auges konnte man mit keinem Geld der Welt wiedergutmachen, so viel war klar. Er hatte sie verarscht und die Quittung dafür bekommen. Sie holte die Blotter aus ihrem Rucksack hervor. Sie waren durch halb Europa transportiert worden. Radziks Chemiker hatten das LSD in seinen Drogenküchen zusammengebraut, nun konnte die Jugend Stockholms es konsumieren. Sie legte es auf den Tisch und verstaute die Geldscheine in ihrem Rucksack.

»Du wirst sehen, Gustav, das ist super Stoff. Ich vermute mal, du verdankst es dem Stoff, dass deine Schmerzen im Moment noch erträglich sind. Du hättest mich nicht verarschen sollen. Ich rufe dir einen Krankenwagen und …«

Noch ehe sie den Satz beenden konnte, hatte der Schwede sich auf sie gestürzt und ihr einen Aufwärtshaken verpasst. Der Schmerz breitete sich wie eine schnell wirkende giftige Substanz in ihrem ganzen Körper aus. Gustav nutzte ihre kurzzeitige Benommenheit, um sie mit dem Rücken auf die Tischplatte zu werfen, sich auf sie zu legen und sie zu würgen. Dabei fixierte sein gesundes, blutunterlaufenes Auge Nathalie, die sich unter seinen Händen wand wie ein Wurm, in der Hoffnung, sich befreien und nach ihrer Waffe greifen zu können. Das Messer musste direkt neben ihr liegen, aber da der Rothaarige sich auf sie geworfen hatte, konnte sie nichts sehen. Ihre Finger tasteten sich ein Stück vor. Endlich, als sie schon fast keine Luft mehr bekam, hatte sie den ledernen Griff ertastet. Sie griff nach dem Messer und rammte es von hinten in Gustavs Hals. Ein warmer Strahl spritzte ihr ins Gesicht. Im selben Moment löste der Schwede seine Finger und Nathalie konnte sich endlich aus seiner Umklammerung befreien. Sie flüchtete in eine Ecke des Zimmers, holte mehrmals tief Luft, ließ Gustav dabei jedoch nicht aus den Augen. Aber der Schwede lag regungslos auf dem Schreibtisch, umgeben von einer Blutlache. In seinem Hals steckte das Messer. Er war tot.

Nathalie hatte keine Zeit mehr, den Raum zu säubern, es konnte jederzeit jemand ins Zimmer kommen. In einer Zimmerecke fand sie einen weiten Mantel mit Kapuze und wickelte sich hinein. Ihr Rucksack war im Handgemenge zu Boden gefallen. Sie hob ihn auf, zog mit einer schnellen Bewegung ihr Messer aus Gustavs Hals, wischte es an seiner Hose ab und steckte es sich in die Hosentasche. Als sie dem Rotschopf noch eine letzte Beleidigung an den Kopf werfen wollte, kam kein Laut aus ihrer Kehle, ihre malträtierten Stimmbänder spielten nicht mehr mit. Sie zog sich die Kapuze über den Kopf, verließ das Büro und ging den Gang hinunter. Als sie die Tür öffnete, traf sie der melancholische Blick einer der Stripperinnen, die sich gerade mit einer sinnlichen Geste die Haare aus dem Gesicht strich. Die junge Frau bewegte ihren Po in einer lasziven, schlängelnden Bewegung, während ihre Lippen lautlos den Text eines Chansons summten. Niemand machte sich die Mühe, zu verstehen, was sie da sang. Nathalie konnte nicht riskieren, dass diese Nutte sie wiedererkennen würde. Sie zog ihr Messer aus der Tasche, verbarg es unter dem Mantel und ging auf sie zu.

16

»Stark ist ein Mann nicht dann, wenn er prügelt, sondern dann, wenn er seinen Zorn zu zügeln weiß.«
Prophet Mohammed

»Na, meine Verliebte«, säuselte Laure als sie ins Büro kam. »Wie ist es so?«

»Ganz wunderbar« erwiderte Samira und errötete. »Ich gebe zu, ich bin im siebten Himmel. Er ist … er übertrifft meine kühnsten Erwartungen. Da hat Gott mir ein unglaubliches Geschenk gemacht.«

»Ein Gottesgeschenk! Na, darunter machst du es wohl nicht!«, rief Laure aus.» Aber von mir aus, wenn Gott denn einmal etwas Gutes tut … Du hast dir dieses Geschenk jedenfalls redlich verdient, meine Süße! Und treffe ich dein Siebtes Weltwunder denn heute Abend, wie besprochen?«, erkundigte sie sich, während sie die x-te Schicht ihres geliebten Glitter-Lipgloss auf ihre Lippen auftrug.

»Ja, er möchte dich auch unbedingt kennenlernen, weißt du. Er hat gesagt, er würde mit uns an einen ganz besonderen Ort fahren.«

»Na, wenn das so ist, kann ich es allerdings wirklich kaum erwarten, dass dein ›Mr. Perfect‹ uns einen seiner Geheimtipps zeigt«, sagte die Blonde mit einem Lächeln.

Samira errötete, jedoch nicht vor Glück, sondern vor Scham. So weit war es nun also schon mit ihr gekommen, dass sie ihre beste Freundin anlog, weil sie sich nicht traute, ihr die Wahrheit zu sagen. Ihre Liebesgeschichte mit Mehdi war längst nicht so wunderbar, wie Samira es nicht müde wurde zu behaupten. Natürlich hatte sie nicht geglaubt, dass er perfekt wäre, ganz so verblendet war sie dann doch nicht. Aber sie konnte nicht fassen, wie sehr er sich verändert hatte, wie unsensibel und distanziert er manchmal war. Er schob es auf Probleme bei seiner Arbeit, die seine ganze Aufmerksamkeit verlangten, aber sie hatte so eine Ahnung, dass etwas anderes dahintersteckte. Das spürte sie instinktiv. Sie wusste genau, was Laure ihr raten würde, sollte sie sich ihr anvertrauen: »Wenn du Zweifel hast, solltest du lieber Schluss machen, es gibt genug andere Männer auf der Welt!« Und das wollte sie nicht hören. Sie liebte Mehdi und sie wollte mit ihm zusammenbleiben. Er war der Mann ihres Lebens. Davon war sie überzeugt. Das sagte ihr Herz ihr immer wieder. Es war undenkbar, dass er sie betrog. Und eben darum, und aus einem gewissen Schamgefühl heraus, zog sie es vor, ihre Ängste zu verschweigen und so zu tun, als sei sie überglücklich. Aber diese Fassade wirkte genauso künstlich wie die eines Musterhauses.

Plötzlich schrie sie auf vor Schmerz. Sie hatte sich beim Öffnen der Kartons, die ins Lager von *Paper Departement* gingen, mit der großen Schere in den Daumen geschnitten. Laure kam schnell zu ihr herüber, um ihre Hand zu untersuchen.

»Ach, du Arme, dein Finger sieht ja übel aus«, sagte sie und verzog das Gesicht. »Komm mit, ich helfe dir, die Wunde zu säubern, Mama Laure hat alles Nötige da.«

Laure zog sie zu ihrem Schreibtisch am Empfang, kramte in einer Schublade und holte ein Erste-Hilfe-Täschchen hervor. Sie desinfizierte die Wunde mit einem in Alkohol getränktem Wattebausch und machte ein Pflaster darauf.

»Du hast wirklich kein Glück im Moment. Dauernd verletzt du dich. Vorgestern hast du sogar eine Stufe im Lager übersehen. Bist du sicher, dass alles in Ordnung ist?«, fragte sie und hielt dabei schützend ihre Hand über Samiras Hand.

»Ich bin nur furchtbar müde, ich brauche unbedingt Urlaub. Mehdi hat mir schon ein Vitaminpräparat gegeben, das man jeden Tag einnehmen soll. Aber das genügt offenbar nicht. Ich habe das Gefühl, als wäre mein Gehirn permanent umnebelt«, stammelte Samira.

»Vitamine sind nie verkehrt. Aber vielleicht solltest du doch mal zum Arzt gehen? Der könnte dir etwas Wirksameres verschreiben. Und außerdem kann es guttun, mal mit jemand zu reden, der sich mit so was wirklich auskennt.«

»Nein, nein, es geht schon«, wehrte die Verletzte ab und zog ihre Hand zurück. »Mehdi hat mir versprochen, dass er bald mit mir ans Meer fährt, vielleicht sogar nach Deauville! Das ist alles, was ich brauche«, ergänzte sie entschieden.

Samiras ablehnende Reaktion bestätigte Laures Befürchtungen nur noch. Dem Gesicht ihrer Freundin war deutlich anzusehen, dass etwas nicht stimmte und sie unter irgendetwas extrem zu leiden hatte: Die dunklen Ringe unter den Augen, der blasse Teint, der ins Leere gehende Blick. Aber Laure wollte nicht indiskret sein und verzichtete darauf, sie weiter auszufragen. Sie wusste aus eigener Erfahrung, dass es Dinge gab, die man niemandem sagen konnte, noch nicht einmal der besten Freundin. Jede Beziehung hatte ihre Schwachstellen, in jeder Beziehung musste man hin und wieder seinen Stolz hinunterschlucken und so manche bittere Enttäuschung verdauen. Sie respektierte das Schweigen ihrer Freundin und hielt es für besser, sie in Ruhe zu lassen.

»Möchtest du unser Treffen heute Abend lieber absagen, damit du dich ausruhen kannst? Das wäre kein Problem. Dann sehe ich deinen Märchenprinzen eben bei einer anderen Gelegenheit«, schlug sie vor.

»Meinst du? Das wäre doch schade!«

Der letzte Satz klang so dermaßen geheuchelt, dass Laure direkt amüsiert war. Mit Befriedigung nahm sie zur Kenntnis, dass nicht alle so begnadete Schauspielerinnen waren wie sie. Samira war dieses Essen also nicht so wichtig, zumindest nicht am heutigen Abend. Das sah doch ein Blinder mit Krückstock.

»Wirklich, das ist kein Problem, ruh dich lieber aus. Ich sehe doch, dass es dir nicht gut geht. Du bist kreideweiß, hast schon wieder abgenommen und stößt dich andauernd. Macht euch lieber einen gemütlichen Abend zu zweit. Wir drei haben noch tausend andere Gelegenheiten, uns zu sehen. Das läuft uns nicht weg.«

»Na gut, einverstanden, Laure. Wir werden bestimmt noch oft zu dritt essen gehen!«

Daraufhin drehte Samira sich um und ging zurück in ihr Büro, zugleich angetan von ihrer schauspielerischen Leistung und erleichtert darüber, dass sie das Treffen verschoben hatten. Sie hatte Mehdi von Laure vorgeschwärmt, ihm gesagt, sie sei ihre einzige echte Freundin. Aber vor dieser Verabredung zu dritt hatte sie panische Angst. Nicht nur, weil sie damit rechnen musste, dass Mehdi sie wieder einmal versetzte, sondern auch weil sie fürchtete, Laure könnte all ihren Möchtegern-Star-Charme aufbieten. Samira beneidete die Freundin um ihre Selbstsicherheit. Sie selbst hatte leider kein besonders großes Selbstvertrauen, und Mehdi hatte ihr schon mehrfach vorgeworfen, sie sei krankhaft eifersüchtig. Sicher, manchmal erdrückte sie ihn, das war ihr bewusst. Aber oft machte er ihr gegenüber auch gemeine Bemerkungen, das verunsicherte sie sehr. So warf er ihr zum Beispiel vor, sie habe zugenommen und sie besäße keinen Stil. Seine Kritik verletzte sie sehr, und sie bettelte anschließend regelrecht um Komplimente, mit denen sie ihr angegriffenes Ego verarzten konnte.

Ihr Verstand rief sie zur Ordnung und erinnerte sie daran, dass Laure keine Muslima war und noch dazu ihre beste Freundin. Sie hatte also nichts von ihr zu befürchten. Dieses Essen zu dritt, wenn es denn eines Tages zustande käme, würde sicher reibungslos verlaufen. Diese Erkenntnis munterte sie wieder auf. Sie trat vor die Tür und rief Mehdi an.

»Ich finde es schön, dass wir den Abend für uns haben, ich koche uns was und …«

»Wir sehen uns heute Abend nicht«, unterbrach er sie. »Ruh dich lieber aus, du hast es nötig. Ich habe nachgedacht, und ich bin zu dem Schluss gekommen, dass du in letzter Zeit so leicht reizbar bist, weil du übermüdet bist. Mach dir keine Gedanken, das Essen mit deiner Freundin ist nur aufgeschoben, nicht aufgehoben. Ich muss so oder so arbeiten. Es sind ein paar wichtige Kunden in der Stadt, und mit denen muss ich essen gehen. Gute Nacht, Samira.«

Daraufhin legte er auf. Die Hand, mit der die junge Frau das Handy hielt, begann unkontrolliert zu zittern. Tränen liefen ihr über die Wangen. Sie wischte sie mit dem Ärmel weg und senkte den Kopf, damit niemand sah, dass sie weinte. Jeden Moment konnte jemand die Firma verlassen und sie so sehen. Sie hatte sich darauf gefreut, ein paar Minuten mit ihm zu reden, aber er hatte kaum auf ihre Fragen geantwortet. Sie hatte gehofft, er würde ihr sagen, dass er sie liebe, und sich darauf freuen, mit ihr allein den Abend zu verbringen. Stattdessen hatte er einfach aufgelegt. Als wäre sie eine Fremde, eine seiner Angestellten.

Sie ärgerte sich über sich selber. Das war alles ihre Schuld. Hätte sie ihn bloß nicht mit Vorwürfen überhäuft, nachdem er sie das letzte Mal auf der Place du Capitole versetzt hatte. Damit hatte sie ihr bis dahin ungetrübtes Liebesglück zerstört. Dabei hatte Mehdi eine gute Erklärung für sein Ausbleiben gehabt. Sie waren nämlich um zwölf Uhr mittags verabredet gewesen, und nicht abends um neunzehn Uhr, wie sie angenommen hatte. Sie hatte sich einfach nur in der Uhrzeit geirrt. Auf ihre zahlreichen Anrufe und SMS hatte er nicht reagiert, weil er sauer war, dass sie nicht gekommen war. Außerdem hatte er an dem Abend eine wichtige geschäftliche Besprechung gehabt. Ihre Vergesslichkeit beunruhigte ihn, und er drückte ihr daraufhin eines Tages eine kleine Flasche ohne Etikett in die Hand: »ein altes marokkanisches Heilmittel zur Förderung des Gedächtnisses«, wie er ihr erklärte. Davon sollte sie jeden Morgen dreißig Tropfen in einem Glas Wasser zu sich nehmen.

Samira fiel wieder ein, was er ihr danach gesagt hatte, und es trieb ihr erneut die Tränen in die Augen. »Und weißt du … wie soll ich sagen … Ich möchte dich nicht verärgern, mein Täubchen, aber ich glaube, deine permanenten Anrufe an dem Abend könnten auf eine Psychose hindeuten. Du hast mich zwölfmal hintereinander angerufen, von den SMS ganz zu schweigen, ist dir das eigentlich klar? Irgendwann war ich gezwungen, mein Handy auszumachen. Ich habe schließlich einen wichtigen Job und kann nicht die ganze Zeit an meinem Handy hängen, so wie du. Es ist ja ganz niedlich, dass du im Krankenhaus angerufen hast, um dich zu erkundigen, ob ich einen Unfall hatte, aber eigentlich auch ziemlich irre! Du musst endlich akzeptieren, dass du mich nicht andauernd in Beschlag nehmen kannst. Ein solches Verhalten ist schon zwanghaft. Ich liebe dich, mein Schatz. Ich liebe dich über alles, aber es macht mir wirklich Angst, wie besitzergreifend du bist. Das würde jedem an meiner Stelle Angst machen. Vergiss das bitte nicht, trotz deiner Gedächtnisstörungen.«

Diese Sätze gingen ihr nach, aber auch wenn es wehtat, sie musste sich letztendlich eingestehen, dass Mehdi nicht ganz unrecht hatte. Sie war schon sehr obsessiv und manchmal auch etwas verrückt. Erst letzte Woche hatte sie auf der Straße eine Frau zur Rede gestellt, weil sie fand, sie hätte Mehdi zu unverhohlen gemustert. Dazu kamen diese Erinnerungslücken und diese Müdigkeit, die sich immer öfter bemerkbar machten. Seit einigen Tagen hatte sie das Gefühl, in Zeitlupe zu laufen. Daraus konnte sie nur einen Schluss ziehen: Mehdi hatte recht, irgendetwas in ihrem Kopf funktionierte nicht so, wie es sollte. Sie beschloss, von nun an die doppelte Menge an Tropfen zu nehmen, um sich besser in den Griff zu bekommen.

17

»Was ich, relativ erfolglos, versuche, dir zu sagen, ist, dass ich dich, trotz allem, ähm, sehr liebe, wirklich sehr. Und zwar so, wie du bist.«
Sharon Maguire, Das Tagebuch von Bridget Jones

Wenn der Typ Regisseur ist, bin ich die Bürgermeisterin von Toulouse, dachte Laure insgeheim. Alles hatte mit einer kleinen Annonce in der Zeitung begonnen. Gesucht wurde eine »blonde Schauspielerin um die fünfundzwanzig für eine Hauptrolle in einem Film eines Pariser Regisseurs. Auch Debütantinnen könnten sich bewerben.«

Als Laure die Anzeige las, hatte sie vor Freude gebebt. Endlich bot sich ihr die Chance zu glänzen und allen ihr schauspielerisches Talent zu zeigen! Sie rief sofort an. Régis war gleich am Apparat. Nun saß er ihr in einem Café im Amidonniers-Viertel gegenüber, einem schicken Viertel etwas außerhalb des Zentrums. Er log, dass sich die Balken bogen, hatte das alles nur erfunden, um den Abend nicht alleine verbringen zu müssen, beziehungsweise am Ende vielleicht sogar im Bett seiner Schauspielerin zu landen und anschließend alles nur als Missverständnis abzutun. Laure seufzte und dachte daran, dass sie zwei Stunden damit verschwendet hatte, sich auf dieses nutzlose Treffen vorzubereiten. Im Spiegel gegenüber sah sie ihr Spiegelbild. Sie runzelte die Stirn. Zu wenig Lipgloss. Während ihr Gegenüber weiter vor sich hinredete, verteilte sie sorgsam etwas Lipgloss auf ihren Lippen und beobachtete, um sich etwas abzulenken, die Menschen im Saal.

Da erregte der Rücken eines breitschultrigen Mannes in einem perfekt sitzenden Anzug ihre Aufmerksamkeit. Dieser gut angezogene Typ da erinnerte sie an irgendjemanden, sie wusste nur nicht an wen. Sie verdrehte den Hals, um sein Gesicht im ihm gegenüberliegenden Spiegel zu sehen, und erkannte Mehdi wieder, Samiras Freund. Er war ins Gespräch mit einer jungen Frau vertieft, die ihn mit den Augen verschlang. Sie war beängstigend dünn, hatte einen unmöglichen Haarschnitt, war angezogen wie eine Oma und hatte einen leicht irren Gesichtsausdruck. Einfach nur furchtbar, so Laures Fazit.

»Du hörst mir noch nicht mal zu. Wenn mein Film dich nicht interessiert, dann sag es gleich! Ich nehme mir extra die Zeit, den Schauspielerinnen meine Arbeit zu erläutern. Das tun nur wenige Regisseure, erst recht nicht, wenn sie es mit einer Anfängerin zu tun haben!«

Sie musterte das unattraktive Gesicht von Régis und hätte ihm nur zu gern ein Taschentuch gereicht. Ihm lief der Schweiß in kleinen Strömen übers Gesicht.

»Überhaupt nicht, ich höre dir zu«, sagte sie ohne Überzeugung, während sie darüber nachdachte, dass ein Handtuch wohl in diesem Fall noch bessere Dienste leisten würde als ein Taschentuch.

Ihr fielen auch die großen Schweißflecken unter seinen Achseln auf. Sie zögerte noch, ob sie ihm unter die Nase reiben sollte, dass er ihr lauter Lügen auftischte, oder ob sie einfach gehen sollte. Ermutigt durch ihre Antwort setzte Régis seinen Vortrag darüber fort, welche besonderen Talente seine Hauptdarstellerin besitzen müsse. Laure kümmerte das nicht die Bohne. Sie richtete ihre gesamte Aufmerksamkeit nun auf

Mehdi, beobachtete ihn unauffällig über die Schulter des falschen Regisseurs hinweg. Nach einer Weile sah sie, wie er die Hand der jungen Frau ergriff und sie an seine Lippen führte. Wenn diese Vogelscheuche da seine Cousine sein sollte, dann haben sie in seiner Familie wohl gerne Körperkontakt, dachte Laure, bevor ihr ein: »So eine Scheiße!« entfuhr.

Mehdi hatte sich zu seiner Begleitung herübergebeugt und ihr einen dicken Kuss aufgedrückt. Régis, etwas aus dem Konzept gebracht, stockte. Vielleicht ist er es ja doch nicht, versuchte Laure sich zu beruhigen. Sie malte sich bereits den *worst case* aus, wie sie Samira beibringen musste, dass ihr Märchenprinz, ihr Mr. Perfect, die Liebe ihres Lebens, sie betrug. Hier stand einiges auf dem Spiel. Sie wollte Gewissheit haben und beschloss, ihr schauspielerisches Talent zu nutzen, um ihn auszuspionieren. Ihre Rolle war ganz einfach. Sie musste nichts weiter tun, als auf dem Weg zur Toilette an dem Paar vorbeizulaufen, um sich zu vergewissern, ob es sich wirklich um Mehdi handelte.

Sie sprang auf.

»Ich muss mich kurz frisch machen«, erklärte sie Régis. Sie fand diesen Ausdruck ziemlich schick. Die Möchtegern-Agentin näherte sich so natürlich wie möglich ihrer Zielperson. Als sie auf seiner Höhe war, schaute sie zu ihm herüber und fing seinen Blick im Spiegel auf. Laure hatte Mehdi nur einmal aus der Ferne gesehen, aber Samira hatte ihr viele Fotos auf ihrem Handy gezeigt, und sie hatte keinerlei Zweifel: Der Typ, der hier mit seiner Geliebten saß, war kein anderer als besagter Mehdi.

Sie stürzte die Treppe zur Toilette hinunter und schloss die Tür hinter sich. Sie war hin- und hergerissen. Sollte sie Samira das erzählen? Vielleicht handelte es sich ja auch um ein Missverständnis. Vielleicht war sie gar nicht seine Geliebte, sondern nur eine etwas aufdringliche Ex-Freundin. Er hatte ihr noch einen Abschiedskuss gewährt, nachdem er ihr gestanden hatte, dass er eine andere liebte. Sie erinnerte sich an einen Film mit Robert Redford, in dem das so war. Wer weiß, vielleicht hatte er ja eine plausible Erklärung für sein Verhalten. Man sollte niemanden vorverurteilen, jeder sollte die Chance haben, sich zu verteidigen. Sie verließ die Toilette und wusch sich die Hände. Als sie den Lipgloss aus ihrer Tasche holte, spürte sie, wie sich zwei Hände auf ihre Hüften legten.

»Das gehört sich aber gar nicht, Unbekannte in Bars zu taxieren, zumal wenn man so schöne Augen hat«, surrte eine charmante Stimme an ihrem Ohr.

Die Hände des Typen rutschten tiefer und blieben an ihrem Po hängen. Laure öffnete den Mund, brachte kein einziges Wort heraus, schloss ihn wieder, vollkommen baff. Mehdis lüsternes Gesicht im Spiegel über dem Waschbecken beseitigte ihre letzten Zweifel. Dieser Typ war tatsächlich das große Arschloch, für das sie ihn gehalten hatte.

18

Der Gerichtsmediziner schob die Leiche zurück in die Kühlzelle, dabei schepperte es metallen.

»Was meinen Sie, wie lange hat es gedauert, bis er verblutet ist?«

»Ungefähr fünf Stunden. Die Verletzung an sich war nicht tödlich. Hätte der Täter ihn ins Krankenhaus gebracht, hätten die Ärzte die Blutung sicher stoppen können.«

»Und Sie meinen, als der Angreifer mit diesem spitzen Objekt, vermutlich einem Messer, auf ihn losgegangen ist, wollte er ihn nicht töten, sondern sich verteidigen?«

Alex Fisher, der Gerichtsmediziner, der sich trotz seines Berufs nicht so leicht die Laune verderben ließ, lachte. Er war ein Genießer, wie man an seinem runden Bauch unschwer erkennen konnte.

»Oh, da bin ich nun wirklich überfragt, Capitaine Levasseur! Herauszufinden, welche Absichten jemand verfolgte, als er zustach, das fällt wohl eher in Ihr Ressort.«

Gaby lächelte. Dabei erschienen zwei Grübchen auf ihren Wangen. Fisher fiel mit einem Mal auf, wie hübsch sie war. Diese Frau hatte echt Charme, stellte er zu seiner eigenen Verwunderung fest, während er ein Desinfektionsspray vom Regal holte. Damit sprühte er den Autopsie-Tisch ein.

»Wenn wir die Waffe finden, könnte man sie dann der Wunde zuordnen?«

»Sicher, wenn sie intakt ist.«

»Und die Bisswunden?«, mischte Bonanza sich ein.

Er hatte sich die ganze Zeit im Hintergrund gehalten. Als er ins Licht trat, fiel Gabrielle auf, wie ungepflegt er wieder einmal war. Er trug eine fleckige Jeans, hatte schwarzgeränderte Fingernägel, einen ungepflegten Bart, und seine Haare waren nun so fettig wie ein Krapfen, der frisch aus der Fritteuse kam. Ihm fehlte sogar ein Schnürsenkel an einem Schuh. Nur weil sie den gewaltsamen Tod eines Clochards aufklären sollten, musste er noch lange nicht wie einer auftreten. Gabrielle nahm sich vor, den Lieutenant später zur Ordnung zu rufen. Sie fragte sich, wann er wohl das letzte Mal geduscht hatte. Er wirkte von Tag zu Tag noch etwas ramponierter, wie ein angeschlagenes Objekt, das immer neue Risse aufweist. Jede Wette, irgendetwas quälte ihn. Es hieß, vor einigen Jahren hätte eine schwere Depression ihn für neun Monate außer Gefecht gesetzt. Egal, ob das nun stimmte oder nicht, Hauptsache, er klappte nicht ausgerechnet jetzt zusammen. Sie brauchte ihn dringend. Er war zwar keine ganz große Leuchte, konnte ihr aber trotzdem bei den Ermittlungen helfen.

»Ich glaube, die wurden ihm erst post mortem beigebracht oder als er im Sterben lag. Vermutlich Ratten … keine schöne Vorstellung, so seinen letzten Atemzug zu tun!«

»Ach nein?«, entfuhr es Gaby.

Der ironische Unterton ärgerte Fisher. Er war zwar ein bekennender Genießer, aber empfindlich. Mit durchgedrücktem Rücken stellte er sein Spray ab. Dann trommelte er mit den Fingern auf dem Autopsie-Tisch herum, ein deutlicher Hinweis darauf, dass er das Ende des Gesprächs herbeisehnte.

»Und unter seinen Fingernägeln?«, fuhr sie unbeirrt fort. »Hat er sich gewehrt? Haben Sie Hautpartikel gefunden?«

»Ja, ich habe alles ins Labor gegeben«, antwortete er knapp.

»Und wann haben Sie die Ergebnisse?«

»Da kann ich mich nicht festlegen, aber es wird sicher dauern.«

»Ich kann mir denken, dass der Tod eines Clochards nicht unbedingt vorrangig behandelt wird, Fisher«, hakte die Capitaine mit breitem Lächeln nach. »Aber wir haben unsererseits DNA-Spuren der Clochards gesichert, die mit ihm abhingen. Die Frage ist, reicht das Budget für einen Abgleich? Falls ja, wer weiß, vielleicht landen wir ja einen Treffer. Dann hätten wir den Fall abgeschlossen, das wäre doch super«, scherzte die Polizistin. »Ich will ganz ehrlich sein, Bonanza und ich wären froh, wenn wir uns wieder anderen Dingen zuwenden könnten.«

»Ja, ich habe schon gehört, dass ein solch meisterhaft gelöster Fall Ihnen zupasskäme, zur Aufbesserung Ihrer Erfolgsquote, Capitaine Levasseur«, mokierte sich nun seinerseits Fisher.

Damit diese Gemeinheit als Revanche für ihre spöttische Bemerkung ihm gegenüber auch saß, rang er sich dazu ein breites, ironisches Lächeln ab. Gabrielle verkniff sich eine Erwiderung. Auch sie wollte dieses Gespräch gerne schnell hinter sich bringen und wenn möglich friedlich auseinandergehen. Wenn der Gerichtsmediziner wusste, dass der Oberkommissar sie abgemahnt hatte, dann war wohl das gesamte Kommissariat darüber informiert. Bei den Bullen sprach sich immer alles schnell herum, vor allem wenn es andere Bullen betraf. Man hörte zu gerne Klatschgeschichten über Kollegen. Vermutlich wurde gerade wild darüber spekuliert, wie lange sie sich noch auf ihrem Posten würde halten können. Sie schnaubte vor Wut.

»Gut … und haben Sie sonst noch etwas für mich, Fisher?«

»Nein, ich denke, das wäre alles«, sagte er mit einem Hüsteln.

»Sehr gut, dann tun Sie Ihre Arbeit, wir erwarten Ihren Bericht.«

»In Ordnung, Capitaine Levasseur.«

Gabrielle machte auf dem Absatz kehrt, ohne sich zu verabschieden und knallte die Tür hinter sich zu. Noch in der Tiefgarage grübelte sie über die spitze Bemerkung des Gerichtsmediziners nach und schimpfte leise vor sich hin. Erst da fiel ihr auf, dass sie Bonanza vergessen hatte, und der hatte die Autoschlüssel. Also musste sie wohl oder übel auf ihn warten. Der Lieutenant ließ sich Zeit. Als er kam, umspielte ein spöttisches Lächeln seine Lippen. Seit sie ihn dazu verdonnert hatte, mit ihr an dem Fall des Clochards zu arbeiten, ließ er keine Gelegenheit aus, sie zu ärgern.

»Ach, warten Sie etwa auf mich, Capitaine? Ich …«

»Machen Sie einfach den Wagen auf und setzen Sie mich zu Hause ab, meine Schicht ist zu Ende. Wie weit sind Sie in dem Fall des versuchten Suizids gekommen?«

»Das war kein Suizidversuch. Das war …«

»Wir wissen nicht, was es war, solange wir keine Beweise haben. Im Übrigen haben Sie mir immer noch nicht die Akten zu den ersten Fällen gebracht, von denen Sie mir erzählt haben. Das heißt, bisher kann ich nur auf Ihre Intuition verweisen, ansonsten habe ich nichts in der Hand, das für einen betrügerischen *Serial Lover* spricht. Lange kann ich Montfort und den Staatsanwalt nicht mehr hinhalten. So oder so ist es ein Wunder, dass der Glatzkopf mich noch nicht gefragt hat, wie weit ich in der Brèche-Sache bin! Wir brauchen endlich handfeste Beweise!«

»Die werde ich Ihnen liefern, Capitaine. Ich muss erst noch meine Notizen mit den Erkenntnissen aus den Akten abgleichen. Das ist zeitaufwendig. Und wie Sie wissen, musste ich meine Überstunden abfeiern, ich war vollkommen am Ende«, sagte er kleinlaut. »Aber immerhin habe ich es geschafft, an die Konto-Auszüge von Anne-Sophie Brèche zu kommen. Dank ihnen habe ich herausgefunden, dass sie in einer kleinen Reifenfabrik gearbeitet hat. Sie selber oder jemand anders, der in betrügerischer Absicht handelte, hat vor drei Monaten ihr Konto leer geräumt. Ich habe auch ihren Chef getroffen. Er erzählte mir, dass sie zwei Monate krankheitsbedingt gefehlt hat, und als sie wieder in der Firma erschien, nicht mehr wiederzuerkennen war, so seine Aussage. Außerdem wollte sie auf einmal Viviane genannt werden. Das heißt, ab dem Zeitpunkt hat sie also ihren Namen geändert. Sie hat einen Tag gearbeitet und ist nie wieder erschienen. Er hat wiederholt versucht, sie zu erreichen, vergeblich. Schließlich hat er es aufgegeben. Zu ihrem Privatleben konnte er mir nichts sagen. Auch ihre Kollegen konnten mir nicht die geringste Auskunft über sie erteilen. Sie war wohl sehr verschwiegen. Aber man muss kein Hellseher sein, um zu konstatieren, dass sich im Leben dieser jungen Frau irgendein Drama abgespielt hat.«

Gabrielle war verblüfft, wie weit der Lieutenant mit seinen Ermittlungen vorangekommen war. Sie wunderte sich nur, dass er ihr nichts von seinen Fortschritten berichtet hatte. Er hätte ihr doch ab und an Rapport erstatten müssen! Sie war also darauf gefasst, dass das noch nicht alles war.

»Und was ist mit der Nachbarin? Haben Sie sie vorgeladen?«

»Ja, sie war ziemlich entrüstet, dass ich sie herbestellt habe, so nach dem Motto ›ich spioniere doch meinen Nachbarn nicht nach!‹ Sie hat mir bestätigt, dass in den letzten zwei Monaten viele Männer in der Wohnung von Anne-Sophie Brèche ein- und ausgegangen sind. Und zwar so viele, dass sie sich deshalb sogar beim Freund der jungen Frau darüber beschwert hat. Ein sehr gutaussehender Nordafrikaner, sehr höflich, so waren ihre Worte. Ihm war dieses veränderte Verhalten seiner Verlobten wohl sehr unangenehm und er behauptete, keinen blassen Schimmer davon gehabt zu haben. Auf dieses Arschloch müssen wir unsere Ermittlungen konzentrieren!«

»Und haben Sie etwas vom Krankenhaus gehört?«, fragte Gabrielle, ohne weiter auf seinen letzten Kommentar einzugehen.

Der Lieutenant trat verlegen von einem Fuß auf den anderen.

»Ja und nein … ich war noch mal da, als ich frei hatte. Da stand sie immer noch unter dem Einfluss der Medikamente und war kaum ansprechbar. Der Arzt erlaubte mir, fünf Minuten mit ihr zu reden. Da bestätigte sie mir nur ihren Namen. Sie wollte mir nicht sagen, warum sie sich Viviane nennen ließ. Sie war nicht in der Verfassung, Anzeige zu erstatten. Das heißt … um ehrlich zu sein … wollte sie keine Anzeige erstatten. Sie sprach von einem Missverständnis. Ich denke, sie war wegen der Tabletten nicht ganz klar im Kopf. Heute konnte ich ja nicht hinfahren, da ich mit Ihnen unterwegs war, aber ich gehe auf jeden Fall nochmal hin. Ich werde sie davon überzeugen, Anzeige zu erstatten.«

»Ich verstehe nicht, warum Sie überhaupt ohne mich hingegangen sind, Bonanza. Sie hätten mir Bescheid sagen müssen!«, fuhr Gabrielle ihn an. »Und was soll diese Geschichte mit dem Missverständnis? Ist Ihnen eigentlich klar, dass Sie die Hälfte Ihrer Arbeitszeit mit diesem Fall verbringen dürfen, und dann spricht unsere Hauptbelastungszeugin von einem ›Missverständnis‹?«

Levasseur wollte ihn gerade in Grund und Boden stampfen, da fiel ihr wieder ihr Spitzname ein, »die Sklaventreiberin«, eine, die immer nur kritisiert und rumschreit. Vielleicht sollte sie nicht Wasser auf die Mühlen ihrer Kritiker geben und riskieren, dass ihr Lieutenant endgültig in die Depression abglitt, weil sie ihn andauernd zurechtstutzte. Also beschloss sie, ihren Ton zu mäßigen.

»Setzen Sie mich bitte zu Hause ab«, sagte sie leise, aber ihrer Stimme war die gebremste Wut deutlich anzuhören. »Wir reden dann in den nächsten Tagen darüber, wie man Teamarbeit definiert. Sollten Ihre Alleingänge die Ermittlungen in diesem Fall unterminiert haben, bekommen Sie mächtig Ärger, das kann ich Ihnen versprechen. Ich verbiete Ihnen hiermit, noch mal mit dem Opfer zu sprechen. Ich rede morgen früh mit ihr, gleich nach Dienstbeginn. Sie muss unbedingt Anzeige erstatten. Momentan sind noch nicht einmal die nötigen Voraussetzungen für Vorermittlungen erfüllt, und da ich beim Chef gerade nicht besonders gut angeschrieben bin, wird er mir mit Sicherheit nicht gestatten, auf dieser Basis weiterzumachen. Möglicherweise hat das Opfer seine ganzen Möbel auch selbst verkauft. Woher wissen wir, ob sie nicht vielleicht Schulden hatte? Hat ihr Chef Ihnen wenigstens ihre Sozialversicherungsnummer gegeben?«

»Ja.«

»Jetzt aber los. Worauf warten Sie denn noch? Warum fahren Sie nicht? Und waschen Sie sich bitte endlich mal, verflucht noch mal, Sie stinken und sehen inzwischen wie ein Clochard aus!«

Gaby machte sich ein Bier auf und stellte sich vor ihren Kleiderschrank. Sie zog ein Kleidungsstück nach dem anderen hervor. Je länger diese fruchtlose Suche dauerte, begleitet vom permanenten Geklimper der aneinanderstoßenden Bügel, desto mehr krampfte sich ihr Magen zusammen. Dieses Gefühl von Panik hatte sie lange nicht mehr erlebt, sehr lange. Sie hatte Angst, eine Riesendummheit zu begehen. Diese Dummheit ist so verdammt groß, die wächst dir über den Kopf, dachte sie, während sie unter der Dusche stand und sich einseifte. Noch nicht einmal das warme Wasser, das über ihre Haut lief, konnte zu ihrer Entspannung beitragen. Sie versank in Selbstmitleid, fand sich hässlich, alt, abstoßend, zu dick. Ihr wären sicher noch einige andere, wenig schmeichelhafte Attribute eingefallen, wenn es nicht in dem Moment an der Tür geklingelt hätte. Sie wickelte sich in ein großes Handtuch und lief schnell zur Tür. Ein offenes Lachen empfing sie.

»Na Schatz, wir hatten doch besprochen, dass wir heute Abend mal was anderes machen wollen, schon vergessen? Ich lade dich zum Essen ein, und wir erzählen uns gegenseitig etwas aus unserem Leben. So, als wenn wir uns gerade erst kennengelernt hätten. Das Thema Serienmorde ist tabu!«

»Alejo, ich glaube, das ist vielleicht doch keine so gute Idee!«

Statt einer Antwort lächelte Alejo noch breiter, drängte Gabrielle sanft in die Wohnung und schloss die Tür hinter sich. Er ging mit seinem geschmeidigen Gang zum Kühlschrank und nahm sich ein Bier.

»Kommt nicht infrage, Gaby! Ich möchte, dass wir uns Zeit für uns beide nehmen.«

»Aber ich …«

Mit der Bierdose in der Hand ging er auf ihren Schrank zu. In Nullkommanichts zog er eine Jeans und eine Seidenbluse hervor und reichte ihr beides.

»Hier, zieh das an, keine Widerrede!«

Seine Selbstsicherheit trieb sie in den Wahnsinn. Damit konnte er in der Politik auf jeden Fall noch Karriere machen. Sie konnte den Blick einfach nicht von ihm wenden. Sein Charisma verzauberte sie dermaßen, dass sie widerstandslos die Sachen anzog, die er ihr gereicht hatte. Alejo hatte eine sehr feminine Bluse ausgesucht, die ihren Busen betonte. Sie fühlte sich darin unwohl, nackt und verletzlich. Sie wusste nicht mehr, wann und warum sie das Teil gekauft hatte. Es war sogar noch das Etikett dran. Alejo schien von ihrem Anblick jedoch hingerissen zu sein. Er stellte sein Bier auf dem Tresen ab und klopfte ihr auf den Po.

»Los geht's, meine Schöne, sonst kommen wir noch zu spät.«

Wie zwei verschüchterte Schüler bei ihrem ersten Rendezvous wagten sie es beide nicht, das Wort zu ergreifen. Jeder fürchtete, mit einer ungeschickten Bemerkung den Zauber dieser ersten, gemeinsamen Verabredung zu brechen. Gabrielle, weil sie sich das erste Mal seit der Geschichte mit Dominique mit einem Mann in aller Öffentlichkeit als Liebespaar zeigte und das zwiespältige Gefühle bei ihr auslöste. Und Alejo, weil er wusste, dass er manchmal zu autoritär auftrat und sein Ton zu schroff wirkte. Ihre Stille bildete einen Kontrast zu dem Stimmengewirr der Bars und Restaurants des Viertels. Sie liefen nebeneinander her, wahrten aber die ganze Zeit einen Meter Abstand, als wollten sie vermeiden, sich zu berühren. Irgendwann versuchte Alejo diese Kluft zwischen ihnen zu überwinden und griff nach Gabys Hand. Aus einem alten Reflex der Selbstverteidigung heraus entzog sie sich ihm. Das hatte immerhin den Nebeneffekt, dass sie ihr Schweigen brachen. Alejo begann draufloszureden, über mehr oder minder Belangloses, sie antwortete einsilbig. Die Polizistin ließ ihren Blick hin und her schweifen, sog begierig das Leben auf, das sie umgab. Seit sie in Toulouse war, hatte sie noch keinen Fuß in ein Bistro gesetzt, eine weitere Folge ihrer fehlenden sozialen Kontakte.

Ihr Blick blieb an der angestrahlten Front eines Restaurants hängen. Auf der Karte standen baskische Spezialitäten. Die hatte sie seit ihrem Weggang aus Biarritz nicht mehr gegessen.

»Das ist das beste der Region«, erklärte Alejo und forderte sie auf, einzutreten. Ein kräftiger Kerl in einem karierten Hemd, sicher der Wirt, begrüßte Alejo auf Baskisch. Sie gaben sich die Hand wie zwei gute alte Freunde, und der Baske wies ihnen einen Tisch im hinteren Bereich zu. Kurz darauf standen ein Teller mit Pintxos, baskische Tapas, und eine Flasche Rioja auf ihrem Tisch. Sie hatten nichts bestellt. Gabrielle schloss daraus, dass Alejo hier Stammgast war, Toulouse war letztendlich nicht so weit von Biarritz entfernt.

Sie griff nach einem Schinken-Pintxos. Es sah köstlich aus. Aber sie war zu angespannt, um es genießen zu können, und fand, dass es nur nach Pappe schmeckte. Sie fragte sich, was sie hier verloren hatte, in diesem Restaurant, zusammen mit diesem angeblich geläuterten Terroristen, mit dem sie ganz auf normales Paar machte. Schließlich kam sie zu dem Schluss, dass sie jenseits ihrer Bettgeschichte nichts, aber auch gar nichts, miteinander verband. Seit Betreten des Restaurants hatten sie im Übrigen noch kein Wort miteinander gewechselt. Das mit ihnen hatte keine Zukunft. Sie waren viel zu verschieden. Besser, sie beendeten es jetzt gleich, bevor es noch ein Riesendrama gab, wie mit diesem Arschloch Dominique.

»He, hallo?«

Das war Alejo. Gabrielle war so in Gedanken versunken, dass sie ihn gar nicht gehört hatte. Vor ihnen standen zwei gefüllte Gläser Wein.

»Ja, was denn?«, fragte sie und rang sich ein Lächeln ab.

»Ich habe dich gerade gefragt, ob du die Provinz Almería in Andalusien kennst? *Zwei glorreiche Halunken, Spiel mir das Lied vom Tod* … In der Gegend wurden viele Italowestern gedreht, weil die Landschaft dort genauso aussieht wie die Wüste in Arizona, Nevada oder Colorado. Da gibt es auch Steppen und Dünen, Felsschluchten und Hügelketten, genau wie in Amerika. Irgendwann fahren wir da mal zusammen hin.«

Gabrielle fragte sich, warum Alejo über diese Gegend redete. Sie machte sich nichts aus Western. Das einzig Gute an dem Thema war, dass es dabei weder um Drogen noch um Politik ging. Nach und nach, auch durch die Wirkung des Weins, riss sie schließlich die inneren Schutzwälle ein, die sie errichtet hatte, und gab ihre abwehrende Haltung auf. Alejo hörte gar nicht mehr auf mit seinem Andalusien. Sie dachte, es wäre vielleicht wirklich keine schlechte Idee, gemeinsam nach Spanien zu fahren. Das wäre eine Gelegenheit sich kennen und lieben zu lernen. In ihrem tiefsten Inneren wollte sie daran glauben, dass es mit ihnen beiden klappen könnte und sie glücklich werden würden. »Ich habe genug gelitten, wieso sollte ich nicht auch einmal ein Recht auf ein wenig Glück haben?«, versuchte sie sich selber zu überzeugen. Da schmolz ihr letztes bisschen Widerstand dahin. Er hörte nicht auf, ihr von Andalusien vorzuschwärmen, sie unterbrach ihn und pries die Schönheiten Marseilles, ihrer Geburtsstadt, schwärmte ihm vom Meer vor, vom Restaurant *Baie des Singes.* Alejo wunderte sich, dass sie keinen Akzent hatte.

»Als ich die Stelle in Biarritz antrat, habe ich mich sehr bemüht, meinen Akzent loszuwerden, weil man mich ständig damit aufzog«, erklärte sie lachend.

So unterhielten sie sich und aßen dabei die kleinen Gerichte, die der Wirt ihnen frisch aus der Küche brachte. Eine Spezialität war köstlicher als die andere: *Axoa, Merlu koxkera, Piperade* und wie sie alle hießen. Gabrielle genoss es in vollen Zügen und machte keinen Hehl daraus. Sie lächelte, lachte, und war so offen, wie schon seit Ewigkeiten nicht mehr. Aber dann zog sich ihr Inneres auf einmal schmerzhaft zusammen, wie beim Kontakt mit einer ätzenden Flüssigkeit, und sie verschloss sich wieder. Ihr Glück erinnerte sie zwangsläufig an die Frau und das Kind von Dominique, für deren Tod sie verantwortlich war. Aus Respekt den Toten gegenüber hatte sie nicht das Recht, glücklich zu sein. Andere hätten versucht, das alles zu vergessen, sich dieser Last zu entledigen. Sie nicht. Der Tod dieser Unschuldigen würde ein Leben lang auf ihrem Gewissen lasten. Das hatte sie so entschieden. Sie musste dafür büßen, indem sie für immer unglücklich sein würde. Alejo fiel auf, wie sie vor sich hin grübelte. Er nahm ihre Hand.

»Es ist alles in Ordnung, Gaby, ich will dir nichts Böses, im Gegenteil. Wenn man ein Paar werden möchte, ist es normal, dass jeder etwas von sich preisgibt, das gehört schließlich dazu.«

»Ja, eben, ich weiß nicht, ob …«

»Ob das eine gute Idee ist? Das weiß man vorher nie. Aber glaub mir, es gibt nichts Schlimmeres im Leben, als immer nur auf seine Bedenken zu hören und nie etwas zu wagen. Dann ist man am Ende allein und bereut es.«

»Verschon mich mit diesem Schmu, Alejo«, sagte Gabrielle verärgert. Sie hatte gerade ihr x-tes Glas Wein geleert. Wie immer, wenn sie zu viel getrunken hatte, bekam sie schlechte Laune, wurde trübsinnig. Am liebsten hätte sie den Beginn dieser Romanze mit Alejo auf der Stelle zerstört, sie beendet, bevor sie zu sehr leiden würde. Sie hatte in ihrem Leben schon zu viele gescheiterte Liebesgeschichten hinter sich und konnte sich nicht vorstellen, das noch einmal durchzumachen. Zumindest nicht in dieser Dimension. Das Essen war nett gewesen, zugegeben, aber wenn sie das jetzt fortsetzte, konnte die Rechnung am Ende gesalzen ausfallen. Sie wollte nicht noch einmal so leiden und sich wieder mit ihren verlorenen Illusionen beschäftigen müssen.

Sie goss sich noch ein Glas Wasser ein und fuhr fort:

»Ich habe keine Ahnung, wieso du ausgerechnet mit mir eine Beziehung beginnen willst. Warum bist du heute Abend hier? Du bist jünger als ich, könntest jede Frau haben, und mir gegenüber spielst du trotzdem den großen Romantiker, warum? Das kommt mir irgendwie komisch vor. Mal abgesehen davon, dass du große Reden über den Sinn des Lebens schwingst. Gib zu, das ist echt albern!«

Alejo ließ sich von ihren Angriffen nicht aus der Ruhe bringen, im Gegenteil, er drückte ihre Hand noch fester.

»Mag sein, dass das albern ist, aber ich möchte nicht, dass mir erneut etwas entgeht, nur weil ich kalte Füße bekomme«, erwiderte er und sah ihr dabei fest in die Augen. »Ich möchte das, was da zwischen uns ist, nicht kaputtmachen, denn da ist etwas, das spürst du doch auch. Das Leben ist zu kurz dafür, Gaby. Wir werden auch so noch genug Kämpfe auszufechten haben. Aber ich finde eigentlich, wir haben beide schon genug gelitten, oder? Wie wär's, wenn wir jetzt einfach mal anfangen, das Leben zu genießen?«

»Ach ja? Und inwiefern hast du bitte gelitten?!«

Bei dieser spitzen Bemerkung verfinsterte sich die Miene des Spaniers.

»Deine Fragerei nervt echt«, sagte er und goss sich ein neues Glas Wein ein. »Kannst du nicht mal für eine Sekunde vergessen, dass du Bulle bist? Aber was soll's, von mir aus, da wir beide sowieso total besoffen sind. Du möchtest also gerne alles wissen? Sehr gut, kannst du …«

In dem Moment klingelte Gabys Handy. Sie wusste, wenn sie jetzt dranging, verpasste sie eine einmalige Gelegenheit. Es war das erste Mal, dass Alejo bereit war auszupacken. Er redete zwar auch sonst viel, aber verriet dabei nur wenig über sich selbst. Sie wusste so gut wie nichts über sein Leben. Bisher hatte er sich immer geweigert, über seine Vergangenheit zu sprechen, seine Kämpfe und seine Verletzungen. Er hatte sich entschieden zu schweigen, zum Schutz seiner Waffenbrüder. Jede Information, die er weitergab, konnte ihr Leben gefährden. Sie verstand und respektierte diesen dunklen Fleck in seiner Vergangenheit, hatte deshalb auch aufgehört, danach zu fragen. Heute Abend, da sie beide angetrunken waren und sich einander geöffnet hatten, war er endlich bereit, sich ihr anzuvertrauen. Sie brannte darauf zu hören, was er zu sagen hatte, alles über ihn zu erfahren. Aus Neugier, auch beruflicher Neugier, aber vor allem weil sie – trotz ihrem Pessimismus und allem, was sie gerade gesagt hatte – insgeheim immer noch hoffte, eine normale Beziehung mit ihm aufbauen zu können. Wenn man denn bei zwei Menschen, die eine solche Vorgeschichte mitbrachten, überhaupt von Normalität sprechen konnte. Sie nahm sich vor, sich wieder versöhnlicher zu geben, zumindest ein wenig.

Das Klingeln verstummte, setzte jedoch kurz darauf erneut ein, wurde immer fordernder. Gabrielle sah auf das Display. Das Kommissariat. Es musste wichtig sein, sonst würde man ihr zu so später Stunde nicht hinterhertelefonieren.

Sie ließ Alejos Hand los, griff nach ihrem Handy und schnaubte:

»Hallo, was ist denn los in Gottes Namen?«

»Capitaine, hier ist Bonanza. Tut mir leid, dass ich Sie an Ihrem freien Abend störe, aber es gibt wichtige Neuigkeiten im Fall Brèche. Das Krankenaus hat eben angerufen, die junge Frau ist verschwunden.«

19

»Sind sie jedoch zum Frieden geneigt, so sei auch du ihm geneigt und vertraue auf Allah. Wahrlich, er ist der Allhörende, der Allwissende.«

Koran: Al Anfal (Die Beute), Sure 8, Vers 61

»Vielleicht verschwende ich ja einfach nur meine Zeit mir dir? Du taugst eben doch nichts, bist eine von denen, die sich tugendhaft geben und in Wirklichkeit ein Flittchen sind. Ihr Schleier oder ihre Religiosität dienen ihnen nur als Deckmantel, um sich besser dem *dhounoub*, der Sünde, hinzugeben! Ich suche eine junge Frau, der ich vertrauen kann, und die auch mir vertraut! Stattdessen erzählst du mir diese abstoßende Geschichte. Du schenkst den Lügenmärchen irgendeiner Schlampe Glauben, die mir schamlose Avancen gemacht hat, und das, obwohl ich ihr sagte, ich stände kurz vor der Heirat. Ja, nun sieh mich nicht so an! Was glaubst du wohl, warum sie so etwas über mich erzählt? Deine dicke Freundin Laure gibt sich in Bars fremden Männern hin. Ich habe ihr natürlich einen Korb gegeben. Ich wollte dir das nicht erzählen. Deine beste Freundin ist eine *haram*, eine Unreine. Aber da wir nun schon mal dabei sind, kannst du auch gleich die ganze Wahrheit erfahren!«

Mehdi stand von der Couch auf und zog sein Hemd gerade, dabei setzte er seine Anschuldigungen fort.

»Wenn du mir nicht traust, warum fällst du dann über mich her wie so eine räudige Hündin? Wenn ich bedenke, wie viel Überwindung es mich kostet, zu dir in deine Bruchbude zu kommen, wo ich doch in einer luxuriösen Villa wohne! Wenn ich bedenke, dass ich meine Freunde so gut wie gar nicht mehr sehe, damit ich dich sehen kann in diesem Rattenloch!«

Samira, die mit aufgeknöpfter Bluse auf der Couch lag, blieb stumm. Mehdis Zorn und seine Beleidigungen machten sie sprachlos. Niemals hätte sie für möglich gehalten, dass eine simple Frage ihn so in Wut versetzen könnte. Vorgestern hatte Laure ihr peinlich berührt berichtet, dass sie glaubte, Mehdi dabei gesehen zu haben, wie er eine andere Frau küsste. Samira konnte das nicht glauben. Niemals würde ihr Mann sich derart verhalten und heimlich eine andere treffen, dafür liebten sie sich viel zu sehr. Sie schenkte der Erzählung ihrer Freundin keinen Glauben und wies diesen Verdacht entschieden zurück. Sie war überzeugt, dass Laure ihren Prinzen mit jemandem verwechselt hatte, irgendeinem dieser Idioten, mit denen sie Umgang pflegte. Ihr Prinz wiederholte ihr schließlich täglich, dass nur sie allein für ihn zählte. Sie hatte keinen Grund an ihm zu zweifeln. Mehdi war kein Schürzenjäger. Er hatte sie im Übrigen bisher auch nicht bedrängt, mit ihm ins Bett zu gehen. Sie wussten beide, wenn sie miteinander schliefen, hieße das, dass sie für den Rest ihres Lebens aneinander gebunden wären. Laure beneidete sie sicher um die bedingungslose Liebe, die er ihr entgegenbrachte. Sie war schlicht krank vor Neid. Darum fantasierte sie sich etwas zurecht. Sie sollte sich vor ihr in Acht nehmen, sie aus ihrem Leben entfernen wie ein böses Krebsgeschwür.

Heute Abend fühlte sie sich bereit, ihrem Prinzen das Kostbarste und Intimste zu geben, das sie besaß. Aber als sie so auf der Couch lagen, sich leidenschaftlich küssten und sie gerade das weiße Hemd ihres Geliebten aufknöpfte, hatte sie – aus irgendeiner dämlichen Eingabe heraus, vielleicht auch um sich abzusichern, bevor sie etwas tat, das nicht rückgängig zu machen war – fallen lassen: »Laure hat dich mit einer anderen Frau gesehen, wer war das?«

Diese Worte hatten einen wahren Flächenbrand entzündet, und sie wusste nicht, wie sie ihn eindämmen konnte. Schon züngelten neue Flammen empor.

»Wenn ich bedenke, dass ich dich am nächsten Wochenende in meinem Privatjet mit nach Marokko nehmen wollte! Ich wollte dich meinen Eltern vorstellen! Was bin ich doch für ein Dummkopf! Zum Glück hast du dein Gift rechtzeitig verspritzt! Jetzt weiß ich, wer du wirklich bist, Samira! *Rabbi ghfirli dounoubi wa ftahli abwaba rahmatica ya arhama rahimine! Oh mein Herr, vergib mir meine Sünden und öffne mir die Tore zu deiner Vergebung, du Barmherzigster unter den Barmherzigen!*«, deklamierte er feierlich.

Er hatte seinen Mantel angezogen und blickte sie finster an. Dann tippte er ihr mit einem Finger auf die Stirn.

»Wer hätte ahnen können, dass sich hinter einem solch hübschen Mädchen eine solche Giftschleuder verbirgt?«

Sein Nagel drückte sich tief in ihre Haut. Es fühlte sich so an, als würde ihr jemand ein Brenneisen auf die Stirn setzen.

»Jede Beziehung basiert auf Vertrauen, das hast du nicht verstanden. Du siehst mich nie wieder. Du verdienst mich nicht.«

Daraufhin überließ er sie ihrer Verzweiflung und warf die Tür hinter sich zu. Sein Abgang schallte in Samiras Ohren nach wie Kanonendonner. Gerade war ihr Märchenschloss in sich zusammengebrochen. Und ihre ewige Liebe? Bis zur Unkenntlichkeit verbrannt. Dicke Tränen liefen ihr übers Gesicht. Steif und starr lag sie auf der Couch, als hätte man ihr ein Gift injiziert. Sie verfluchte sich dafür, diese dumme Frage gestellt zu haben.

Als er die Eingangshalle erreichte, war seine Wut schon wieder verraucht. Er hatte sich im Vorbeigehen im Spiegel gesehen, da musste er einfach stehen bleiben. Er fuhr sich mit der Hand durch die Haare und strich sich die Hose glatt. Ein Nachbar, der in dem Moment mit einer Mülltüte in der Hand auftauchte und ihn dabei überraschte, wie er sich bewunderte, konnte sich ein spöttisches Lächeln nicht verkneifen. Doch er, in seinem zweitausend Euro-Anzug, blieb mit geradem Rücken vor dem Spiegel stehen und rührte sich keinen Zentimeter von der Stelle. Nichts und niemand konnte sein Selbstbewusstsein erschüttern, er konnte die Leute unendlich lange mit seinem kalten Blick fixieren. Irgendwo hatte er gelesen, das sei typisch für Psychopathen. Einige sprachen auch vom »Raubtier-Blick.« Die Frauen waren verrückt danach. Sie deuteten diesen Blick als ein Zeichen von Selbstvertrauen. Tatsächlich aber zeugte er von seiner gewalttätigen Natur, seinem Willen, Macht auszuüben, andere zu beherrschen. Viele senkten unwillkürlich den Kopf, wenn er sie so ansah. Oder sie traten zur Seite. Genau wie jetzt. Der Nachbar verstand sehr schnell, als er diesen bösen Blick auffing, dass es besser war, sich zu verdrücken und ihn seinem Narzissmus zu überlassen.

Natürlich war es bedauerlich, dass Laure ihn mit Anne-Sophie gesehen hatte. Zugleich versetzte ihn das in eine gewisse Hochstimmung. Im Grunde kam ihm dieser Zwischenfall gelegen. Er gab der Partitur, die er so oft gespielt hatte und derer er inzwischen langsam überdrüssig war, eine neue

Würze. Er beschloss seine Pläne zu ändern, und sich eine Zeit lang tot zu stellen. Er wollte sie zur Räson bringen, sie dafür bestrafen, dass sie es gewagt hatte, den Ausführungen ihrer verfluchten blonden Freundin Gehör geschenkt zu haben, und sie mit seinem Schweigen an das Schweigen ihres geliebten Papas erinnern. Sie würde vor die Hunde gehen, so ganz allein, ihm nachweinen wie ein kleines Kind. Er wusste, er würde ihr unendlich fehlen. Dank dieser Lektion würde sie endlich die Spielregeln begreifen. Es war sein Spiel. Er nahm sich, wen er wollte und wann er wollte. Er war niemandem Rechenschaft schuldig. Absolut niemandem und ihr schon gar nicht.

Während er seinen Gedanken nachhing, schnippte er einen eingebildeten Fussel von seinem Hemd und bewunderte dabei seine Bauchmuskulatur, an der er lange gearbeitet hatte. Er hatte das Gefühl, mehr Macht als jede Droge zu besitzen, er fühlte sich unbesiegbar. Ganz hingerissen von sich selber trat er vom Spiegel zurück und verließ das Gebäude. Er beschleunigte seinen Schritt. Er hatte es eilig, die Sache mit der anderen zu Ende zu bringen.

Ich liebe es, Macht auszuüben. Ich liebe es, Frauen zu beherrschen, aber ich ziehe mein Vergnügen nicht einfach nur aus der völligen Unterwerfung, nein. Mein Lieblingspart ist der, der sich davor abspielt. Dieses strategische Spiel, das zum Ziel hat, ihre Gedanken völlig zu kontrollieren. Jeder Stein, den ich setze, lässt sie ein Stück tiefer sinken, und dabei glauben sie, sie wären im Paradies gelandet. Ich habe eine ebenso starke Wirkung wie eine Bombe, die in einem Gebäude hochgeht. Zuerst entsteht eine mächtige Druckwelle, sie verursacht Risse im Fundament. Das ist die Liebe, mit allem was dazu gehört. Dann kommen die kleinen Geschenke, die ich als Investition in die Zukunft betrachte. Sie reißen riesige Löcher in den Boden. In dem Moment liebe ich sie schon nicht mehr, da hasse ich sie nur noch. Die kleinen, tränenfeuchten Augen dieser Flittchen treiben mich in den Wahnsinn. Da gebe ich mir keine Mühe mehr, ihnen etwas vorzuspielen. Ich werde böse.

Und dann steht das ganze Gebäude in Flammen. Sie finden sich nicht mehr zurecht. Ich liebe es, sie zu verunsichern. Ich vertraue ihnen ein dunkles Geheimnis an, teste ihr Vertrauen. Sie werden zu Komplizinnen, und durch ihr Schweigen sind sie auf immer an mich gebunden. Meine Geständnisse und meine Liebesschwüre sind wie die Fäden eines Spinnennetzes. Ich spinne meinen Faden um meine Beute, bis sie erstickt. Sie dürfen sich nur noch für meine Person interessieren. Das soll ihre einzige Obsession sein. Und wenn ich dann einmal in ihren Geist eingedrungen bin, dann forme ich ihn nach Belieben. Ich richte in ihnen ein solches Chaos an, dass ich zum einzigen Bezugspunkt werde, den sie auf dieser Welt noch haben. Dann sind sie bereit, alles für mich zu tun. Und ich ergötze mich an den Verwüstungen, die ich anrichte. An ihren vom vielen Weinen verquollenen Augen. An ihrem Zittern, weil sie beginnen, an sich selber zu zweifeln. An ihrem rapiden Gewichtsverlust, weil ich ihnen immer wieder vorhalte, sie seien zu dick. Ich verfolge das in allen Einzelheiten, weil es mir ein so göttliches Vergnügen bereitet. Je schwächer sie werden, desto stärker werde ich. Ich bekomme einen Ständer, wenn ich beobachte, wie sie in diesem Märchen, das von A bis Z erstunken und erlogen ist, langsam den Boden unter den Füßen verlieren. Durch ihre Eltern, die Gesellschaft, die Seifenopern, die sie sehen und die Gespräche mit ihren strohblöden Freundinnen wurde ihnen meine frei erfundene Geschichte schon vorab angedreht. Sie ist also verkaufsfertig verpackt. Ich füge nur hier und da noch ein paar ausgewählte Zitate aus dem Koran oder aus anderen Werken hinzu – in jeder Religion findet man zuhauf Äußerungen, die der Frau vorschreiben, sich dem Mann zu unterwerfen. Ich muss mir das fertig verschnürte Päckchen also nur noch nehmen. Diese Schlampen lieben das. Frauen sind willenlose Wesen. Ihr einziger Wunsch ist es, einen Mann zu finden und sich seinem Willen zu beugen. Ich helfe ihnen, diesen Wunsch, den sie sich nicht einzugestehen wagen, umzusetzen.

Die Realität wird eine vage Angelegenheit: «Aber nein, das habe ich nie gesagt. Du glaubst immer, das gehört zu haben, was dir gerade zupasskommt. Du bist VERRÜCKT.« Ich entscheide, was wahr ist und was nicht. Der Rest existiert nicht. Dann verabreiche ich ihnen noch ein bisschen Drogen, damit sie endgültig ins Schleudern kommen. Und sie sagen zu allem Ja und Amen. Dann ist es so weit, und ich kann zur endgültigen Zerstörung schreiten! Mit der mir eigenen Bravour schiebe ich sie langsam Richtung Ausgang. Ist es das gleiche Vergnügen, das ein Kind empfindet, wenn es eine Fliege quält, indem es ihr einen Flügel nach dem anderen ausreißt? Nein, es ist sehr viel stärker als das. Böses zu tun, ist für mich so natürlich, wie zu atmen. Ich empfinde keine Gewissensbisse. Im Gegenteil. Wenn ich erlebe, wie sie mir immer weiter verfallen, bekomme ich den Kopf frei, so wie eine frische Brise die Wolken am Himmel vertreibt. Anschließend habe ich in meinem Kopf einen klaren, blauen Himmel und eine strahlende Sonne. Und eine Menge Geld. Als großer Stratege führe ich mehrere Kämpfe zeitgleich. Dafür vernachlässige ich die eine, um die andere noch besser in die

Verzweiflung treiben zu können. Ich vertue mich nie in meinen Rollen, ich spiele sie meisterhaft. Ich bin ein echter Künstler auf meinem Gebiet.

20

Khasboulat hatte gleich den Motor angelassen. Ohne auch nur eine Frage zu stellen. Fragen aller Art hatten sich erübrigt. An Nathalies blutverschmiertem Gesicht war unschwer zu erkennen, dass bei dem Deal in der Disco etwas schiefgegangen war. Er blickte mehrmals in den Rückspiegel, um sicherzugehen, dass ihnen niemand folgte. So waren sie durch Stockholm gefahren bis zu ihrem Hotel. Dort angekommen hatte der Tschetschene Nathalie genötigt, unter die Dusche zu gehen, und dann den Doktor angerufen. »Beeilen Sie sich, Sie müssen sie wieder zusammenflicken«, sagte er, bevor er auflegte.

Still beobachtete er, wie Gratchev sich an Nathalies Schulter zu schaffen machte, während sie auf dem Bett lag. Erneut hatte es die Schulter erwischt, an der sie schon in Frankreich verletzt worden war. Das Schicksal verstand es, sie da zu treffen, wo es besonders wehtat.

»Radzik wird es nicht gefallen, dass du ein Mitglied seiner Organisation abgeknallt hast«, sagte Khasboulat mit seiner Falsett-Stimme.

Er sagte es auf Tschetschenisch, damit der Arzt ihn nicht verstand. Seit er mit Nathalie zusammenarbeitete, sprach er regelmäßig in seiner Muttersprache mit ihr. Er war überrascht, in welchem Tempo sie sich die Sprache angeeignet hatte. Sie lernte sehr schnell, ihr Vokabular reichte inzwischen aus, um eine normale Unterhaltung zu führen.

»Glaubst du vielleicht, ich hätte da nicht auch gerne drauf verzichtet?«, gab Nathalie auf Tschetschenisch zurück. Ihrer Stimme war die Verunsicherung anzumerken.

Sie hatte ihm alles erzählt, was in dem Club passiert war. Khasboulat und Radzik hatten auf der Überfahrt nach Schweden ein langes Gespräch unter vier Augen geführt, davon wusste Nathalie. Aber sie hatte keine Ahnung, worüber die beiden gesprochen hatten. Sie konnte sich jedoch denken, dass der Warlord den Hünen aufgefordert hatte, sie im Auge zu behalten und darauf zu achten, dass sie seine Instruktionen befolgte.

»Ich hätte die Sache so abwickeln sollen, wie es vereinbart war. Du bist noch zu schwach für eine solche Operation. Das war mir im Grunde klar. Es wäre besser gewesen, ich hätte nein gesagt. Und all das nur, weil du es leid warst, das Kindermädchen zu spielen? Pah! Das ist eine Riesendummheit gewesen, wir können uns unseren Job nicht aussuchen, das ist Radziks Sache!«

»Zu schwach?«, schleuderte sie ihm entgegen, während sie sich aufrichtete wie eine Kobra. »Hast du nicht verstanden, was passiert ist? Ich bin immerhin nur verletzt, mein Widersacher, Gustav, hingegen ist tot!«

»Ja und? Wir hätten einfach auf Radzik hören sollen«, brummte Khasboulat, während die Verletzte sich mithilfe des Arztes wieder hinlegte. »Es wäre besser gewesen, du wärst im Auto geblieben, und ich hätte mich um die Übergabe gekümmert und den Deal ohne Zwischenfall abgeschlossen. Schließlich habe ich den Stoff ja auch bis nach Stockholm gebracht.« Er seufzte. »Gut, es lässt sich nicht mehr ändern. Wir fahren jetzt zurück.«

»Nein, ich muss noch zu Dragan«, protestierte Nathalie. »Ich glaube, dieser Kerl ist ein Verräter. Wir haben hier nie Prozente auf den Handel mit Zigaretten gegeben. Beim Stoff haben wir dagegen halbe-halbe gemacht. Das Schwein hat uns übers Ohr gehauen, zusammen mit dem Typen aus der Disco. Warum sonst lief heute Abend alles schief?«

»Willst du jetzt etwa den Leuten von *National Supporter* den Krieg erklären? Auf ihrem Territorium? Ist es das, was du willst? Du weißt, ich folge dir überallhin, aber ich denke, du hast hier schon genug Unheil gestiftet! Gustav und Dragan waren nämlich nicht einfach nur Geschäftspartner, sie waren befreundet. Dragan wird sich längst in Sicherheit gebracht und dich zum Abschuss freigegeben haben.«

Nathalies Miene verfinsterte sich. Dieser Punkt ging an Khasboulat. Gustav war Mitglied der schwedischen Ultranationalisten. Ihr jahrelanger Kampf gegen andere Gangs, regelmäßiges Komasaufen und gemeinschaftlich verübte ausländerfeindliche Angriffe schweißte die Mitglieder dieser Splittergruppe auf Gedeih und Verderb zusammen. Wer sich an einem von ihnen vergriff, attackierte damit auch die anderen. Der Tod ihres Kumpels würde sie sofort auf den Plan rufen. Sobald sie Wind von der Tat bekämen, würde man ein Kopfgeld auf Nathalie aussetzen. Unter diesen Bedingungen hierzubleiben, um Dragan zu jagen, käme einem Selbstmord gleich. Sie waren gut beraten, so schnell wie möglich zu verschwinden.

»Also steigen wir ins Auto und flüchten?«

»Wir flüchten nicht, Nathalie. Dragan ist nicht wichtig. Entscheidend ist, dass wir unsere Haut retten. Und dass wir Radzik das Geld bringen. Eine Verabredung mit Radzik sollte man besser einhalten.«

Radzik und seine verdammte Sammlung, dachte Nathalie.

»Dann verschwinden wir also von hier. Und Sie Doktor, verschwinden ebenfalls«, erklärte sie, während sie sich aus dem Bett kämpfte.

Khasboulat hatte recht. Sie durften keine Minute verlieren. Nathalie griff nach ihren Sachen.

»Und wohin fahren Sie und Khasboulat?«, erkundigte sich der Arzt.

Er war leichenblass. Auch wenn er kein einziges Wort der auf Tschetschenisch geführten Unterhaltung verstanden hatte, spürte er, dass Ärger bevorstand.

»Das hat Sie nicht zu interessieren.«

»Wenn ich Ihnen einen guten Rat geben darf, Miria, brechen Sie besser erst morgen auf. Sie sind verletzt. Denken Sie an Ihre Schulter«, versuchte er sie zurückzuhalten.

Die Aussicht, allein in dieser Stadt zurückzubleiben, ohne den Schutz dieses seltsamen Gespanns, trieb ihm trotz aller Meinungsverschiedenheiten den Angstschweiß auf die Stirn. Nathalie hörte ihm nicht mehr zu. Sie war mit den Gedanken schon ganz woanders. Als sie sich ihr T-Shirt überstreifte, verzog sie vor Schmerzen ihr Gesicht. Dann kramte sie in ihrer Tasche und zog ein Bündel Geldscheine hervor.

»Hier, das schulden wir Ihnen noch und ein paar Scheine zusätzlich für die Tabletten«, sagte sie und gab Gratchev das Geld. »Geben Sie mir alles an Schmerzmitteln, was Sie haben. Unsere Wege trennen sich hier. Die Zimmer sind für heute Nacht bezahlt, Ihr Flug geht morgen. Aber wenn ich Sie wäre, würde ich schleunigst von hier verschwinden.«

»Und was raten Sie mir? Soll ich fliegen? Oder lieber das Auto nehmen?«, fragte er, während er in seinem Arztkoffer kramte.

Er wandte sich zu ihr um, in den Händen drei bunte Medikamentenschachteln. Die Serbin griff danach, dabei fiel ihr auf, dass er einen feinen, taillierten Anzug trug und dazu ein blütenweißes Hemd ohne jede Falte. Sie schloss daraus, dass er heute Abend ausgegangen war, um die Stadt von ihrer schönsten Seite zu erleben. Sie stellte sich vor, wie er, der es verstand, schöne Reden zu schwingen, bei einem Glas Wein auf eine Frau einredete, ihr erklärte, wie er sich als Arzt beim Roten Kreuz für die Armen einsetzte, in der Hoffnung, sie damit zu rühren und ins Bett zu kriegen. Womöglich hatte Khasboulats Anruf ihn mitten bei einer heißen Nummer unterbrochen, wer weiß.

»Tun Sie, was Sie wollen, Doc. Das ist mir schnuppe. Ich bin kein Reisebüro«, zischte sie ihn an, während sie ihre Jacke überzog. »Ich weiß nur, dass wir jetzt besser verschwinden. Die Nationalisten haben überall ihre Freunde.«

»Nationalisten? Aber … was sollten die schon von mir wollen?«, protestierte Gratchev.

Er erhielt keine Antwort. Nathalie war schon halb aus der Tür, dicht gefolgt von Khasboulat, beide trugen eine Sporttasche in der Hand. Sie gingen auf den Notausgang zu und beeilten sich, über die Treppe nach unten zu kommen. Sie mussten sich nicht absprechen, es war klar, dass sie nicht den Fahrstuhl nahmen. Aus Erfahrung wussten sie, dass die Treppe dem Aufzug vorzuziehen war, wenn Gefahr im Verzug war. Unten angekommen stießen sie eine Feuertür auf und landeten im Konferenzraum des Hotels. Sie liefen im Slalom um kreuz und quer herumstehende Stühle und leere Flaschen herum, die Überreste irgendeines Kongresses. Der Flughafen war nicht weit entfernt, man hörte das Dröhnen der Flugzeuge bis hierher. Es war sogar so laut, dass die Scheiben im Raum vibrierten.

Am Ende des Konferenzraums stieß Nathalie vorsichtig

eine weitere Tür auf. Sie führte zur Bar. Niemand war zu sehen. Von dort aus gelangte man in die Eingangshalle des Hotels. Nathalie konnte nur einen Teil der Halle überblicken. Aus dem anderen Teil drang lautes Stimmengewirr zu ihnen herüber. Sie gab Khasboulat ein Zeichen, dass er ihr folgen sollte. Auf leisen Sohlen schlichen sie an dem auf Hochglanz polierten Bartresen aus Chrom entlang. Da blieb Nathalie auf einmal wie angewurzelt stehen. Erneut erteilte sie ihrem Partner mit der Hand ein Zeichen und ordnete damit den Rückzug an. Sie hatte in der Halle gerade den Wikinger aus Malmö gesehen, der, dem sie das Baby übergeben hatte. Er war in Begleitung eines Typen mit kahlrasiertem Schädel, der Rangers und eine Bomberjacke trug. Ein Skin. Was hatten die hier verloren? Sie waren sicher nicht zufällig da, nicht direkt nach der tödlichen Prügelei im Club. Hatte Radzik die Verbindung zwischen dem großen Muskelprotz, Gustav und Dragan heruntergespielt? Während Nathalie mit Khasboulat den Rückzug antrat, gingen ihr zig Fragen durch den Kopf.

Mit gezogenen Waffen betraten sie das Treppenhaus und stiegen noch eine Etage tiefer, ins Untergeschoss. Sie zogen eine Tür auf, die in die Küche des Hotels führte. Dort waren zu dieser späten Stunde nur noch zwei Lehrlinge zugange. Sie waren so in ihre jeweilige Aufgabe vertieft, dass sie den ungebetenen Besuchern keine weitere Beachtung schenkten. Genauso wenig wie dem eisigen Wind, der ihnen ins Gesicht blies, als Khasboulat die Tür nach draußen mit der Schulter aufstieß.

Sie hatten extra nicht in der Hotelgarage geparkt. Der Tschetschene war so klug gewesen, ihren Wagen etwas abseits vom Hotel abzustellen. Nie dort zu sein, wo man erwartet wurde, dies war eine der goldenen Überlebensregeln eines jeden Kriminellen, der sein Handwerk verstand. Sie warfen ihre Sachen auf die Rückbank. Der Koloss setzte sich ans Steuer und fuhr langsam los durch die schwedische Nacht. Nathalie saß neben ihm und sah die Lichter der Gebäude und Straßenlaternen an sich vorbeizeiziehen. Kurz dachte sie an Gratchev. Der Wikinger kannte sein Gesicht. Sollten ihre Wege sich kreuzen, dürfte dem schnieken Doktor eine ziemlich üble Nacht bevorstehen.

21

In den folgenden Tagen befragte Levasseur alle Personen, die Anne-Sophie Brèche kannten, und sei es auch nur flüchtig. Zwar hatte Bonanza sämtliche Kontakte bereits abgeklappert, aber Gabrielle wollte sie sich lieber noch einmal persönlich vornehmen. Sie fürchtete, der Lieutenant könnte jemanden vergessen haben, das wäre schließlich nicht das erste Mal, dass er etwas verbockt hätte. Bonanza war guten Willens und tat sein Bestes, aber sie würde ihn nicht als den brillantesten Bullen vor dem Herrn bezeichnen. Er war guter Durchschnitt und hatte Entwicklungspotential, wenn er bereit war, sich reinzuknien, und es schaffte, seine verfluchte Depression zu überwinden. Als sie am Vortag ins Büro kam, saß er mal wieder mit starrem Blick und geballten Fäusten da.

Außerdem machte Gabrielle sich Vorwürfe, dass sie Bonanza die Ermittlungen mehr oder weniger allein überlassen und den Fall nicht richtig ernst genommen hatte. Die Capitaine bereute es auch, dass sie die Ärzte nicht dazu genötigt hatte, das Mädchen aus ihrem Dämmerzustand herauszuholen. Sie hatte zum damaligen Zeitpunkt noch gedacht, die Befragung könnte warten, das war jedoch ein Irrtum gewesen.

Nach Anne-Sophies Verschwinden aus dem Krankenhaus gab es nicht die geringste Spur von ihr. Sie konnte nicht in ihrer Wohnung gewesen sein, da das Schloss inzwischen ausgewechselt worden war und sie keinen Schlüssel dazu hatte. Keiner der Befragten hatte sie gesehen oder eine Idee zu ihrem Verbleib. Sie war wie vom Erdboden verschluckt.

Die Capitaine übernahm es auch, bei den Eltern der jungen Frau anzurufen. Bonanza hatte sie endlich in der Nähe von Vitry-sur-Seine ausfindig gemacht. Gespräche mit Angehörigen von Vermissten waren nicht gerade ihre Lieblingsaufgabe. Sie richtete sich in ihrem Stuhl auf und nahm eine gerade Haltung ein. Bei solchen Anrufen musste man, um professionell bleiben zu können, eine gewisse Steifheit an den Tag legen und mit fester, klarer Stimme sprechen. Bloß keine Gefühlsregung zeigen. Sie wählte die Nummer, nach dreimal Klingeln wurde abgenommen.

»Guten Tag, hier spricht Capitaine Levasseur aus Toulouse. Ich …«

»Was wollen Sie ihm denn noch anhängen? Mein Sohn ist doch bereits im Gefängnis. Insofern wüsste ich nicht …«

»Madame«, unterbrach Gaby sie kühl, »es geht nicht um Ihren Sohn. Darf ich erfahren, mit wem ich spreche?«

»Na, Sie sollten eigentlich wissen, wen Sie anrufen. Hier ist Madame Brèche.«

»Sind Sie die Mutter von Anne-Sophie Brèche?«

»Ja … ja, aber ich habe Anne-Sophie seit anderthalb Jahren nicht gesehen. Sie ist von zu Hause abgehauen.«

»Wie das, abgehauen?«

»Sie sind also Capitaine. Und wo noch mal?«, erkundigte sich die Alte misstrauisch.

»Toulouse, Madame Brèche. Sie können mich gerne im Kommissariat zurückrufen, wenn Sie sichergehen wollen.«

»Nein, nein, ich glaube Ihnen ja«, antwortete ihre Gesprächspartnerin und stieß genervt die Luft aus. Sie legte eine kurze Pause ein, dann fuhr sie fort. »Sie ist abgehauen, weil wir eine Meinungsverschiedenheit hatten. Wir bekamen andauernd zu hören, bei uns wäre es zum Ersticken und anderswo ginge es ihr besser. Sie hat uns sogar an den Kopf geworfen, wir hätten uns nie um sie gekümmert. Können Sie sich das vorstellen? Das sagt sie uns, die wir uns für sie aufgerieben haben! Die jungen Leute heutzutage denken, es müsste sich alles um sie drehen!«

»Und seitdem haben Sie nicht mehr mit ihr gesprochen?«

»Nein, aber sagen Sie mir jetzt endlich mal, was passiert ist?«

Der Moment, den Gaby so fürchtete, war gekommen.

»Ihre Tochter wurde in einem stark geschwächten Zustand ins Krankenhaus eingeliefert. Sie hatte sich zu einer Nachbarin geflüchtet und delirierte, als der Notarzt eintraf. Ich rufe Sie an, weil sie vor drei Tagen verschwunden ist, das beunruhigt uns sehr. Wir haben bereits eine Vermisstenmeldung herausgegeben.«

»Typisch Anne-Sophie, sich einfach aus dem Staub zu machen, ohne ein Wort zu sagen. Sie schert sich nie um die anderen! Sie ist also ausgebüxt, und jetzt rufen Sie wegen der Krankenhausrechnung an, richtig? Das können Sie vergessen. Damit Sie gleich Bescheid wissen, wir bezahlen ihre Schulden nicht, das ist allein ihr Problem!«

Gaby war fassungslos über diese Kälte. Normalerweise schrien oder weinten die Leute, wenn sie eine Nachricht dieser Art bekamen. Sie schwieg einen Moment, dann sagte sie:

»Nein, ich rufe Sie nicht wegen der Krankenhauskosten an, Madame. Ihre Tochter ist spurlos verschwunden, und wir sind deshalb sehr besorgt. Es würde uns helfen, wenn Sie Anzeige erstatten würden.«

»Anzeige erstatten? Für meine Tochter? Haben Sie nicht gehört, was ich gesagt habe?! Anne-Sophie ist für uns schon lange gestorben. Und jetzt sollen wir uns ihretwegen noch mehr Probleme aufladen? Kommt überhaupt nicht infrage! Ich bin mit meinem Sohn vollauf bedient, danke.«

»Aber Madame, wie gesagt, Ihre Tochter befindet sich in großer Gefahr!«

»Bin ich verpflichtet, Anzeige zu erstatten?«

»Nein, selbstverständlich nicht.«

»Na, wenn das so ist, ist unsere Unterhaltung damit beendet. Sie ist mal wieder abgehauen, was soll schon sein. Das macht sie immer so. Deshalb muss man nicht so ein Tamtam machen.«

»Madame …«

»Nein, wir waren für Anne-Sophie nie gut genug. Es war ihre Entscheidung, zu gehen. Dann soll sie auch dafür geradestehen. Seit sie uns den Rücken gekehrt hat, existiert sie nicht mehr für uns. Wenn ihr Vater erfährt, was sie sich mal wieder geleistet hat, wird er mir wieder vorhalten, dass ich sie verzogen habe. Soll sie sehen, wie sie klarkommt.«

»Kann ich dann mit ihren Geschwistern sprechen?«, fragte Gabrielle verärgert. »Es könnte ja sein, dass die sich wenigstens Sorgen um sie machen! Geben Sie mir doch bitte mal die Telefonnummern.«

»Kommt überhaupt nicht infrage, dass meine anderen Kinder sich ihretwegen beunruhigen. Ich gebe ihre Nummern bestimmt nicht weiter.«

»Wissen Sie wenigstens, warum Anne-Sophie sich Viviane nennen ließ?«

»Was? Sie hat ihren Namen geändert?«, ereiferte sich die Mutter. »Sie steht noch nicht mal zu dem Namen, den wir ihr gegeben haben! Das ist mal wieder typisch für sie. Bestimmt hat sie einen neuen Namen angenommen, weil sie ein neues Leben beginnen wollte, ohne ihre Familie! Oder was soll ich sonst dazu sagen? Gott sei Dank ist sie weg. Sie hat uns genug Unglück gebracht!«

Mit diesen Worten legte die Mutter von Anne-Sophie Brèche auf und ließ die Capitaine sprachlos zurück. Am liebsten hätte Gabrielle auf der Stelle ihre Kollegen im 94. Departement angerufen und sie gebeten, diesen Drachen vorzuladen, damit er die Telefonnummern ihrer Kinder ausspuckte. Aber es gab kein Gesetz, mit dem man sie dazu zwingen konnte, Anzeige zu erstatten oder die Kontaktdaten ihrer Kinder herauszugeben, auch wenn es der Capitaine die Arbeit sehr erleichtert hätte. Nach der Gardinenpredigt dieses Besens saß Gabrielle zunächst einfach nur da und rührte sich nicht.

Dann fluchte sie laut vor sich hin: »Blöde Schlampe!«

Es blieb ihr nichts anderes übrig, als selber zu versuchen, die Telefonnummern herauszufinden. Sie rief Bonanza an.

22

«Ich möchte ein Märchen erleben.«
Garry Marshall, Pretty Woman

Missmutig klappte Anne-Sophie die Sonnenblende wieder hoch. Sie konnte ihr Spiegelbild nicht länger ertragen. Sie fand sich zu furchtbar, es war das nackte Grauen. Der Anblick ihres Gesichts hatte ihr einen Schock versetzt. Sie sah aus wie eine Irre. Nachdenklich blickte sie aus dem Beifahrerfenster und ließ die vergangenen Tage noch einmal an sich vorüberziehen.

Es war nicht schwer gewesen, aus dem Krankenhaus zu flüchten. Ihr größtes Problem war es gewesen, etwas zum Anziehen zu finden, da sie nur ein T-Shirt getragen hatte, als die Polizei sie mitnahm. In ihrem weißen Papierhemd war sie durch die Gänge geirrt. Ein Krankenschwesterkittel hätte ihr schon genügt. Aber weit und breit war keine Menschenseele zu sehen gewesen. Alle Türen waren verschlossen, und sie hatte es nicht gewagt, einfach auf Verdacht eine Tür zu öffnen, aus Angst auf einen wachen Patienten zu treffen, dem sie hätte erklären müssen, was sie in seinem Zimmer verloren hatte. Auf der Geriatrie schließlich hatte sie das laute und gleichmäßige Schnarchen einer Frau gehört. Vorsichtig und fast geräuschlos hatte sie die Zimmertür geöffnet und eine alte Dame in einem komaähnlichen Zustand in ihrem Bett liegen sehen. Anne-Sophie war ins Zimmer geschlichen und hatte kurzerhand nach einem herumliegenden Kleid gegriffen – ein typisches Omakleid, braun, mit Rautenmuster und ihr viel zu groß. Wenn sie jetzt daran zurückdachte, dass sie einer

Bettlägerigen ihr Kleid gestohlen hatte, empfand sie nichts als Scham. Die Schuldgefühle schnürten ihr die Kehle zu. Sie wusste nicht mehr so genau, warum sie das Krankenhaus eigentlich unbedingt hatte verlassen wollen. Sie wusste nur noch, dass sie irgendwann, nach all den unangenehmen Fragen dieses vor Dreck starrenden Bullen, das dringende Bedürfnis verspürt hatte, zu fliehen. Der Bulle hätte sie stundenlang verhören können, sie hätte trotzdem nicht geredet, um keinen Preis. Diese Nacht war allein ihre Sache und ging niemanden sonst etwas an.

Vom Handy der alten Dame aus hatte sie die einzige Person angerufen, der sie sich anvertrauen konnte, ihren Schatz Adam. Sie hatte ihn angefleht, sie abzuholen. Er hatte ihr versprochen, sobald wie möglich zu kommen, wenn er seine Arbeit beendet hätte. Sie hatte in der Nähe des Krankenhauses auf ihn gewartet. Schließlich war er gekommen. Zu ihrer Verwunderung hatte er sie nicht mit seiner Luxus-Limousine, sondern mit einem alten Peugeot abgeholt, in dem es auch noch muffig roch. »Den habe ich von einem Freund geliehen, der andere ist leider gerade kaputt«, hatte er ihr erklärt. Kaum hatte sie auf dem Beifahrersitz Platz genommen, hatte er sich bei ihr beklagt, dass sie einfach so verschwunden wäre, ohne ihm eine Nachricht zu hinterlassen. Und damit nicht genug, hätte er auch noch das Chaos in der Wohnung beseitigen dürfen und die Fensterscheibe erneuern müssen, die sie in ihrem Wahn zerbrochen hatte. Dieser Sprung auf den Balkon von Madame Joseph wäre ein eindeutiger Beweis dafür, dass sie langsam wirklich durchdrehte.

»Wenn du wegwillst, musst du mich nur anrufen. Ich bin doch kein Unmensch! Im Gegenteil, ich bin dein einziger

Freund. Der beste Beweis dafür: Wer holt dich zu jeder Tages- und Nachtzeit an jedem noch so abgelegenen Ort ab? Na ich!«, hatte er hinzugefügt. Dann hatte er sie in die Arme geschlossen.

Sie war daraufhin in Tränen ausgebrochen und hatte sich seine Vorwürfe angehört, ohne etwas zu erwidern. Was hätte sie ihm auch entgegnen können? Es gab schließlich nichts zu beschönigen. Adam hatte in jedem Punkt recht. Sie hätte nicht einfach so abhauen dürfen. Sie hatte sich wie die letzte Idiotin aufgeführt, war durchgedreht. Unter Schluchzern hatte sie sich bei ihm entschuldigt.

»Ich verzeihe dir. Das ist eine deiner Manien, an die muss ich mich wohl leider gewöhnen, mein Schatz. Du haust einfach so ab, ohne jede Erklärung. Das hast du bei deinen Eltern ja schon genauso gemacht«, hatte Adam nach einem Moment der Stille angemerkt. »Du siehst wirklich furchtbar aus, weißt du? Aber du gefällst mir trotzdem. Du bist doch mein Schatz, meine Viviane!«

Da hatte sie ihm nur schwer widersprechen können. Schon im Krankenhaus war ihr bewusst geworden, wie sehr sie körperlich abgebaut hatte. Sie war völlig abgemagert, wirkte um Jahre gealtert, und durch das Oma-Kleid war es natürlich nicht besser geworden. Dennoch hatte Adam sie so akzeptiert, wie sie war, in all ihrer Hässlichkeit und mit all ihren Fehlern. Das war der Beweis dafür, dass er sie wirklich liebte. Dieser Gedanke trieb ihr erneut die Tränen in die Augen.

Sie waren daraufhin zusammen in ein schickes Toulouser Café gegangen, um das Wiedersehen und die Versöhnung zu feiern. Dort hatte er sie dann ungestüm geküsst. Dieser Kuss in aller Öffentlichkeit und das Glas Champagner, das darauf folgte, hatten sie in einen kleinen Rausch versetzt. Als sie aufgebrochen waren, hatte sie sich von einer Wolke aus Glück umfangen gefühlt. Und zwei Stunden später war sie sogar noch glücklicher gewesen. In einem kleinen Hotel in Blagnac hatte sie sich ihm voller Leidenschaft hingegeben. Am nächsten Morgen war es mit dem Glücksrausch jedoch schlagartig vorbei gewesen, denn beim Frühstück hatte Adam ihr erklärt, er müsste für ein paar Tage verreisen.

»Geschäftlich, ich muss jetzt hundert Prozent geben, damit meine Familie mir erneut vertraut. Ich würde auch lieber bei dir bleiben, glaub mir. Du hast mir so gefehlt«, hatte er ihr zu erklären versucht.

Sie konnte es auch jetzt noch nicht fassen, wie er sie in diesem Hotel in Blagnac einfach hatte alleine lassen können. Endlich waren sie wieder vereint gewesen, hatten sich einander ganz hingegeben, hatten die Erinnerungen an ihren Krankenhausaufenthalt und die letzten albtraumhaften Monate hinter sich gelassen, und dann war er am nächsten Morgen einfach gegangen. Warum hatte sie Adam nicht begleiten können? Sie hätte sich doch, wenn nötig, ganz klein gemacht, um ihn nicht zu stören. Aus Angst, ihn erneut zu verärgern, hatte sie aber nicht weiter nachgefragt. Den Fehler hatte sie schließlich schon oft genug gemacht. Mit Mühe hatte sie ihre Enttäuschung verborgen und sich bei seiner Abreise sogar ein Lächeln abgerungen.

Als er nach vier Tagen wieder aufgetaucht war, hatte sie sich erlöst gefühlt. Überglücklich war sie ihm um den Hals gefallen. Er hatte ein paar Anziehsachen für sie gekauft und sie aufgefordert, sich sofort umzuziehen. Zur Feier ihres Wiedersehens würden sie einen Ausflug machen, wie sich das für ein richtiges Liebespaar gehörte. Das hatte er ihr nicht zweimal sagen müssen. Blitzschnell hatte sie sich fertiggemacht und war ihm nach draußen gefolgt. Als sie sich auf den Beifahrersitz des alten Peugeots gesetzt hatte, war ihr wieder der muffige Geruch in die Nase gestiegen und sie hatte unwillkürlich niesen müssen.

Gut gelaunt waren sie losgefahren. Anne-Sophie war erleichtert gewesen, dass sie ihren Mann zurückhatte und die Enge des Hotelzimmers gegen die Weite der Landschaft getauscht hatte. Alles war bestens gewesen.

Dementsprechend verstand Adam die Welt nicht mehr, als er nun sah, wie Tränen Anne-Sophies Wangen herabkullerten. Kurz zuvor hatte sie sich im Spiegel der Sonnenblende betrachtet.

»Was gibt es denn nun schon wieder zu heulen? Bist du denn nicht froh, mal rauszukommen?«, fragte er genervt.

»Ich … ich habe Angst, mein Schatz! Schau dir an, was aus mir geworden ist«, schluchzte sie und sah ihm dabei in die Augen. »Ich bin hässlich. Ich erkenne mich nicht wieder. Und … und … was ist mit meinen Haaren passiert?«

Sie fasste sich an den Schädel. Ihre ehemals langen gepflegten Haare waren raspelkurz, und sie hatte mehrere kahle Stellen auf dem Kopf. Es war ihr schon im Krankenhaus aufgefallen und dann im Hotel, dass sie kaum noch Haare auf dem Kopf hatte, aber sie konnte sich einfach nicht daran gewöhnen, wie hässlich ihr Kopf aussah, wie hässlich sie aussah. Sie gruselte sich vor sich selbst.

»Aber du wolltest sie doch gerne abschneiden, mein Schatz! Eines Abends hast du die Schere zur Hand genommen und alles ratzekahl abgeschnitten. Weißt du das nicht mehr? Ich wollte dich daran hindern, aber du hast nicht auf mich gehört, und dabei hattest du so schöne Haare!«

»Aber warum habe ich das denn getan? Ich ... ich verstehe das nicht.«

»Du warst in letzter Zeit nicht mehr du selbst. Du warst teilweise geistig umnachtet. Eines Abends bist du sogar unter lautem Geschrei nackt auf die Straße gelaufen, Viviane.«

Anne-Sophie verzog angewidert das Gesicht. »Ich glaube, ich benutze lieber wieder meinen echten Vornamen.«

Er strich ihr über die Wange.

»Du kannst frei über deinen Vornamen entscheiden. Für mich bist und bleibst du mein Schatz.«

»Ich kann ... ich kann so nicht weitermachen, Adam. Mein Leben, unser Leben ist zu einem Albtraum geworden ... ich fühle mich schmutzig, so schmutzig.«

Adam lächelte, ohne etwas zu sagen, und beschleunigte den Wagen. Sie drehte den Kopf zum Seitenfenster. Die Schönheit der herbstlichen Landschaft hatte eine beruhigende Wirkung auf sie. Sie schwelgte im Anblick der Farben, bis sie schließlich einnickte. Als sie den Kopf wieder hob, fuhren sie über einen Waldweg. Sie konnte den Blick nicht von Adam wenden. Er wirkte so stark, hatte ein solch strahlendes Lächeln, verfügte über eine solche Selbstsicherheit. Es gab so vieles an ihm, das sie beeindruckte, und eben deshalb, das wusste sie, würde sie sich niemals von ihm trennen können.

Nachdem er den Wagen unter einem Baum geparkt hatte, nahm Adam einen Korb aus dem Kofferraum und ging damit stolz zu Anne-Sophie herüber, die ebenfalls ausgestiegen war und sich auf der anderen Seite des Peugeot streckte.

»Oh, ein Picknick! Was für eine schöne Überraschung! Wie lieb von dir, mein Schatz«, sagte sie begeistert, als sie die Flasche und die Sandwiches in dem Korb entdeckte. »Aber ist es nicht etwas zu kühl für einen Waldspaziergang?«

Als sie Adams gequälten Blick sah, bereute sie ihre Frage sofort. Dauernd hatte sie etwas zu bemängeln. Sie entschuldigte sich bei ihm, sagte, sie habe leider ein Talent, immer alles zu verderben, dieses Picknick sei eine ganz wunderbare Idee – wie zur Bestätigung hörte man ihren Magen knurren – und etwas frische Luft nach dem Krankenhausaufenthalt werde ihr sicher guttun. Er nahm ihre Hand, und sie liefen nebeneinander den Waldweg hoch. Adam sagte einfühlsam:

»Die letzten Monate waren nicht einfach für dich, ich weiß, mein Schatz.«

»Nicht einfach ist untertrieben, Adam. Ich bin für dich durch die Hölle gegangen. Ich habe es dir zuliebe getan, aber jetzt kann ich nicht mehr.«

Er zuckte zurück.

»Anne-Sophie, ich finde das wirklich nicht fair, wie du dich mir gegenüber verhältst«, seufzte er, und ließ ihre Hand los. »Ich befreie dich aus einer unhaltbaren Situation, und zum Dank motzt du mich an. Ich organisiere einen romantischen Spaziergang, und wieder meckerst du. Ich möchte dich nur mal daran erinnern, alles begann damit, dass du einen Fehler gemacht hast. Hättest du an diesem Abend nicht so hemmungslos gesoffen, hätten meine Geschäftspartner sicher unterschrieben. Deinetwegen sind alle meine Projekte ins Wasser gefallen. Kannst du dir auch nur ansatzweise vorstellen, wie ich mich geschämt habe, als jene Frau, die ich allen als meine zukünftige Gattin vorgestellt habe, sich aufgeführt hat wie eine läufige Hündin? Und obwohl du dich so aufgeführt hast, habe ich dich noch in Schutz genommen. Wir haben bereits zigmal über diesen Abend gesprochen und was er für jeden von uns bedeutet hat. Ich weiß, du hast keine Ahnung, wie Geschäfte gemacht werden. Meine Geschäftspartner sind Halsabschneider, Erfolg geht ihnen über alles. Sie haben die Gelegenheit eben beim Schopf ergriffen und dich gefilmt. Als du die Kamera gesehen hast, hast du dann vollends den Verstand verloren. Du hast dich den Vieren an den Hals geworfen wie eine Dirne, während ich oben mit dem Fünften verhandelt habe … Allein wenn ich an diese Bilder denke, Anne-Sophie, zittere ich noch heute vor Scham. Es war einer der schlimmsten Momente meines Lebens, als ich in meinem Briefkasten den unfrankierten Umschlag mit diesem widerwärtigen Video fand, mit dem sie mich erpressen konnten. Ich hatte keine andere Wahl, als auf ihre Forderungen einzugehen. Und bis heute habe ich unter den katastrophalen Folgen dieses Deals zu leiden. Erst betrügst du mich und dann kostest du mich auch noch ein Vermögen. Wie du weißt, hat meine Familie mir wegen dieser Geschichte ihr Vertrauen in Geschäftsdingen entzogen und alle Geldhähne zugedreht. Wegen dir stand ich von heute auf morgen ohne jeden Cent da. Trotzdem zog ich es vor, nicht dich, sondern stattdessen meine Mutter und meinen Vater aufzugeben! Um den Film zurückzubekommen, bevor sie ihn meinen Eltern aushändigen und ins Netz stellen konnten, habe ich meine gesamten Aktien verkauft. Hast du eine Ahnung, was für ein großes Opfer ich damit gebracht habe?! Zum Dank hast du dir in deinem perversen Hirn lauter ekelhafte Dinge ausgedacht und sie mir vorgeworfen. Dass ich mich dennoch nicht von dir getrennt habe, zeigt, wie weit meine Liebe für dich geht! Und es ist nun wirklich keine Heldentat, dass du mir ein bisschen Geld zurückgegeben hast, damit ich die Erpresser bezahlen konnte. Willst du jetzt wieder von den Männern anfangen? Du hast auch ein Opfer gebracht, zugegeben. Aber ist dein Opfer schmerzhafter gewesen als meins? Das bezweifele ich.«

»Aber Adam, immerhin habe ich meinen Körper verkauft! Ist dir eigentlich klar, was das bedeutet?«, schrie Anne-Sophie. »Ich hätte das Angebot deines Freundes niemals annehmen dürfen … ganz zu schweigen von all den anderen Männern! Ich weiß, wir brauchten Geld, aber wir hätten auch anders Geld verdienen können. Ich fühle mich beschmutzt! Verdorben!«

»Aber es war doch deine Idee, Anne-Sophie, deine Reize zu Geld zu machen. Und ja, dieses Geld hat uns geholfen. Mit diesem Geld konnte ich ihnen den Film abkaufen. Hätten sie ihn weiterverbreitet, hätten sie uns beiden damit sehr viel Schaden zugefügt, oder etwa nicht? Wie heißt es so schön bei einer Trauung: In guten wie in schlechten Zeiten. Das scheinst du manchmal zu vergessen! Ich liebe dich für alles, was du für uns getan hast, nur umso mehr.«

»Du lügst doch! Ich habe dich angewidert, das habe ich sehr wohl gesehen. Diese kranke Idee hat alles zwischen uns kaputtgemacht.«

Sie war mit den Nerven am Ende, vergoss heiße Tränen. Er zog ihr Gesicht zu sich heran, küsste sie und redete beruhigend auf sie ein.

»Aber mein Schatz, das warst doch gar nicht du selbst, das war Viviane. Erinnerst du dich noch daran, wie wir dir einen Künstlernamen ausgesucht haben? Viviane, wie Julia Roberts in *Pretty Woman*. Auch die war Prostituierte. Und trotzdem haben Richard Gere und sie eine höchst romantische Liebesbeziehung begonnen. Weißt du noch, wie du das Filmplakat zerrissen hast, das ich dir geschenkt habe?«, neckte er sie und strich ihr dabei über die Haare.

»Ja, ich erinnere mich, an dem Abend warst du wirklich …«

»Wirklich nett, so wie immer«, beendete er ihren Satz. »Aber du musstest natürlich mal wieder ausrasten!«

Er stellte den Korb ab, um sie fest in seine Arme zu schließen, und sie mit seinem ganzen Körper vor der Kälte zu schützen. Anne-Sophie liebte diese Umarmungen, wenn Adams Körper eine Art Schutzschild zwischen ihr und der Außenwelt bildete. Dann fühlte sie sich sicher.

»Wer alle deine Dummheiten so erträgt wie ich, muss dich schon sehr lieben. Wenn man bedenkt, dass du über den Balkon deiner Wohnung geklettert bist, wie so eine Ausreißerin!«

Er lachte, löste seine Umarmung und nahm erneut den Korb zur Hand. So liefen sie weiter. Anne-Sophie hob den Kopf. Der blaue Himmel verhieß ihnen eine strahlende Zukunft. Er war geradezu eine Aufforderung, die Vergangenheit und alle erlittenen Verletzungen endlich zu vergessen. Die Zeit heilt alle Wunden, hieß es doch immer. Sie gelangten auf eine hübsche Lichtung. Adam kramte im Korb, holte eine Rolle mit Müllsäcken heraus und begann sie abzuwickeln.

»Tut mir leid, ich hatte keine Zeit mehr, eine Picknickdecke zu kaufen, da dachte ich mir, wir können uns stattdessen hier draufsetzen«, gestand er.

Anne-Sophie amüsierte sich über diese Idee. Sie fand das extrem witzig und süß von ihm.

Wenigstens einmal wollte sie keine Spielverderberin sein und ließ sich lachend auf das Plastikrechteck fallen. Adam packte die beiden Sandwiches aus, holte die Wasserflasche heraus und setzte sich neben sie. Sie aßen still vor sich hin. Es brauchte so wenig, um glücklich zu sein. Als sie zu Ende gegessen hatte, nahm er ihr das Papier ab und verstaute es mit seinem im Korb. Dann drehte er sich zu ihr um und drückte sie mit dem Arm nach unten, bis sie ausgestreckt auf den Plastiksäcken lag.

»Ich liebe dich, mein Schatz, und du hast recht, wir sollten mit all dem aufhören. Es war egoistisch von mir, dir das zuzumuten. Fangen wir noch mal von vorne an, es soll wieder so sein, wie am Anfang«, flüsterte er und vergrub den Kopf in ihrer Schulterkuhle.

Sie kuschelte sich an ihn.

»Oh ja, lass uns noch mal ganz von vorne anfangen«, flüsterte sie ihm ins Ohr.

Was er dann sagte, überraschte sie.

»Hast du im Krankenhaus eigentlich viele Tabletten bekommen?«

»Ich vermute ja, ich war vollkommen weggetreten, es waren auch Bullen da. Die haben mich angeschrien. Ich habe den Arzt gebeten, sie rauszuschmeißen. Ich hatte ihnen nichts zu sagen.«

All das erzählte sie ohne weitere Umschweife. Sie fühlte sich so geborgen in seinen Armen.

»Ach echt, Bullen? Und was wollten die?«

»Keine Ahnung, vielleicht hat die Nachbarin sie gerufen, ich habe sie jedenfalls nicht herbestellt«, verteidigte sie sich. »Das weißt du doch, nicht? Das hätte ich dir niemals angetan!«

Die Vorstellung, Adam könnte glauben, sie hätte ihn verraten, war ihr unerträglich.

»Ja, ich weiß, keine Sorge«, beruhigte er sie. »Haben die Bullen dir irgendwelche Fragen gestellt?«

»Keine Ahnung, kann sein. Da war so ein ungepflegter Typ. Er hat mir seltsame Fragen zu einem anderen Mädchen gestellt, dass du gekannt haben sollst. Er schrie auf mich ein. Ich war wie benebelt. Als ich wieder zu mir kam, habe ich dich gleich angerufen. Da wurde mir klar, dass ich eine große Dummheit begangen habe. Du fehltest mir so, dass …«

»Du hast mir auch gefehlt, mein Schatz … eine andere Frau, die ich gekannt haben soll? Aber wen denn?«

»Ich erinnere mich nicht.«

Adam verzog enttäuscht das Gesicht.

»Und dann war da noch eine Frau. Die war richtig böse und schrie sogar noch lauter als der Typ.«

Er gluckste.

»Diese Bullen können nicht anders, die schreien immer.«

»Ja, sie brüllte ihren Namen. Daran erinnere ich mich noch. Gabrielle LE-VA-SS-EUR«, ahmte Anne-Sophie sie nach und blähte dabei die Backen auf.

»Hm … Gabrielle Levasseur? Komisch, das sagt mir irgendwas.«

»Weißt du was, Adam, ich habe nachgedacht. Ich glaube, ich würde gerne mit meiner Schwester sprechen. Kannst du mir bitte mein Handy wiedergeben?«

»Natürlich, mein Schatz, wenn du mir versprichst, dass du keinen Telefon-Terror mehr bei mir machst.«

Adam sprang mit einem Satz vom Boden auf. Anne-Sophie bewunderte seine Beweglichkeit.

»Ich habe Durst, möchtest du Wasser?«

»Ja, sehr gerne, danke.«

Sie hatte von dem Sandwich einen trockenen Mund und furchtbaren Durst. Adam reichte ihr die Flasche und sie stillte ihren Durst. Er legte sich erneut neben sie und streckte seine Arme aus.

»Komm zu mir, mein Schatz ... Und verzeih mir. Ich schwöre dir, bald leben wir wieder im Paradies!«

Er sagte das so voller Überzeugung, dass Anne-Sophie ihm einfach glauben musste. Das Video und diese zwei Monate als Prostituierte würden in wenigen Tagen oder spätestens Wochen nur noch eine schlechte Erinnerung sein. Vertrauensvoll schmiegte sie sich an ihn. Ihr geliebter Schatz schob eine Hand zwischen ihre Beine und drückte seine Lippen auf ihre.

»Wir machen hier eine Siesta«, murmelte er. Bis die Sonne untergeht.

23

Auf der Wanduhr über ihren Köpfen schob sich der Zeiger langsam von einer Minute zur nächsten, für ihren Geschmack viel zu langsam.

Khasboulat war überzeugt davon, dass die Überwachungskameras vor Gustavs Club ihr Auto gefilmt hatten. Es war also gut möglich, dass man ihr Nummernschild kannte und vielleicht sogar wusste, wie sie aussahen. Die Bullen waren seiner Ansicht nach bestimmt schon dabei, die Aufnahmen auszuwerten. Deshalb hatten er und Nathalie beschlossen, das Auto in einem Gewerbegebiet in der Nähe des Flughafens abzustellen, um eine falsche Fährte zu legen. Mit etwas Glück würden die Beamten darauf reinfallen und glauben, sie hätten sich per Flugzeug abgesetzt.

Mit ihren Sporttaschen in der Hand waren sie durch die Nacht gelaufen bis zum Stockholmer Hauptbahnhof. Dort angekommen, waren sie in der Menge untergetaucht und warteten seither auf den ersten Zug nach Kopenhagen. Denn von dort aus wollten sie mit dem Bus nach Gedser fahren, dann mit der Fähre weiter nach Rostock. Der Tschetschene hielt es für sicherer, für die Rückfahrt einen anderen Weg zu wählen als auf der Hinfahrt. Er wurde nicht müde, darauf hinzuweisen, dass die Begleiter von Geldtransportern eben deshalb so oft zum Ziel von Überfällen wurden, weil sie immer die gleiche Route fuhren.

Es waren noch zehn Minuten bis zur Abfahrt des Zuges. Sie machten sich gerade auf den Weg zu ihrem Gleis, da stieß Khasboulat Nathalie mit dem Ellbogen in die Seite und deutete mit dem Kinn auf einen kahlrasierten Kerl in einer Bomberjacke. Der Mann war noch ein gutes Stück entfernt, kehrte ihnen den Rücken zu und ließ seinen Blick suchend über die Menge gleiten. War das derselbe Typ, der mit dem Wikinger im Hotel war oder ein anderer Gefolgsmann von National Supporter? Nathalie legte keinen gesteigerten Wert darauf, dieser Frage auf den Grund zu gehen. Sie duckte sich hinter Khasboulats breiten Rücken und beeilte sich, dicht an ihn gedrängt, in den Zug zu steigen. Sie setzten sich einander gegenüber, ihr Gepäck zu ihren Füßen. Die 500.000 Euro für Radzik hatte Khasboulat in seiner Tasche versteckt. Durch das Fenster beobachtete er das Treiben auf dem Bahnsteig. Nathalie kauerte sich auf ihren Sitz, presste die Kiefer aufeinander und ließ ihren Komplizen nicht aus den Augen. Beim geringsten Alarmzeichen seinerseits hätte sie sofort nach ihrer Waffe gegriffen. Aber Khasboulat verzog keine Miene, bis die Türen sich mit einem Piepton schlossen. Kein Glatzkopf war auf die dumme Idee verfallen, sich auf dem Bahnsteig zu zeigen. Der Zug fuhr mit einem Ruck an, und im selben Moment entspannte das Duo sich. Nathalie schluckte zwei Schmerztabletten. Dann machte sie es sich auf ihrem Sitz gemütlich und döste ein.

Ich hörte einen Säugling schreien und blickte nach oben. Über mir hing ein Baby, es wurde kopfüber an einem Fuß gehalten, sein Kopf baumelte im Nichts. Hatte ich in der Hitze dieses Augusts 1992 Visionen? Seit ich meine Mutter in Sarajewo zurückgelassen hatte, um fürs Erste bei Radzik unterzukommen, litt ich wiederholt unter Halluzinationen. Ein gellender Schrei, der durchs ganze Gebäude schallte, beseitigte letzte Zweifel.

Ein Schluchzen aus nächster Nähe. Dieses Mal erkannte ich die Stimme einer der drei Gefangenen wieder, die wir ins Sportzentrum von Partizan brachten, das als Gefangenenlager für die weibliche Bevölkerung von Foča diente und etwa fünfundsiebzig Kilometer südöstlich von Sarajewo lag. Im April war es von den serbischen Truppen erobert worden. Bogdan, mein Waffenbruder von den Skorpionen, stieß sie mit seinem Maschinengewehr vor sich her. Wir hatten es eilig, ins Kühle zu kommen. In dem Gebäude, das aus zwei großen Hallen bestand, war es angenehm frisch. Es lag etwas höher als die umliegenden Baracken, auch höher als die Polizeiwache, in der wir seit zwei Tagen kampierten. Ein Tschetnik, der offenbar betrunken war und den ich nicht kannte, empfing uns am Eingang.

»Ah, neue Rekruten!«, rief er aus. Mit glasigem Blick musterte er die drei Frauen wie Vieh auf einem Viehmarkt. Schwankend kam er auf uns zu, stellte sich vor einer von ihnen auf und verpasste ihr eine heftige Ohrfeige. »Hässlich!« Mit der zweiten verfuhr er ebenso. Die dritte, die immer noch weinte, zwang er, den Kopf zu heben. »Endlich mal eine, die nicht so übel aussieht! Wie alt bist du denn, meine Hübsche?«

Während ihr der Rotz aus der Nase lief, sagte sie: «Fünfzehn«. Der Mann lächelte. Sein Mund war ein einziges schwarzes Loch voller verfaulter Zahnstümpfe. Ohne uns weitere Beachtung zu schenken, bemerkte er: »Ist gut, ab jetzt übernehmen wir sie.«

»Moment mal, so einfach ist das nicht! Ihr müsst uns quittieren, dass ihr sie übernommen habt.«

Der Besoffene lachte.

»Keine Sorge, ihr Rotznasen, wir kümmern uns um sie.«

Instinktiv hob ich mein Maschinengewehr und richtete es auf seine dicke Wampe.

»Wie hast du mich gerade genannt, svinjetina?«

Bogdan legte besänftigend eine Hand auf meine Schulter.

»Ganz ruhig, Nathalie, er entschuldigt sich sicher gleich.«

Der Trunkenbold lächelte noch breiter, anstatt zu antworten, gab er einen lauten Furz von sich. Ich hasste ihn mit jeder Faser meines Körpers, ich tobte innerlich vor Wut. Der Fußtritt traf ihn genau an der Kniescheibe. Der Mann ging stöhnend zu Boden. Er hielt sich das Bein, offenbar hatte er starke Schmerzen. Ich holte mit meinen Rangers erneut aus und legte all meine Kraft in diesen zweiten Tritt. Dieses Mal würde seine beknackte Visage im Anschluss nicht mehr wiederzuerkennen sein.

»Nathalie, das reicht. Spinnst du, oder was?«

Bogdan brüllte mir ins Ohr und hielt mich dabei an den Schultern fest. Ich kochte vor Wut. Zumindest eine Backpfeife musste ich ihm noch verpassen, damit ihm die Zahnstümpfe aus dem Mund fielen. Ich ballte schon die Fäuste, da rief eine laute Stimme:

»Was ist denn hier los?«

Ein Mann um die Vierzig mit grob geschnittenen Gesichtszügen und tief liegenden Augen kam die Treppe herunter. Er trug die Uniform der Armee, ein Hauptmann.

»Darf ich mal erfahren, was ihr hier treibt, Soldaten? Wer seid ihr in Gottes Namen?!«

Bogdan schlug die Hacken zusammen.

»Bogdan Zelenović, Unteroffizier bei den Skorpionen unter Oberst Radzik.«

»Ach, dann gehören Sie zur Familie von Dragan?«

»Er ist mein Onkel.«

»Und wer ist dieser kleine Wilde hier? Wie heißt er?«

«Das ist …«

»Nein, er ist groß genug, um mir seinen verfluchten Namen selber zu sagen«, unterbrach er genervt.

Ich konnte den Blick nicht von dem Mund des anderen Idioten abwenden, zu gerne hätte ich gesehen, wie ihm das Blut aus dem Mund läuft. Ich war so wütend, dass ich kein Wort herausbrachte.

Der Hauptmann baute sich vor mir auf. Ich spürte, wie seine harten Augen mich musterten.

»Aber das ist ja gar kein Mann! Was hat die denn hier verloren? Die ist ja noch ein halber Teenager. Schickt Radzik jetzt neuerdings kleine Mädchen? Wie alt bist du denn? Nein, nein, sag nichts, ich will es gar nicht wissen. Wie heißt du?«

Er packte mich am Handgelenk, verdrehte es und ließ nicht mehr locker. Seine Hand fühlte sich an wie ein Schraubstock. Ich schrie auf. Ein unerträglicher Schmerz durchzuckte meinen Ellbogen. Ich ging mit einem Röcheln zu Boden. Man hörte ein furchtbares Knacken. Er hatte mir den Arm gebrochen, einfach so. Er ließ mein Handgelenk wieder los.

»Weißt du was, es interessiert mich einen Dreck, wie du heißt, du kleine Idiotin. Du hast Glück, dass du zu Radziks Bande gehörst, sonst hätte ich dich zu Kleinholz verarbeitet. Kommt her, ihr bekommt eine extra Führung von mir, damit dieses kleine Drecksstück begreift, was hier Sache ist und nächstes Mal seine große Klappe hält.«

Dann gab er seinem Untergebenen einen Tritt in den Hintern.

»Und du, steh gefälligst auf. Ich schäme mich für dich. Wie kann man sich nur von einem Kind derart niederringen lassen! Bring die Gefangenen in den Schlafsaal!«

Der Angesprochene rappelte sich mühsam auf und ging auf eine Tür zu, die rechts von ihnen lag. Unsere Gefangenen rühr-

ten sich nicht. Bogdan stieß sie mit der Spitze seines Gewehrs vor sich her.

Der Hauptmann zog mich am Arm vom Boden hoch, nicht um mir zu helfen, sondern nur um mir neue Schmerzen zuzufügen. Die Tränen liefen mir die Wangen hinab. Mit einem sadistischen Lächeln zog er mich zur Tür. Sein Gehilfe zog sie auf. »Das hier ist unser Schlafsaal«, verkündete der Hauptmann stolz. Es handelte sich um eine circa zwölf Meter lange und sieben Meter breite Halle, in der sich etwa dreißig Frauen aufhielten. Sie waren halbnackt, ihre Körper waren mit Blutergüssen in allen erdenklichen Farben und mit Schnittwunden übersät. Sie lagen auf dem nackten Boden oder die Glücklicheren unter ihnen auf einer abgewetzten Turnmatte. In dem Raum herrschte ein widerlicher Gestank. Es gab natürlich keine Latrinen. Dieser Ort war nicht dafür gemacht, dort Menschen über einen längeren Zeitraum unterzubringen. Unsere drei Gefangenen wurden grob hineingestoßen.

Die Tür fiel hinter ihnen zu und wurde abgeschlossen.

»Du bleibst hier! Und hör auf zu saufen, du bist eine Schande für uns Serben«, befahl der Hauptmann und deutete auf den Oberkörper des Mannes.

»Ihr kommt mit mir nach oben. Ich zeige euch, wie das hier läuft, und was wir uns für solche Dickschädel wie dich ausgedacht haben«, sagte er und griff nach meinem schmerzenden Handgelenk.

»Hauptmann, wir sollten nur die Gefangenen abliefern, eine Quittung in Empfang nehmen und dann wieder in unser Lager zurückkehren«, meldete Bogdan sich zu Wort.

»Quittung?«, fragte er mit einem irren Lachen. »Für die braucht ihr keine Quittung mehr. Wenn diese Frauen hier

reinkommen, dann existieren sie nicht mehr. Sie gehören uns. Nach denen kräht kein Hahn mehr. Kommt, ich zeige es euch.«

Nathalie schreckte keuchend hoch, weil ein heftiger Schmerz ihr Handgelenk durchzuckte. Sie richtete sich auf und massierte sich die schmerzende Stelle, dabei lauschte sie dem beruhigenden Rattern des Zuges und Khasboulats lautem Schnarchen. Der Tschetschene hing schlaff in seinem Sitz, er schlief mit geballten Fäusten und halb offenem Mund. Ausnahmsweise war er mal nicht auf der Hut. Sie waren ziemlich lange gemeinsam gereist, aber nun sollten sich ihre Wege trennen, so war es vereinbart. Khasboulat würde nach Spanien fahren, um Radzik das Geld zu übergeben, und sie nach Albanien, in die Dressuranstalt. Es war ja kein Zufall, dass sie von dem »Vergewaltigungshaus« geträumt hatte, welches in der Nähe von Foča lag. Das war ein Vorgriff auf all das gewesen, was sie in Albanien erwartete. Den Namen »Vergewaltigungshaus« hatte die Presse ihm erst nach dem Krieg verpasst. Wenn sie an diesen Ort zurückdachte, an die unglaubliche Perversität von Hauptmann Batak, verspürte sie noch heute eine extreme Anspannung. Ihr Onkel hatte ihn als »ganz normalen Mann« beschrieben, als guten Patrioten, der in die Mühlen des Krieges geraten war. Jetzt, so hatte sie gehört, führte er ein geruhsames Leben als Inhaber eines Schuhgeschäfts. Aber für Nathalie und die anderen Frauen, die das Pech hatten, seinen Weg zu kreuzen, sollte es danach nie mehr möglich sein, ein geruhsames Leben zu führen. Der Albtraum verfolgte sie bis heute. Nun, vierzehn Jahre später, sollte er dank der Pläne ihres verehrten Onkels sogar um neue Episoden angereichert werden.

24

Levasseur konnte sich ein spöttisches Lächeln nicht verkneifen, als sie die angewiderte Miene des Oberkommissars sah.

»Was stinkt denn hier so furchtbar?«, schimpfte er.

Gabrielle konnte von ihrem Platz aus beobachten, wie er steif in der Fahrstuhltür stand. Montfort hielt sich mit einer Hand die Nase zu und mit der anderen die Tür auf. Er verließ nur selten sein Büro und hatte für gewöhnlich wenig Kontakt mit der rauen Wirklichkeit. Die Szene entbehrte nicht einer gewissen Komik, Gabrielle konnte nicht mehr an sich halten und lachte kurz und hämisch auf. Das aber hörte ihr Chef und schoss wütend auf sie zu.

»So, so, unsere Sklaventreiberin! Haben wir es Ihnen zu verdanken, dass es da drin so furchtbar nach Urin stinkt? Was haben Sie denn letzte Nacht hier getrieben?«

»Na klar, Sie kennen mich doch, Herr Oberkommissar«, konterte die Capitaine ironisch und bat ihn mit einer Handbewegung in ihr Büro. »Kommen Sie, ich erkläre es Ihnen.«

In dem kleinen Raum stank es noch erbärmlicher, für Montforts feine Nase schien der Gestank schier unerträglich zu sein. Er stieß mehrmals auf. Es fehlte nur noch, dass er auf seinen schönen Anzug kotzte. Das wäre zumindest eine gute Anekdote gewesen. Darüber hätte man sich im Kommissariat sicher einige Stunden lang amüsieren können. Aber daraus sollte nichts werden. Montfort gelang es, seine Galle und sein halb verdautes Frühstück wieder hinunterzuschlucken. Als er sich setzen wollte, sah er die unappetitlichen Flecken auf dem

Stuhl und überlegte es sich anders. Er beschloss, lieber neben der Tür stehen zu bleiben.

»Ich habe den Fall mit dem Clochard aufgeklärt, und es stinkt hier so, weil Bonanza und ich die halbe Nacht Obdachlose verhört haben. Wir haben uns jeden einzelnen vorgeknöpft, bis schließlich einer von ihnen einen Namen ausgespuckt hat, und zwar den eines gewissen Gaston Bachelard. Ihn haben wir auch verhört. Er ist erst dreiundzwanzig und hat alles gestanden. Er stammt aus einem eher bürgerlichen Elternhaus, der Vater ist Ingenieur, die Mutter Hausfrau. Hat sich aber schon vor Jahren mit seinen Eltern überworfen. Er gab zu Protokoll, er habe den Mann erstochen, weil der ihn zum Sex habe zwingen wollen. Die beiden Männer hatten sich am Vorabend kennengelernt und gemeinsam Bier und Kokain konsumiert«, zitierte Gabrielle aus der Zeugenaussage Bachelards, die vor ihr auf dem Schreibtisch lag. »Er versichert, er habe ihn nicht töten wollen, es sei reine Notwehr gewesen. Die bisher vorliegenden Laborwerte bestätigen seine Angaben. Der Rest steht im Protokoll. Ich habe mir erlaubt, das Labor anzurufen, damit nicht überflüssige DNA-Analysen gemacht werden, sondern man gezielt nach der DNA des Beschuldigten sucht. Wie Sie sehen, habe ich Ihnen aufmerksam zugehört und Kosten gespart, das war doch eine Ihrer Forderungen bei unserer letzten Besprechung«, ergänzte sie bissig.

Die Capitaine reichte ihrem Vorgesetzten das ausgedruckte Protokoll. Montfort nahm es mit spitzen Fingern entgegen, als hätte er Angst, sich schmutzig zu machen, und blätterte es schweigend durch.

»Sieht ganz so aus, als hätten Sie gute Arbeit geleistet, aber ich muss es mir noch einmal in Ruhe ansehen«, sagte er widerstrebend.

»Gut, und jetzt öffnen Sie bitte sofort die Fenster und zwar auf der gesamten Etage. Dieser Gestank ist so unerträglich, dass Ihre Kollegen sich mit gutem Recht weigern könnten, unter diesen Bedingungen zu arbeiten.«

Mit dem Protokoll in der Hand verließ er den Raum, um zurück in sein Büro zu gehen, das in einer der oberen Etagen lag, passend zur Hierarchie. Dort war die Luft sicherlich weniger schneidend, sondern erfüllt vom Duft der Macht. Aber, so dachte Levasseur, auch dieser Duft konnte ziemlich beißend sein. Die Capitaine war sehr zufrieden mit ihrem Auftritt, mit dem sie bei Montfort sicher Eindruck schinden konnte. Ihrem Ziel, ihre Glaubwürdigkeit wiederherzustellen, war sie damit ein gutes Stück näher gekommen. Sie gähnte. Die nächtlichen Zeugenbefragungen hatten sie erschöpft. Eigentlich hatte sie seit über einer Stunde Dienstschluss, hatte es aber vorgezogen, noch auf den Oberkommissar zu warten, um ihm persönlich von ihrem Ermittlungserfolg zu berichten und ihm die entsprechenden Unterlagen übergeben zu können. Gabrielle hatte in der vergangenen Nacht sicher fünfzehn Clochards befragt und inzwischen das Gefühl, selber vor Dreck zu starren und zu stinken. Sie sehnte sich nach einer warmen Dusche mit wohlriechender Seife. Gerade als sie ihre Jacke überzog, klingelte das Telefon.

»Capitaine Levasseur, ich höre?«

»Hier ist Lucile Brèche. Ich glaube, Sie wollten mich sprechen?«

»Madame Brèche! Na endlich. Ja, wir haben Ihnen vorgestern eine Nachricht hinterlassen«, rief Gabrielle aus und ließ sich zurück auf ihren Stuhl fallen.

»Ich habe sie gerade erst abgehört, ich hatte Nachtdienst. Es geht um meine Schwester, richtig?«

»Ja, sie ist aus dem Krankenhaus verschwunden, in dem sie zur Behandlung war.«

»Was, Anne-Sophie war im Krankenhaus? Was hatte sie denn?«, fragte Lucile halb besorgt, halb ungläubig.

Gabrielle sagte ihr, was sie wusste. Ihre Gesprächspartnerin unterdrückte einen Fluch.

»In was ist sie denn da bloß reingeraten? Capitaine Levasseur, ich will ehrlich sein, ich habe schon lange nichts mehr von meiner Schwester gehört. Wir standen uns nie besonders nahe. Als ich Ihre Nachricht hörte, wurde mir erst bewusst, dass ich vor sechs Monaten das letzte Mal mit Anne-Sophie telefoniert habe. Aber damals gab es noch keinen Grund zur Sorge. Sie erzählte mir, sie hätte einen Mann kennengelernt und klang sehr glücklich und verliebt. Ich bin davon ausgegangen, dass sie und ihr Freund immer noch auf Wolke sieben schweben. Da ich gerade meinen Facharzt am Krankenaus in Dijon mache, bleibt mir leider nicht viel Zeit, mich mit anderen zu beschäftigen. Meine Tage sind lang. Da muss man sich auf das Wesentliche konzentrieren«, sagte sie kühl.

In dem Ton verkündete sie ihren Patienten vermutlich auch, dass sie Krebs hatten, spekulierte Gabrielle.

»Wir wissen lediglich, dass sie einen Mann kennengelernt hat. Was hat sie Ihnen über ihn erzählt?«

»Dass er Adam heißt, aus einer sehr reichen Familie stammt und sie zunächst einmal lernen müsste, wie man sich in der High Society benimmt, um ihn überallhin begleiten zu können. Bei unserem letzten Gespräch sagte sie, sie komme sich vor wie im Märchen, wie in *Pretty Woman*.«

»Ich habe das Poster bei ihr gesehen.«

»Ja, sie liebt diesen Film. Meine Schwester hatte schon immer eine romantische Ader. Wenn sie eine dieser albernen Komödien sah, geriet sie regelmäßig ins Schwelgen. Ihre Schwärmereien bewegten sich manchmal schon am Rande der Naivität, wissen Sie? Als sie jung war, sah sie sich permanent solche Schnulzen an. Sie kannte die Dialoge mancher Filme auswendig und tat sich generell schwer damit, zwischen Fiktion und Wirklichkeit zu trennen. Dementsprechend zog sie es auch vor, mit unseren Eltern zu brechen, statt sie so zu akzeptieren, wie sie nun einmal sind.«

Gabrielle ging auf diese Bemerkung nicht weiter ein. Sie interessierte sich vor allem für Anne-Sophies Freund.

»Können Sie mir vielleicht etwas mehr über diesen Mann erzählen? Wissen Sie zum Beispiel, wie die beiden sich kennengelernt haben?«

»Nein, das hat sie mir nie erzählt. Sie hat mir sowieso nicht viel über ihn erzählt, faselte nur etwas von großer Liebe, da war viel Blabla dabei. Sie kam mir vor wie so ein verliebter Teenager! Dabei fällt mir ein, ich habe, glaube ich, noch Fotos von den beiden auf meinem Rechner. Die hat sie mir an ihrem Geburtstag geschickt. Möchten Sie sie haben?«

»Ja, die würden uns sehr weiterhelfen«, erwiderte Gabrielle erfreut. »Sagen Sie mal, hatte ihre Schwester ein Handy?«

»Na klar, wie jeder andere auch!«

»Könnten Sie mir bitte die Nummer geben? Ihre Schwester hatte im Krankenhaus nämlich kein Handy bei sich, und auch in ihrer Wohnung haben wir keins finden können.«

»Natürlich.«

Gabrielle notierte sich die Nummer und fuhr mit fester

Stimme fort: »Hören Sie, wir führen zurzeit nur Vorermittlungen durch, aber wir finden Anne-Sophies Verschwinden äußerst beunruhigend, das hatten wir Ihnen ja bereits gesagt. Wären Sie bereit, Anzeige zu erstatten?«

»Natürlich, wenn das nötig ist. Es geht immerhin um meine Schwester! Können wir das jetzt gleich am Telefon machen?«

»Nein, dafür müssten Sie ins nächstgelegene Kommissariat gehen.«

»Verstehe«, seufzte Lucile. »Das kostet mich natürlich irre viel Zeit. Aber was soll man machen, ich gehe gleich heute Nachmittag hin. Jetzt brauche ich aber noch Ihre E-Mail-Adresse, damit ich Ihnen die Fotos schicken kann.«

Die Capitaine gab der Schwester die Adresse, bedankte sich für ihre Hilfe und legte erleichtert auf. Mit Luciles Anzeige konnte sie den Fall beim Staatsanwalt vorantreiben. Von Anne-Sophie gab es seit sechs Tagen kein Lebenszeichen. Gabrielles Erfahrung sagte ihr, dass das Mädchen nicht mehr lebte und vermutlich irgendwo verscharrt worden war. Sie hielt es für unwahrscheinlich, dass sie dank der Informationen der Schwester das Rätsel lösen könnte und ihre Befürchtungen sich am Ende doch als unbegründet erweisen würden. Um sicherzugehen, wählte Gabrielle die von der Schwester angegebene Nummer. Wie erwartet ging nur die Mailbox dran, sie hinterließ eine Nachricht. Als sie aufgelegt hatte, atmete sie tief durch und versuchte, ihre düsteren Gedanken zu vertreiben, den Kopf freizubekommen. Seit Anfang der Woche hatte sie ohne Ende Überstunden angehäuft. Sie war völlig ausgelaugt. Es war Zeit, nach Hause zu gehen, den unangenehmen Geruch aus ihren Haaren und Klamotten zu bekommen. Bei einem Spaziergang an der frischen Luft könnte sie sich einmal richtig durchlüften. Also beschloss sie, zu Fuß nach Hause zu gehen.

Beim Verlassen des Kommissariats fuhr ihr ein eisiger Wind ins Gesicht. Über Nacht war in Toulouse der Winter eingebrochen. Sie zog es vor, den längeren schöneren Weg durch die Fußgängerzone zu nehmen, statt entlang der großen Straßen zu gehen. Die Stadt war gerade dabei zu erwachen: Die Straßenreinigung hatte die Abfälle der Nacht von der Straße gespült, die Händler öffneten ihre Geschäfte und riefen sich über die Straße hinweg ein paar freundliche Worte zu. Gabrielle beobachtete das morgendliche Treiben und stellte überrascht fest, dass sie vor dem baskischen Restaurant gelandet war, in dem sie mit Alejo gegessen hatte. Die Tür zum Lokal war noch verschlossen. Aber als sie so davorstand, erinnerte sie sich an jedes Detail dieses missglückten Abends. Ob bewusst oder unbewusst, sie hatte sämtliche Versuche des Spaniers, ihr näherzukommen, erfolgreich zunichtegemacht. Nachdem sie ihren gemeinsamen Abend im Restaurant ruiniert hatte, hatte sie nichts mehr von ihm gehört. Er reagierte nicht auf ihre Nachrichten, rief sie nicht zurück. Sie musste erneut daran denken, was er ihr gesagt hatte, bevor sie davongeeilt war. »Eines Tages wird irgendjemand dich so fest in seine Arme nehmen, dass er damit alles kitten kann, was bei dir in die Brüche gegangen ist. Ich wäre gerne dieser jemand gewesen.«

Ein blöder Spruch, billige Romantik, das war ihr klar. Trotzdem ging dieser Satz ihr nach. Ihr Telefon vibrierte. Wie jedes Mal hoffte sie, es könnte Alejo sein. Enttäuscht nahm sie ab, als sie eine bekannte Pariser Nummer auf dem Display sah.

»Levasseur …«

»Gaby, wie geht's denn so?«, brüllte ein männliches Alphatier in den Hörer.

Oberkommissar Lazures, der Pariser Star-Bulle.

»Für Sie immer noch Capitaine Levasseur, bitte! Wie komme ich zu der Ehre dieses Anrufs?«, erwiderte sie schroff.

»Die Liebenswürdigkeit in Person, wie eh und je, Levasseur. Welche Laus ist Ihnen denn über die Leber gelaufen? Bekommt Ihnen die Toulouser Luft nicht, oder was? Wenn ich das richtig verstanden habe, wollten Sie doch unbedingt in diese Stadt. Auch wenn ich ehrlich gesagt nicht so ganz kapiert habe, warum Sie am Ende Ihrer Karriere nicht lieber in Biarritz geblieben sind«, bemerkte er süffisant.

»Am Ende Ihrer Karriere«, diese Bemerkung traf sie wie ein Aufwärtshaken. Sie dachte: Dieser Typ hat sich kein bisschen geändert. Was für ein aufgeblasener Idiot! Dieses Macho-Arschloch! Hatte er wohl je einen Gedanken an sein eigenes Alter verschwendet?

»Wenn Sie mich beleidigen wollen, Lazures, sollten Sie nicht das Diensttelefon vom Quai des Orfèvres dafür missbrauchen, dann geht es wenigstens nicht zu Lasten der Allgemeinheit. Ich vermute, dem Steuerzahler dürfte es kaum gefallen, wenn Sie sein Geld dafür verschwenden, mich zu belästigen.«

»Ich? Sie belästigen? Im Gegenteil, das ist wohl ein Wunschtraum von Ihnen.«

»Hören Sie auf mit dem Quatsch«, explodierte Gabrielle, »ich habe eine harte Schicht hinter mir.«

»Ganz ruhig, Levasseur, Sie haben wirklich null Humor. Ich möchte Sie netterweise darüber informieren, dass Ihre serbische Killerin wieder aufgetaucht ist. Die, wegen der Sie sämtlichen Polizeidienststellen von ganz Frankreich seit geraumer Zeit auf den Sack gehen. Die reizende Dame hat einen kleinen Stopp in Schweden eingelegt. Ihre Methoden sind übrigens immer noch die gleichen. Ich dachte, Sie wüssten vielleicht gerne mehr darüber. Aber wenn ich mich täusche und Sie nerve, lege ich sofort wieder auf, und Sie können sich erneut Ihren Fällen von geschmuggelter Toulouser Wurst widmen!«

25

»Der Botschafter Allahs (der Friede und das Heil Allahs seien mit ihm), hat gesagt: Nur dem Herzen eines Verdammten mangelt es an Zärtlichkeit.«

Samira hatte ihr Urteil gefällt, unwiderruflich. Laure war nicht nur ein Flittchen, das sich fremden Männern an den Hals warf, sondern auch ein Virus, der glückliche Menschen infizierte. Sie war nicht nur karrieregeil, sondern auch noch eine gescheiterte Schauspielerin. Im Grunde war Laures Verhalten keine große Überraschung für Samira. Ihr Mehdi war nun mal ein Ausnahmeexemplar von Mann, er war schön, reich und dabei auch noch freundlich. Kein Wunder, dass Laure ihn bezirzen wollte. Ihre ehemalige Freundin widerte sie an. Sie wechselte kaum noch ein Wort mit ihr, selbst wenn Laure zu ihr ins Büro kam, in der Hoffnung, so wie früher mit ihr plaudern zu können. Mit der Zeit wurden ihre Besuche jedoch immer seltener. Samira mied sie, soweit es ging. Sie überhäufte sie insgeheim mit Beleidigungen und warf ihr feindselige Blicke zu. Wenn sie Laures Stimme hörte, setzte sie sich schnell ihre Kopfhörer auf. Laure war für sie der Teufel in Person. Sie hatte sie hintergangen und versucht, sie von ihrem geliebten Mehdi zu trennen, und das aus purer Eifersucht. Ihre Lasterhaftigkeit war ihr ins Gesicht geschrieben wie eine eitrige Wunde mitten auf der Stirn, ihr strahlendes Lächeln erschien Samira wie ein Dolch, den sie ihr, ohne zu zögern, in den Rücken gestoßen hatte, ausgerechnet ihr, ihrer angeblich besten Freundin.

Gott – ein Hörer des Gebets

Wir können uns darauf verlassen, dass Gott jedes Gebet hört. In seiner Weisheit und Liebe gibt Er zur richtigen Zeit eine Antwort. Manchmal – wenn Er es für gut findet – antwortet Er schon, während wir zu Ihm rufen. Das ist ein Ansporn zum Beten, wie uns zwei Beispiele aus der Bibel zeigen.

- Der **Knecht Abrahams** musste nach Mesopotamien reisen, um dort aus der Verwandtschaft seines Herrn eine Frau für dessen Sohn Isaak zu suchen. Eine schwierige Aufgabe! Wie ging er vor? Vor der Stadt betete er zu Gott, damit Er ihm die richtige Frau zeige.

  Dann heisst es in 1. Mose 24,15: «Er hatte noch nicht ausgeredet, siehe, da kam Rebekka heraus, die Bethuel geboren war, dem Sohn der Milka, der Frau Nahors, des Bruders Abrahams, mit ihrem Krug auf ihrer Schulter.» Im weiteren Verlauf des Tages wurde schnell klar, dass Rebekka die Frau Isaaks werden sollte.

- **Petrus** befand sich im Gefängnis und sollte am nächsten Tag hingerichtet werden. In dieser Nacht betete die Versammlung in Jerusalem anhaltend für ihn zu Gott. Da trat ein Engel des Herrn zum Apostel und befreite ihn aus dem Gefängnis.

  Als Petrus klar wurde, dass er wirklich frei war, kam er zu einem Haus, wo viele Gläubige versammelt waren und beteten (Apostelgeschichte 12,12). Sie durften noch zur gleichen Stunde erfahren, dass Gott ihre Bitte erhört hatte, während sie zu Ihm gerufen hatten.

Donnerstag

23

Januar 2025

Markus 8,10-21

Es wird geschehen: Ehe sie rufen, werde *ich* antworten; während sie noch reden, werde *ich* hören.

Jesaja 65,24

Die Teufelin hatte ganze Arbeit geleistet, das musste man ihr lassen, denn Mehdi reagierte weiterhin nicht auf Samiras zahlreiche Anrufe und SMS. Obwohl sie Laure aus ihrem Leben verbannt hatte, war ihr Prinz noch nicht zurückgekehrt, und seine Abwesenheit machte sie schier wahnsinnig. Um ihn zur Rückkehr zu bewegen, flehte sie ihn abwechselnd an, drohte mit Selbstmord oder machte ihm leidenschaftliche Liebeserklärungen. Samira konnte sich einfach nicht damit abfinden, dass ihre Geschichte wegen eines bloßen Missverständnisses beendet sein sollte. Hätte sie seine Adresse gekannt, hätte sie sich ihm bei der erstbesten Gelegenheit vor die Füße geworfen und ihn angefleht, ihr ihre Zweifel und ihr Misstrauen zu verzeihen.

Eines Abends, als sie wieder in Tränen aufgelöst allein in ihrer Wohnung saß und vor sich hin lamentierte, stieß sie vor lauter Verzweiflung vor dem Badezimmerspiegel laute Schreie aus und trommelte sich mit den Fäusten gegen die Brust wie eine Irre: Tu, was du willst, schlag mich, wenn es sein muss, mein Geliebter, wenn du dich abreagieren und deinem Ärger Luft machen musst, aber bitte, bitte, rede wieder mit mir. Als sie Mehdi begegnet war, fehlte ihr jede Orientierung. Jetzt wusste sie, wo ihr Platz war. An seiner Seite. Nirgendwo sonst. Am nächsten Morgen nach dem Aufwachen stellte sie fest, dass sie ihm in der Nacht sechzig SMS geschrieben hatte. Da dachte sie, Mehdi hatte vermutlich recht, sie war wirklich verrückt geworden.

26

Der Turm von Ušće zeichnete sich im Mondlicht als drohender Schattenriss vor dem Nachthimmel ab. Die Schneeflocken brannten Nathalie auf der Haut. Sie senkte zum Schutz den Kopf und wippte auf und ab, um sich aufzuwärmen. Die Politik hatte Radziks Pläne durchkreuzt. In der Folge eines Referendums hatte Montenegro am 3. Juni 2006 tatsächlich seine Unabhängigkeit erklärt. Am 8. November war die neue Verfassung der Republik Serbien in Kraft getreten. Sie besiegelte das Ende des Staatenbundes Serbien-Montenegro. Kaum zwei Jahre später, am 17. Februar 2008, würde auch das Kosovo im Alleingang seine Unabhängigkeit erklären. Serbien würde diese zwar formell nie anerkennen, aber dennoch gezwungen sein, sie zu akzeptieren, um seinen Status als Beitrittskandidat der Europäischen Union nicht zu gefährden.

An diesem 3. Dezember im Jahre 2006 konnten Radzik und seine Truppen das alles aber noch nicht wissen. Es war ihnen lediglich bewusst, dass sie vor einem Wendepunkt in der Nachkriegsära standen. Die politische Stabilisierung schwächte alle militärischen Einheiten. Ihre Macht beruhte auf Chaos, in dem sie mit gezielten, militärischen Aktionen das Gewicht mal zur einen, mal zur anderen Seite verschoben und damit selber zum stabilisierenden Faktor wurden. Heute schien das Land auf dem Weg zu einem dauerhaften Frieden zu sein, und Geld allein genügte nicht mehr, um sich Straffreiheit zu erkaufen. Davon zeugte die hohe Zahl der Mafiosi, die im Gefängnis saßen oder nach der *Operacija Sablja* sechs Fuß unter der Erde ruhten. Die serbische Regierung strebte eine blütenweiße Weste an. Die neuen Machthaber waren entschlossen, die allmächtige Naša Stvar aus dem Land zu vertreiben, ohne Rücksicht darauf zu nehmen, ob es sich um ehemalige Waffenbrüder handelte oder nicht. Zugleich tobte der Kampf zwischen den verschiedenen kriminellen Clans weiter. Nicht alle konnten davon profitieren. Wie hatte Radoslav Trlajić, genannt »Bata Trlaja«, der Chef der Belgrader Mafia und Mitglied des Novi Beograd-Clans noch gesagt, bevor er am 26. Februar 2000 von Mile Lukovic von der Zemun-Gang erschossen wurde: »Belgrad ist ein zu kleiner Tümpel für so viele Krokodile.«

Die Vertreter der Krokodile aller Lager versammelten sich am Abend des 3. Dezember in der Hauptstadt. Sie wollten über eine mögliche Waffenruhe sprechen und herausfinden, ob man Allianzen schmieden konnte, anstatt sich gegenseitig zu zerfleischen. Radzik wollte sich bei dieser Versammlung dafür einsetzen, die unterschiedlichen Geschäftsbereiche auf mehrere Monopole oder Duopole unter den Familien aufzuteilen. Zu viel Konkurrenz führte immer zu einer Preisschlacht, kostete die Clans eine Stange Geld, und am Ende waren die Straßen mit Leichen gepflastert. Exzessiver Kapitalismus schadete nur dem Geschäft. Besser man führte ein paar Spielregeln ein und durchkreuzte damit Adam Smith' Theorie von der »Unsichtbaren Hand«.

Radzik wollte den Anwesenden vorschlagen, Montenegro wie einen Kuchen untereinander aufzuteilen. Mit seinen Landsleuten hätte er sich schnell geeinigt. Unter Serben und selbst mit den Montenegrinern konnte man sich immer irgendwie einigen. Aber es hatten sich auch zwei albanische Familien angekündigt, die ihr Stück vom Kuchen haben wollten. Die Albaner stellten in Montenegro zwar eine Minderheit dar, waren aber einflussreich und mächtig. Sie akzeptierten folglich nicht, dass die Serben auf dem von ihnen kontrollierten Gebiet ihre Drogengeschäfte abzogen, ohne ihnen eine angemessene Entschädigung dafür zu zahlen. Für Radzik war entscheidend, dass er seine Position in diesem Teil Europas, der so nah an seiner Hochburg lag, ausbauen konnte. Da er keinen Krieg anzetteln wollte, der am Ende womöglich seinen eigenen Interessen schaden würde, musste er wohl oder übel mit diesen beiden albanischen Familien verhandeln. Den Albanern sagte man jedoch nach, sehr stur zu sein. In ihrem Blutrausch seien sie dazu bereit, alles zu zerstören, was ihren Geschäften im Wege stehe. Radzik nannte sie, wenn er unter Seinesgleichen war, auch die »pacov«, die Kanalratten. Nathalie hätte aufgrund ihrer eigenen Herkunft lieber mit den Kroaten verhandelt, aber Radzik lehnte eine Allianz mit seinen alten Feinden kategorisch ab.

Bisher pflegte der Warlord nur mit einer albanischen Familie geschäftliche Kontakte im Mädchenhandel. So hatte er aus nächster Nähe miterleben können, wie übergeschnappt einige der Albaner waren. Ihre Gewaltbereitschaft überstieg alles, was er je erlebt hatte. Sollten die Verhandlungen scheitern, drohte die Versammlung noch an Ort und Stelle in Gewalt umzuschlagen. Deshalb hatte er vorsichtshalber seine treuesten Soldaten dabei, Leute, auf die er sich hundertprozentig verlassen konnte, von denen er wusste, dass sie sich bei einem gewaltsamen Zusammenstoß nicht davonstehlen würden. Nathalie und Khasboulat gehörten selbstverständlich dazu. Seitdem sie beide nach Serbien zurückgekehrt waren, wohnten sie mit dem Rest von Radziks Truppe in einem Gebäude in der Belgrader Altstadt. Dort verschanzten sie sich wie in einem Lager. Die Skorpione kontrollierten jeden, der kam und ging. Sie begleiteten den Chef bei jedem noch so kleinen Gang durch die Hauptstadt. Das war sowohl eine Demonstration von Stärke als auch eine Schutzmaßnahme.

Anlässlich der Versammlung hatte Radzik seine übliche khakifarbene Uniform gegen einen edlen Anzug getauscht, um Dialogbereitschaft zu signalisieren. Man traf sich im Festsaal eines Hotels etwas außerhalb des Zentrums. Der Colonel hatte diesen Ort gewählt, weil er von breiten Straßen umgeben war und man im Falle eines Hinterhalts gut fliehen konnte. Nathalie, die vor dem Gebäude Wache schob, warf einen prüfenden Blick auf ihre Uhr. Null Uhr fünfundfünfzig. Mittlerweile redeten die da drinnen fünf Stunden miteinander, und es war kein Ende abzusehen. Womöglich wäre man immer noch nicht fertig, wenn, wie geplant, die Nutten zur Feier eines möglichen Abkommens im Hotel eintreffen würden. Die Albaner hatten ja genug Mädchen an der Hand. Sie mussten nur mal kurz zum Handy greifen.

Aus Sicherheitsgründen waren Waffen im Gebäude nicht zugelassen, und die Eskorten der Clanführer waren aufgefordert worden, einen gewissen Abstand zum Hotel zu wahren. Dementsprechend parkten in dem ganzen Viertel Dutzende Limousinen, Vans und Motorräder. Killer in Zivil, die sich gegenseitig misstrauisch beäugten, bewachten die Fahrzeuge. Nathalie kannte einige von ihnen. Manchen war sie im Krieg begegnet, mit anderen hatte sie zusammengearbeitet. Radzik war Inhaber der größten Firma für Personenschutz, Factotum. Bei solch delikaten Missionen bediente er sich dort manchmal.

Hätte sich ein Passant zu dieser späten Stunde in die Nähe des Hotels verirrt, wäre er sicher ziemlich überrascht gewesen, wie viele Typen mit Verbrechervisage ihm dort über den Weg liefen, von denen einige seltsamerweise Instrumentenkoffer mit sich herumtrugen. Noch überraschter wäre er allerdings gewesen, wenn sie ihre Koffer geöffnet hätten. In all diesen Koffern verbargen sich Kalaschnikows der Baureihen AK-103 oder AK-104 mit einem Kunststoffkolben, der zur Seite geklappt werden konnte, das Lieblingsspielzeug des russischen Geheimdienstes, bekannt für seine Benutzerfreundlichkeit. Diese automatischen Waffen konnte man in weniger als dreißig Sekunden zusammenbauen. Nathalie ihrerseits hatte es vorgezogen, sich eine neue Waffe zu besorgen, eine MP-466 Viking, die extrem leicht zu handhabende Dienstwaffe der Moskauer Polizei. Radzik hatte sie zum Schutz seines eigenen Wagens abgestellt. Hier war eher höchste Aufmerksamkeit gefragt als eine schlagkräftige Waffe.

Seit sie das letzte Mal auf die Uhr geschaut hatte, waren über zwei Stunden vergangen. Sie straffte ihren Rücken und fasste nach ihrer Waffe. Die Verhandlungen waren beendet. Die Hoteltür flog auf, das Oberhaupt der mächtigsten albanischen Familie trat nach draußen. Er war keine dreißig, wirkte nervös und vermied es, irgendjemanden anzublicken. Nathalie wusste, dass sein Clan mit Billigung der UCK Organe serbischer Kriegsgefangener an Kliniken im Ausland verschachert hatte. Bei seinem Anblick lief ihr ein Schauer über den Rücken. Sie prägte sich seine bullige Statur genau ein. Früher oder später, davon war sie überzeugt, würde sie es mit ihm zu tun bekommen. Der Albaner verschwand in einer Limousine, die unter dem Geleitschutz von zwei Vans und einem Motorrad davonraste. Dreißig Minuten später tauchte Radzik auf. Wie üblich zeigte er ein Pokerface. Es war unmöglich, an seinem Gesicht abzulesen, wie die Verhandlung verlaufen war.

»Du fährst, Nathalie«, befahl er und stieg hinten ein.

Sie setzte sich ans Steuer. Im Spiegel konnte sie sehen, dass die anderen Soldaten ihrer Gruppe bereits ihre Autos bestiegen hatten. Sie folgte dem Wagen, der ihren Konvoi anführte.

»Wo fahren wir hin, Colonel?«, fragte sie, während sie ihm im Spiegel einen Blick zuwarf.

»Haus am See.«

Sie beschleunigte, gab die Information über Funk an die anderen Wagen des Konvois weiter. Um diese Zeit gab es nur noch wenig Verkehr in Belgrad, und sie ließen die Stadt schnell hinter sich. Nathalie spürte den bohrenden Blick des schweigenden Colonels im Nacken, ein unangenehmes Gefühl. Es war eine beredte Stille. Sie sagte ihr, dass der Alte dabei war, das Für und Wider abzuwägen, um eine Entscheidung treffen zu können – eine Entscheidung, die positive oder auch unheilvolle Auswirkungen für viele andere Menschen haben würde. Nach fast einer Stunde Fahrt forderte er sie beiläufig auf:

»Erzähl mir noch mal, was in Schweden passiert ist.«

Nathalies Brust krampfte sich vor Angst zusammen. Sie hatte ihm bereits zweimal haarklein von der Reise berichtet und dabei nichts ausgespart, weder ihre Zweifel über die serbisch-schwedischen Partner, noch wie sie in der Disco ausgerastet war, noch den Fluchtversuch der blonden Frau im Haus des Käufers des rumänischen Babys, noch das Auftauchen des Wikingers in ihrem Hotel. Die Tatsache, dass er sie noch einmal danach fragte, konnte nur bedeuten, dass ihm irgendetwas daran nicht passte.

Nathalie kam ohne zu zögern der Aufforderung nach. Sie schilderte erneut ausführlich ihre gesamte Reise. Radzik hörte ihr schweigend zu. Dann ergriff er das Wort:

»Weißt du noch, wem ihr das Baby in Schweden übergeben habt?«

»Natürlich, der Doc hatte ihn wiedererkannt, und ich habe Sie daraufhin gleich angerufen.«

Auf Radziks Stirn erschien eine Querfalte.

»Ach ja, der Doc, ihm war leider kein glückliches Ende beschieden, Nathalie. Er wurde in einem Keller aufgefunden, zu Tode geprügelt. Sollte er etwas gewusst haben, hat er es mit Sicherheit ausgeplaudert, selbst Dinge, die sie überhaupt nicht wissen wollten. Glaubst du es ist einfach, einen Arzt zu finden, der diesen Job macht, Nathalie?«, wechselte er plötzlich das Thema.

»Ich … nein, das ist sicher nicht einfach.«

»Nein, das ist nicht einfach. Und ich hatte den Doc in der Hand. Er hatte Spielschulden, einen riesigen Berg. Der arme Kerl konnte das Wetten nicht lassen. Er war süchtig und total blank. Wenn du üblen Leuten Geld schuldest, fängst du zwangsläufig an, üble Dinge zu tun. Das solltest du dir merken, Nathalie. Jeder ist käuflich. Man muss nur den Preis kennen und auf den richtigen Knopf drücken. Kennst du die Schwäche einer Person, dann hast du sie am Schlafittchen. Und was ist deine Schwäche, Nathalie?«

»Äh, ich habe keine«, antwortete sie schnell, überrascht von dieser Frage. »Sie haben mich dazu gebracht, alle meine Schwächen auszumerzen, mein Colonel.«

Er lachte trocken.

»Ach ja? Ich würde sagen, an erster Stelle Überheblichkeit!

Wir haben alle Schwächen. Es ist unerlässlich, sie gut zu kennen, um sie vor unseren Feinden verbergen zu können … und vor unseren Freunden. Ich selbst habe an diesem Abend erfahren müssen, dass ich eine Schwäche habe. Ich hänge mehr an einer Person, als ich dachte. Ich würde es nicht ertragen, wenn man sie mir nehmen würde. Aber Nathalie, ich kenne noch einen anderen Schwachpunkt von dir und zwar die Erinnerung an deine Eltern.«

Es klang wie ein Vorwurf. Er redete weiter in dieser eintönigen Tonart, die er immer anschlug, wenn er seine Gefangenen verhörte.

»Dabei habe ich mir wirklich alle Mühe gegeben, die Vergangenheit auszulöschen … Ivan … und Jelena …« Seine Stimme zitterte ein wenig, als er den Namen seiner Schwester aussprach. Er erinnerte sich also noch an ihren Vornamen, auch wenn er ihn normalerweise nie benutzte, ging es Nathalie durch den Kopf. »Du solltest nicht so an diesem Medaillon hängen, das ist nur schmerzhaft für dich.«

»Colonel, ich suche diese französische Polizistin nicht mehr. Seit unserem letzten Gespräch habe ich meinen Plan aufgegeben, mir das Medaillon wiederzuholen«, protestierte Nathalie.

»Ich weiß«, seufzte er. »Aber das hat nicht genügt. Die Alarmglocken haben geschrillt, das Feuer ist entzündet, und es lässt sich nicht mehr löschen.«

Der letzte Satz klang wie ein Urteil. Nathalie dachte, nun habe ihr letztes Stündlein geschlagen. Sie sah bereits vor sich, wie sie aus dem Auto stieg und am Straßenrand wie ein räudiger Köter abgeknallt wurde. Was dann jedoch folgte, überraschte sie.

»Es ist Zeit, dass ich dir meine Sammlung zeige, Nathalie«,

fuhr Radzik nach kurzem Schweigen fort. »Eine neue Zeit bricht an. Die Epoche, die ich gekannt habe, geht dem Ende zu. Eines Tages wirst du über die Sammlung wachen. Sie beinhaltet auch mein Archiv. Fotos, Dokumente, zu denen ich dir etwas sagen muss. Es gibt eine Menge Dinge, die ich dir erklären muss … und es bleibt nur noch wenig Zeit dafür. Meine Dokumente werden dir von Nutzen sein. Selbst wenn die jetzige Welt untergeht, alles, was ich aufgebaut habe, bleibt dank dir bestehen.«

Die Melancholie in Radziks Stimme verwirrte Nathalie. So hatte sie ihn noch nie erlebt.

»Wenn du diese Polizistin tötest, kannst du dann endlich damit abschließen und dich ganz dem Schutz der Sammlung widmen?«, fragte er.

Diese Frage kam sehr plötzlich. Die Antwort ebenso.

»Ich bin bereit, mein Colonel, ich muss sie nicht mehr töten. Sie ist mir egal.«

»Lüg mich nicht an, Nathalie!«, donnerte er. »Seit Paris hast du deinen gesunden Menschenverstand eingebüßt. Du bewahrst keinen kühlen Kopf mehr, benimmst dich wie eine Anfängerin. Die Nathalie, die ich kenne, hätte so ein Arschloch wie den Kerl in Stockholm niemals erledigt, ohne einen Beweis für Dragans Betrug zu haben. Man bringt seine Verbündeten nicht aus einer plötzlichen Anwandlung heraus um. Wegen deiner Dummheiten sind wir nun aufgeflogen und haben keinen Stützpunkt mehr in Schweden. Dabei machten wir dort ziemlich gute Geschäfte. Also, ich frage dich noch einmal, und ich möchte eine ehrliche Antwort hören: Wenn du diese Polizistin getötet hast, wirst du dann wieder der Profi, der du warst? Würde das deinen Rachedurst befriedigen?«

»Ich würde alles für Sie tun, Colonel, das wissen Sie, ich …«, stammelte Nathalie.

»Dann fang damit an, dass du mir die Wahrheit sagst!«

Wenn sie Gaby Levasseur töten würde, hätte sie dann ihre alte Selbstbeherrschung zurück, wie Radzik meinte? Nathalie war durchaus bewusst, dass sie in letzter Zeit öfter versagt hatte, so wie in Schweden, wo sie sowohl die Tänzerinnen als auch den Kunden hätte ermorden müssen. Aber als sie mit dem Messer auf sie einstach, verspürte sie in dem Moment nicht den nötigen Hass, um es wirklich zu Ende zu bringen. Die Wut, die sie seit dem Krieg begleitet hatte, war nicht mehr ihr treuester Verbündeter. Manchmal verschwand sie einfach und ließ sie ganz allein die Drecksarbeit machen.

Sie hasste Levasseur, aber sie machte sie nicht verantwortlich für ihre eigenen Irrtümer. Die französische Polizistin beherrschte nicht ihre Gedanken und hatte kaum Einfluss auf ihr Verhalten. Sie war aus einem anderen Grund aus der Spur geraten. Es hatte mit der Verletzung zu tun, die sie sich in Paris zugezogen hatte, und den Schmerztabletten, die sie permanent schluckte. Die machten sie benommen, dadurch verlor sie die Bodenhaftung. Sie nahm sich fest vor, in Zukunft weniger Tabletten zu nehmen und ihr Leben wieder unter Kontrolle zu bekommen. Sie wollte schließlich nicht wie die Brüder Šarić enden.

Nathalie senkte den Kopf. Ihre Handknöchel waren schneeweiß, so fest umklammerten ihre Hände das Lenkrad. Diese kleinen Hände hatten schon so viele Männer getötet. Klar würde sie damit gerne den Hals der Französin umklammern, allein zu ihrem eigenen Vergnügen, und sich zurückholen, was sie in dieser Nacht, als sie ihre schwere Verletzung erlitt, verloren hatte, nämlich ihr Medaillon und ihr Selbstvertrauen.

»Ich möchte mich an ihr rächen, Colonel. Ich möchte, dass sie krepiert«, erklärte sie und hob den Kopf.

»Dann soll es so sein, Nathalie«, willigte Radzik in feierlichem Ton ein. »Ich kenne jemanden, der dir helfen kann, sie in die Falle zu locken. Du begleitest mich auf meiner nächsten Tour nach Spanien. Ich verspreche dir, Gabrielle Levasseur hat nur noch wenige Tage zu leben.«

27

Aus dem Pistolenlauf kam Rauch. Gabrielles Arm zitterte. Sie hatte ins Schwarze getroffen. Bei jedem Schuss.

»Nicht schlecht, Levasseur«, Valentin pfiff anerkennend durch die Zähne.

Trotz des starken Schießpulvergeruchs im Raum roch man deutlich, dass seine Kleidung nach Cannabis stank. Valentin, der bei der Drogenfahndung war, hielt es offenbar für seine Aufgabe, den Stoff, den er aufspüren sollte, an sich selber zu testen. Hasch war in Toulouse sehr verbreitet, und zwar so sehr, dass manche behaupteten, bei einem Fund Haschisch von unter einem Kilo würden sich die Drogenfahnder erst gar nicht auf den Weg machen. *Too small business, too much work*, wie es so schön hieß.

Gabrielle ließ den Arm sinken und schaute ihren Kollegen beim Schießtraining zu. Die meisten von ihnen trafen nicht einmal ins Schwarze. Kein Wunder, die Behörde bezahlte nur dreimal im Jahr ein einstündiges Training. Sie hatten einfach keine Praxis. Eben darum hatte sie entschieden, in diesem Club auf eigene Kosten ein Abo zu nehmen. Sie wollte sicher sein, dass sie sich im Falle eines Angriffs durch Nathalie oder irgendeinen anderen Verrückten verteidigen konnte. Sie trainierte mindestens einmal im Monat. Mit der Zeit war sie eine sehr gute Schützin geworden. Beim Schießen musste man ruhig und konzentriert sein, das kam ihr als Frau entgegen.

»Ein Beamter darf nur aus Notwehr schießen«, erklärte ihr Ausbilder Dédé. Er stand breitbeinig drei Meter hinter der Reihe der Polizisten und war mit Ohrenschützern gegen den

Lärm ausgerüstet. »Nur wenn Gefahr für Leib und Leben besteht, darf er seine Waffe benutzen.«

»Wie zum Beispiel bei einem Typ mit einer Kettensäge«, murmelte Gaby vor sich hin.

Ihre Worte wurden übertönt vom Explosionsgeräusch einer Sig Sauer, der neuen Selbstladepistole der Polizei. Die 9-mm-Geschosse zerfetzten alles, was ihnen in die Quere kam. Gaby hoffte, sie niemals benutzen zu müssen. Die Erinnerung an den jungen Mann, den sie in Biarritz erschossen hatte, löste bei ihr bereits regelmäßige Albträume aus, sie war wirklich nicht erpicht darauf, dass ihr ein weiterer Toter im Traum erschien.

Als sie Bonanza im Schießstand auftauchen sah, noch blasser als gewöhnlich, wusste sie gleich, dass das nichts Gutes verhieß. Er baute sich vor ihr auf, ganz außer Atem, und stemmte die Hände in die Hüften.

»Capitaine, sie haben Anne-Sophie Brèche gefunden, tot.«

Gabrielle heuchelte keine Überraschung. Seit Beginn der Ermittlungen ahnte sie, dass diese Kleine in der großen Lotterie des Lebens eine Niete gezogen hatte und man auf das Schlimmste gefasst sein musste, erst recht seitdem sie verschwunden war.

»Wo das? Wie?«

»Im Wald von Bouconne. Die Gendarmen haben mich angerufen. Wir haben Glück. Sie hatte ihren Ausweis bei sich. Sie konnten sie identifizieren und sind durch ihren Namen auf die Suchanzeige gestoßen, die Sie klugerweise herausgegeben hatten. Die Beamten waren so nett, uns vor dem Abtransport der Leiche zu verständigen. Ich habe sie angefleht, vor Ort auf uns zu warten.«

»Haben Sie die Autoschlüssel?«, fragte Gabrielle.

Bonanza nickte und klimperte damit vor ihrem Gesicht herum.

»Dann mal los«, sagte sie, während sie ihre Waffe im Holster verstaute und nach ihrer Jacke griff.

An Gabrielles Sohlen klebte Erde, sie war durchnässt bis auf die Knochen.

»Wenn es weiter so schüttet, können wir unsere Spurensuche vergessen«, schimpfte sie.

»Wie bitte?«, fragte der Gendarm, der sie benachrichtigt hatte.

Obwohl er direkt neben ihr stand, hatte er sie nicht verstanden. Nicht nur weil sie nuschelte, sondern auch weil der Regen so laut trommelte und er seine Kapuze über die Ohren gezogen hatte.

»Ich sagte gerade, es wird nicht einfach sein, bei diesem Regen Spuren zu finden! Vom Schlamm mal ganz abgesehen«, erklärte sie betont laut.

Der Gendarm nickte.

»Ja, der Boden hier saugt das Wasser förmlich auf«, sagte er lächelnd. »Aber ich denke, die Sache ist ziemlich eindeutig. Es gibt keine Kampfspuren, ihre Kleidung wurde nicht zerrissen, und ihr Körper weist keine Verletzungen auf, die auf ein menschliches Einwirken schließen lassen. Wäre sie misshandelt worden, würde man das deutlich sehen können. Die schaurigen Bissspuren an Bein und Kopf stammen vermutlich von einem Tier, vielleicht von einem Fuchs. Da die Erde feucht ist, kam es zu einer Verseifung. Wir müssen die Autopsie abwarten, aber ich würde sagen, es handelt sich hier zweifelsfrei um einen Selbstmord … eine Überdosis Tabletten vermutlich.«

»Wer hat sie gefunden?«

»Ah, das ist fast das Schlimmste an der ganzen Sache,« sagte der Gendarm und verzog das Gesicht. »Zwei achtjährige Kinder. Sie waren mit einem Betreuer vom nahegelegenen Freizeitzentrum unterwegs. Wir haben ja heute Mittwoch, nicht. Sie stehen natürlich unter Schock. Das ist …«

Beim Gedanken an die Kinder fehlten ihm die Worte, also brach er ab. Gabrielle, die sah, wie sehr ihm das alles zu schaffen machte, fand den Mann mit einem Mal sympathisch. Er begleitete sie zu dem Platz, an dem die sterblichen Überreste lagen, einer kleinen Lichtung, die versteckt hinter dichtem Gestrüpp lag.

»Was hatte sie bei sich, außer ihrem Ausweis? Geld? Handy?«, erkundigte sich die Capitaine, als sie den Leichenfundort erreicht hatten.

Wie der Gendarm bereits erwähnt hatte, bot der Leichnam wirklich einen schauderhaften Anblick, das rechte Bein wies Bissspuren auf und war teils bis auf den Knochen abgenagt. Auch das Gesicht war an mehreren Stellen durch Bissspuren an Stirn und Ohren entstellt. Was für ein albtraumhafter Anblick! Gabrielle verspürte nun ebenfalls Mitgefühl mit den Kindern.

»Nichts, nur ihre Bekleidung. Und in der Tasche ihr Ausweis.«

»Ich frage mich, wie sie hierhergekommen ist. Sie hat das Krankenhaus nur mit dem verlassen, was sie am Leibe trug, einem Kleid, das sie aus einem Zimmer gestohlen hatte. Sonst hatte sie nichts bei sich, keinerlei Papiere. Wie ist sie also bis hierher gekommen, dreißig Kilometer von ihrem eigentlichen Ausgangspunkt entfernt, und woher hat sie diese Anziehsachen?«

»Vielleicht per Anhalter?«

»Ja, aber was wollte sie hier?«

»Vielleicht eine Naturliebhaberin?«, sagte der Gendarm schmunzelnd.

Gabrielle gluckste.

»Klar, davon träumt doch jeder, den Wald von Bouconne aufzusuchen und dort zu sterben.«

In feuchtem Zustand stank die Kleidung von Bonanza noch mehr als sonst. Die Luft im Auto war zum Schneiden. Trotz des Regens und der Kälte ließ Gabrielle das Fenster ganz herunter, während sie mit einem Ohr den Klagen ihres Untergebenen lauschte.

»Jetzt kann Anne-Sophie uns keine Auskunft mehr geben, das war's dann! Ich wette, sie stufen das als Selbstmord ein. Ein Selbstmord ist einfach, da hat man nicht so viel Papierkram zu erledigen, das kommt allen entgegen.«

Da konnte Gabrielle ihm nur schwer widersprechen.

»Warten wir erst einmal den Bericht des Gerichtsmediziners ab«, versuchte sie etwas Optimismus zu verbreiten. »Vielleicht findet er ja etwas, das die Eröffnung von Ermittlungen rechtfertigt. Immerhin wurde ihre Wohnung auf den Kopf gestellt.«

»Das halte ich für unwahrscheinlich«, unterbrach Bonanza sie. »Es wird genauso laufen wie bei den anderen jungen Frauen. Ich weiß jetzt schon, was sie sagen, Selbstmord durch Medikamentenüberdosis! Es wird kein Verfahren geben, und der Typ wird uns erneut entwischen … und irgendwann haben wir wieder eine neue Leiche! Dann wird man mal kurz die armen Frauen bemitleiden und schnell wieder zur Tagesordnung übergehen. Solche Fälle sind einfach unbeliebt. Sie passen in keine Schublade. Aber Ihnen ist das doch eh scheißegal«, ereiferte er sich, ebenso wütend wie frustriert. »Möglicherweise sind Sie bald in Schweden, was kümmert Sie da schon eine tote junge Frau mehr oder weniger!«

»Jetzt mal ganz ruhig, Bonanza! Ich darf Sie daran erinnern, dass ich Ihre Vorgesetzte bin!«, sagte sie verärgert. »Und was soll das heißen, ich bin in Schweden, lauschen Sie jetzt neuerdings an Türen, oder was?«

»Nein, aber das ganze Kommissariat weiß doch, dass Sie Ihre Versetzung beantragt haben. Sie wollen am Fall dieser international gesuchten, durchgedrehten Serbin weiterarbeiten … mit Lazures, dem Superbullen aus Paris. Mit der Verhaftung einer Killerin, hinter der alle her sind, kann man Eindruck schinden. Für ein paar junge Frauen, die vermeintlich Selbstmord begangen haben, interessiert sich kein Mensch. Dafür bekommt man keinen Lorbeerkranz geflochten, deswegen hält einem kein Journalist ein Mikro unter die Nase!«

»Jetzt ist es aber gut, Bonanza! Ich darf Sie daran erinnern, dass wir seit Wochen in aller Heimlichkeit zusammen an diesem Fall arbeiten. Bis heute habe ich Ihre Aufzeichnungen dazu nicht zu Gesicht bekommen … ich kann Sie beruhigen, Bonanza, ich werde nicht nach Schweden gehen. Mein Gesuch wurde abgelehnt. Der Superbulle aus Paris, wie Sie ihn nennen, hat mich lediglich angerufen, um mir zu sagen, dass man an einem Tatort in Schweden das Blut dieser Frau sichergestellt hat. Ja, ich wollte ihn nach Schweden begleiten, aber da hat er nur laut gelacht. Er will den Fall nämlich alleine lösen. Ich bleibe hier bei Ihnen und setzte meine Ermittlungen im Fall Anne-Sophie Brèche fort. Es sei denn, Sie rauben mir weiter den letzten Nerv, Bonanza.«

Vor Wut schlug sie mit der Faust aufs Lenkrad. Nicht allein die bissigen Bemerkungen ihres jungen Kollegen brachten sie so auf die Palme, sondern auch die Erinnerung an ihr Telefongespräch mit Lazures. Als er sie anrief, hatte sie wirklich einen kurzen Moment lang geglaubt, er wolle sie in die Jagd nach der Serbin einbinden. Aber da hatte sie sich wohl mal wieder Illusionen gemacht. Ein paar Informationen hatte der Superbulle ihr dennoch geliefert.

Die schwedische Polizei hatte sich sehr kooperativ gezeigt und ihm Kopien der Videoaufzeichnungen des Clubs geschickt, von dem Abend, an dem der Inhaber ermordet worden war und man ihm ein Auge ausgestochen hatte. Auf einem der Videos sah man, laut Lazures, das Opfer in Gesellschaft einer Frau. Sie saßen am Rande der Tanzfläche und unterhielten sich. Dann standen sie auf, und es schien, als würden sie sich küssen. Lazures konnte es zwar nicht eindeutig erkennen, war sich aber ziemlich sicher, dass sie sich küssten. Anschließend überquerten sie die Tanzfläche und steuerten auf eine Treppe zu, die in die erste Etage führte. Dort gerieten sie aus dem Sichtfeld der Kamera. Obwohl die Gesichtszüge der Frau auf dem Video von dem Fahndungsfoto abwichen, war Lazures sich sicher, dass es sich um die Killerin handelte. Zwar trug sie die Haare länger, und ihre Nase und Wangenknochen wirkten feiner, ihr Gang aber verriet sie. Sie zog ein Bein leicht nach. Darüber hinaus sprach die brutale Vorgehensweise für sich.

Auf einer anderen Aufzeichnung, die von einer Kamera am Ausgang des Nachtclubs stammte, war ein Komplize zu sehen, der die Verdächtige in einer Limousine mit schwedischem Nummernschild erwartete. Die örtliche Polizei fand den

Wagen am nächsten Morgen auf einem Parkplatz in der Nähe des Flughafens.

Am Ende des Gesprächs hatte Lazures sie dann wissen lassen, dass er demnächst nach Schweden reisen würde. Er wollte vor Ort mit den Polizisten des Landes an dem Fall arbeiten. Interpol hatte großes Interesse daran, Nathalie außer Gefecht zu setzen, damit sie keinen weiteren Schaden anrichten konnte. Gabrielle war einigermaßen überrascht über diese Nachricht gewesen. Bisher hatte es immer geheißen, der Fall sei begraben. Wie kam es zu diesem plötzlichen Meinungsumschwung? Wieso holte man auf einmal einen Fall wieder hervor und behandelte ihn mit äußerster Priorität, den man kurz zuvor noch als erledigt betrachtet hatte? Sie wusste es nicht. Lazures wollte ihr dazu keine Auskunft geben. Er weigerte sich auch, ihr eine Kopie des Überwachungsvideos zu schicken, unter dem Vorwand, er hätte schließlich noch anderes zu tun. Wenigstens hatte er eingewilligt, ihr ein aus dem Video kopiertes Foto vom Gesicht der Frau zu schicken, auf dem man sie gut erkennen konnte. Als sie das Foto erhalten hatte, musste sie ihm recht geben: Bei der Frau auf dem Foto handelte es sich zweifelsfrei um Nathalie, auch wenn sie sich äußerlich verändert hatte.

Als Gabrielle ihren Pariser Kollegen daraufhin gebeten hatte, ihn nach Schweden begleiten zu dürfen, hatte er nur spöttisch gelacht. Diese überhebliche Reaktion nagte weiterhin an Gabrielle. Für sie war klar, warum Lazures sich so verhielt. Er hatte sie nur angerufen und über Nathalies Auftauchen unterrichtet, weil er gehofft hatte, von ihr weitergehende Informationen zu erhalten. Er wollte sie als Steigbügelhalter benutzen. Lazures war eben immer noch der Alte, immer noch das eingebildete Arschloch, das die ganze Anerkennung für sich allein einheimsen wollte.

Zurück im Büro stellte sie ihren Wasserkocher an – sie hatte sich auf grünen Tee verlegt – und ließ sich auf ihren Stuhl fallen. Durch Anne-Sophie Brèches Tod waren sie in einer Sackgasse gelandet. Wenn die Familie dem Staatsanwalt keinen Dampf machte, würde vermutlich kein Verfahren eröffnet werden. Sie stellte ihren Computer an und dachte bei sich, dass sie eigentlich die Eltern anrufen müsste, um sie über den Tod ihrer Tochter zu informieren. Aber es war schon spät, und da Monsieur und Madame Brèche sich ohnehin nicht die Bohne für das Wohl ihrer Tochter interessierten, beschloss sie, diese unangenehme Aufgabe auf den nächsten Tag zu verschieben. Auf ihrem alten PC stach ihr die Liste ihrer ungelesenen Mails ins Auge. Eine einzige erregte ihre Aufmerksamkeit. Sie kam vom Erkennungsdienst. Gabrielle klickte sie an.

»Ich könnte dich knutschen, Élisabeth Guigou«, dachte sie, als sie die Mail las.

Endlich mal eine gute Nachricht an diesem Scheißtag. Man hatte das Blut an der Balkontür von Anne-Sophie Brèche zuordnen können, es stammte nicht von der Verstorbenen. Die Suche war zeitaufwendig gewesen, weil man die Probe in die »Guigou-Datei« eingegeben hatte, also die nationale DNA-Analyse-Datei, die es seit Ende der neunziger Jahre gab. Beim Abgleich war der Name eines gewissen Amir Nassim herausgekommen, der unter Verdacht stand, an einer Gruppenvergewaltigung in Paris im Jahr 2001 beteiligt gewesen zu sein. Er hatte eine Frau in einer Disco mit K-o.-Tropfen betäubt, sie in ein Hotel gebracht und zusammen mit zwei Komplizen vergewaltigt und übel zugerichtet. Zu Nassims Pech alarmierte ein durch die Schreie aufgeschreckter Hotelgast die Polizei. Die Bullen fackelten nicht lange und nahmen alle mit aufs Revier. Zu ihrer Überraschung entdeckten sie dann auch noch eine Kamera im Zimmer. Nassim hatte die Vergewaltigung gefilmt, vermutlich um das Video anschließend zu verkaufen.

Das Arschloch war mit drei Jahren Gefängnis davongekommen, davon eins auf Bewährung. Das Video bewies, dass er sich nicht an dem Mädchen vergangen hatte. Die Justiz verurteilte ihn dafür, das Mädchen unter Drogen gesetzt und sie an seine Komplizen verkauft zu haben, indem er behauptete, sie sei eine Prostituiere, und für das Installieren der Kamera.

Diese Erkenntnisse legten nahe, dass es sich bei ihm um einen gefährlichen Perversen handelte. Der Gefängnisaufenthalt dürfte sich da kaum förderlich ausgewirkt haben. Gabrielle presste die Kiefer aufeinander und versuchte, den Abscheu zu unterdrücken, den dieser Mann ihr einflößte. Sie öffnete die an die Mail angehängten Dateien. Durch die erste erfuhr sie, dass Nassim ein Heimkind war, durch die zweite, dass er mit siebzehn vom Radar verschwunden war und erst zehn Jahre später bei dieser Vergewaltigungssache wieder in Erscheinung trat, durch die dritte, dass er behauptete, in der Nähe von Avignon von Aushilfsjobs gelebt zu haben. Im letzten angehängten Dokument fand sie ein Foto von ihm. Sie druckte es aus und verglich es mit jenem, das sie von Anne-Sophies Schwester erhalten hatte. Da posierte er mit Anne-Sophie zusammen und wirkte frisch verliebt und vollkommen harmlos. Aber es war zweifelsfrei ein und derselbe Mann. Nur, dass er nicht Adam hieß, sondern Amir. Er hatte dem Mädchen also einen falschen Namen genannt. Das reichte nicht, um einen Haftbefehl zu erwirken, selbst wenn man sein Blut in der Wohnung der Verstorbenen gefunden hatte. Aber vielleicht genügte es, um ihn in der Region zur Fahndung auszuschreiben. Das tat Gabrielle. Es wurde Zeit, dass sie Lazures mit seiner maßlosen Selbstgefälligkeit zum Teufel schickte und aufhörte, diesem Phantom Nathalie nachzujagen. Wenn sie ihren Job gut machte, konnte sie vielleicht einen echten Mistkerl wie diesen Nassim daran hindern, weiter sein Unwesen zu treiben, vor ihrer Haustür, in den Straßen dieser Stadt, an ihrem Rückzugsort Toulouse. Von einem plötzlichen Elan ergriffen, tippte sie wütend auf ihre Tastatur ein, fest entschlossen, den vermeintlichen Charmeur hinter Schloss und Riegel zu bringen.

28

Allahs Bote (der Friede und das Heil seien mit ihm) sagte:
»Der Beste unter euch ist derjenige, der sich am besten den Frauen gegenüber beträgt.«
Überliefert von Hakim und beglaubigt von Albany

Samira hatte es aufgegeben, Mehdi mit SMS und Anrufen zu bombardieren. Er reagierte nicht darauf. Sie war zu dem Schluss gekommen, dass sie ihm mit ihrer Dummheit und ihren Vorwürfen den letzten Nerv geraubt hatte. Das war es dann wohl mit ihrem Märchenprinzen. Sie war so verzweifelt, dass sie am liebsten nur noch geheult hätte. Nichts machte ihr mehr Freude, sie nahm mehrere Kilo ab. Seit Tagen aß sie so gut wie nichts mehr. Selbst die Gebete klangen in ihren Ohren hohl, Gott wohnte nicht mehr in ihrem Herzen.

Bei einem ihrer wöchentlichen Anrufe spürte ihre Mutter, wie verzweifelt Samira war. Sie hätte ihre Tochter zu gerne getröstet und bot Samira sogar an, vorbeizukommen und ihr *Briket Hlib* mitzubringen, Samiras Lieblingsnascherei – ein mit Creme und Trockenfrüchten gefülltes Blätterteig-Gebäck, das auf der Zunge zerging. Und das, obwohl ihr Mann ihr jeden Kontakt mit der in Ungnade gefallenen Tochter verboten hatte. Doch Samira lehnte ab. Sie hatte keinen Hunger und wollte niemanden sehen. Es war für sie unvorstellbar, mit einem Mitglied ihrer Familie über Mehdi zu sprechen. Zu groß war ihre Furcht davor, sich eine wie auch immer geartete Kritik an ihrer Beziehung zu Mehdi anhören zu müssen. Das hätte sie nicht ertragen.

Sie musste sich zwingen, sich weiterhin regelmäßig zu

waschen und zur Arbeit zu gehen. Ihre Kollegen dachten schon, sie sei krank. Sie versuchte, ihre Sorgen zu zerstreuen. Mehrmals tauchte Laure in ihrem Büro auf, um sich zu erkundigen, ob alles okay sei mit ihr. Samira wimmelte sie jedes Mal ab. Wann immer sie konnte, zog sie sich zurück und weinte bitterlich. Jedes noch so banale Liebeslied, das im Radio kam, zerriss ihr das Herz. Es erinnerte sie an die zärtlichen Worte, die er ihr ins Ohr geflüstert hatte. Ihre Gedanken kreisten permanent um diesen verfluchten Abend, an dem sie ihm all diese schrecklichen Dinge gesagt hatte. Was hätte sie dafür gegeben, es ungeschehen zu machen.

Samira umklammerte ihren Einkaufsbeutel und stapfte aus dem Mini-Market heraus. Sie hatte all ihre Willenskraft aufgeboten, um nicht länger in Selbstmitleid zu versinken. Schließlich war es ihr dank dieser Willenskraft auch gelungen, gegen den erklärten Willen ihres Vaters von zu Hause auszuziehen. Hinzu kam, dass der Anblick ihres abgemagerten Körpers ihr einen Schock versetzt hatte. Deshalb hatte sie nun so viel eingekauft, dass es für mehrere Tage reichen würde. Wie so oft seit ihrer Trennung glaubte sie auf einmal, Mehdi vor sich zu sehen. Er stand auf dem gegenüberliegenden Bürgersteig, sah einfach umwerfend aus in seinem schwarzen Anzug und lächelte sie an. Am Tag zuvor hatte sie geglaubt, ihn auf einer Café-Terrasse zu sehen. Aber als sie auf ihn zugestürmt war, um ihn zu begrüßen, bemerkte sie ihren Irrtum. Vor ihr saß ein alter Mann. Sie kam sich unglaublich dumm vor.

Samira senkte den Kopf und setzte ihren Weg fort, sie wollte nicht erneut einer Illusion erliegen. Da hörte sie hinter sich eine Stimme:

»Samira, grüßt du mich etwa nicht mehr?«

Sie zuckte zusammen. Das war die Stimme ihres Prinzen. Aber selbst das konnte nur Einbildung sein, also antwortete sie auch jetzt nicht.

»Du bist ja sehr verschwiegen heute. Soll ich etwa den Anfang machen, nach den ganzen Nachrichten, die du mir hinterlassen hast?«

Sie blieb stehen und drehte sich um. Kein Zweifel, sie träumte nicht. Da stand tatsächlich Mehdi vor ihr, wie er leibte und lebte. Er war atemberaubend schön. Sie wusste nicht, was sie zuerst und was zuletzt sagen sollte und sagte schließlich gar nichts. Sie hatte Angst, alles zu verderben, indem sie erneut etwas Ungeschicktes von sich gab. Dabei hatte sie in den Wochen seit der Trennung im Geiste tausendmal wiederholt, was sie ihm zur Entschuldigung sagen wollte, wenn er zurückkäme.

»Du schweigst. Na gut. Aber wir sollten nicht so auf der Straße herumstehen«, fügte Mehdi hinzu.

Samira, vollkommen gebannt von seinen schwarzen Augen, schaffte es immer noch nicht, ein Wort herauszubringen. Sie schluckte, da ihr Mund plötzlich wie ausgetrocknet war und stotterte:

»Ich … ich …«

»Bevor wir jetzt weiterreden, sollten wir den Ort wechseln. Ich pflege meine schmutzige Wäsche gemeinhin nicht in der Öffentlichkeit zu waschen. Einverstanden?«

Er nahm ihr den Einkaufsbeutel ab und lächelte sie an. Sie hatte das Gefühl, Schmetterlinge im Bauch zu haben.

»Du hast mir so gefehlt, mein Schatz«, flüsterte er ihr ins Ohr.

Ihr Herz zersprang fast vor Freude.

Sie hatte ihren Mehdi zurück.

Bevor er ging, gab er ihr noch einen letzten Kuss. Samira war im siebten Himmel. Sie hatte einen wunderbaren Abend hinter sich. Mehdi hatte sie in ein sehr gutes, marokkanisches Restaurant an der Garonne eingeladen. Dort hatten sie köstlich gespeist und sich zwischen zwei Bissen geschworen, sich nie wieder zu trennen. Samira, deren Appetit schlagartig zurückgekehrt war, hatte für vier gegessen und ein *Tajine royal* bestellt. Während des Essens hatte sie ihm erklärt, dass sie eine erneute Trennung nicht überstehen würde. Entweder, sie würden nun für immer zusammenbleiben, oder sie würde es vorziehen zu sterben.

Mehdi hatte daraufhin ernst genickt und ihr gleich darauf gestanden: »Während unserer Trennung kam es mir vor, als hätte jemand das Licht in meinem Leben ausgeknipst. Aber ich habe nun einmal meinen Stolz und wollte dir deine Anschuldigungen und dein fehlendes Vertrauen nicht verzeihen. Darum habe ich auch so dagegen angekämpft, aber ich kann nicht ohne dich leben. Ich liebe dich so wahnsinnig. Versprich mir, dass du mir das nie wieder antust … ich würde es nicht schaffen, meinen männlichen Stolz ein zweites Mal so mit Füßen zu treten.«

Samira hatte genickt. Mehdi war ihr einziger Daseinsgrund, sie hätte alles getan, was er von ihr verlangte, um ihn nicht zu verärgern und damit endgültig zu verlieren. Selbst als er beim Dessert verkündet hatte:

»Du darfst dieses Flittchen Laure nicht mehr sehen, sie hat einen zu schlechten Einfluss auf dich. Du kündigst bei *Paper Departement*. Vielleicht kannst du bei mir in der Firma eine

Aufgabe übernehmen. Oder du bleibst eben zu Hause. Mal sehen. Ich habe auch darüber nachgedacht, wie deine Familie sich dir gegenüber verhalten hat. Ich meine, sie waren alle sehr grausam zu dir, angefangen von deinem Vater mit seiner Dickköpfigkeit bis hin zu deiner Mutter und deinen Schwestern, die dich im Stich gelassen haben. Es soll ihnen eine Lehre sein, was passiert, wenn man sich meiner zukünftigen Frau gegenüber so benimmt. Du bist schließlich kein Kind mehr. Man muss ihnen klarmachen, dass du sie nicht mehr brauchst, da du ja jetzt mich hast. Sie sollen sich ruhig fragen, was sie falsch gemacht haben, damit sie diese Fehler nicht wiederholen. Mach dir keine Sorgen, du wirst sie bald wiedersehen. Wir werden ihnen gemeinsam einen Besuch abstatten und sie mit Geschenken überhäufen. Dann werden sie sich bei dir entschuldigen, das verspreche ich dir.«

Es hatte ihr so ungeheuer gutgetan, das zu hören. Samira war sich mit Mehdi in allem einig gewesen. Sie hatte ihm nur beipflichten können.

Selbst als er sie etwas später dazu aufgefordert hatte, den Kontakt zu ihrer Nachbarin abzubrechen, verzog sie keine Miene. Er hatte ihr erklärt: »Deine Nachbarin ist eine Nutte. Sie hat sich mir unten in der Eingangshalle regelrecht an den Hals geworfen. Diese Frau will dir nur Böses.« Sie hatte es nicht fassen können, dass Madame Chemoux, eine Frau, die seit fünfundzwanzig Jahren verheiratet war und für die sie bis vor Kurzem noch ihre Hand ins Feuer gelegt hätte, versucht hatte, ihr den Mann auszuspannen. Dieser Verrat hatte ihr erneut bewiesen, dass sie niemandem trauen konnte außer Mehdi. Am Ende des Essens hatte er ihr über die Haare gestrichen und gesagt:

»Am besten fragst du mich immer vorher, ob diese oder jene Person ein guter Umgang für dich ist. Du bist einfach so naiv, mein Täubchen. Es gibt zu viele Menschen, die dich ausnutzen wollen. Ich hingegen will nur dein Bestes. Wir werden heiraten und Kinder bekommen, eine Menge Kinder. Im Übrigen möchte ich dich bald mit nach Deauville nehmen, um dich meinen Eltern vorzustellen.«

Kurz nach diesem Versprechen waren sie auseinandergegangen, und jeder war in seine Wohnung zurückgekehrt. Mehdi hatte sich Samira gegenüber klar geäußert. Ihre Jungfräulichkeit bedeutete ihm sehr viel, deshalb wollte er vor ihrer Heirat nicht mit ihr schlafen. Sie fand das wunderbar von ihm. Auch für sie war klar, wenn man miteinander schlief, bedeutete das, man blieb für immer zusammen. Sie fragte sich, wie zeitaufwendig wohl die Vorbereitung auf eine Hochzeit mit einem Märchenprinzen wie Mehdi sein würde. Mindestens ein halbes Jahr, spekulierte sie und lächelte still vor sich hin. Sie wollte mindestens zehn Kleider für die Feierlichkeiten haben, echte Prinzessinnenkleider. So würde sie im Laufe des Tages immer wieder anders auftreten und sich in ihrem eigenen Glanz sonnen können. In ihrer Vorstellung sah sie sich bereits im Hochzeitskleid mit ihrem geliebten Mann an der Seite durch ein Schloss laufen, hinter ihnen ihre verzückten Eltern.

29

Ihre Hand fuhr über die in das Holz geschnitzten Rundungen. Die Ikone stammte vermutlich aus dem achtzehnten Jahrhundert. Es erfüllte Nathalie mit Stolz, einen so fein gearbeiteten Kunstschatz in den Händen zu halten und zu wissen, dass er ihrem Volk gehörte, diesem so außergewöhnlichen Volk, das so wunderbare Dinge hervorbrachte. Ihr kamen Verse von Desanka Maksimović in den Sinn, die sie in der Schule auswendig gelernt hatte. Ab und an, wenn sie das Bedürfnis verspürte, den Geist der serbischen Nation zu preisen, rezitierte sie sie.

Es geschah auf dem Land im hügeligen Balkan
Weit, weit weg
Dort starb eine ganze Schulklasse den Märtyrertod
An einem einzigen Tag

»Verstehst du jetzt, warum die Sammlung so wichtig ist?«, fragte Radzik. »Ich versuche hier der serbischen Seele ein Denkmal zu setzen, die von Tito mit Füßen getreten wurde und von unserer jetzigen Regierung ebenfalls. Diese Politiker sind wie die Nutten, sie geben alles für ein paar Almosen von Europa. Wusstest du eigentlich, dass in ganz Belgrad kein Denkmal an die Toten unseres patriotischen Krieges erinnert? Und ist es vielleicht normal, dass Bogdan, dein Skorpion-Bruder, nicht für seine Tapferkeit ausgezeichnet wurde? Er verdient es mindestens genauso, in die *Allee der Großen* aufgenommen zu werden wie Zoran Đinđić.«

Nathalie, die noch immer überwältigt war von der Pracht der kostbaren Ikone, stellte sie vorsichtig zurück und sah sie dabei mit einer Mischung aus Respekt und Zärtlichkeit an. Sie befanden sich im Allerheiligsten, dem festungsartig ausgebauten Untergeschoss des Hauses am See. Es wurde durch einen Elektrozaun, viele Videokameras, Wachhunde und schwerbewaffnete, handverlesene Männer gesichert. Dieser Ort war für Radzik eine heilige Stätte, das Wichtigste, das er besaß. Er hatte beobachtet, wie sie die Figur zurückstellte, dann fuhr er fort:

»Ich habe all diese Kostbarkeiten gesammelt, weil ich wusste, dass wir eines Tages unser eigenes Land haben würden und dieses Land ein Museum benötigen würde, um sich seiner Wurzeln zu erinnern und zu wachsen. Tito wollte uns die orthodoxe Religion aus dem Herzen reißen, dabei fließt sie doch in unseren Adern. Sie ist ein Teil von uns, wie unsere beiden Beine. Dieser dreckige Kroate hatte Angst vor uns. Er wusste, dass die Serben sich früher oder später wiedervereinigen würden, über die von ihm künstlich gesetzten Grenzen hinweg. So wie die slawische Seele die Jahrhunderte überdauert hat, wird die Sammlung mich überdauern und dich auch. Sie wird unser zerstreutes Volk vereinen, indem es ihm die Schönheit und die Stärke seiner Geschichte in Erinnerung ruft. Das ist eine heilige Mission, da muss man die üblichen moralischen Bedenken außer Acht lassen. Sie muss gelingen, koste es, was es wolle. Sie ist größer als wir. Das sind wir unseren toten Brüdern schuldig.«

Nathalie war verdutzt über diese feierliche Erklärung. Sie hatte ihren Onkel noch nie so reden hören, so leidenschaftlich, ja geradezu pathetisch. Er wirkte regelrecht beseelt, von einer göttlichen Kraft getrieben. Sie hätte kotzen können. Während er über seine göttliche Mission schwafelte, musste sie an das denken, was er ihr angetan hatte, an die mehrfachen Vergewaltigungen, die abgefeimten Folterungen. Sie war so wütend, sie hätte ihn am liebsten angebrüllt, inwiefern es zu seiner göttlichen Mission gehörte, ihr diese Gräuel anzutun. Aber sie schluckte ihre Wut herunter und behielt ihre Frage für sich. Sie kannte die Antwort sowieso schon. Radzik würde ihr erklären, dass er sie diesen Qualen ausgesetzt hatte, um ihren Charakter zu festigen und sie so hart und unverwüstlich zu machen wie einen Fels in der Brandung. Sie sollte nicht am Leben zerbrechen und beim geringsten Geräusch aufschrecken, der Krieg sollte sie nicht zerstören und zum Schatten ihrer selbst machen. Er wollte aus dem Kind, das sie war, eine weibliche Soldatin machen, die sich verteidigen und, wenn nötig, ihre Gegner auch töten konnte. Sie hasste und verehrte ihn zugleich dafür.

Radziks heilige Stätte erstreckte sich über drei Räume, in denen unterschiedlichste Kunstwerke versammelt waren: Reliquien, kostbare Schmuckstücke, die von früheren Helden seines Volkes stammten. Er hatte fast dreißig Jahre gebraucht, um diese ganzen Schätze zusammenzutragen, dreißig Jahre harter Kampf und endlose Recherchen hatte die Sammlung ihn gekostet, eine Zeit, auf die er mit Stolz zurückblickte. Nathalie hatte zwar immer mal wieder gehört, welche unglaublichen Reichtümer dieses Museum beinhalten sollte, aber war sich nicht sicher gewesen, ob sie diesen Erzählungen Glauben schenken sollte, da Radzik von einer Menge Legenden umwoben war. Nun, da sie inmitten all dieser Meisterwerke stand, von denen eins betörender war als das andere, ließ es sich nicht mehr leugnen. Das Museum war tatsächlich eine Pracht, und Radzik hatte recht, die Sammlung gab all den Toten im Nachhinein einen Sinn, ließ die zweifelhaften Geschäfte der Skorpione, so widerwärtig sie auch sein mochten, in einem ganz neuen Licht erstrahlen. Die Sammlung rechtfertigte alle diese Gewalttaten und nahm den Zweiflern den Wind aus den Segeln. Sie würde ihre Herzen mit Stolz erfüllen, die Serben würden durch sie geadelt werden, und auch Radzik, das war Nathalie nun klar geworden, konnte seine Mafia-Vergangenheit dadurch auslöschen und sich rückblickend zum guten Patrioten stilisieren.

»Vorerst müssen wir die Sammlung noch vor der Welt geheim halten«, erklärte er, und ließ zufrieden seinen Blick über die im ersten Raum versammelten Schätze schweifen. »Bisher habe ich sie nur einigen Auserwählten gezeigt. Du fragst dich, warum? Je weniger Leute ein Geheimnis kennen, desto geringer ist die Gefahr, dass es auffliegt. Es ist sehr wichtig, dass man ein Geheimnis bewahren kann, Nathalie. Du weißt doch, was ich dir immer gesagt habe, nicht? Wer redet, sät, wer zuhört, erntet.«

Den letzten Satz ließ er eine Weile wirken, bevor er fortfuhr:

»Eines Tages wird es vielleicht deine Aufgabe sein, sie der Welt zu präsentieren. Ich hätte diese Aufgabe gerne selber übernommen. Aber ich fürchte, das Schicksal hat anderes mit mir vor.«

Radzik schnalzte mit der Zunge, es klang wie eine Aufforderung.

»Komm mit, ich zeige dir meinen anderen Schatz. Der ist nicht von so erlesener Schönheit wie dieser, aber ich habe auch ihn teuer bezahlt.«

Er schritt voran, in den hinteren Teil des Raums. Dort griff er mit der Hand unter einen Schreibtisch und betätigte einen Knopf. Im selben Moment öffnete sich unter leisem Ächzen die Wand. Dahinter kam eine schwere Metalltür zum Vorschein. Radzik griff nach einem Schlüssel, den er an einer Kette um den Hals hängen hatte, und schloss damit eine kleine Luke auf, die in die Tür eingelassen war. Er beugte sich vor. Es erklang erst ein Summen und dann ein Klicken. Der Warlord hatte die Tür allein mithilfe der Iriserkennung geöffnet. Nathalie staunte nicht schlecht. Das kannte sie bisher nur aus Spionagefilmen.

Ihr Onkel stieß die Metalltür auf und forderte sie mit einer Handbewegung auf, ihm zu folgen. Hinter der Tür befand sich ein weiterer Raum. Er war das genaue Gegenteil der Räume, in denen das Museum untergebracht war: Schmucklos, niedrige Decke, nur mit dem Nötigsten ausgestattet. Es gab nur einen Schreibtisch, auf dem ein Computer stand, und Metallregale voller Kartons. Die Luft war abgestanden. Nathalie enthielt sich jeglichen Kommentars. Sie wusste, dass der Colonel es liebte, andere zu überraschen. Er beugte sich suchend über ein Regal. Als er sich wieder aufrichtete, hielt er einen Karton in der Hand und lächelte zufrieden.

Er stellte ihn auf den Tisch und forderte Nathalie auf, ihn zu öffnen. Sie kam seinem Befehl sofort nach und entdeckte im Inneren des Kartons eine alte Videokassette, unter der ein dicker Ordner aus Pappe lag. Auf dem Schutzumschlag stand in großen, roten Buchstaben ihr vollständiger Name. Unter dem Blick des Colonels, der sich nichts anmerken ließ, griff sie danach und begann, den Inhalt zu überfliegen. Vor Verblüffung wich ihr jegliche Farbe aus dem Gesicht. In dieser

Akte war ihr gesamtes Leben zusammengefasst, in Form von kurzen Notizen. Name und Kurzcharakterisierung ihrer Eltern. Eine Liste ihrer Mordtaten. Ihr Gewicht. Ihre Größe. Die genaue Anzahl der Vergewaltigungen, die sie über sich hatte ergehen lassen müssen. Die Identität der verschiedenen Vergewaltiger. Die Ergebnisse ihrer Intelligenz- und Fitness-Tests. Der Code des Chips, der ihr unter die Haut implantiert war, um jede ihrer Bewegungen zu kontrollieren. Eine schriftliche Analyse zu ihrer Neigung, ihren Opfern die Augen auszustechen. Ihr gesamtes Leben, alles, was sie ausmachte, war minutiös aufgeführt, es fehlte so gut wie nichts. Sie nahm die Videokassette zur Hand, gleichermaßen gespannt und beunruhigt, was für Aufnahmen von sich sie darauf finden würde.

»Du bist nicht die Einzige, über die ich eine Akte besitze«, erklärte Radzik ihr und starrte sie weiter mit undurchdringlicher Miene an. »Ich habe über viele Leute eine Akte. Wie ich dir gesagt habe, Wissen ist Macht. Du fragst dich sicher, wie ich an diese ganzen Informationen gekommen bin? Dafür habe ich mein Netzwerk, meine Verbündeten. Ich habe viel Zeit dafür aufgewendet, Erkundigungen einzuholen und alles zusammenzutragen. Mit einer wertvollen Information kommt man oftmals weiter als mit einer vorgehaltenen Waffe. Wenn du das verinnerlichst, kannst du es noch sehr weit bringen. Es würde dir helfen, die Sammlung zu schützen und solche Fehler, wie du sie in Schweden gemacht hast, zu vermeiden. Denn unsere Verbündeten tragen mit dazu bei, unsere Macht zu erhalten. Sie helfen uns, etwas herauszufinden, was allen anderen verborgen ist. Ich lasse dich jetzt hier unten allein, damit du in Ruhe all diese Akten studieren und dir ihre Klassifizierung einprägen kannst. Ich persönlich werde dir etwas zu essen und zu trinken bringen und dir bei deiner Aufgabe helfen. Du wirst diesen Raum erst verlassen, wenn du zur Spinne inmitten dieses Netzes geworden bist, zum Zentrum, in dem alle Fäden zusammenlaufen, anders ausgedrückt: zu meiner Erbin. Wenn du all das verinnerlicht hast, dann erkläre ich dir, wie deine Rache aussehen wird.«

Darauf verließ er den Raum. Nathalie, die in die Lektüre ihrer Akte vertieft war, hörte gar nicht, wie er ging, noch wie die Tapetentür aufsprang. Als das leichte Klicken erklang, wusste sie, dass er sie eingeschlossen hatte. Sie war nun allein, eingesperrt in diesen vier Wänden, in Gesellschaft ihrer Geister aus der Vergangenheit.

Die eingezeichnete Route gefiel Nathalie überhaupt nicht. Sie runzelte besorgt die Stirn und legte ihrem Onkel die Gründe für ihre Bedenken dar:

»Wenn wir so fahren, müssen wir eine Nebenstraße benutzen. Sollte es ein Problem geben, so können wir nicht ausweichen. Es gibt keine einzige Abzweigung. Wir fahren durch einen zwanzig Kilometer langen Engpass, bis wir den Gipfel erreicht haben!«

»Wir lassen zwei Wagen vorausfahren. Der Erste soll möglichst zügig fahren. Sollte die Polizei ihn oben auf dem Gipfel anhalten, kann uns der Fahrer des zweiten Wagens sagen, wie viele Bullen vor Ort sind, und wir können entscheiden, ob wir besser umkehren oder weiterfahren. Hinter mir folgen zwei weitere Autos. Ich selbst fahre in dem mittleren Wagen mit, in dem die kostbare Ware transportiert wird, bin also gut abgeschirmt und werde zusätzlich auch noch von drei Motorrädern eskortiert.«

»Die Bullen sind nicht das Problem, Colonel. Mit denen werden wir immer irgendwie fertig. Aber mit diesen Dreckskerlen wird es schon etwas schwieriger.«

»Darum fährst du ja auch hinter mir, Nathalie … und hältst weniger als einen Kilometer Abstand, wenn dir das lieber ist. Khasboulat begleitet dich. Wenn ihr ein verdächtiges Auto seht, überholt ihr, warnt uns, und alle bilden einen Kordon um uns.«

»Colonel, wenn ich mir die Anmerkung erlauben darf, auf einer so schmalen Straße können die vorausfahrenden Fahrzeuge im Falle eines Angriffs nicht umdrehen. Nur die beiden hinteren Wagen können Sie …«

»Ich habe alle Risiken abgewogen, Nathalie«, unterbrach Radzik sie. »Ich glaube nicht, dass sie uns angreifen werden. Erstens wissen sie nicht, welchen Weg wir nehmen, und zweitens haben sie angesichts unserer Stärke kaum Chancen, da lebend rauszukommen.«

»Ich glaube aber trotzdem …«

»Das reicht jetzt, Nathalie. Wir fahren diese Strecke. Das habe ich so entschieden«, befahl Radzik aufgebracht und setzte der Diskussion damit ein Ende. Nathalie wusste, dass jede weitere Widerrede zwecklos, ja sogar gefährlich war. Sie schlug die Hacken zusammen und verabschiedete sich mit dem serbischen Gruß. Radzik nahm ein erhebliches Risiko in Kauf, um seine Sammlung zu vollenden und zugleich den Rachedurst seiner Nichte zu befriedigen. Er war der Überzeugung, dass niemand es wagen würde, seine Macht infrage zu stellen, wenn er erst den verlorenen Schmuck von Milos Obilić zurück ins Land geholt hätte. Der Colonel wusste seit den gescheiterten Verhandlungen in Belgrad, dass er in Gefahr schwebte. Es war nicht so verlaufen, wie erhofft. Man hatte sich nicht mit den Albanern einigen können. Sie hielten sich für mächtig genug, die gesamte serbische Mafia zu besiegen, und zogen es daher vor, sich auf den Kriegspfad zu begeben. Es würde also viele Tote geben. Um sein Geld abzusichern, hatte Radzik sein gesamtes Vermögen auf Nathalie überschrieben. Im Falle seines Todes würde sie sein Imperium erben, vorausgesetzt sie überlebte. Eins war Radzik bei der Versammlung klar geworden: Nathalie stand im Ruf, eine Psychopathin zu sein. Zu viele Leichen pflasterten ihren Weg. Das sorgte für Unruhe und hatte ihr bereits viele Feinde eingebracht: unter Radziks Verbündeten ebenso wie unter den Albanern und Franzosen. Und selbst der serbische Staat war ihr feindlich gesinnt. Nathalies Exzesse passten nicht mehr in dieses Land, das heute in Frieden lebte. Doch all das konnte den Colonel nicht davon abbringen, sie zu seiner Nachfolgerin zu machen. Bisher war er sich selbst immer der beste Ratgeber gewesen und damit ganz gut gefahren. Er hatte dem Druck bei der Versammlung nicht nachgegeben und sich geweigert, den Mafia-Clans sein einziges Kind zu opfern, das Ungetüm, das er erschaffen hatte. Nathalie war sein eigen Fleisch und Blut. Sie gehörte ihm. Er musste sie schützen.

Radzik wartete bis sie den Raum verlassen hatte, um ins Untergeschoss zurückzukehren und das Geld vorzubereiten. Er wollte am nächsten Tag bereits im Morgengrauen aufbrechen. Khasboulat und er mussten deshalb in dieser Nacht zwei Millionen Euro in kleinen Scheinen bündeln.

30

»Wir haben den Betrag von seinem Konto abgebucht, weil er das Auto beschädigt hat, ganz einfach.«

»Der Kläger versichert seinerseits, dass er das Auto in einwandfreiem Zustand zurückgegeben hat«, erwiderte der Polizeibeamte unbeirrt. »Er behauptet, dass Sie das Auto nach der Rückgabe gar nicht überprüft haben. Eine Woche später haben Sie dann sechshundertachtzig Euro abgebucht, obwohl er den ausstehenden Betrag von dreihundertneunzig Euro plus die hundertsiebzig Euro für die Vollkaskoversicherung bereits überwiesen hatte. Er meint deshalb, der Betrag wurde widerrechtlich abgebucht.«

»Das war ein Sonntag. Am Wochenende haben wir nicht die Zeit, alle Wagen zu überprüfen. Da ist zu viel los. Das steht im Übrigen auch so im Mietvertrag«, ereiferte sich der Mann und warf sich genervt zurück in seinen Stuhl.

»Haben Sie ein Exemplar des Vertrages dabei?«, fragte der Beamte.

Keine Antwort.

»Haben Sie ein Exemplar des Vertrages dabei?«, wiederholte er etwas lauter, blickte auf und musterte José Elvado.

Der Inhaber des Autoverleihs war von einem Kunden angezeigt worden. Dieser beschuldigte ihn, unrechtmäßig Geld von seinem Konto abgebucht zu haben. Eine Routinesache. Elvado, der sich bis dahin kooperativ gezeigt hatte, reagierte nicht auf die letzte an ihn gerichtete Frage. Seine ganze Aufmerksamkeit galt der Wand hinter dem Polizeibeamten. Der Beamte hatte keine Ahnung, was den Autovermieter so in den

Bann zog, und drehte sich neugierig um. Elvado starrte auf einen Fahndungsaufruf, der mit einem Foto versehen war.

»Kennen Sie diesen Mann?«, erkundigte sich der Polizist.

Er las den Namen, der auf dem Plakat stand. Es hing dort seit diesem Morgen, und er hatte ihm bisher noch überhaupt keine Beachtung geschenkt. Belustigt stellte er fest, dass zum Glück ab und an Fremde ins Kommissariat kamen, um ihn darüber zu unterrichten, was in seinem Büro los war. Er wandte sich wieder dem Autoverleiher zu. Elvados listiger Gesichtsausdruck verriet dem Polizisten, dass dieser einen Handel im Sinn hatte.

»Vielleicht kenne ich ihn sogar gut. Wie wäre es, wenn ich Ihnen dabei helfe, ihn dingfest zu machen und Sie im Gegenzug meinen Fall mit etwas mehr Milde behandeln? Sie können dem Kunden doch sicher klarmachen, dass es keine böse Absicht von mir war«, schlug Elvado mit verblüffender Unverfrorenheit vor.

Wieder musste sie an Alejo denken. Gabrielle überlegte, wann sie das letzte Mal seinen Atem auf ihrer Haut gespürt hatte. Sie verkniff es sich, die Tage zu zählen. Es führte zu nichts, würde sie nur noch unglücklicher machen. Das Schweigen des baskischen Nationalisten war gleichbedeutend mit einem Trennungsbrief. Sie wusste schließlich, dass es ihm blendend ging. Sein hübsches Konterfei war momentan überall abgedruckt. Die Zeitungen stellten ihn als eines der vielversprechendsten Nachwuchstalente der *Parti nationaliste basque* hin. Er sehe aus wie ein Schauspieler und sei so schlagfertig und gerissen wie ein alter Hase des Politikbetriebs, hatte sie in der *Sud-Ouest* von vorgestern gelesen.

Das Bild der gestrigen Ausgabe hatte sich ihr besonders eingebrannt, sie zuckte mit den Schultern und beschloss einmal mehr, Alejo endlich aus ihren Gedanken zu verbannen und sich auf ihre Arbeit zu konzentrieren. Als sie feststellte, dass ihr Drucker keine Tinte mehr hatte, entfuhr ihr ein Fluch. Auf dem Weg zu ihrem Kollegen, den sie um eine Kartusche bitten wollte, stieß sie fast mit Bonanza zusammen.

»Capitaine Levasseur! Es gibt eine heiße Spur zu dem Typen, dem Geliebten von Anne-Sophie Brèche«, rief er und packte sie im Überschwang am Arm.

Normalerweise hätte Gabrielle ihn nach einer solch unangemessenen Vertraulichkeit zurechtgestutzt. Aber ihr junger Kollege war so gut gelaunt, dass sie darauf verzichtete.

»Ach ja? Und zwar?«, fragte sie.

»Kommen Sie mit, ich stelle Ihnen jemanden vor, der ihn gut kennt«, tönte Bonanza und ließ ihren Arm wieder los.

Seine Begeisterung war ansteckend. So folgte Gaby ihm, ohne weitere Erklärungen zu verlangen, ins Erdgeschoss, wo die alltäglichen Fälle behandelt wurden. Dem dort arbeitenden jungen Beamten saß ein Mann im Anzug gegenüber. Als die Capitaine und ihr Assistent erschienen, stand der Polizist auf.

»Capitaine Levasseur«, Bonanza zeigte auf den Mann, der sich auf seinem Stuhl herumlümmelte, »das hier ist José Elvado, der Chef von Prestige Location. Monsieur Elvado, erzählen Sie der Capitaine bitte noch einmal, was Sie uns zuvor erzählt haben?«

»Also, ich bin hier, um ein Missverständnis wegen eines Mietwagens aufzuklären. Ich biete der Polizei dabei meine Mitarbeit an. Ich bin ein ehrlicher Bürger. Das möchte ich noch einmal betonen«, setzte er an und richtete sich auf.

»Bitte kommen Sie gleich zum Thema«, unterbrach der junge Polizist ihn.

Gabrielle war froh, dass er den Mann – sie hatte seinen Namen noch im selben Moment wieder vergessen – in seinem Redefluss gebremst hatte und nickte ihm dankbar zu.

»Ich habe die Person auf dem Fahndungsplakat wiedererkannt. Den da.«

Er zeigte mit dem Finger auf den Geliebten von Anne-Sophie Brèche.

»Er heißt Amir Nassim.«

»Sind Sie sich auch ganz sicher? Überlegen Sie noch einmal, Ihre Aussage ist für uns von größter Bedeutung«, forderte Gabrielle ihn mit ernster Stimme auf.

Sie wollte testen, wie sehr man ihm vertrauen konnte, indem sie ihm seine Verantwortung klarmachte.

»Oh ja, er mietet regelmäßig Autos bei mir«, erklärte er ohne zu zögern.

»Und was für Autos?«, fragte die Polizistin.

»Luxusautos. Porsche, Mercedes oder BMW. Immer nur für ein oder zwei Tage, und er bringt sie eigentlich immer in tadellosem Zustand zurück, mit einer Ausnahme. Da war der Außenspiegel des Porsche abgebrochen. Mal wieder das Werk eines Neiders, der sich ein solches Auto nicht leisten kann«, seufzte er, als sei das ein schweres Sakrileg. »Aber er hat die Reparatur anstandslos bezahlt. Er ist ein sehr guter Kunde von mir.«

»Wann hat er zuletzt einen Wagen bei Ihnen gemietet?«, fragte Gabrielle.

»Vor einer Woche ungefähr.«

»Und wie viele Kilometer fährt er so im Schnitt?«

»Unterschiedlich, ich habe keine Zahlen im Kopf, aber ich

meine, er wäre die letzten Male nur sehr wenig gefahren. Er ist verrückt nach Luxus-Autos. Ich vermute mal, er gibt damit vor den Mädels an. Das machen ja eine Menge Typen in der Gegend am Wochenende.«

»Haben Sie seine Adresse?«

»Ich habe seine Adresse, seine Kontonummer und kenne seine Unterwäschemarke, fragen Sie mich, was Sie wollen!«

Das sollte witzig sein. Die Beamten reagierten nicht darauf. Nach einem kurzen Moment der Verlegenheit fuhr er in ernsthaftem Ton fort:

»Bei solchen Luxuslimousinen zieht man möglichst viele Informationen über den Kunden ein. Ich möchte nämlich nicht, dass einer meiner Wagen auf einmal spurlos verschwindet, weil irgend so ein Schlaumeier beschlossen hat, ihn zu behalten.«

»Wissen Sie eventuell, wann er wieder einen Wagen bei Ihnen mieten wird?«, erkundigte sich Gabrielle.

Sie hatte eigentlich nicht ernsthaft mit einer positiven Antwort gerechnet. Schließlich war es pures Glück gewesen, dass sie den Namen von Anne-Sophie Brèches Geliebten dank der DNA-Analyse herausgefunden hatten. So viel Glück auf einmal hatte man selten.

»Ja«, antwortete Elvado und nickte. »Er hat tatsächlich für morgen einen Mercedes reserviert, sein Lieblingsauto. Der ist oft vergeben. Darum reserviert er ihn immer im Voraus.«

Gabrielle hätte fast ein Triumphgeheul angestimmt. Sie konnte es einfach nicht fassen. Scheinbar standen die Sterne ausnahmsweise mal günstig für die Hüter von Recht und Ordnung.

»Und wann holt er den Wagen ab?«, fragte sie.

»Ich kann Ihnen keine genaue Zeit sagen. Zwischen zwölf und achtzehn Uhr. In der Regel kommt er gegen fünfzehn Uhr. Aber manchmal kommt er auch früher, manchmal später.«

»Monsieur Elvado, vielen Dank, Sie haben uns sehr geholfen. Können Sie eventuell noch einen Moment bleiben, bis wir unser weiteres Vorgehen abgestimmt haben?«

Der Vermieter wand sich auf seinem Stuhl.

»Ja, kann ich … aber können Sie mir dann auch in meinem Fall weiterhelfen?«

»Ich kann Ihnen nichts versprechen. Dazu muss ich erst einmal wissen, was genau passiert ist. Ich werde mir Ihren Fall gleich vornehmen und sehen, was ich tun kann, wenn das, was Ihnen vorgeworfen wird, nicht zu schwerwiegend ist.«

Er seufzte erleichtert auf.

»Wenn das so ist, tue ich alles, was Sie von mir verlangen.«

Gabrielle dankte dem Beamten für seine ausgezeichnete Arbeit und ging mit Bonanza zurück in ihr Büro. Sie setzte sich in ihren Sessel, zog ein Bein unter ihren Po und klopfte sich mit dem Stift gegen die Zähne.

»Das ist ein Kinderspiel, Boss. Wir marschieren mit ein paar Kollegen in den Autoverleih rein und schnappen ihn uns«, rief Bonanza begeistert aus.

Er lief im Zimmer auf und ab.

»Immer mit der Ruhe, Bonanza. Vorerst suchen wir ihn nur als Zeugen in einem Vermisstenfall. Daran möchte ich Sie erinnern, bevor Sie anfangen, Ihre Waffe zu polieren. Natürlich ist das die Gelegenheit für uns, ihn zu verhaften. Aber er sollte möglichst nichts ahnen, sondern sich vielmehr in Sicherheit wiegen. Sonst verweigert er noch die Aussage. Wir bitten ihn, zu einer Routinebefragung mit uns aufs Kommissariat zu kommen, und wenn er hier ist, versuchen wir, ihn zum Reden zu bringen. Wenn uns das Glück weiterhin so hold ist, dann haben wir am Ende der Befragung vielleicht ein Geständnis.«

»Okay, aber was ist, wenn er sich weigert mitzukommen und versucht zu fliehen? Er könnte auch bewaffnet sein und auf uns schießen. Das kann man nie wissen, wir kennen diesen Mistkerl ja nicht! Ich könnte ein paar vertrauensvolle Kollegen bitten, sich draußen vor dem Autoverleih bereitzuhalten. Wenn die Sache schiefgeht, könnten sie uns dabei helfen, ihm eine Lektion zu erteilen.«

»Ohne mich, Bonanza! Verdächtige werden nicht geschlagen! Ich wüsste nicht, warum er Widerstand leisten sollte. So viel wir wissen, handelt es sich um einen Perversen und nicht um einen Bankräuber. Ich bin sicher, er wird ohne weitere Diskussion mitkommen. Wir haben nichts von ihm zu befürchten. Und wenn wir ihn befragen, wird man schon sehen, wer hier im Haus das Sagen hat … wir gehen um elf Uhr zu dem Verleih und warten dort wie ganz normale Kunden. Sobald er auftaucht, schnappen wir ihn uns, ohne großes Aufsehen zu erregen. Verstanden, Bonanza?« Das Handy der Capitaine klingelte. Sie warf einen Blick auf das Display.

Alejo.

Gabrielle bekam weiche Knie. Bonanza warf ihr einen trotzigen Blick zu. Er hatte noch nicht aufgegeben und hoffte immer noch, seine Chefin von der potenziellen Gefährlichkeit des Verdächtigen zu überzeugen.

»Raus, Bonanza!«, fuhr sie ihn an, lauter als beabsichtigt. »Gehen Sie jetzt … ich muss diesen Anruf annehmen. Das ist etwas Persönliches.«

Der Inspektor schüttelte nur den Kopf, als wollte er damit sagen, dass sie offenbar nicht mehr richtig tickte. Er hatte die Tür noch nicht hinter sich geschlossen, da sagte sie:

»Alejo, ich …«

»Gaby, ich habe jetzt keine Zeit, lange zu telefonieren«, fiel der Spanier ihr ins Wort. »Hör mir gut zu. Ich habe die Frau gefunden, die du suchst.«

Gabrielle fuhr bei diesen Worten zusammen. Sie hatte etwas gänzlich anderes erwartet: zärtliche Worte, wie sehr sie ihm fehlte, dass er Lust auf sie hätte, dass er sie wahnsinnig liebte und den Rest seines Lebens mit ihr verbringen wollte, trotz ihrer Ängste, trotz ihres Haderns, trotz ihres ruppigen Charakters und trotz ihres Berufs. Sie schluckte ihre Enttäuschung herunter und antwortete im gleichen kühlen Ton:

»Was soll das heißen, du hast die Frau gefunden, die ich suche?«

»Die Serbin, die immer allen die Augen aussticht. Ich weiß, wer sie ist. Sie heißt Miria, nicht Nathalie. Wenn du willst, kannst du sie haben.«

»Was erzählst du da?«, fragte sie fassungslos.

»Ich kann dir das jetzt nicht alles erklären, aber wenn du sie haben willst, treffen wir uns morgen, morgen Mittag in Madrid. Ich serviere sie dir auf dem Tablett. Komm allein, und sei bewaffnet. Sie ist sehr gefährlich, Gaby, noch viel gefährlicher, als du denkst.«

»Aber ich will sie nicht töten. Ich will …«

»Du hast keine Wahl, Gaby … ich …«

Im Hintergrund hörte man jemanden auf Spanisch etwas rufen, dann war ein Pfeifen zu hören, das wie ein Ordnungsruf klang.

»Ich muss auflegen. Sei morgen in Madrid. Ich melde mich noch mal, um dir den genauen Treffpunkt zu nennen.«

Dann brach das Gespräch ab. Kein einziges nettes Wort, keine Erklärung, kein Versuch, die Scherben wieder kitten zu wollen. Er hatte mit ihr wie mit einer x-beliebigen Polizistin gesprochen, der man einen Insider-Tipp gab. Stocksauer steckte sie ihr Handy weg, verfluchte Alejo innerlich und sagte sich, dass er im Grunde auch nicht besser war als Lazures. Genau wie dieser war er nichts weiter als ein egoistisches, eingebildetes Arschloch, das sie nur benutzte. Genau wie dieser liebte er es, ihr einen Köder vor die Nase zu halten, um sie dahin zu bekommen, wo er sie hinbekommen wollte. Genau wie dieser war er ein fieser Manipulator. Genau wie dieser war er geltungssüchtig und fuhr darauf ab, seine Visage in den Medien zu sehen. Jede dieser Übereinstimmungen, die sie zwischen den beiden entdeckte, traf sie wie ein Schlag ins Gesicht.

Sie fragte sich, wie er bloß auf die Spur der Serbin gekommen war, in welcher Verbindung er zu ihr stand – sie sträubte sich noch dagegen, das Schlimmste zu vermuten, dass sie Komplizen waren oder Geschäfte miteinander machten – und rätselte, was wirklich hinter diesem so überstürzt anberaumten Treffen in Spanien stand. Sie steckte in einem furchtbaren Dilemma. Fuhr sie morgen nach Madrid, würde Bonanza ihr nie verzeihen, dass sie ihn mit der Verhaftung von Nassim alleingelassen hatte, und außerdem war zu befürchten, dass er dem Verdächtigen eine Abreibung verpasste. Blieb sie hier, ließ sie sich die Chance entgehen, die untergetauchte Killerin Miria zu schnappen. Dieser Name klang merkwürdig in ihren Ohren. Sie hatte sich daran gewöhnt, sie Nathalie zu nennen.

Sie sagte ihn mehrmals laut vor sich hin, um ihn sich einzuprägen.

Gabrielle überlegte kurz, ob sie Lazures einweihen sollte. Aber Alejo hatte ihr sehr deutlich zu verstehen gegeben, dass sie alleine kommen sollte, und sie hatte Angst, vor dem Kollegen wie eine Idiotin dazustehen, wenn der Tipp sich als Finte herausstellen sollte. Außerdem befürchtete sie, Lazures könnte sie mal wieder austricksen. Wer weiß, am Ende kam ihm in den Sinn, bei der Gelegenheit gleich mal einen baskischen Unabhängigkeitskämpfer mit einer aufrührerischen Vergangenheit einzubuchten, um endlich mal wieder seinen Namen in der Zeitung zu lesen. Sie war stocksauer auf Alejo, weil er so kühl gewesen war, aber sie liebte ihn und wollte nicht, dass ihm irgendetwas zustieß. Bleiben, fahren, Lazures informieren oder besser nicht? Sie wusste, egal wie sie sich entschied, irgendjemand würde dabei zwangsläufig auf der Strecke bleiben.

31

»Haben Sie immer so viel Begleitschutz?«, fragte Alejo und ließ das Fenster per Knopfdruck hochfahren.

Seit ihrer Abfahrt klebten drei Motorräder an ihrer Stoßstange, zwei Wagen fuhren voraus und zwei weitere folgten ihnen.

»Ich nehme die Absicherung meiner Person und meines Besitzes eben sehr ernst«, erklärte Radzik, der neben ihm auf der Rückbank der gepanzerten Limousine saß. »Das ist übrigens auch der Grund dafür, dass ich immer noch am Leben bin.«

»Ich verstehe trotzdem nicht, wieso ich Sie schon ab der Grenze begleiten sollte. Es wäre einfacher gewesen, wir hätten uns in Madrid getroffen. Wie Sie wissen, bin ich ein viel beschäftigter Mann«, beschwerte sich der Unabhängigkeitskämpfer.

»Ich denke, für zwei Millionen Euro können Sie mich ruhig schon ab Argèles-sur-Mer begleiten«, gab der Colonel zurück. »Außerdem treten wir doch beide, jeder auf seine Art, für die Freiheit ein, oder etwa nicht? Wir können während der Fahrt sicher den einen oder anderen interessanten Standpunkt über die Politik von morgen austauschen. Ach, à propos Politik von morgen, ich habe mit großem Interesse gelesen …«

Alejo hörte nicht mehr zu. Er war abgelenkt, weil ihr Konvoi plötzlich ins Stocken geriet. Instinktiv drehte er den Kopf zum Fenster, um zu sehen, was der Grund dafür war. Er presste sein Gesicht an die Scheibe und sah, wie weit vor ihnen das zweite, vorausfahrende Auto sich der Ausfahrt näherte. Bei Schmuggelgeschäften jeder Art war ein plötzlicher Halt oft ein Hinweis auf eine drohende Gefahr, meist in Form von bis an die Zähne bewaffneten Männern. In diesem Fall nicht. Der Konvoi passierte die Mautstelle vollkommen problemlos. Jetzt raste er über eine Nebenstraße, die zu dieser nächtlichen Stunde verwaist war, in Richtung Madrid. Alejo rechnete aus, dass sie die spanische Hauptstadt gegen vier Uhr morgens erreichen müssten, sofern nichts dazwischenkäme. Seit der Abfahrt bombardierte der Alte ihn mit Fragen, dabei hasste der Separatist es, mehr zu reden, als unbedingt nötig. Er konnte die Freunde, denen er wirklich vertraute, an einer Hand abzählen und musste immer jedes Wort genau abwägen, wenn er keine Probleme haben wollte. Er zog sich in seine Wagenecke zurück und starrte weiter aus dem Fenster, dabei wandte er Radzik demonstrativ den Rücken zu. Der schien verstanden zu haben, dass er seine Ruhe haben wollte, und schwieg nun ebenfalls.

»Ein Unfall mit zwei Wagen auf der anderen Straßenseite. Was sollen wir tun?«, hörte man eine tonlose Stimme sagen, unterbrochen von Rauschen.

Sie kam per Funk aus einem der vorausfahrenden Wagen.

Der Colonel griff nach dem Gerät und fragte:

»Wirkt das verdächtig?«

»Es sind nur drei Männer zu sehen, und die Autos sehen wirklich ziemlich lädiert aus, aber wir können anhalten und auf Sie warten.«

»Nein, wenn Sie es für unverdächtig halten, dann fahren Sie weiter, aber langsam, falls Sie doch noch umkehren müssen. Sagen Sie dem zweiten Wagen, er soll langsamer fahren und sich direkt vor uns setzen.«

»Verstanden.«

Der Colonel legte das Funkgerät zurück an seinen Platz. Die Tatsache, dass sie im Mobilfunkzeitalter noch solche Geräte benutzten, bestätigte Alejo, dass seine Informationen zutreffend waren. Demnach hatte er es mit noch aktiven oder ehemaligen Militärs zu tun. Radzik runzelte die Stirn. Irgendetwas schien ihn zu beschäftigen, er richtete erneut das Wort an ihn:

»Darf ich erfahren, wie die Reliquien von Miloš Obilić und vom Drachenorden in die Hände der baskischen Separatisten gelangt sind?«

»Ich möchte nicht unhöflich erscheinen, Colonel, aber das kann ich Ihnen nicht sagen.«

Alejos Antwort kam wie aus der Pistole geschossen. Er wollte sein Gegenüber damit nicht brüskieren, sondern ihm vor allem signalisieren, dass Nachfragen zu diesem Thema zwecklos waren. Radzik machte ein höchst unzufriedenes Gesicht, das musste er erst einmal verdauen. Dann verzog er die Lippen zu einem dünnen Lächeln und entblößte dabei seine locker sitzenden Eckzähne. Der Baske fand, dass der Alte dem Dracula aus dem Coppola-Film wirklich frappierend ähnlich sah. Instinktiv rückte er noch weiter von ihm ab.

»Aber vielleicht können Sie mir verraten, was Sie mit den zwei Millionen vorhaben? Sie sind ja bereit, so einiges, an dem Sie hängen, für dieses Geld zu opfern.«

Alejo wollte gerade eine ebenso bissige Antwort geben, damit der Warlord ihn endlich in Frieden ließe, doch er kam nicht mehr dazu. Neben dem Wagen war ein ohrenbetäubender Knall zu hören, im nächsten Moment wurde die Limousine quer über die Straße geschleudert, und eines der

Begleitmotorräder verschwand von der Fahrbahn. Der überraschte Fahrer riss das Steuer instinktiv nach rechts, um die Spur zu halten, überzog das Lenkrad, das Auto überschlug sich. Alejo, der durchgeschüttelt wurde wie Wäsche im Schleudergang, klammerte sich an seinen Gurt. Durch die Wucht des Aufpralls wurde er nach vorn geschleudert, der Wagen prallte gegen die Leitplanke und kam mit dem Dach nach oben halb auf der Leitplanke hängend zum Stehen. Ein schrilles Pfeifen signalisierte ihm, dass er durch die Airbag-Auslösung ein Knalltrauma erlitten hatte. Dennoch hörte er eine erneute Explosion, die genauso heftig war, wie die erste.

Vollkommen benommen mobilisierte Alejo all seine Kräfte und zog sich mit schmerzverzerrtem Gesicht auf den Beifahrersitz. Beim Aufprall war die Tür auf der Beifahrerseite abgerissen worden, dort, wo das Auto auf der Leitplanke saß. Benzingestank stieg Alejo in die Nase. Vorsichtig wandte er den Kopf, erst da wurde ihm das ganze Ausmaß der Katastrophe bewusst. Der Fahrer und der Colonel, die noch auf ihren Plätzen saßen, waren beide blutverschmiert und ohnmächtig. Das zweite vorausfahrende Auto, das zu ihrem Schutz direkt vor ihnen her gefahren war, stand brennend in der Mitte der Straße. Zu seiner Linken lagen zwei der Motorradfahrer auf der Straße und rührten sich nicht. Weiter vorne, hinter den Flammen, konnte der Baske zwei Typen ausmachen, die einen noch qualmenden Raketenwerfer mit einer neuen Rakete bestückten. Ein dritter, extrem großer Mann schwenkte ein Maschinengewehr und zielte direkt auf ihre Limousine.

In panischer Angst ließ Alejo sich aus dem Auto fallen und in den Graben hinter der Leitplanke rollen. Als er unterhalb der Leitplanke zum Liegen kam, presste er sich auf den Boden. Sein Kopf erschien ihm unglaublich schwer. Am liebsten wäre er mit dem Graben eins geworden, hätte Farbe und Textur der Erde angenommen. Er rechnete jeden Moment damit, dass das Auto mitsamt Radzik von einer Rakete getroffen und in Flammen aufgehen würde und er eine Kugel in den Nacken verpasst bekäme. Der Riese da hinten und seine Helfershelfer hatten bestimmt gesehen, wie er sich aus dem Wagen gerettet hatte. Sie würden ihn mit Sicherheit liquidieren, um keinen unliebsamen Zeugen zu hinterlassen.

Alejo unterdrückte ein Lächeln. Das nannte man wohl Ironie des Schicksals. Nachdem er den Waffen abgeschworen hatte, würde er nun selber erschossen werden. Aber vorerst war es noch nicht so weit. Statt der Explosion einer Rakete hörte er das Knirschen von Reifen, dann Granaten- und Sturmgewehrfeuer. Die beiden nachfolgenden Wagen waren mit großer Geschwindigkeit herangebraust und hatten sich zum Schutz vor Radziks Limousine gesetzt. Die Scheinwerfer der Wagen waren auf die Angreifer und das brennende Autowrack gerichtet. Einer der beiden Männer, die den Raketenwerfer bedient hatten, war tot. Auf der Straße war ein erbitterter Kampf im Gange, Kugeln pfiffen durch die Luft. Vorsichtig untersuchte Alejo seinen schmerzenden Kopf und ertastete eine klebrige Flüssigkeit. Splitter der Windschutzscheibe hatten sich in seinen Schädel und sein Gesicht gebohrt. Er wagte sich mit seinen Fingern nicht weiter vor, aus Angst, seine Verletzungen zu verschlimmern. Seine Haut brannte wie verrückt, und sein Gehirn wurde von immer unerträglicher werdenden Schmerzsalven durchzuckt. Als er in Ohnmacht fiel, war er dankbar dafür.

32

»Zehn Arten, zum Orgasmus zu kommen« war auf dem Cover der Frauenzeitschrift zu lesen, die Bonanza in den Händen hielt. Seitdem sie hier waren, also seit nun schon mehr als zwei Stunden, blätterte er immer missmutiger das Heft durch und gab ab und zu ein leises Murren von sich. Gabrielle saß schweigend neben ihm und sah dem Chef von *Prestige Location* dabei zu, wie er zum x-ten Mal Papiere in Klarsichthüllen verstaute. Er blickte der Verhaftung seines Stammkunden mit ziemlicher Nervosität entgegen und dachte schon jetzt darüber nach, wie schädlich sich das auf sein Geschäft auswirken würde. Die Kommissarin und ihr Kollege hatten ihm gesagt, dass Nassim ihnen möglicherweise nicht freiwillig aufs Kommissariat folgen würde. Insgeheim hoffte er, Nassim würde nicht erscheinen, dann hätte er seine Ruhe. Und auch für seinen Laden wäre es das Beste.

Gabrielle konsultierte voller Sorge ihr Handy. Alejo hatte immer noch nicht auf ihre zahlreichen SMS und Anrufe von letzter Nacht reagiert und sie auch nicht wie angekündigt mittags angerufen. Diese Stille beunruhigte sie. Zugleich bestärkte sie Alejos Schweigen darin, dass sie die richtige Entscheidung getroffen hatte, indem sie in Toulouse geblieben war, um Amir Nassim zu fassen, anstatt sich auf die Spur einer Phantom-Killerin zu begeben. Sie drehte ihren Kopf abwechselnd zur linken und zur rechten Seite. Ihr Nacken war völlig verspannt. Kein Wunder, sie war erst im Morgengrauen eingeschlafen, hatte keine drei Stunden Schlaf bekommen, nur ihre angespannten Nerven hielten sie noch wach. So saß sie nun seit einer halben Ewigkeit auf diesem unbequemen Plastikstuhl und ihr Hintern tat ihr weh. Ihre schmerzenden Muskeln schrien geradezu nach Bewegung. Levasseur stand auf und ging auf die Tür zu. In dem Moment, als sie die Glastür aufziehen wollte, lächelte ein äußerst gut aussehender Mann sie durch die Scheibe hindurch an. Er trug einen eleganten, dreiteiligen Anzug und sah wie eine Mischung aus reichem Geschäftsmann und Filmstar aus. Gabrielle schoss die Idee durch den Kopf, es könnte sich um Roschdy Zem persönlich handeln. Im nächsten Moment war ihr klar, mit wem sie es zu tun hatte: Nassim. Er öffnete die Tür und trat zur Seite, um sie vorbeizulassen, wie ein Kavalier der alten Schule. Sie ging raus und wartete, bis er den Tresen erreicht hatte, dann betrat sie den Laden erneut. Bonanza legte das Heft beiseite. Er hatte den jungen Mann ebenfalls erkannt. Ohne sich abzusprechen, traten sie von beiden Seiten an ihn heran. Nassim wandte sich an Bonanza.

»Habe ich mich etwa vorgedrängelt? Wenn das der Fall sein sollte, so entschuldigen Sie mich bitte, dann lasse ich Ihnen natürlich gerne den Vortritt«, sagte er und trat einen Schritt zurück.

Seine ungezwungene Selbstsicherheit, seine guten Manieren und sein Designer-Anzug legten den Eindruck nahe, dass man es mit jemandem aus gut betuchten Verhältnissen zu tun hatte. Er sah wirklich nicht wie der klassische Halunke aus. Doch Bonanza und Gabrielle kannten seine Akte und wussten, dass sich hinter diesem einnehmenden Äußeren ein Perverser verbarg. Als Nassim einen Schritt zurücktrat, packte der Lieutenant ihn brutal und bog ihm den Arm auf den Rücken.

»Amir Nassim, Sie sind verhaftet«, erklärte er und legte ihm Handschellen an.

Im Überschwang vergaß er dem Verdächtigen vorher seinen Ausweis zu zeigen, wie es eigentlich seine Pflicht gewesen wäre. Gabrielle verschlug das Auftreten Ihres Assistenten für einen Moment die Sprache. Nassim dagegen protestierte laut und schrie auf vor Schmerz, als sich die Handschellen um seine Handgelenke schlossen.

»Was soll das bitte? Darf ich erfahren, was Sie mir vorwerfen? Sie verhaften mich hier einfach so ohne Grund? Offenbar wissen Sie nicht, wer ich bin. Das wird Folgen haben, das können Sie mir glauben«, protestierte er wie ein Bürger, der sich im Recht weiß.

»Rede kein Blech, wir wissen genau, was du getan hast, du Mistkerl«, erwiderte Bonanza und umklammerte seinen Arm noch fester.

»Hören Sie auf damit, Bonanza«, befahl Gabrielle.

»Aber Capitaine ...«

»Stopp habe ich gesagt!«

Erst als sie ihn anbrüllte, kam er ihrer Aufforderung nach. Widerstrebend ließ er Nassims Arm los und sah sie verständnislos und wutentbrannt an. Wäre es nach ihm gegangen, hätte er Nassim längst ins Auto verfrachtet und ihm eine ordentliche Backpfeife verpasst. Dann wäre Schluss mit dem Gejammer und dem vornehmen Getue. Er nahm ihm die Handschellen ab. Nassims Gesicht war schmerzverzerrt, aber er schrie nicht mehr. Er massierte sich die Handgelenke.

»Sie werden noch von mir hören, das verspreche ich Ihnen«, sagte er mit drohendem Unterton zu den beiden Polizisten und zeigte dabei mit dem Finger nach oben, als wollte er Gott als Zeugen anrufen. »Ich gehöre einer der einflussreichsten Familien Marokkos an, bin ein persönlicher Freund des Königs, und der diplomatische Zwischenfall, den Sie hier provozieren …«

»Schon gut, sparen Sie sich das Theater«, unterbrach Gabrielle ihn. »Wir wissen, wer Sie sind und was Sie getan haben, Nassim. Soweit wir informiert sind, haben Sie noch nie einen Fuß nach Marokko gesetzt. Also spielen Sie nicht den empörten Diplomaten und folgen Sie uns bitte aufs Kommissariat.«

Nassim verzog bei diesen Worten keine Miene. Sie schienen an ihm abzuperlen, wie Wassertropfen von den Federn einer Ente.

»Wir möchten mit Ihnen über Anne-Sophie Brèche sprechen«, erklärte Gabrielle ihm.

Bei der Erwähnung dieses Namens biss er sich auf die Lippe und blickte verstohlen zur Seite. Ein deutlicher Hinweis darauf, dass ihm dieses Thema unangenehm war. Demnach war er tatsächlich nicht das Unschuldslamm, für das er sich ausgab.

»Anne-Sophie? Aber warum denn? Ist ihr irgendetwas zugestoßen?«, rief er aus und gab sich zugleich besorgt und erstaunt.

Er räkelte sich, sah Gabrielle direkt in die Augen und setzte sein verführerisches Lächeln auf. Er war sich seiner Anziehungskraft bewusst, versuchte sie zu beeindrucken und zu bezirzen. Das bestätigte die Capitaine in ihrer Vermutung, dass er zur Spezies der Männer mit Raubtierblick gehörte. Für Anne-Sophie Brèche, so war sie sich nun sicher, hatte sich die Begegnung mit ihm als verhängnisvoll erwiesen. Sie beschloss, auf sein Spiel einzusteigen, und gab sich betont herzlich.

»Wir belästigen Sie nur ungern«, sagte sie mit Bedauern in der Stimme. »Aber … Ihre Freundin ist tot. Vermutlich hat sie Selbstmord begangen. Wir möchten Ihnen deshalb gerne ein paar Fragen stellen. Ich gehe davon aus, dass Sie dazu bereit sind. Wir benötigen dringend Ihre Hilfe, um die genauen Todesumstände zu klären.«

Nassims Mund entfuhr ein leises: »Oh.«

»Anne … Anne-Sophie! Das kann doch gar nicht sein! Sie ist tot? Nein?!« Er tat so, als wäre er kurz davor zusammenzubrechen, atmete stoßweise wie nach einem schweren Schock. »Ich bin am Boden zerstört. Natürlich komme ich mit … ich helfe Ihnen, so gut ich kann und stehe selbstverständlich zu Ihrer vollen Verfügung.«

Jedenfalls ist er ein begnadeter Schauspieler, dachte Gabrielle. Als er auf dem Weg zur Tür auf einmal schreiend zusammenbrach und sich das Bein hielt, glaubte sie dementsprechend, es handele sich um eine erneute schauspielerische Einlage. Leider wurde sie schnell eines Besseren belehrt. Bonanza lag nämlich auf ihm und traktierte sein Gesicht mit Faustschlägen.

»Bonanza, haben Sie jetzt völlig den Verstand verloren? Hören Sie sofort auf damit!«, blaffte Gabrielle ihn an und packte ihn am Kragen.

Sie zog ihn mit aller Kraft nach hinten. Aber Bonanza schien wie von Sinnen und weigerte sich, von Nassim abzulassen. Dieser hielt schützend die Arme vors Gesicht und schrie um Hilfe. Gabrielle hatte keine andere Wahl, sie musste ihrem Kollegen einen kräftigen Fausthieb ins Kreuz verpassen. Bonanza schrie auf vor Schmerz und rollte sich zur Seite. Der blutverschmierte Nassim tastete derweil in seinem Mund herum, um zu überprüfen, ob seine Zähne unversehrt waren.

Gabrielle sah schon die Schlagzeile im *La Dépêche* vor sich: »Vor den Augen eines fassungslosen Beobachters quält ein Polizeibeamter ohne erkennbaren Grund einen Zeugen.« Sie wandte sich zu dem Inhaber des Autoverleihs um. Elvado stand mit vor Schreck geweiteten Augen hinter seinem Tresen, immer noch wie gelähmt angesichts dieser brutalen Szene.

»Monsieur Nassim ist unglücklich gestolpert, da sind wir uns doch einig, nicht?«, fragte sie ihn, jedes Wort betonend und sah ihn dabei starr und drohend an.

Das Gesicht des Verleihers drückte die nackte Panik davor aus, dass es ihm genauso ergehen könnte wie seinem Kunden. Er nickte nur. Erleichtert half Gabrielle Nassim dabei sich aufzurichten.

»Es tut mir leid, Monsieur Nassim«, sagte sie und packte ihn am Ellbogen. »Wir gehen jetzt zusammen auf die Wache. Bonanza, stehen Sie auf und gehen Sie vor. Wir möchten schließlich nicht riskieren, dass Sie Monsieur erneut versehentlich anrempeln.«

Dabei schob sie Nassim aus dem Laden heraus. Er zeigte keinerlei Gegenwehr. Überrascht fragte Gabrielle sich, ob er Angst vor neuen Schlägen hatte oder bereits darüber nachsann, wie er sie mithilfe seines Anwalts wegen Polizeigewalt und willkürlicher Verhaftung drankriegen könnte. Das spöttische Lächeln, mit dem er sich trotz seiner blutverschmierten Nase ins Auto setzte, sprach für Letzteres. Sie warf die Tür zu und schoss wie eine Furie auf Bonanza zu. Der Lieutenant schien innerlich immer noch vor Wut zu toben und warf Nassim vernichtende Blicke zu.

»Sie haben mir einen Mordsärger beschert, Bonanza«, blaffte sie ihn an. »Was ist nur in Sie gefahren? Das wird Konsequenzen für Sie haben!«

Gabrielle verstand nicht, wie diese Verhaftung so aus dem Ruder hatte laufen können. Es gab nur eine Erklärung: Bonanza stand nicht einfach nur neben sich und litt an einer Depression, sondern er war tatsächlich komplett übergeschnappt! Ihr Handy vibrierte. Um ungestört zu sein, ging sie ein paar Schritte zur Seite. Auf dem Display war eine ihr unbekannte spanische Nummer zu sehen. Mit einem unguten Gefühl drückte sie auf die Taste.

»Capitaine Levasseur, ich höre?«

»Capitaine Levasseur … ah, Sie sind also eine Kollegin, sehr gut. Major Veciana des Mossos d'Esquadra aus Spanien. Kennen Sie einen gewissen Alejo Riva?«, fragte er streng auf Französisch mit leicht spanischem Akzent.

»Ja, warum?«

»Das habe ich vermutet, nachdem Sie gestern zwölf Mal versucht haben, ihn zu erreichen. Können Sie mir sagen, warum?«

Levasseur hasste den herablassenden Ton, in dem er mit ihr sprach.

»Nein, das ist eine rein persönliche Sache. Und woher wissen Sie überhaupt, dass ich versucht habe, ihn anzurufen?«, fragte sie nun ihrerseits entnervt.

»Er wurde schwer verletzt, die genauen Umstände sind noch unklar. Wie es scheint, kam es in Folge einer blutigen Auseinandersetzung zwischen Terroristen-Banden zu einem schweren Unfall auf einer unserer Nationalstraßen.«

Gaby hörte nur »schwer verletzt«. Worte, denen etwas so Endgültiges anhaftete. Sie wagte nicht zu fragen, wie kritisch Alejos Zustand war, aus Angst vor der Antwort.

»Hallo, Capitaine Levasseur, sind Sie noch dran?«

»Aber … ich … was heißt ›schwer verletzt‹?«

Das sollte sie eigentlich wissen, sie war auf das Schlimmste vorbereitet. Gabrielle Levasseur war an Nachrichten mit bitterem Beigeschmack gewöhnt.

»Ich kann Ihnen am Telefon keine Details nennen. Sagen wir, sein Zustand ist ernst, aber nicht ganz so ernst wie der der anderen Personen, die wir vor Ort aufgesammelt haben. Das ist eine ziemlich große Sache. Ich tappe bisher völlig im Dunkeln. Bei der Schießerei starb ein in seinem Land sehr prominenter schwedischer Politiker. Keiner weiß, was er dort zu suchen hatte … Unter den Toten und Verletzten sind auch mehrere Serben. Einer ist im Übrigen ziemlich übel zugerichtet. Und dann ein …«

»Serben? Wie kann das sein?«, unterbrach sie ihn.

Bei den letzten Worten des Majors war sie zusammengezuckt.

»Ich habe Ihnen schon mehr gesagt, als ich am Telefon sagen sollte.«

Serben. Es konnte kein Zufall sein, dass sie am Unfallort waren. Vermutlich war auch die serbische Killerin dabei. Alejo hatte sie also nicht angelogen. Wollte er womöglich Miria oder Nathalie im Alleingang verhaften? Und sie hatte auf ihn geschossen und ihn dabei verletzt? Die Antwort auf diese Frage konnte ihr nur ihr Geliebter in Spanien geben. Sie beschloss, sofort zu ihm zu fahren.

»Hm … ich bin mir nicht so sicher, ob das eine gute Idee ist. Die Ermittlungen erfordern Ihre Anwesenheit hier eigentlich nicht«, antwortete der Major, als sie ihm diesen Vorschlag machte.

»Ich fahre auf jeden Fall, ob Sie mich nun einladen oder

nicht«, erwiderte sie in einem Ton, der keine Widerrede duldete.

»Gut, vielleicht können Sie uns bei der Gelegenheit ja erklären, welche Verbindung zwischen all diesen Personen besteht und dieses Knäuel für uns etwas entwirren«, antwortete er in etwas freundlicherem Ton. Sicher merkte er, dass sie sich so oder so durch nichts von ihrer Entscheidung abbringen lassen würde. »Aber damit wir uns richtig verstehen, Sie führen hier keine offizielle Ermittlung durch! Und informieren Sie ihre Vorgesetzten bitte darüber. Ich setze meine Vorgesetzten ebenfalls in Kenntnis. Ich bin im Krankenhaus von Saragossa. Fragen Sie am Empfang nach mir. Meine Nummer haben Sie ja, Sie können mich also auch anrufen, wenn es ein Problem geben sollte.«

Er legte auf. Gabrielle spürte einen regelrechten Energieschub, der sie in ihrem Vorhaben bestärkte, trotz ihrer Müdigkeit, ihres großen Schlafdefizits, und der langen Autofahrt, die ihr bevorstand, sofort aufzubrechen. Ihr Platz war jetzt bei Alejo im Krankenhaus. Das forderte ihr Herz und ließ keine Zweifel zu. Bonanza hüstelte, um sich in Erinnerung zu bringen. Sie kam ihm zuvor:

»Bonanza, ich muss mich um eine dringende persönliche Angelegenheit kümmern«, erklärte sie ihm. »Ich nehme mir frei. Sie bringen den Verdächtigen zum Verhör ins Kommissariat. Sie schlagen ihn nicht noch einmal, ist das klar? Denken Sie an die Vorschriften. Er ist ein Zeuge, verdammt! Wenn Sie ihm noch mehr Ohrfeigen verpassen, haben Sie am Ende einen Prozess am Hals und er kommt auf freien Fuß. Wollen Sie das etwa? Wenn Sie ihm auch nur ein Haar krümmen, dann bekommen Sie richtig Ärger, verstanden? Ich habe Sie einmal gedeckt, noch einmal tue ich das nicht. Das nächste Mal bekommen Sie es direkt mit der Dienstaufsicht zu tun!«

Diese Drohung zeigte Wirkung. Trotzdem lächelte Bonanza etwas schief, um nicht zu sagen, leicht debil. Gabrielle war bewusst, dass sie ein großes Risiko einging, indem sie ihn mit Amir Nassim allein ließ. Es war nicht vollkommen auszuschließen, dass der Lieutenant erneut durchdrehte. Aber die Vorstellung, jetzt nicht bei dem schwer verletzten Alejo zu sein, der ihre Hilfe brauchte, war ihr unerträglich. Ein Schauer überlief sie. Es war zwecklos, länger die Augen davor zu verschließen: Sie liebte ihn, wie sie noch nie jemanden geliebt hatte.

33

Das Stöhnen von Viktor übertönte alles. Nathalie hätte ihm gerne die Kehle durchgeschnitten, damit er endlich Ruhe gab. Jeder seiner Klagelaute brachte ihr schmerzhaft das Scheitern ihrer Mission in Erinnerung. Wie von ihr befürchtet, hatten die Schweden sie unterwegs in eine Falle gelockt. Nathalie wusste zu viel über ihre Machenschaften. Sie wollten sie zum Schweigen bringen, koste es was es wolle.

Gratchev und sie hätten die verängstigte blonde Frau nicht sehen dürfen, die aus dem Haus stürzte, als sie dem blonden Hünen das Baby übergaben. Der Doc hatte ihren Kunden auf Anhieb wiedererkannt. Es handelte sich um Stephan Sanner. Er war der breiten Öffentlichkeit durch einen Vorfall bekannt, der vor einigen Monaten durch die Medien ging. Seine Frau Agnetha war bei einem gemeinsamen Waldspaziergang entführt worden. Im Fernsehen erzählte er, die Kidnapper seien zu zehnt gewesen, lauter »Dunkelhäutige«, »Araber«, wie er ergänzte. Er habe sich bis zum Schluss wie ein Löwe gewehrt, aber vergeblich. Sanners Bericht löste einen Sturm der Entrüstung aus. Für die meisten Schweden war dieser Überfall ein klares Indiz dafür, dass in ihrem Land etwas faul war. Man sah darin einen weiteren Beweis dafür, dass der Zustrom von Ausländern eine Bedrohung darstellte und die Einwanderung unbedingt gestoppt werden müsste.

Sanner heizte die Stimmung in der Bevölkerung durch aufsehenerregende Interviews an, die er in regelmäßigen Abständen gab. In einem hatte er beispielsweise gesagt:

»Diese dreckigen Kanaken haben mich nicht zufällig angegriffen. Mein Fehler war es, als Unterstützer von National Supporter dafür einzutreten, dass Schweden schwedisch bleiben soll. Meine Frau ist das erste Opfer dieses drohenden Rassenkrieges. Wenn man den Zustrom der Ausländer in unser Land nicht bremst, werden Angriffe wie dieser sich in Zukunft häufen. Sie dachten wohl, sie könnten mir Angst einjagen. Da haben sie sich geschnitten! Ich werde nichts unversucht lassen, um meine Frau zurückzubekommen.«

Er avancierte durch seine Statements schnell zum Medienstar, war Dauergast in sämtlichen Fernsehstudios. Das Publikum sah in ihm einen Helden, einen Verteidiger der großen schwedischen Nation. Hinzu kam, dass er mit seiner wikingerhaften Statur etwas hermachte und ein guter Redner war. Kurzum, er besaß alle Eigenschaften, die man brauchte, um in der Politik Erfolg zu haben. Insofern war es keine große Überraschung, als er ankündigte, bei der Kommunalwahl für National Supporter anzutreten. Bisher war kein Journalist auf die Idee gekommen, seine Erzählung zu überprüfen. Die gesamte Presse hatte seine Geschichte vom Überfall im Wald widerstandslos geschluckt. Dabei war nur schwer vorstellbar, dass ein Kleiderschrank wie er sich so leicht überwältigen ließ.

Die eingeleitete Großfahndung der Polizei blieb ohne Ergebnis, seine Frau war unauffindbar. Mittlerweile lag ihr Verschwinden fast ein Jahr zurück, viele meinten, sie sei tot. Nicht so Gratchev und Nathalie. Da der Doc kürzlich im Fernsehen eine ausführliche Reportage über Sanner gesehen hatte, war er über alle Details seines Lebens informiert. Dort hatte man auch mehrere Aufnahmen von Sanners Frau gezeigt, und der Doc war sich ganz sicher gewesen: Die Frau, die in Schweden aus dem Haus gerannt kam, war niemand anders gewesen als die vermisste Ehefrau. Ihre Peiniger waren keine eingewanderten Araber, wie ihr Mann überall kundtat, sondern er selbst steckte dahinter. Gemeinsam mit einem Komplizen, der die Flüchtende wieder eingefangen hatte, hielt er sie versteckt. All das erzählte Gratchev Nathalie. Diese rief daraufhin ihren Chef an, um ihm von ihrer Entdeckung zu berichten.

Nachdem Radzik von Nathalie über die Ereignisse informiert worden war, hatte er die folgende Vermutung aufgestellt:

»Die Partei hat nichts mit alldem zu tun. Das wäre viel zu riskant. Zu bekloppt. Den Plan hat Sanner persönlich ersonnen. Sein Komplize stammt bestimmt aus seinem persönlichen Umfeld. Ich vermute, dass es sich um seinen Bruder handelt, der auch ein Nationalist ist. Pass gut auf, Nathalie, denn Sanner ist ein Cousin von Gustav. So heißt der Kerl, dem Khasboulat heute Abend die Pillen in den Club bringen soll. Begleite ihn lieber, für den Fall, dass etwas schiefgeht.«

Zu diesem Zeitpunkt hatte noch keiner von ihnen geahnt, dass Sanner beschlossen hatte, die Zeugen seiner abgeschmackten Inszenierung zu beseitigen. Für Radzik und Nathalie war er bis dahin nur ein Fall unter vielen gewesen: jemand, über den sie kompromittierende und damit nützliche Informationen besaßen, mit denen sie ihn gegebenenfalls erpressen konnten. Noch heute, wenn Nathalie an diesen Vorfall zurückdachte, fragte sie sich, ob Sanner eigentlich von der Ermordung seines Cousins durch Nathalie gewusst hatte, als er mit seinem Bruder im Hotel aufgetaucht war. Ebenso fragte sie sich, ob Sanner Gustav damit beauftragt hatte, sie in der Diskothek so lange hinzuhalten, bis er selber eingetroffen wäre. Sie verstand immer noch nicht, warum Sanner das Baby gekauft hatte, konnte nur Vermutungen darüber anstellen. Möglicherweise hatte Sanner vorgehabt, seine Frau in Kürze wieder aus der Versenkung auftauchen zu lassen. Wenn er sich mit ihr und dem Kind auf dem Arm der Öffentlichkeit präsentiert hätte, wäre damit vermutlich eine neue Welle der Sympathie ausgelöst und seine Wahlchancen deutlich verbessert worden. Nathalie sah ihn vor ihrem geistigen Auge bereits vor sich, wie er vor den Kameras erklärte, »Araber« hätten seine Frau vergewaltigt. Er sei überglücklich, sie nach dieser langen Leidenszeit und den vielen schlaflosen Nächten, in denen er vergeblich auf sie gewartet hatte, wieder bei sich zu haben. Um das Kind würde er sich kümmern wie um sein eigenes.

Radzik hatte die Gefahr, die von Sanner ausging, lange unterschätzt. Das war ihm erst bei der Versammlung in Belgrad klar geworden. Da erzählte ihm jemand, der Politiker habe seine Freunde darum gebeten, Nathalie zu liquidieren, weil sie seinen Cousin getötet hätte. Diese hatten sich jedoch geweigert und sich damit begnügt, Informationen über die Killerin an die Polizei durchzustechen, die seither nach ihr suchte.

Radzik hatte Sanner nicht beseitigen wollen. Er hatte immer noch auf eine Wiederannäherung mit seinen schwedischen Verbündeten gehofft. Zwar war er gegen ihn vorgegangen, aber nur moderat. Am wirksamsten war ihm ein Anruf bei der Parteiführung von National Supporter erschienen. Er hatte damit gedroht, die Medien über die Machenschaften ihres Schützlings zu informieren, wenn Nathalie etwas zustoßen sollte. Dabei hatte er angedeutet, dass Sanner ziemlich viel Dreck am Stecken hatte. Wenn seine zahlreichen Delikte publik würden, hätte der Ruf der ganzen Partei darunter zu leiden. Als Beweis für seine Behauptung hatte er ihnen den Ort genannt, an dem Agnetha und das Kind versteckt gehalten wurden. Sein Gesprächspartner hatte ihm versprochen, sein Möglichstes zu tun. Dennoch hatte Radzik sich keine Illusionen gemacht. Ihm war völlig klar gewesen, dass Sanner und die Albaner, die bei der Versammlung Nathalies Kopf verlangt hatten, alles versuchen würden, um sie zu töten, egal, wie hoch der Preis sein würde, den sie dafür zahlten. Für die Schweden war es eine Frage der Ehre, ihren Kameraden zu rächen.

Als sie im Haus am See gewesen waren, hatte Radzik Nathalie gegenüber keinen Hehl daraus gemacht, wie sehr sie in Gefahr schwebte.

Zum x-ten Mal fragte Nathalie sich nun schon, woher der Schwede gewusst hatte, welche Strecke ihr Konvoi nehmen würde. Sie kam immer wieder zu dem gleichen Schluss. Irgendjemand hatte es ihnen gesteckt. Sie hatten einen Verräter in den eigenen Reihen, der die Informationen weitergab. Die Skorpione hatten große Verluste zu beklagen, es hatte fast die Hälfte ihrer Leute erwischt, entweder waren sie tot oder schwer verletzt, wie Viktor. Khasboulat und Nathalie waren wie durch ein Wunder entkommen. Mitsamt ihren Waffen und dem verletzten Viktor auf der Rückbank war es ihnen gelungen, zu fliehen, bevor die Polizei eingetroffen war. Den schwerverletzten Radzik hatten sie zurücklassen müssen, da er nicht transportfähig war. Die restlichen überlebenden Mitglieder der Bande waren später zu ihnen gestoßen. Nun saßen sie in diesem Loch, einem leerstehenden Haus. Nathalie hatte den Kopf zwischen den Händen verborgen. Sie sorgte sich um ihren Onkel und grübelte darüber nach, wer dieser Verräter sein konnte, dem ihr ganzer Hass galt. Ein Gefühl der Machtlosigkeit nahm von ihr Besitz. Da tauchte neben ihr ein riesiger Schatten auf. Khasboulat. Er fragte sie, was sie nun tun wollte.

»Lass mich in Ruhe, ich muss nachdenken« versuchte sie, ihn abzuwimmeln.

Sie wollte alleine sein, ihre Ruhe haben, für einen kurzen Moment die da draußen in der Welt tobenden Urgewalten vergessen. Der Tag hatte ihr zu viel abverlangt, sie war erschöpft. Er ließ jedoch nicht locker:

»Viktor verliert viel Blut, er hat eine Kugel im Oberschenkel, wir haben hier noch nicht mal Verbandszeug. Er muss dringend verarztet werden!«

»Viktor kann mir gestohlen bleiben, Khasboulat«, erwiderte Nathalie genervt und wurde dabei laut. »Das ist sein Berufsrisiko, hat er vielleicht gedacht, das würde ein Spaziergang? Dem schulde ich gar nichts.«

»Darum geht es nicht«, erwiderte der Tschetschene. »Aber das sind jetzt deine Männer, Radziks Soldaten, sie halten deinem Onkel seit ewigen Zeiten die Treue, du kannst sie nicht so behandeln. Du bist jetzt unser Chef. Du hast dir durch deinen Kampf ihren Respekt erworben, jetzt musst du noch ihre Herzen gewinnen, indem du sie hier rausholst.«

Nathalie richtete sich auf ihrem Stuhl auf, nahm ihre Hände vom Gesicht. Sechs Augenpaare waren auf sie gerichtet. Sie gehörten Khasboulat und den übrigen Kämpfern, die der Schießerei entkommen waren. Sie starrten sie mit einer Mischung aus Ehrerbietung, Hoffnung und Angst an. Radziks Soldaten hingen an ihren Lippen und erwarteten ihre Befehle. Als sie die Männer so vor sich stehen sah, ihr zu

Diensten, bereit, ihr überallhin zu folgen, wenn nötig ihr Leben für sie zu opfern, überkam sie zunächst ein Gefühl von Angst. Nachdem sie Radzik viele Jahre lang über die Schulter geschaut hatte, wusste sie, welch schwere Aufgabe sie erwartete. Sie fürchtete, ihr nicht gerecht werden zu können, da sie am liebsten als Einzelperson, ohne Rücksicht auf andere, agierte. Aber im nächsten Moment fühlte sie sich unglaublich geehrt, solche tapferen Soldaten anzuführen, und dieser Stolz gab ihr Kraft und Entschlossenheit. Radzik hätte gewusst, was zu tun war, um sie da rauszuholen. Sie musste so denken wie er, sich in sein Gehirn hineinversetzen. Von einer plötzlichen Eingebung ergriffen, stand sie auf und fragte Khasboulat, ob ihr Iridium-Satellitentelefon bei dem Angriff zerstört worden war. Der Riese lief nach draußen. Sie hörte ihn vor dem Haus im Auto kramen und vor sich hin schimpfen. Schließlich kam er mit dem Apparat in der Hand zurück.

»Da ist es, die Frage ist nur, ob es noch funktioniert.«

Nathalie nahm das Gerät an sich und wählte eine Nummer. Es war an der Zeit, dass die Skorpione sich bei denen meldeten, die jahrelang von ihren Diensten profitiert hatten und ihnen noch etwas schuldig waren.

34

Der weiße Verband um Alejos Kopf hob sich deutlich von seiner durchscheinenden Haut ab. Man meinte, ein Gespenst oder vielmehr einen lebenden Toten vor sich zu haben. Die Ärzte erklärten Gabrielle, dass er wegen eines schweren Schädel-Hirn-Traumas zwischen Leben und Tod geschwebt hätte. Jetzt müsste man abwarten, wie er aus dem Koma herauskäme, um mehr sagen zu können. Momentan ständen seine Überlebenschancen bei fünfzig Prozent.

Gabrielle beugte sich über ihn und drückte zärtlich seine reglos daliegende Hand. Sie hoffte, ihn so bei seinem Überlebenskampf zu unterstützen, ihm etwas Kraft und Wärme zu geben, ihm zu zeigen, dass sie ihn liebte und voller Reue war. Ihr Herzschlag bildete ein Echo zu dem durchdringenden Piepen der Maschine, an die ihr Geliebter angeschlossen war. Sie war froh über jedes Piepen. Es zeigte, dass Alejo am Leben war. Sie küsste ihn auf die Wange und flehte ihn leise an, durchzuhalten. In dem Moment betrat der spanische Major das Zimmer.

»Und, ist das der Mann, den Sie kennen?«, platzte er heraus.

Er redete so laut, dass Gabrielle zusammenfuhr. Mit einem zornigen Blick gab sie ihm zu verstehen, dass er leiser reden sollte. Sie flüsterte:

»Ja, er ist es.«

»Dann wissen Sie sicher, was er in diesem Auto verloren hatte?«, fuhr Veciana fort, dieses Mal deutlich leiser.

»Nein, ich habe keine Ahnung.«

»Und welche Verbindung hatte er zu den Serben?«

»Keine … glaube ich.«

»Doch, es muss eine Verbindung zwischen ihnen gegeben haben. Sie saßen schließlich in ein- und demselben Wagen«, gab der Major zurück.

»Wie das, in einem Wagen?«, fragte Gabrielle ungläubig.

»Hatte ich Ihnen das nicht bereits am Telefon gesagt? Sie fuhren zusammen in einem Auto. Das heißt, genau genommen fand man ihren Freund im Straßengraben direkt neben dem Auto des Serben. Daraus haben wir geschlossen, dass er sich vor dem Anschlag im Wagen des Serben befand. Aber das sind vorerst nur Vermutungen. Wir sind noch dabei, den Tathergang zu rekonstruieren. Da wir bisher keinen der Zeugen vernehmen konnten, ist alles noch relativ unklar. Fest steht nur, dass es zu einer regelrechten Straßenschlacht gekommen ist oder sich dort vielmehr kriegsähnliche Szenen abgespielt haben. Wir haben Dutzende Einschusslöcher gefunden, auf der einen Straßenseite standen ein brennender Volvo und ein Polo, die offenbar ineinander gefahren sind. Beide Wagen waren von Herrn Sanner am Vortag gemietet worden. Sie wissen, dass der schwedische Politiker unter den Toten ist? In der Mitte der Straße fanden wir die Überreste von drei Motorrädern. Und auf der gegenüberliegenden Seite lagen zwei Wagenwracks der Marke BMW, der eine war ebenfalls komplett ausgebrannt. Beide BMW trugen balkanische Kennzeichen. Insgesamt haben wir zehn Todesopfer zu verzeichnen.«

Gabrielle war sprachlos angesichts dieser neuen Informationen. Sie verstand nicht, was Alejo bei diesem Gemetzel verloren hatte, wusste nicht, was sie von alldem halten sollte. Der

Baske hatte ihr die Verhaftung der Killerin Nathalie in Aussicht gestellt und nicht die Teilnahme an einer Straßenschlacht. Da sie nichts sagte, setzte Veciana seinen Bericht fort.

»Einer meiner Beamten hat Stephan Sanner direkt wiedererkannt. Er hatte vor einiger Zeit im Fernsehen eine Reportage über ihn gesehen. Seitdem seine Frau in Schweden von Ausländern entführt worden war, führte er einen Kreuzzug gegen die Einwanderung. Vor Kurzem hat er sich einer neu gegründeten rechtsradikalen Partei angeschlossen. Sie kämpfen gegen Europa, gegen eine Vermischung der Kulturen, gegen Abtreibungen … ein typischer Rechtsextremer eben! Neben ihm fand man zwei von Kugeln durchsiebte Personen. Die haben wir noch nicht identifiziert, aber das dürfte kein großes Problem sein.«

Eine Straßenschlacht zwischen rivalisierenden Banden mit zehn Toten und zahlreichen Verletzten, darunter Serben. Und als sei das alles nicht schon genug, war einer der Toten auch noch ein rechtsextremer schwedischer Politiker. Je mehr Details der Major Gabrielle zum Tathergang lieferte, desto undurchsichtiger erschien ihr das Ganze. Sie hatte das Gefühl, völlig im Dunkeln zu tappen, und versuchte angestrengt, etwas Licht in die Sache zu bringen.

»Woher wissen Sie, mal abgesehen von den Nummernschildern, dass es sich tatsächlich um Serben handelt?«

»Einer der Toten hatte Papiere bei sich, ein Serbe mit einem unaussprechlichen Namen, ein ehemaliger Soldat. Er arbeitete für eine große Personenschutz-Firma. Sagt Ihnen der Name *Factotum* etwas? Er steuerte den Wagen, in dem auch ein schwerverletzter alter Mann gefunden wurde. Der hatte keine Papiere bei sich. Man hat ihm eine ordentliche Dosis eines Opiats verabreicht, seitdem deliriert er in einer fremden Sprache vor sich hin, wir vermuten, es handelt sich um Jugoslawisch. Ich habe einen Übersetzer angefordert, aber bis der hier eintrifft … Sie haben sicher mit ähnlichen Personalengpässen zu kämpfen, oder? Er murmelte dauernd irgendetwas mit Razi. Vielleicht heißt er so.«

»Radzik? Aber das ist unmöglich, der ist doch tot!«, stieß Gabrielle leise hervor.

»Wir überprüfen gerade mithilfe unseres Außenministeriums die Identität der beteiligten Personen«, erklärte der Spanier, der das offenbar nicht gehört hatte. »Aber diese Überprüfungen werden viel Zeit in Anspruch nehmen.«

Dann wechselte er auf einmal das Thema.

»Wissen Sie, ob ihr Freund vielleicht durch *Factotum* geschützt wurde?«

»Ich … ich habe keine Ahnung«, antwortete Gabrielle und starrte nachdenklich vor sich hin.

Gabrielle war immer noch mit dem Namen Radzik beschäftigt. Sollte der alte Warlord doch noch am Leben sein? Das war kaum zu glauben. Man hatte ihr wiederholt seinen Tod bestätigt. Aber die Tatsache, dass so viele Serben beteiligt waren und das Ganze nach einer regelrechten kriegerischen Auseinandersetzung klang, passte zu ihm und auch zu Nathalie. Die Capitaine grübelte vor sich hin. Zu gerne hätte sie Alejo dazu befragt, aus seinem Mund die Wahrheit gehört, die ganze Wahrheit. Stattdessen kam der Major mit einer neuen Frage.

»Gab es eine Verbindung zwischen Alejo Riva und diesem schwedischen Politiker?«

»Das weiß ich genauso wenig wie Sie.«

»Sie wissen nicht gerade sehr viel, was?«, mokierte sich der Major.

»Nein, nicht viel«, antwortete Gabrielle und breitete hilflos die Arme aus.

»Ausgebrannte Autos, Tote, darunter Prominente. Das ist ein gefundenes Fressen für die Medien. Wir müssen schnell Antworten finden, sonst können wir was erleben«, sagte Veciana sichtlich beunruhigt und strich sich dabei über den Hals, wie jemand, der kurz davorsteht, gehenkt zu werden. »Allein Ihr Freund kann uns sagen, was sich dort wirklich abgespielt hat. Ich habe ihn sofort erkannt, wissen Sie. Dieser Mann ist ein Separatist, angeblich inzwischen geläutert, aber solche Leute ändern sich nie. Ich habe alle diese Informationen an Sie weitergegeben, weil wir Kollegen sind. Ich habe jedoch den Eindruck, dass Sie eine persönliche Beziehung mit Alejo Riva verbindet. Ich hoffe, Sie vergessen darüber nicht Ihre beruflichen Pflichten. Nein, glauben Sie mir, diese Leute ändern sich nie. Er ist und bleibt ein Dreckskerl. Passen Sie bloß auf. Was ist …?«

»Was ist denn mit Ihnen los?«, hatte er fragen wollen, kam aber nicht mehr dazu. Gabrielle war in die Toilette des Krankenzimmers geflüchtet und hatte die Tür hinter sich zugeworfen. Sie hing über der Kloschüssel und erbrach unter schmerzhaftem Aufstoßen Galle und den Rest des Sandwiches, das sie an der Autobahnraststätte gegessen hatte. Vecianas Aussagen legten nahe, dass Alejo mit Radzik gemeinsame Sache gemacht hatte und insofern auch mit Nathalie. Das konnte nur eines bedeuten: Ihr Geliebter hatte sie angerufen, um sie nach Madrid zu locken und sie zu töten. Beim Gedanken daran, dass der Mann, den sie liebte, sie in eine Falle locken wollte, begann sie mit den Zähnen zu klappern, sie konnte nicht anders. Vielleicht wusste der Major noch viel mehr über Alejo, als er ihr verraten wollte? Versuchte er ihr gerade zu sagen, dass ein weiterer Typ, sich nur deshalb mit ihr eingelassen hatte, um sie auszunutzen und in eine Falle zu locken? Allein bei der Frage wurde ihr speiübel. Erneut kam es ihr hoch.

»Alles in Ordnung, Capitaine?«, fragte Veciana vor der Tür.

Ihre Antwort ging in einem Gurgeln unter. Man hatte ihr den Boden unter den Füßen weggezogen, sie wusste nicht wohin, hatte keine Ahnung, wem sie sich anvertrauen konnte. Möglicherweise hatte Veciana noch eine alte Rechnung mit Alejo offen, oder aber er wollte seine französische Kollegin möglichst schnell wieder loswerden. Das Klopfen an der Tür riss sie aus ihrer Trance. Sie betätigte die Spülung, räusperte sich.

»Entschuldigen Sie, ich muss etwas Schlechtes gegessen haben. Ich komme gleich, Moment.«

Sie benetzte ihr Gesicht mit Wasser. Ein Blick in den Spiegel zeigte ihr, dass sie zum Fürchten aussah, tiefe Augenschatten, schreckgeweitete Augen. Sie atmete einmal tief durch, um die Übelkeit zu vertreiben, und verließ das Bad.

»Vielleicht sollten wir uns diesen Radzik mal ansehen? Ich könnte Ihnen sagen, ob mir sein Gesicht bekannt vorkommt, ob ich ihn zusammen mit Alejo gesehen habe«, sagte sie fast leichthin.

Es waren einfach zu viele Unbekannte im Spiel, sie musste versuchen, Ordnung in ihre wirren Gedanken zu bringen. Der Major forderte sie auf, ihm zu folgen. Auf dem Weg in Radziks Krankenzimmer warnte er sie:

»Halten Sie sich bitte im Hintergrund. Eigentlich dürfen wir das Zimmer des Verdächtigen gar nicht betreten. Er ist gerade erst aus dem OP gekommen und hat bei dem Unfall, soweit ich weiß, ein Bein verloren.«

Gabrielle hätte ihm gerne gesagt, er könne sich seinen Kommentar sonst wohin stecken, stattdessen zuckte sie nur mit den Schultern. Im Laufschritt durchquerten sie das Krankenhaus, bis sie den Gang mit der Intensivstation erreicht hatten. Gabrielle fand es ungewöhnlich still, und außerdem beunruhigte sie die Tatsache, dass weit und breit kein Kollege zu sehen war. Vor dem Zimmer des Serben hätte zumindest ein Beamter Wache halten müssen. Dem Major erging es wohl ähnlich. Er eilte auf die Tür zu und riss sie auf. Gabrielle folgte ihm auf den Fersen und hörte ihn fluchen.

»Hier sollte er eigentlich liegen, das verstehe ich nicht.«

Levasseur reckte sich, um über Vecianas Schulter hinweg ins Zimmer blicken zu können. Alles, was sie sah, war ein leeres, ungemachtes Bett.

Der spanische Kollege zog sie am Arm zurück auf den Flur.

»Kommen Sie, wir gehen zur Klinikleitung, hier stimmt irgendwas nicht.«

Sie hasteten hintereinander eine Treppe hoch und liefen im Laufschritt einen anderen Gang entlang. Gabrielle hatte ein ungutes Gefühl, sie versuchte, es zu unterdrücken, indem sie die zahlreichen Schwingtüren, die sie passieren mussten, wie einen Rugbystürmer der ersten Reihe zur Seite kickte. Sie fürchtete, der mysteriöse Warlord könnte geflohen sein, wenn er es denn überhaupt war, der in diesem Zimmer gelegen hatte.

Am Ende eines Ganges gelangten sie ins Chefsekretariat. Der Major ergriff sogleich das Wort und verlangte sofortige

Auskunft darüber, wohin man den Mann aus Zimmer 502 gebracht hatte. Die Frau am Empfang begann auf ihrer Computer-Tastatur herumzutippen, deutlich angespannt angesichts Vecianas spürbarer Nervosität, dann murmelte sie etwas auf Spanisch. Der Major riss die Augen auf. Ungläubig bat er die Sekretärin zu wiederholen, was sie gerade gesagt hatte. Das tat sie und drehte dabei den Bildschirm in seine Richtung. Er beugte sich vor und las den Eintrag, auf den sie deutete.

»Er wurde abgeholt«, musste er nun eingestehen.

»Aber das kann doch nicht wahr sein!«, schrie Gabrielle, genauso fassungslos wie Veciana. »Sie haben selbst gesagt, dass er in eine Karambolage und eine Schießerei verwickelt war. Es ist bisher völlig unklar, wer dafür verantwortlich ist. Es kann doch nicht sein, dass man ihn einfach gehen lässt, ohne Sie vorher zu verständigen und ohne, dass sie ihn verhören konnten!«

»Unser Außenministerium hat die Vorgesetzten meiner Vorgesetzten angerufen. Der Mann in dem Zimmer hieß tatsächlich Radzik. Er ist Diplomat. Sehen Sie mich nicht so an, ich wusste das nicht. Ich habe das selbst gerade erst auf dem Bildschirm gelesen. Als Diplomat genießt er Immunität. Er wurde mit sofortiger Wirkung in sein Land zurückbeordert. Er wird unsere Fragen von Belgrad aus beantworten. Die Kollegen vom spanischen Geheimdienst haben veranlasst, dass er …«

Gaby schlug mit der Faust auf den Tisch, da sie ihre Wut schlecht am Major auslassen konnte. Der Schlag war so heftig, dass ein Stapel mit Prospekten zu Boden fiel. Die Frau am Empfangstresen bog ihren Hals nach vorne wie eine scheue Gans und stieß einen spitzen Schrei aus.

»Jetzt beruhigen Sie sich mal, Levasseur. Sie haben hier überhaupt nichts zu melden! In Spanien ist es nicht üblich, die Einrichtung zu demolieren und dem Krankenhauspersonal Angst einzujagen! Ich darf Sie daran erinnern, dass Sie hier sind, weil sie dubiose Kontakte zu einem Verdächtigen haben und nicht etwa weil sie eine solch begnadete Polizistin sind!«, stieß der Major hervor.

Gabrielle verzog ihr Gesicht zu einem verächtlichen Lächeln, sie war nun ihrerseits kurz davor zu explodieren, am liebsten hätte sie Veciana ins Gesicht gespuckt. Sichtlich verärgert deutete der Spanier Richtung Ausgang.

»Ich war wirklich zuvorkommend zu Ihnen, Levasseur. Ich habe Sie als Kollegin respektvoll behandelt, indem ich meine Informationen mit Ihnen geteilt habe. Das war ein Fehler. Es ist Ihre Privatsache, dass Sie mit einem Terroristen ins Bett gehen! Aber jetzt haben Sie den Bogen wirklich überspannt. Raus! Ich möchte Sie hier nicht mehr sehen. Verschwinden Sie!«

Dass Sie mit einem Terroristen ins Bett gehen … In all ihrer Empörung wurde Gabrielle klar, dass ihre Beziehung zu Alejo von außen betrachtet tatsächlich wie eine schmutzige Bettgeschichte wirkte. Mit einem Mal war ihre Wut verflogen. Sie beschloss, genau das zu tun, was der Major ihr empfohlen hatte, und machte auf dem Absatz kehrt. Als sie im Flur stand, überkam sie ein unendlich starkes Gefühl von Überdruss. Sie war es so leid, gegen irgendwelche Gespenster zu kämpfen, wie Radzik oder Nathalie, und all das für einen solchen Manipulator wie Alejo. Ihre Entscheidung war gefallen. Sie wollte zurück nach Frankreich fahren, sich mit Whisky betrinken und eine Runde heulen. Aber vor allem versuchte sie, die quälende

Frage zu vergessen, die ihr auf dem Herzen lastete: Hatte der Mann, den sie liebte, sie zum Narren halten, in eine Falle locken und töten wollen? Auf dem Weg zum Auto brummte das Handy in ihrer Tasche. Mechanisch nahm sie es zur Hand. Auf dem Display erschien die Nummer des Kommissariats: Bonanza. Sie war jetzt nicht in der Lage, über den Fall Nassim zu sprechen. Es klingelte wieder, mehrmals hintereinander. Beim vierten Versuch ging sie schließlich dran.

»Was gibt es denn so Dringendes?«, fragte sie ungehalten und lehnte sich an eine Mauer.

Sie wollte gerne jemandem wehtun, um ihr eigenes Leiden zu schmälern. Die vertraute Stimme am anderen Ende brachte sie jedoch davon ab.

»Wo treiben Sie sich in Gottes Namen herum?«, brüllte der Oberkommissar sie an. »Ich dachte eigentlich, Sie wären wieder zur Vernunft gekommen, aber nun ist mir diese skandalöse Geschichte zu Ohren gekommen. Sie haben demnach unter Anwendung von Gewalt eine illegale Verhaftung veranlasst! Was ist das schon wieder für ein Unsinn? Darf ich erfahren, wen Sie da verhaftet haben?!«

»Am besten fragen Sie Bonanza«, versuchte sie von sich abzulenken. »Er befragt den Verdächtigen vermutlich gerade. Wenn ich zurück bin, kann ich Ihnen mehr dazu sagen.«

»Ich würde Bonanza ja gerne fragen, aber, ob Sie es glauben oder nicht, er ist heute nicht zur Arbeit erschienen!«

»Wie das? Ich habe ihn vorhin mit dem Verdächtigen zurückgelassen. Er muss irgendwo sein! Sie müssen ihn nur suchen …«

»Wenn ich Ihnen doch sage, dass er nicht hier ist, Capitaine! Und er reagiert auch nicht auf unsere Anrufe. Also bewegen

Sie gefälligst Ihren Arsch hierher, und zwar schleunigst, und erklären Sie mir bitte, was Sie da wieder angerichtet haben!«

»Aber ich habe frei, ich bin erschöpft und …«

»Das ist mir vollkommen schnuppe! Sie kommen, und wenn Sie auf Knien hierher rutschen müssen! Keine Widerrede.«

Dann erklang das Besetztzeichen. Er hatte aufgelegt. Gabrielle seufzte. Sie hatte nicht nur überhaupt keine Lust »ihren Arsch schleunigst ins Kommissariat zu bewegen«, sie hatte auch Sorge, dass Bonanza erneut gewalttätig geworden sein könnte. Sie bereute, dass sie ihn mit Nassim allein gelassen hatte. Letztendlich erwies sich diese Spanien-Reise als Totalreinfall. Sie konnte sich nicht vorstellen, die Strecke von Saragossa nach Toulouse zurückzufahren, jedenfalls nicht gleich. Sie war vollkommen am Ende, sehnte sich nach Ruhe, nach ein paar Minuten Schlaf, um die Batterien wieder aufzuladen und bei ihrem Scheißleben mal kurz die Stopptaste zu drücken. Sie ging zu ihrem Auto und stutzte, als ein ungewöhnliches Schauspiel auf dem Parkplatz ihre Aufmerksamkeit erregte. Drei schwarze BMW, davon zwei verbeult, an denen kleine, offiziell aussehende Fähnchen flatterten, hatten einen Krankenwagen eingekreist. Neben ihnen standen fünf uniformierte Typen von athletischer Statur und blickten Richtung Notaufnahme am Ende des Parkplatzes. Sie schienen auf jemanden zu warten. Gabrielle spürte, dass sie von einer gewissen Anspannung ergriffen wurden, als durch die Tür, die sie beobachteten, eine Frau in einem weißen Kittel kam, die einen Mann im Rollstuhl vor sich herschob, gefolgt von einem beeindruckend großen Typen. Trotz des Rollstuhls, der sie beim Gehen behinderte, und des Infusionsbeutels des

Kranken, den sie in der linken Hand hielt, ging sie schnell, dabei hinkte sie leicht. Die vermeintliche Krankenschwester steuerte auf die Soldaten zu, die das Trio begeistert in Empfang nahmen. Sie lachten und machten Victory-Zeichen, als das Trio bei ihnen angekommen war.

Der Hüne, der die Krankenschwester begleitete, zögerte nicht lange, hob den Verletzten hoch und trug ihn in den Krankenwagen, in dem bereits ein anderer Verletzter wartete. Gabrielle konnte einen Kerl mit hellblonden, fast weißen Haaren und einem bandagierten Oberschenkel ausmachen. Der Invalide, den man aus dem Rollstuhl gehoben hatte, wirkte mit seinem verbundenen Kopf, der zur Seite herunterhing, wie eine kaputte Puppe, auch weil er sich nicht bewegte. Gabrielle fiel auf, dass ihm ein Bein fehlte. In höchste Alarmbereitschaft versetzt, ging sie mit der Hand an der Waffe auf die Gruppe zu. Die Krankenschwester hatte den Rollstuhl am Rand des Parkplatzes abgestellt. Jetzt drehte sie sich zu Gabrielle um und blieb wie versteinert stehen. Ihr Blick war hasserfüllt. Sie zeigte mit dem Finger auf Gabrielle und deutete mit einer Handbewegung an, dass sie ihr die Kehle durchschneiden wollte.

Gabrielle zückte ihre Waffe und lief auf die Frau zu. Sie hatte ihre Phantom-Killerin wiedererkannt: Miria oder Nathalie oder wie auch immer ihr verdammter Name lauten mochte. Als Gabrielle bis auf zehn Meter an die Gruppe herangekommen war, richtete sie ihre Waffe auf die Versammelten und befahl ihnen, sich nicht von der Stelle zu rühren. Als Reaktion auf ihren Befehl bestiegen die Gorillas blitzschnell ihre Wagen. Der Riese riss die Killerin am Arm und schrie etwas, das Gabrielle nicht verstand. Widerstrebend ließ sie sich zu einem der BMW ziehen. Dann fuhr die Prozession mit quietschenden Reifen davon, Nathalies Limousine vorne weg. Gabrielle, die immer noch die Waffe auf sie gerichtet hielt, brüllte erneut, sie sollten anhalten. Das hätte sie sich sparen können. Hilflos ließ sie die Waffe sinken und sah den Konvoi in der Dunkelheit verschwinden. Levasseur heulte vor Wut, dass Nathalie ihr erneut entwischt war. Auf ihrem Oberkörper lastete ein bleischweres Gewicht, sie hatte das Gefühl zu ersticken. Ihr fiel nichts anderes ein, als ihren Frust herauszubrüllen … zu schreien, bis ihre Stimmbänder streikten.

35

»Allahs Vergebung ist nur für jene, die unwissentlich Böses tun und bald darauf Reue zeigen. Solchen wendet sich Allah erbarmend zu; und Allah ist allwissend, allweise.«
Koran: Sure 4

Inmitten der Häuserblöcke, zwischen denen man hier und da Kids an ihren Joints ziehen sah, fiel eine ungewöhnlich große Menschenansammlung auf. Etwa zwanzig Personen brüllten mit hoch erhobenem Kopf etwas in eine Richtung. Éric konnte diesen Punkt nicht sehen, aber er war sich sicher, dass dort etwas Schlimmes im Gange sein musste.

Ohne Vorankündigung vollzog er eine plötzliche Kehrtwendung, überfuhr dabei eine weiße Linie und raste auf die Gruppe zu. Er hatte es eilig, aus dem Wagen herauszukommen. Seit über zwei Stunden fuhren sie nun ohne besonderes Ziel Streife. Éric hatte die ganze Zeit am Steuer gesessen. Seine Beine drohten langsam einzuschlafen. Er brauchte dringend Bewegung. Endlich war mal etwas los. Schließlich war er nicht Polizist geworden, um den Taxifahrer zu spielen! Jérôme und Patrick, seine beiden Kollegen, warfen sich entnervte Blicke zu. Kein Wunder, dass ihrer Sondereinheit BAB ein Cowboy-Image anhaftete, wenn der Kollege sich so aufführte.

»Das ist das letzte Mal, dass wir dich ans Steuer gelassen haben«, warnte ihn einer der anderen. »Habt ihr an der Rhône keinen Fahrunterricht bekommen? Wenn du jemanden überfährst, kannst du selber sehen, wie du das diesem Oberfeldwebel von Montfort erklärst!«

Sollten sie doch reden, das war Éric egal, er war froh, dass endlich mal direkt vor seiner Nase etwas passierte. Nach einer Vollbremsung mit quietschenden Reifen kam ihr Wagen direkt neben der Menschenansammlung zum Stehen. Als die Beamten sahen, was die Aufmerksamkeit der Menschen erregte, versteinerten sich ihre Gesichtszüge. Es handelte sich um eine junge Frau. Sie befand sich gut zwanzig Meter über ihnen, hielt sich noch an der Brüstung ihres Balkons fest, über den sie geklettert war, und zögerte, zu springen.

Patrick, dem Chef der Einheit, war sofort klar, dass es sich um einen Selbstmordversuch handelte. Er gab Éric den Auftrag, die Feuerwehr zu rufen und Verstärkung anzufordern. Jérôme sollte sich darum kümmern, die Schaulustigen zu verscheuchen. Es galt zu verhindern, dass jemand vom Körper der jungen Frau erschlagen würde, sollte sie tatsächlich springen. Patrick rannte zum Eingang des Gebäudes und hob den Kopf. Die junge Frau hatte bereits eine Hand von der Brüstung gelöst und war kurz davor, ernst zu machen.

Der Fahrstuhl war außer Betrieb. Patrick stürzte die Treppen hoch, vier Stufen auf einmal nehmend, und kam völlig außer Atem in der sechsten Etage des zehnstöckigen Gebäudes an. Während er rannte, hatte er die Stockwerke gezählt. Nun hatte er die Wahl zwischen acht Türen. Er drückte eine Klinke nach der anderen herunter. Die Vierte gab schließlich nach. Er stürzte in die Wohnung hinein. Die Selbstmordkandidatin stand über dem Abgrund, hielt sich aber noch immer mit einer Hand an der Brüstung fest. Sie war entsetzlich abgemagert, kehrte ihm den Rücken zu und hatte ihn wegen des Windes, der draußen blies, offenbar nicht hereinkommen hören.

Aus der Tatsache, dass die Tür nicht abgeschlossen war,

schloss der Polizist, dass die junge Frau in ihrem tiefsten Inneren gerettet werden wollte. Dieser Selbstmordversuch erschien ihm mehr wie ein Hilferuf. Ohne lange zu überlegen, stürzte er auf sie zu, umklammerte sie so fest er konnte und zog sie zurück auf den Balkon. Das alles ging so schnell, dass sie keine Gegenwehr leisten konnte. Erst als sie wieder Boden unter den Füßen hatte, strampelte sie wie verrückt und brüllte ihn an, er sollte sie gefälligst loslassen. Beim Versuch, sich aus der Umklammerung zu befreien, versetzte sie ihm mit dem Ellbogen einen Schlag gegen die Nase. Als Reaktion darauf packte er mit einer Hand ihre Handgelenke und drückte sie mit der anderen zu Boden. Nachdem er sie so fixiert hatte, forderte Patrick sie auf, sich zu beruhigen. Sie schrie weiter, er sollte sie loslassen. Er redete beruhigend auf sie ein, sagte, alles sei in Ordnung, sie sei nun in Sicherheit und könnte sich entspannen. Er spürte unter seinen Händen, wie sich ihr Körper zusammenkrampfte, er war steif wie ein Brett. Plötzlich krümmte sich ihre Wirbelsäule, und ihr Brustkorb erbebte unter heftigen Schluchzern. Aus ihren Muskeln war jede Anspannung gewichen, ihre Angriffslust war von einem Moment auf den anderen verschwunden.

Langsam lockerte der Polizist seinen Griff, half ihr, sich aufzusetzen. Sie weinte nicht mehr, gab aber nur unzusammenhängende Äußerungen von sich. Ein Prinz, mit dem sie verabredet gewesen wäre, sei nicht erschienen.

»Ich warte seit zwei Tagen auf ihn. Er hat mich verlassen«, klagte sie und sah dabei völlig verzweifelt aus. »Dabei sollte ich doch seine Eltern kennenlernen. Was ist mein Leben ohne Mehdi noch wert? Es ist besser, ich mache Schluss, verstehen Sie? Lassen Sie mich bitte einfach sterben.«

Zehn Minuten später erschienen Feuerwehr und Notarzt. Sie nahmen die junge Frau, die angab, Samira zu heißen, in ihre Obhut und brachten sie auf direktem Weg ins Krankenhaus. Von dort würde sie sicherlich vorübergehend in eine psychiatrische Klinik überwiesen werden, bis sie hoffentlich bald wieder geheilt wäre.

Damit war Patricks Aufgabe hier erledigt. Er ließ sich Zeit, hatte es nicht besonders eilig, die nächsten zwei Stunden mit dem Verfassen seines Einsatzberichtes zuzubringen. Im Gang traf er auf eine Blondine, die vom Treppensteigen ganz rot im Gesicht war. Hinzu kam, dass sie auf zwölf Zentimeter hohen Absätzen lief, die eher für den roten Teppich in Cannes taugten als für den Alltag. Mit ihrer pinkfarbenen Jacke und einem Minirock in der gleichen Farbe sah sie aus wie ein Flamingo. Éric amüsierte sich über ihren ziemlich auffälligen Aufzug. Er konnte etwas Aufheiterung gut gebrauchen. Die Verzweiflung der jungen Frau war ihm ganz schön an die Nieren gegangen. Trotzdem fragte er sich, wie jemand es nur wegen eines Typen so weit kommen lassen konnte. Wie schon etliche Male zuvor kam er zu dem immer gleichen Schluss: Er würde die Frauen einfach nie verstehen.

36

Obwohl es gerade erst dämmerte, waren schon viele Autos unterwegs. In regelmäßigen Abständen blendeten die Scheinwerfer der entgegenkommenden Wagen sie im Gesicht, während sie gegen den Schlaf ankämpfte. Auf ihrer Haut lag ein feiner Schweißfilm, ihre Pupillen waren nur noch stecknadelgroß, und ihre Stirn lag vor Müdigkeit in Falten. Sie presste die Kiefer fest aufeinander. Ein Auto überholte sie laut hupend. Gabrielle fuhr mit fünfunddreißig Kilometern pro Stunde weit unter der zulässigen Höchstgeschwindigkeit. Das war der Polizistin wohl bewusst, aber ihr Reaktionsvermögen war im Moment stark eingeschränkt, und sie hatte Angst, im Straßengraben zu landen, wenn sie schneller fahren würde. Ein Tritt aufs Gaspedal käme einem Selbstmord gleich.

Ich war kurz davor, ein fünftes Auto zu demolieren, da wurde ich von zwei Beamten daran gehindert. Vermutlich umringten sie mich und brachten mich gegen meinen Protest ins Krankenhaus. Ich selbst kann mich an nichts erinnern. Mein Arzt war so nett, mir das zu erzählen. Ich soll geschrien haben, ich wäre von der französischen Polizei und eine europaweit gesuchte Killerin wäre gerade vor meinen Augen von einem Parkplatz geflohen. Natürlich dachten sie, sie hätten es mit einer Verrückten zu tun. Ich an ihrer Stelle hätte das vermutlich auch gedacht. Sie spritzten mir ein starkes Beruhigungsmittel. Daraufhin schlief ich auf der Stelle ein. Als ich aufwachte, wurde mir klar, dass ich einen Nervenzusammenbruch erlitten hatte. Zum ersten Mal in meinem Leben hatte ich vollkommen die Kontrolle über mich ver-

loren. Die Krankenschwester beäugte mich misstrauisch und ich spürte, dass sie mir mit einem gewissen Vorbehalt begegnete, während sie meinen Blutdruck maß. Offenbar fürchtete das Pflegepersonal, ich könnte erneut randalieren. Ihre Blicke sagten mir deutlich, dass sie mich für irre hielten, kein angenehmes Gefühl. Im ersten Moment überkam mich eine große Scham, im nächsten verlangte ich Major Veciana zu sprechen. Da er nicht kam, sagte ich immer wieder, ich müsste ihn unbedingt sprechen. Schließlich riefen sie ihn an, damit ich endlich Ruhe gab. Bis dahin war viel wertvolle Zeit verlorengegangen. Ich erklärte dem Major die Lage. Er schickte seine Leute los, ohne Ergebnis. Die serbische Reisegruppe war längst über alle Berge. So ein Mist! Ich wollte nur noch eins, nach Hause. Aber ein Arzt erklärte mir, man könnte mich in diesem Zustand auf keinen Fall gehen lassen. Ja, natürlich! Also würde ich weiter quasi Tür an Tür mit Alejo im selben Krankenhaus liegen! Eigentlich fühlte ich mich in meinem Zimmer ganz wohl. Es war traumhaft still, und ich war so vollgepumpt mit Beruhigungsmitteln, dass mir das allgemeine Chaos nichts anhaben konnte. Keine Polizei weit und breit. Keine Killerin weit und breit. Nur noch grenzenlose Ruhe. Dennoch musste ich mich aus diesem künstlichen Kokon befreien. Ich sah schon lauter neue Katastrophen aufziehen. Wenn ich noch länger liegen bliebe, würde ich mit in den Abgrund gerissen werden.

Als ich meine Füße aufs Linoleum setzte, erschien es mir eiskalt. Mein Hintern war nackt, da irgendjemand auf die geniale Idee verfallen war, mir einen dieser lächerlichen Kittel aus Papier anzuziehen. Ich zitterte wie Espenlaub und musste mich gleich wieder hinsetzen. Der Boden schwankte. Ich grub meine Zehen so fest wie möglich in das Linoleum, als wollte ich sie dort verankern, stützte mich am Bett ab und nahm Schwung. Als ich stand, schwankte alles so dermaßen, als wäre ich betrunken. Jetzt galt es, Prioritäten zu setzen. Zuerst anziehen. Dann irgendein Aufputschmittel finden.

Wenn man Antidepressiva nimmt, hat das den Vorzug, dass der Arzt einem auf Wunsch etwas gegen die dämpfende Wirkung verschreiben kann. Ich hatte für den Notfall Amphetamine in meiner Tasche. Ich schluckte gleich mehrere Pillen auf einmal, ohne den Beipackzettel zu lesen. Dann spritzte ich mir kaltes Wasser ins Gesicht und klopfte mir ein paar Mal auf die Wangen, schon sah ich alles wieder klarer. Ich war bereit, mich auf den Weg zu machen.

Drei Stunden später erschien ihr die Idee, vorzeitig das Krankenhaus zu verlassen, schon nicht mehr so genial. Ihre Nase brannte und ihre Hände, die das Lenkrad hielten, zitterten. Typische Entzugserscheinungen. Sie hatte das Radio auf volle Lautstärke gedreht und kämpfte gegen die Müdigkeit an, indem sie in ohrenbetäubender Lautstärke einen alten U2-Hit sang, bis sie endlich die Grenze erreichte. Alle diese bunten Lichter erinnerten sie an einen überdimensionalen Flipper. Sie hatte das Gefühl, bis ans Ende der Welt gefahren zu sein. Auf einem Rastplatz hinter der Grenze hielt sie an, entschlossen, vor der Weiterfahrt ein kleines Nickerchen zu machen. Aber ihr Hals war durch die Anspannung ganz steif geworden und ihre Muskeln und Nerven quälten sie.

Benebelt, wie sie war, trieb ein Rest Pflichtbewusstsein sie dazu, Bonanza anzurufen, um zu hören, was er mit dem Verdächtigen gemacht hatte. Sie hatte Angst, er könnte noch verrückter sein, als sie bereits dachte, und Nassim am Ende noch töten. Auf so düstere Ideen konnte man nur verfallen, wenn man so übermüdet war wie sie. Beim zweiten Klingeln nahm er ab.

»Verdammt, was treiben Sie denn, Bonanza?«, herrschte sie ihn an.

»Ich habe auf Sie gewartet, Capitaine Levasseur«, antwortete er, dabei klang seine Stimme ungewohnt ruhig und kühl.

»Bonanza?«

»Ja, ich bin es. Ich habe nur noch auf Ihren Anruf gewartet.«

»Also sind Sie endlich im Kommissariat? Sie wissen …«

»Nein, bin ich nicht. Ich bin im Wald. Sie werden uns schnell finden, Gaby … da bin ich mir sicher.«

»Aber was erzählen Sie denn da?«, sagte Levasseur alarmiert.

»Ich habe auf Ihren Anruf gewartet, um mich bei Ihnen zu entschuldigen. Ich hätte Sie wirklich gerne aus dieser Sache herausgehalten.«

»Von welcher Sache sprechen Sie, Bonanza?«

Der Nacken der Polizistin wurde noch steifer, als er es ohnehin schon war.

»Ich möchte Sie nicht länger anlügen, Gaby, weil ich Sie achte und Sie mir geholfen haben. Ich hätte das gerne alleine erledigt, ich wollte da wirklich niemanden mit hineinziehen, aber ich habe es nicht geschafft. Ich wusste nicht, wie ich an den Kerl rankommen sollte, darum brauchte ich Ihre Hilfe. Ich erkläre es Ihnen kurz. Mein Geständnis erspart Ihnen unnötige Ermittlungen, und Sie brauchen mich auch nicht länger nach den Akten zu Nassims Opfern zu fragen. Tatsache ist, es gibt keine Akten. Sie erinnern sich an die Frau, die ich gefunden hatte, deren Wohnung verwüstet und deren Konto leer geräumt war? Das war meine Schwester, meine Adoptivschwester. Wir hatten keinen Kontakt mehr. Ein typisches Familienzerwürfnis, wie das eben oft so ist, Capitaine. Aber ich liebte sie. Ich liebte sie mehr als eine Schwester. Nach ihrem Tod habe ich mir geschworen, sie zu rächen und das Arschloch, das sie in den Tod getrieben hat, umzubringen. Denn Sie wissen ja so gut wie ich, dass er davongekommen wäre. Es gibt kein Gesetz, mit dem man einen dreckigen Perversen dafür bestrafen kann, dass er Frauen erst in die Verzweiflung und dann in den Selbstmord treibt. Tut mir leid, Capitaine, aber ich kann einen solchen Dreckskerl nicht am Leben lassen. So ein Schwätzer schafft es immer, sich irgendwie aus der Affäre zu ziehen, die Geschworenen zu bequatschen. Ich weiß, der Oberkommissar wird Ihnen wegen dieser Sache vermutlich ganz schön einheizen. Es wird sicherlich eine Untersuchung geben. Das tut mir leid, Capitaine, ehrlich. Denn Sie sind echt in Ordnung, eine gute Polizistin, und davon gibt es nicht so viele. Ohne Sie hätte ich ihn niemals gefunden, und dabei war er doch direkt vor meiner Nase!«

»Bonanza, jetzt beruhigen Sie sich erst einmal! Was wollen Sie mit dem Typen denn machen? Das ist es doch nicht wert … Sie riskieren damit Ihren Job. Hören Sie auf mich!«, stammelte Gaby, die immer noch nicht wieder richtig klar denken konnte. Ihr wollten einfach nicht die richtigen Worte einfallen.

»Dafür ist es zu spät, Capitaine. Ich habe die Sache bereits erledigt. Und jetzt fühle ich mich schon viel besser. Es ist vorbei. Er wird niemandem mehr etwas zuleide tun. Ich im Übrigen auch nicht. Das habe ich Ihnen ja bereits gesagt. Ich habe nur noch auf Ihren Anruf geantwortet.«

Dann klickte es. Man hörte das Telefon zu Boden fallen.
»Nein«, jammerte Levasseur. »Bonanza!«
Dann fiel ein Schuss.

37

Mit der Kälte kam der Schnee und legte sich als weißer Mantel über die Straßen, weshalb sie nur noch schwer befahrbar waren, selbst für einen Geländewagen mit Schneeketten, wie er ihn fuhr. Daran konnte Nathalie ermessen, wie wichtig es ihm war, sie heute zu sehen. Am Telefon hatte er darauf bestanden zu kommen, einmal um sicherzugehen, dass alles nach Plan verlief, und dann, um Radzik zu begrüßen. Der alte Warlord saß bewegungslos in seinem Rollstuhl im Wohnzimmer und wärmte sich am Kamin auf. Er hatte seit einer Stunde keinen Ton mehr gesagt. Er saß regungslos da, sein Kopf hing seitlich herunter. Hätte er sich nicht vorher zumindest ein bisschen bewegt und jetzt nicht auf den Knopf an seinem Rollstuhl gedrückt, hätte man meinen können, er wäre vollständig gelähmt. Eine Krankenschwester kam herein. Er signalisierte, dass er das Zimmer verlassen wollte. Kurz darauf war er verschwunden und der Besucher sagte:

»Ihr Onkel wirkt sehr geschwächt.«

»Er hat die Führung der Geschäfte an mich übertragen«, bestätigte Nathalie und erinnerte ihn so daran, dass sie jetzt das Kommando führte. »Aber Sie können versichert sein, dass unsere Vereinbarung nach wie vor Gültigkeit hat.«

»Wann bekomme ich also die Akte, die Sie mir zugesagt haben?«

»Sie können Sie gleich mitnehmen. Wir haben sie für Sie vorbereitet. Ich denke, mit dem Video, das Ihren Konkurrenten beim Sex mit einer minderjährigen Prostituierten zeigt, dürfte es für Sie ein Kinderspiel werden, die Wahl zu gewinnen. Sie werden sehen, der Zwerg lässt sich nicht in die Karten schauen. Er ist wirklich viel erfinderischer, als man ihm zugetraut hat.«

»Und wenn …«

»Es gibt kein wenn. Wir haben unseren Teil der Abmachung erfüllt, jetzt sind wir quitt. Sie haben den Colonel zum Diplomaten ernannt, haben uns, nachdem ich Sie anrief, geholfen, ihn lebend aus Spanien herauszubringen. Das werde ich Ihnen nicht vergessen. Wir sind von nun an Verbündete, ich werde Ihnen für immer dankbar sein. Aber wenn Sie mehr wollen, müssen Sie dafür bezahlen.«

Die letzten Worte hatte Nathalie mit großer Bestimmtheit und stechendem Blick gesagt. Dem Politiker wurde wohl jetzt erst klar, dass er einen Pakt mit dem Teufel eingegangen war, einer Bestie, mit der sich nicht verhandeln ließ. Er beruhigte sich selbst damit, dass er nun, da er in Besitz des Videos war, nichts mehr mit ihr zu tun haben würde. Nachdem er seinen Tee ausgetrunken hatte, erhob er sich. Er war ein gewiefter Politiker und schenkte ihr ein ebenso schmieriges wie falsches Lächeln. Dann drückte er ihr zum Abschied lasch die Hand. Nathalie zerquetschte ihm im Gegenzug aus Prinzip fast die Finger, um ihm noch einmal klarzumachen, wer hier das Sagen hatte und was ihm blühte, wenn er auf die Idee kommen sollte, sie zu hintergehen. Sie war ihm zu großem Dank verpflichtet. Nur dank seines Einsatzes war Radzik als vermeintlicher Diplomat straffrei ausgegangen, und ihre gesamte Gruppe hatte Spanien unbehelligt verlassen können. Nichtsdestotrotz verachtete sie ihn und war froh, dass er sich aus dem Staub machte. Im Grunde verachtete sie alle Menschen seiner Art, die bereit waren, ihre Ideale über Bord zu werfen, wenn es ihnen von persönlichem Nutzen war. Radzik und ihr hingegen war kein Opfer zu groß, wenn es um die Sammlung und den Ruhm Serbiens ging.

Sie waren von Spanien aus nach Frankreich gefahren, dann nach Italien, Kroatien und schließlich wieder in der Heimat gelandet. Ihre Reise hatte lange gedauert und war teuer gewesen. Sie hatten einiges für Hotelübernachtungen und Schmiergelder ausgeben müssen. All diese Zusatzkosten hatte Nathalie von dem Geld zahlen müssen, das ursprünglich für die Erweiterung der Sammlung gedacht gewesen war. Die Fahrt hatte Radzik erschöpft, der alte Chef war danach völlig entkräftet gewesen und hatte das Sprechen eingestellt. Er war noch am Leben, aber so geschwächt, dass er nie wieder der Alte werden würde. Im Grunde vegetierte er nur noch vor sich hin. Kurz bevor er aufhörte zu sprechen, hatte er sie in Italien darum gebeten, die Geschäfte zu übernehmen, sich um die Sammlung und die Familie zu kümmern.

»Die Zeiten ändern sich«, hatte er ihr kaum hörbar ins Ohr geflüstert. »Die Politiker wollen jene, die ihnen während des Krieges geholfen haben, auf einmal nicht mehr kennen. Es ist nicht ausgeschlossen, dass sie sich gegen mich wenden werden … Ich mache mir auch Sorgen wegen des Maulwurfs, den wir im Haus haben. Nur wenige wussten, welche Route wir nach Spanien nehmen wollten. Jemand aus diesem Kreis hat uns an einen hochgerüsteten Feind verraten. Du musst ihn finden, bevor er uns erneut verrät. Die Leute wissen, dass ich krank bin und nur noch kurz zu leben habe. Sie werden versuchen, dich zu bestehlen …«

»Mich bestiehlt keiner«, hatte Nathalie ihn unterbrochen.

Es war das erste Mal gewesen, dass sie Radzik unterbrach. Dennoch hatte er ihr keinerlei Vorwürfe gemacht. Er hatte sie zu seiner Erbin bestimmt, zu der schwarzen Spinne in der Mitte des Netzes. Von nun an hatte er ihr keine Befehle mehr zu erteilen. Der alte Warlord wusste, dass er am Ende war. Nathalie hatte nicht nur sein Reich geerbt, sondern auch seine Feinde, seine falschen Verbündeten und seine brennende Leidenschaft für die Sammlung. Auf ihrem Gesicht erschien ein böses Lächeln. Sie hatte sich entschieden, dass zur Feier ihres Aufstiegs ein paar Köpfe rollen sollten. Eine gute und lange Regentschaft gründete sich immer auf Blutvergießen.

Epilog

Sie lief alleine über den Strand. Ihre Absätze sanken in den Sand ein und die heranrollenden Wellen löschten ihre Spuren wieder aus. Die Bonanza-Geschichte hatte ihrer Karriere ein abruptes Ende bereitet. Ihre heimlichen Ermittlungen zur Demaskierung eines perversen Manipulators und ihr unglücklich verlaufender Ausflug nach Spanien hatten ihr eine Anhörung vor dem Disziplinar-Ausschuss eingebracht und eine vorläufige Freistellung nach sich gezogen. Sie wusste nicht, für wie lange sie freigestellt war. Sie hatte ihren Posten vor drei Monaten aufgegeben, und weder sie noch Montfort waren momentan daran interessiert, dass sie ihn wieder einnahm. Sie fühlte sich auch noch viel zu labil, um wieder zu arbeiten, und außerdem taten die täglichen langen Spaziergänge am Meer ihr unglaublich gut. Die Kollegen würden wohl noch eine ganze Weile ohne sie auskommen müssen.

Gleich nach ihrer Ankunft in Toulouse war sie zur Wohnung von Bonanza gefahren. Da niemand aufgemacht hatte, war sie ins Kommissariat gerast, um den Oberkommissar von ihrem höchst beunruhigenden Telefonat zu unterrichten. Der fassungslose Montfort wollte ihr erst nicht glauben. Es konnte unmöglich sein, dass einer von seinen Leuten so durchgedreht war! Dann schlug seine Fassungslosigkeit in Wut um, und er drohte ihr mit harten Sanktionen für ihre diversen Entgleisungen. Die Nachricht machte die Runde und versetzte den anderen Polizisten einen Schock. Die Tatsache, dass einer ihrer Kollegen womöglich einen Verdächtigen getötet und sich anschließend das Leben genommen hatte, wühlte sie zutiefst auf. Alle fragten sich, wie man nun weiter verfahren sollte. Der Oberkommissar beendete die Diskussion, indem er eine Hundertschaft von Beamten losschickte. Sie sollten das schwarze Schaf suchen. Am frühen Morgen entdeckte man dann die leblosen Körper von Bonanza und Amir Nassim im Wald von Bouconne. Ersten Ermittlungen zufolge hatte Bonanza Nassim durch einen Kopfschuss getötet und sich anschließend selber das Leben genommen.

Ein Polizist hatte also kaltblütig einen Verdächtigen erschossen. Das war ein schwerwiegender Vorfall, die örtlichen Medien schlachteten ihn dankbar aus. Endlich konnten sie mal mit etwas anderem aufmachen als mit einem Verkehrsunfall oder dem letzten Rugbyspiel. Die Geschichte beherrschte mehrere Tage lang die Schlagzeilen. Man schreckte nicht davor zurück, von einem rassistischen Verbrechen zu sprechen. Daraufhin kam es in Toulouse zu zahlreichen Demonstrationen gegen die Polizeigewalt, die in Krawalle umschlugen. Neben eingeschlagenen Schaufensterscheiben und ausgebrannten Autos waren auch Verletzte zu beklagen.

Die Polizeiführung und die Regierung brauchten schnell einen Sündenbock, um die aufgeheizte Stimmung zu beruhigen. Gabrielle eignete sich angesichts ihrer Rolle in der Geschichte ideal dafür. Die Gewaltexzesse in der Stadt waren auch dem Polizeipräfekten ein Dorn im Auge. Montfort erhielt das Einverständnis seines Vorgesetzten, Gabrielles Namen der Presse zum Fraß vorzuwerfen, was er nur zu gerne tat. Damit war er Levasseur endlich los und konnte sie durch seinen Schützling ersetzen.

Gabrielle versuchte erst gar nicht, sich zu verteidigen. Sie wusste schließlich selbst, dass sie versagt hatte, indem sie

Bonanza mit Nassim allein gelassen hatte. Immerhin hatte er ihn vor ihren Augen zusammengeschlagen! Im Übrigen konnte man dem Opfer scheinbar nichts vorwerfen. Die Polizei hatte seine Wohnung, eine Dreizimmerwohnung am Stadtrand von Toulouse, auf den Kopf gestellt, aber weder Videos noch Geldbündel, noch kompromittierende Kreditkarten gefunden. Es gab keinen einzigen Beweis dafür, dass er Frauen in den Tod getrieben hatte. Das Einzige, was man ihm vorhalten konnte, war sein Faible für Designer-Anzüge und Fitnessgeräte. Der Vermieter erklärte Gaby sogar, er sei sehr sympathisch gewesen. Er könne nichts Negatives über ihn sagen, außer vielleicht, dass er ein bisschen pedantisch gewesen sei. So habe Nassim die frisch gestrichene Wohnung auf eigene Kosten neu streichen lassen, weil ihm das Weiß nicht »sauber« genug gewesen sei. Levasseur war nur auf ein einziges, belastendes Indiz im Leben des Playboys gestoßen: Eine große Menge Benzo, auch Vergewaltigungs-Droge genannt, im Kühlschrank. Für sie war das der eindeutige Beweis dafür, dass dieser Mann zwei Gesichter hatte. Aber auch wenn sie persönlich überzeugt war von seiner Schuld, sprach der äußere Anschein gegen sie. Das war ihr durchaus bewusst. In den Augen der Öffentlichkeit hatte sie sich für die persönliche Vendetta eines rassistischen Beamten gegen einen Unschuldigen hergegeben. Es machte sie immer noch wütend, dass Bonanza sie hinters Licht geführt hatte. Er hatte seine Rache monatelang vorbereitet, und sie war völlig ahnungslos gewesen. Ihre eigene Depression und ihre stürmische Affäre mit Alejo hatten sie zu sehr abgelenkt.

Alejo … allein wenn sie an diesen verfluchten Namen dachte, verschlug es ihr den Atem und sie musste einen Moment stehen bleiben. Sie zwang sich, langsam ein- und auszuatmen, versuchte den Spanier aus ihren Gedanken zu verdrängen. Aber leider hatte ihre Haut immer noch jede seiner Zärtlichkeiten abgespeichert. Jeden Kuss. Jedes Wort.

Durch die Presse hatte sie erfahren, wie es um Alejos Gesundheitszustand stand. Er war schnell aus dem Koma erwacht. Die große Erleichterung, die Gabrielle beim Lesen dieser Neuigkeit verspürte, bestätigte ihre schlimmsten Befürchtungen. Sie liebte ihn also immer noch.

Einige Tage nachdem er aus dem Koma erwacht war, hatte er sechs Mal hintereinander versucht, sie anzurufen. Sechs Anrufe und eben so viele Nachrichten auf ihrem Anrufbeantworter. In der ersten erklärte er ihr, dass der berühmte Radzik ihn habe treffen wollen, um eine Reliquie zu erwerben. Die Separatisten hatten sie – offenbar noch zu Alejos aktiver Zeit – Privatleuten gestohlen. In der zweiten Nachricht ließ er sie wissen, er habe vorher Erkundigungen über diesen Radzik eingeholt und so erfahren, dass dieser im Ruf stand, ein alter Warlord zu sein und eine ganze Privatarmee zu seiner Verfügung zu haben. In der dritten Nachricht teilte er Gabrielle mit, dass seine Auftraggeber ihn vor Radzik und seiner rechten Hand gewarnt hätten, einer Frau namens Miria, der er blind vertrauen würde. Sie sei bekannt für ihre Grausamkeiten und dafür, ihren Opfern vor der Ermordung die Augen auszustechen. In der vierten Mitteilung ließ er Gabrielle wissen, dass er sofort eine Verbindung zwischen dieser Miria und der Killerin hergestellt habe, hinter der sie her gewesen sei. Er habe gehofft, sie ihr in Madrid auf dem Silbertablett präsentieren zu können, und sich gewünscht, dass sie mit dem plötzlichen Fahndungserfolg bei ihren Kollegen hätte Eindruck schinden können. In der fünften Nachricht erzählte er ihr, dass ein Konvoi, der aus dem Nichts gekommen sei, sie mit einem Raketenwerfer und einem Maschinengewehr angegriffen habe. Die sechste und letzte Nachricht endete mit einer Liebeserklärung: »Ich liebe dich, ich weiß nicht, ob das mit uns eine Zukunft hat, aber ich bin mir sicher, dass ich noch nie jemanden so geliebt habe wie dich.«

Diese bruchstückhaften Botschaften hatten sie innerlich stark aufgewühlt. Im Grunde waren das aufgezeichnete Geständnisse. Alejo hatte sein Schicksal damit in ihre Hände gelegt. Sie hatte die Nachrichten mehrmals hintereinander abgehört, sie klangen so ehrlich. Ihr Herz forderte, sie möge ihm Glauben schenken. Aber Gaby fühlte sich nicht in der Lage, die einzelnen Mosaiksteinchen zu einem Bild zusammenzufügen, sie konnte einfach nicht mehr. Vielleicht hatte ihre Beziehung ja eine Zukunft, aber definitiv keine Gegenwart.

Durchs Internet hatte sie erfahren, dass Alejos Anwesenheit bei der Schießerei keineswegs sein Karriereende eingeläutet hatte, sondern ihn im Gegenteil bei den Basken und allen Minderheiten, die für ihre Unabhängigkeit kämpften, sehr populär gemacht hatte. Die baskischen Unabhängigkeitskämpfer und seine Freunde von der ETA wollten die Öffentlichkeit allen Ernstes Glauben machen, der spanische Staat habe ihm eine Falle gestellt, um ihn zu liquidieren. Auf einem Foto in der Zeitung konnte Gabrielle ihren baskischen Liebhaber mit seinen Gesichtsverletzungen mustern. Sie fand ihn so sexy wie nie. Er war die Inkarnation der Versuchung. Schön wie der Teufel.

Ihre weiße Leinenbluse wurde durch einen Windhauch angehoben und entblößte ihren runden Bauch. Sie streichelte ihn zärtlich. Sobald sie erfahren hatte, dass sie schwanger war, hatte sie Toulouse verlassen und war an einen geheimen Ort geflogen. Sie hatte einfach zu viel Angst um ihr Leben. Nicht wegen Alejo. Hätte er sie gesehen, hätte er sofort gewusst, dass sie sein Kind in sich trug. Aber sie wusste, dass Nathalie alias Miria besessen genug war, sich eines Tages an ihr zu rächen. Es hatte eine Zeit gegeben, da hätte sie die Konfrontation nicht gescheut. Im Gegenteil, sie hätte diesen Kampf sogar gesucht. Aber nun trug sie ein kleines Geschöpf in sich, das sie zärtlich lieben und beschützen musste.

Gabrielle bewunderte die Landschaft, diese Ocker- und Blautöne, die vor ihren Augen tanzten. Sie hatte sich in Nouméa niedergelassen, weil es weit genug von Europa entfernt war und ein sehr mildes Klima hatte. Die Schönheit der Halbinsel hatte sie davon überzeugt, die richtige Wahl getroffen zu haben. Seit mehreren Wochen lebte sie hier nun anonym und in völliger Ruhe. Ihren Unterhalt finanzierte sie sich mit kleinen Aushilfstätigkeiten. Sie fühlte sich um Jahre jünger. Die ehemalige Polizistin kniff die Augen zusammen, um die von der Sonne angestrahlte Brandung zu bewundern. Es war wirklich ein ausgesprochen schöner Tag.

Die Panik, die sie in Spanien überkommen hatte, schien ihr eine Ewigkeit zurückzuliegen. Gaby setzte ihren Weg fort. Zum ersten Mal in ihrem Leben fragte sie sich nicht, was ihr nächstes Ziel war. Es interessierte sie nicht. Sie fand ihr Glück im Alltag, in jedem einzelnen Moment.

Danksagung

Ich danke allen Lesern für ihre ermutigenden Zuschriften.
Mein spezieller Dank gilt:
Vanessa und Adel für ihre Ratschläge,
J., Michel, François und meiner Familie für ihre Unterstützung,
Jacques Falorni für seinen professionellen Blick,
Denis für seine Begeisterung,
und meinem Seelenverwandten Frédéric, dem ich so viel verdanke.

Und eine ganz besondere Widmung geht an dich, der du, während ich diese Zeilen schreibe, unsere kleine Prinzessin wiegst – und das ist kein Märchen.